미스터리 한국전쟁

6월의 폭풍

이용우 다큐멘터리 대하소설

미스터리 한국전쟁

6월의 폭풍

제3부
지옥에서 천국으로

지우출판

미스터리 한국전쟁

6월의 폭풍

제3부 지옥에서 천국으로

인쇄 / 2024. 7. 20.

발행 / 2024. 7. 30.

지은이 _ 이용우

발행인 _ 김용성

발행처 _ **지우출판**

출판등록 _ 2003년 8월 19일

서울시 동대문구 휘경로 2길3. 4층

TEL: 02-962-9154 / FAX: 02-962-9156

ISBN 979-11-94120-06-3 04810

ISBN 979-11-94120-03-2 04810 세트 전3권

lawnbook@hanmail.net

값 23,000원

차 례

1. 지옥으로 떨어지다

1950년 12월 7일.

대한민국 정부는 수도 서울 환도와 함께 해제했던 비상계엄령을 다시 선포했다. 서울시민들은 느닷없는 비상계엄령 부활 소식에 술렁이기 시작했다. 6·25 남침전쟁 초기 당한 경험 때문인지 "자라 보고 놀란 가슴 솥뚜껑 보고도 놀란다"고 서둘러 피란 보따리부터 싸기 시작했다.

그러나 이승만 대통령은 이번에는 크게 당황하지 않았다. 다만 북진하던 유엔군의 너무 성급한 퇴각에 대해서는 불만이 많았다. 그는 미 8군이 평양에서 퇴각했다는 보고를 접하고 평소 좋아하지 않던 워커 사령관을 노골적으로 성토했다.

"맥아더는 북진 통일하겠다는 집념을 불태우고 있는데 워커는 그렇지 않아. 어떡하든지 달아날 궁리만 하니까 정말 답답하단 말입네다. 낙동강 전선에서 밀렸을 때를 생각해 보라고. 대구가 위태로우니까 부산까지 철수하고 여차하면 부산도 버리겠다고 했잖았습네까. 후퇴도 전술이라고 하지만 이거 너무해. 들어갔다, 나갔다 하면 곤란을 받는 것은 우리 국민들 뿐이야."

6·25 남침 개전 초기 비참한 경험을 했던 이 대통령은 체계적으로 전 행정력을 동원, 이번에는 서울시민들을 우선 피란시키도록 지시하고 경무대는 끝까지 버티기로 결심했다. 그는 중공군에 밀리는 상황도

그리 오래 가지 않을 것으로 보고 있었다.

중공군이 본격적으로 한국전쟁에 개입하면서 기존의 북괴군 포로 외에도 중공군 포로까지 발생해 그 숫자가 하루가 다르게 늘어가고 있었다. 전국에 분산수용 중이던 전쟁포로가 모두 중계지인 부산으로 집결하면서 부산의 포로만도 이미 10만 명을 돌파하고 있다고 했다. 여기에다 앞으로 또 얼마나 더 늘어날지 전쟁이 계속되고 있는 한 아무도 예측할 수 없었다.

개전 이래 7월 8일 대전에서 5명의 북괴군 포로를 수용한 후 불과 5개월 만에 엄청난 숫자로 불어난 것이다. 경인지구를 포함할 경우 전체적으로는 15만~17만 명을 헤아린다고 했다. 특히 유엔군의 인천상륙작전과 낙동강 전선에서의 대반격, 38도선 돌파와 북진 이후 패퇴 중이던 북괴군의 집단투항에 따라 포로 수가 기하급수적으로 늘어났다. 때문에, 기존의 부산 거제리를 비롯해 수영·서면·동래·가야·적기 등 부산 시내 6개 포로수용소가 포화상태를 이루고 있었다.

게다가 포로수용소 시설도 계속 증축돼 그동안 머릿수만 따져 일괄수용하던 방식과는 달리 일반 포로수용소 외에도 심사캠프·병원캠프·보안캠프·격리캠프·중계캠프 등을 고루 갖추어 체계적으로 관리하기 시작했다. 이에 따라 모든 포로는 일단 부산에서 엄격한 심사과정을 거쳐 최종 목적지인 거제도의 미 8군 산하 포로 관리사령부로 이송하게 되었다.

인천의 경인지구 포로수용소에 수용돼 있던 3만여 명의 포로들에 대해서도 부산으로 이동 명령이 떨어졌다. 경인지구의 전쟁포로 이송문제는 중공군의 내습으로 다소 시일이 앞당겨졌지만 대규모의 거제도 포로수용소 건설과 함께 이미 예정된 것이었다. 약 15일간 예정으로 하루 2000명씩 열차 편으로 이송한다는 내용이다.

포로 수송은 극비에 단행하는 야간이동이었다. 각각 1000명씩 밤 10시, 12시 하루 두 차례에 걸쳐 인천 송도역에서 출발하는 화물열차 편을 이용하게 돼 있었다. 화물열차는 아예 포로들의 탈출을 막기 위해 출입구의 문틀에다 쇠창살 칸막이까지 설치해 두었다. 나치 독일이 2차 세계대전 당시 유대인을 태우던 화물열차와 흡사했다. 수천 명의 포로가 앉지도 서지도 못한 채 콩나물시루 같은 화물열차에 짐짝처럼 실려야 했다.

12월 중순. 한겨울이 다가왔는데도 화물칸은 후덥지근했다. 모두 숨이 막혀 질식할 것만 같았다. 화물칸은 공기통마저 제대로 뚫리지 않아 포로들의 체내에서 뿜어나오는 열기와 진땀으로 뒤범벅이 된 채 쉰내가 역겹게 풍겨 나왔다. 하지만 모두 주어진 여건을 그대로 받아들일 수밖에 달리 선택의 여지가 없었다. 대소변이 마려워도 부산까지는 참아야 했다.

주덕근은 훗날 거제도 포로수용소에서 자아 비판대에 오르는 빌미가 되었지만 수용소장 보링 소령의 요청으로 포로 이송문제에도 깊이 관여하게 된다. 하루 2000명씩 이송키로 한 원래의 계획이 사흘도 못 가 3000명으로 늘어났다. 이미 평양을 점령한 중공군의 진공 속도가 예상외로 파죽지세인 데다 유엔군의 철수 작전도 그만큼 빨라져 경인지구 포로수용소는 조만간 폐쇄될 것이라고 했다. 그래서 포로 이송문제가 시급한 과제로 제기된 것이었다.

포로수용소 대 취사부에는 한동안 끼니때마다 밥이 모자라 아우성을 치기도 했으나 하루 2000~3000명씩 줄어들자 밥과 부식이 남아도는 기현상까지 벌어지기도 했다. 미군 보급하사관의 이야기로는 대 취사부도 조만간 클로즈 다운될 것이라고 했다.

그 무렵 덕근은 잔여 포로들의 현황을 파악하던 중 뜻밖에도 만주 무단장에서 함께 자랐던 옛 고향 친구를 만나게 된다. 이길복! 그는 평양형무소 화재사건 때 구사일생으로 살아남았다가 이곳 제3포로수용소로 이송된 지 불과 일주일밖에 되지 않았다고 했다. 그래서 그런지 그동안 덕근의 눈에 띄지 않은 것이었다.

그는 동북 조선의용군에 입대했다가 군관으로 임관되지 못한 채 특무전사(상사) 계급장을 받아 북반부 조선인민군으로 넘어와 곧바로 전선에 투입되었다고 했다. 그동안 몇 차례나 죽을 고비를 넘겼으나 막판에 김무정의 평양방어전에 투입되었다가 국군 수색대에 생포되는 바람에 줄곧 평양형무소에 갇혀 있었다는 것이다.

"야, 길복이! 이거이 몇 년만이가."

"벌써 7년이 흘렀구만 기래. 정말 반갑다야, "

둘은 미친 듯이 끌어안고 떨어질 줄 몰랐다.

"야, 길복이! 너 입소한 지 일주일이 되었다문 날마다 인원 점검을 하는 나를 알아봤어야 할 거 아닌가. 기런데두 모른 척 하구서리 시치미를 뚝 떼다니 이거, 너무 하구만."

"야, 사상과 우정은 별개의 문제가 아닌가. 네가 미군 밑에서 포로 대표로 열심히 일하는데 내레 포로 신분으로 아는 척하다간 방해만 될 뿐이야. 하하."

"기건 너의 부질없는 추상推想이다. 내레 사상적으로 과오를 범한 일은 있으나 우정을 짓밟은 일은 없다구. 하하."

"나와는 대조적이구나. 내레 우정을 짓밟아도 사상적으로 과오를 범한 일은 없거든. 하하."

그러나 긴 얘기를 나눌 만한 여유가 없었다. 그만큼 상황이 긴박하게 돌아가고 있었다. 둘은 오붓하게 회포를 풀며 할 말도 많았지만 기약도 없이 다시 만나기로 하고 헤어졌다. 덕근은 포로 이송 업무에 매달려 눈코 뜰 새 없이 쫓기고 있었다.

주덕근을 비롯한 포로대표부 50명은 3만여 명에 달하는 포로들을 모두 떠나보낼 때까지 인천 제3포로수용소에 남아 있었다. 석양 무렵 마지막으로 둘러본 수용소는 한때 수많은 전쟁포로로 복작거리던 모습과는 달리 폐허처럼 썰렁했다.

배식시간이 되면 으레 구름처럼 몰려와 서로 먼저 배식을 받겠다며 아우성치던 대 취사장에도 무거운 적막만이 가라앉아 있었다. 덕근 일행은 인천항에서 마지막으로 떠나는 미 해군수송함 LST에 승선하기로 돼 있었다. 포로수용소장 보링 소령은 그들과 헤어지면서 그 엄청난 포로 이송에 적극적으로 협조 해줘서 고맙다는 뜻으로 C-레이션이며 쇠고기 통조림, 초콜릿, 캔디, 담배, 각종 방한피복 등 자그마치 30킬로그램씩의 분량을 각각 나눠 주었다.

덕근 일행이 마지막으로 제3수용소를 떠난 것은 밤 8시. 인천항에서 출항하는 미 해군수송함 LST에 승선하기 위해 GMC 트럭을 타고 한 2km 정도 달렸을 때인가, 요란한 폭음에 놀라 뒤돌아보니 경인지구 포로수용소가 통째로 검붉은 화염에 휩싸이기 시작하는 거였다. 이로써 지난 3개월 동안 운영되던 경인지구 임시포로수용소는 흔적도 없이 사라지게 되었다. 1950년 12월 20일이었다.

비록 짧은 기간이었지만 서로 아옹다옹 부대끼며 살아온 그들만의 보금자리가 한순간에 화염 속으로 쓸려버리자 덕근은 착잡한 심정을 가눌 수 없었다. 그들 일행이 승선한 LST 상갑판 아래 선창에는 이미 2000여 명의 공산포로가 승선해 있었다.

그런데도 어디선가 100~200여 명씩 계속 선창으로 몰려들고 있었다. 알고 보니 부평, 영등포 등지의 미군 캠프에 임시로 수용돼 있던 포로들이라고 했다. 그들 중 군관포로 만도 600여 명, 여성 포로와 부상 포로가 각각 100여 명이 포함돼 있었다. 승선이 완료될 시점엔 거대한 수송선에 자그마치 3000여 명이 승선해 있었다.

원래 이 수송선의 선창은 탱크와 포차, 트럭 등 전투장비를 싣던 공간이라고 했다. 병력도 5000명까지 태울 수 있다는 거대한 함선이었다. 그러나 믿을 수 없었다. 불과 3000여 명의 포로가 승선했는데도 선내에는 이미 초만원이었다. 미군 경비병들은 선창 입구에서 M-1 소총 개머리판과 곤봉을 휘두르며 막무가내로 밀어 넣고 있었다. 극도의 혼란 속에 짐짝처럼 실리는 포로들은 한낱 하등동물에 불과했다.

"겟 인!(안으로 들어갓!)"

"고 투 헬!Go to hell(지옥으로 떨어져라!)"

미군 경비병들의 목소리가 점차 거칠어지고 마침내 곤봉을 휘두르며 미적거리는 포로들의 배를 마구 찔러대는 거였다.

횡대, 종대로 발 디딜 틈도 없이 선창에 빼곡히 들어찬 포로들이 서로 몸을 바싹 붙인 채 서 있다 보니 그들의 몸에서 발산하는 체온으로 한증탕을 방불케 했다. 게다가 대부분 포로수용소에 억류되어있는 동안 제대로 목욕 한 번 하지 않아 퀴퀴한 쉰내가 코를 찔렀다.

일부 약삭빠른 포로들은 선벽船壁 안쪽에 천장으로 연결된 철 구조물에 올라가 담요로 몸을 비끄러매고 원숭이처럼 대롱대롱 매달려 있기도 했다. 그런데도 선창에는 공기구멍 하나 뚫리지 않았다. 숨이 막혀 질식할 지경에 이르자 여기저기서 비명이 울려왔다.

"공기! 공기 좀 보내주오. 질식해 죽을 것 같수다!"

포로들의 비명이 울리고 발을 동동 구르는 소리가 선창에 가득 차자 비로소 상갑판에 갖춰진 4개의 해치(선창구船倉口)가 활짝 열렸다.

"아, 시원한 공기! 이제 살았다."

시원한 바닷바람이 불어오는 원형의 대형선창구에 밤하늘의 총총한 별빛이 쏟아졌다.

그러나 그것으로 선내의 근본 문제가 해결된 것은 아니었다. 목이 타도 물 한 모금 마실 수 없었다. 마침 주덕근과 장지혁은 운 좋게도 한국 해군 경비병들이 드나드는 비품창고 옆에 서 있었다. 그들은 해군 병사들이 드나들 때마다 무조건 두 손을 싹싹 비비면서 염치 불고하고 물 한 모금 얻어먹자고 통사정을 했다.

"국군 선생님! 물 한 모금만…."

너무도 서럽고 감정이 격해 말도 제대로 나오지 않았다.

'저것들이 사람인가, 짐승인가? 아니면 한때 부산까지 위협하던 그 지독한 빨갱이 군대란 말인가?'

처음엔 묘한 표정을 지으며 냉정하게 대하던 한 병사가 연민의 정으로 물 한 양동이를 떠다 주는 거였다.

물을 보더니 서로 미친 듯이 한 모금씩 얻어먹겠다고 밀고 당기고 아우성을 치는 거였다. 덕근과 지혁은 양동이 안에 머리를 처박고 벌컥벌컥 물을

들이킨 뒤 나머지는 옆 사람들에게 돌렸다.

"아, 이제서야 살 것 같구만."

덕근은 긴 한숨을 뱉어내며 혼잣말처럼 구시렁거렸다.

바로 그때 그의 머리 위로 물이 한두 방울 떨어졌다. 덕근이 그것을 의식하고 짐짓 놀라 고개를 들어보니 지혁이 손바닥에 담았던 물을 떨어뜨리고 있었다.

"주 동무! 살아가기가 쉽지 않소. 오늘부터 새로운 인생을 출발하니 세례를 받아야디. 내레 세례 요한이 되어 드리리다."

지혁은 이 북새통에 그나마도 그런 마음의 여유가 생긴 모양이었다.

"아, 정말 감사하는 마음이 가득하오. 비록 적대 관계이긴 하디만 서로 말이 통하는 한 민족이 아니오. 그 남조선 해군전사레 정말 잊을 수 없는 은인이외다."

"그러니까니 저런 천사를 보내주신 하나님께 감사해야디."

장지혁은 원래 평양 봉수교회에 다니던 독실한 크리스찬이었다. 평양 의전 재학시절에는 봉수교회의 성가대를 이끌기도 했다. 따지고 보면 유복한 지주계급의 집안에서 태어난 그는 타고난 부르주아였다. 평양 의전 재학시절부터 의사의 윤리강령을 주창한 히포크라테스의 선서를 항상 가슴에 새기며 인류애에 헌신하려는 꿈을 키워 왔다고 했다.

그러나 북녘땅이 빨간 광풍에 휩쓸리면서 그의 부모님은 지주계급이라는 이유 하나만으로 친일 반혁명분자로 몰려 처형당하고 재산을 다 앗겨버렸다. 그리고 그는 지옥의 땅에서 살아남기 위해 모든 꿈을 접고 김일성의 유물론에 따라 무 신앙자가 될 수밖에 없었다. 그리고는 빨갱이가 돼 의무군관으로 전쟁터에 내몰렸다.

붕대 하나, 머큐로크롬 한 방울이 없어 죽어가는 부상병들을 멍하니 지켜보고 있는 자괴심에서 한순간 자신의 목에 스스로 권총을 들이댄 일까지 있었다. 차라리 자살하는 게 낫겠다 싶었던 것이었다. 하지만 그것도 마음대로 되지 않았다. 간호장 이경숙 군관이 애절하게 흐

느끼며 매달리는 바람에 권총을 거둘 수밖에 없었다.

자살하려던 그를 살려주었던 이경숙도 낙동강 전선에서 후퇴 길에 폭격을 맞아 숨지고 말았다. 가슴에 폭포 같은 피를 쏟으며 죽어가는 경숙을 끌어안고 한없이 몸부림쳤으나 응급조치는커녕 압박붕대 하나 없어 자신의 러닝셔츠를 찢어 지혈시켰다. 하지만 아무 소용이 없었다.

그는 그 당시 의사로서 자신의 존재가치에 대해 처음으로 혐오감을 느꼈다고 했다. 아무리 의술이 있어 본들 의료기구와 약품이 없는데 무슨 수로 죽어가는 사람을 살리겠냐고 말이다.

고금동서를 막론하고 세계 전사를 통해서도 이런 미개한 군대조직 으로 한반도를 통일하겠다고 나섰다니 도저히 상상도 할 수 없는 아이 러니였다. 그래서 그는 지금의 포로 생활이 어쩌면 자신의 인생에서 새 롭게 출발할 기회인지도 몰랐다.

부산에 도착한 주덕근과 강영모, 장지혁 등 경인지구 포로대표부 일 행 50명은 원래 인천을 떠날 때 부산에서도 한 텐트 속에서 한 식구처 럼 함께 지내기로 했으나 그것이 말처럼 쉽게 되지 않았다. 부산 적기 항의 중계캠프에 도착한 즉시 미군 관리 당국이 군관과 특무·상급전 사(부사관 및 하사관)·일반전사(사병)와 각각 분리, 수용했기 때문이다.

그래서 덕근은 아쉽게도 그동안 수고해준 포로대표부 특무전사나 상급전사들과 헤어질 수밖에 없었다. 인천에서 온 군관 포로만도 700 여 명에 달했다. 여기에다 동부전선에서 포로가 돼 흥남에 집결했다가 부산까지 내려온 군관포로 200여 명을 포함해 모두 900여 명의 군관 포로들만 별도로 수용한다는 제100포로수용소로 이송되었다. 낙동강 전선에서 귀순한 제13사단 참모장 리학구 총좌가 격리 수용돼 있다는 동래수용소를 말한다.

100군관수용소에도 이미 1600여 명의 각급 군관 포로들이 수용돼 있었다. 도합 2500여 명. 군관들의 머릿수만 따져 봐도 1개 군단급 규모의 지휘관 숫자들이다. 주변에 수영비행장과 수영만에 해운대까지 끼고 있는 동래에는 군관 포로수용소뿐만 아니라 구릉지 하나를 사이에 두고 인민군 전사들을 집중적으로 수용하는 일반 포로수용소와 민간 포로수용소까지 설치되어있는 매머드급이었다.

덕근은 불현듯 인천 제3수용소에서 잠깐 만나고 헤어진 고향 친구 이길복이 생각났으나 그는 군관이 아닌 특무전사(상사)여서 함께 동래로 올 수가 없었다. 게다가 인천에서 이송돼온 전사들은 적기 홀딩캠프에서 가야 중계수용소로 옮겨 심사를 마치고 곧장 거제도로 이송되었다. 어쩌면 거제도에서 길복을 다시 만날지도 몰랐다.

동래 100포로수용소에서는 영어를 구사할 줄 안다는 SK포로들이 행정업무를 담당하고 있었다. 그들은 허탈감에 빠진 남루한 차림의 인민군 군관 포로들과는 달리 제법 말쑥한 차림에 얼굴에도 윤기가 흘렀다. 가슴에 찍힌 PW라는 스탬프 잉크만 지운다면 국군 하사관의 모습과 별반 차이가 없었다. 그러나 그들은 모두 전선에서 낙오된 국군 사병 출신들인데도 인민군 군관 포로들에게 숫제 반말짓거리를 하는 등 매우 오만한 태도로 나왔다. 그들이 일문일답 형식으로 군관 포로들의 신상기록과 지문 찍기 등 기초적인 입소절차를 담당하고 있었다.

군관 포로들은 동래에 도착하자마자 하나같이 리학구 총좌의 소식부터 궁금해했다. 덕근은 무엇보다 지난 6월 25일 새벽 공격신호탄을 발사하며 "폭풍, 폭풍, 폭풍!"을 외치던 그 당당한 리학구의 모습이 보고 싶었다. 그날 38도선 북방한계선에서 그렇게 헤어진 뒤 한강도하장비를 사전에 확보하지 못했다는 이유로 대기령을 받았을 때 전선사령부 간부부(인사처)에서 잠깐 얼굴을 마주쳤을 뿐 그 이후로 단 한 번도 그의 모습을 보지 못했다.

'불과 6개월 전이었지만 그동안 학구 형도 많이 변했갔구만. 지호지간指呼之間에 후배 군관들이 북적이고 있는데 마음고생이 얼마나 심할까.'

덕근은 잠시 그런 상념에 젖어 보기도 했다.

주덕근 일행보다 먼저 입소한 군관 포로들에 따르면 리학구는 군관 포로수용소에서 200여 미터쯤 떨어진 산자락의 미군 경비초소 옆에 설치된 개인 텐트에 격리돼 특별대우를 받고 있다는 거였다. 그러나 덕근은 그런 이야기를 진부하게 받아들였다.

'리학구는 초시(애초) 국방군에 귀순하지 않았나. 국방군에 편입되어 대한민국에 충성을 바치려 했지만 미군 당국이 투항자로 취급하구서리 포로수용소에 연금하지 않았냐구. 북에서 딘 소장을 독방에 가둬놓구 있기때문에 그 보복으로 리학구를 격리시킨 건지도 몰라.'

덕근은 착잡한 심정을 가누지 못했다. 차라리 리학구를 격리 수용시키기보다 포로수용소 대표로 활용하면 군관 포로들의 사상전향에도 많은 도움이 될 것이다. 하지만 미군 관리 당국은 아예 그런 것에 관심이 없는 모양이었다. 그들은 좌익이든 우익이든 한국의 이데올로기 문제에 대해서는 전혀 신경을 쓰지 않았다.

2. 교룡蛟龍

동래 제100포로수용소에는 리학구 총좌를 제외하고도 드러난 군관 포로 중 최상급자가 중좌 · 상좌 급이 7~8명에 불과했으나 이번에 대거 몰려오면서 인천에서만도 홍철 총좌를 비롯한 신태봉 · 김정욱 · 엄정섭 · 림인철 대좌 등 총 · 대좌급만도 다섯 명이나 되었다. 그동안 형식적으로 운영돼 오던 포로대표부에서는 고위군관들이 대거 몰려옴에 따라 홍철 총좌를 포로대표 격인 여단장으로 내세울 움직임을 보였으나 일부 상급군관 그룹에서 반대하고 나섰다.

홍철이 최고참이긴 하나 연안파로 사상성이 불투명한 데다 무학 · 무식하다는 것이 그 이유였다. 사실 그는 자기 이름 석자도 못 쓰는 일자 무식꾼이었다. 용케 총좌까지 올라 갔지만 무학 · 무식인 탓에 장령(장성)으로 승진하지 못하고 만년 총좌로 후배들에게 밀리고 있었다.

그는 1946년 리학구가 상급 대위 때 이미 중성사中星四 대좌를 달고 있었다. 하지만 불과 4년 만에 서열상으로도 리학구에게 밀리고 그런 연유로 후배 군관들은 그를 별로 달가워하지 않았다. 결국 이곳에서도 홍철이 빠지고 소련군 출신인 신태봉 대좌가 여단장으로 추대되었다.

신태봉은 미군 관리 당국에 건의하여 포로대표부의 사무실용으로 별도의 텐트 하나를 지급받아 중 · 대좌급 이상 상급군관 20여 명으로 구성된 여단부를 출범시켰다. 관리 당국에는 자율적인 포로 관리의 명분을 제공하면서 자신들의 권익을 보호하겠다는 목적이었다.

그러나 이상한 것은 부산 시내 6개 포로수용소에 수용된 전체 13만 명의 포로 중 민간인을 제외한 조선인민군 군적을 가진 공산 포로가 줄잡아 10만 명 이상에 달한다는데 군관 수가 2500명밖에 안 된다는 이야기다. 군관과 전사의 비율이 13대 1이라는 소련군 편제에 견주어 볼 때 군관 포로 수가 적어도 7600명 이상은 되어야 했다. 그런데 실제 그 30%에 불과했다.

특히 신태봉 대좌 일행이 이곳 동래 100수용소에 입소하기 전까지 상급군관이라곤 중·상좌 급이 7~8명에 불과했고 대좌는 단 한 명도 없었다는 점이 석연치 않았다. 소련군에 오래 몸담아온 신태봉은 연대 장급인 대좌가 전무하다는 것은 쉽게 말해 격렬한 전투에서 연대장· 대대장들이 대량 전사했거나 아니면 후퇴 중에 부하들을 내팽개치고 혼자만 살겠다고 뺑소니친 것, 그 둘 중 하나일 것이라고 생각했다.

게다가 고위군관 또는 상급군관 수가 절대 부족한 것도 자칫 전범 으로 몰릴 우려도 있고 자신의 운명이 어떻게 뒤바뀔지 몰라 상당수가 신분을 숨기고 하급군관 행세를 하고 있는지도 몰랐다. 그는 일단 주 덕근에게 여단부 대표라는 직함을 주어 자신을 대신해 포로 관리업무 를 수행토록 했다. 그는 인천에서부터 포로대표직을 맡아 효율적으로 포로들을 관리해온 덕근을 유심히 지켜본 것이다.

주덕근은 본의는 아니지만 명색이 여단장의 신분에 오른 신태봉이 자신을 신뢰하고 중대한 임무를 부여하자 이의 없이 수락했다. 그래서 그는 인천에서처럼 포로대표라는 완장을 두르고 바삐 움직여야 했다.

그는 인천에서 그랬던 것처럼 우선 포로들의 전염병 예방을 위해 배 식장의 위생관리부터 살펴보기로 했다. 배식장 입구에 들어서는 순간 뜻밖에도 낯익은 배식장 관리전사가 반갑게 그를 맞이했다. 김일룡이라는 상급전사였다.

"군관 동무! 반갑수다레. 내레 인천 사발공장(취사부)에 있던 꽝포(공갈포) 김일룡이외다."

"아, 기렇구만. 어쩐지 낯이 익다 했더니… 기래, 82밀리 박격포대대에서 포신 조종전사로 미제 81밀리 박격포탄을 주우러 다녔다는 그 꽝포?"

"네, 그렇시다레. 하하."

김일룡은 낙동강 상류 안동지구 전투에서 쏴대던 소련제 82밀리 박격포탄이 바닥나자 대대장의 특명으로 국군이 철수하면서 버리고 간 미제 81밀리 박격포탄을 수집하러 다녔다고 했다.

소련제와 미제의 박격포탄 구경이 1밀리밖에 오차가 나지 않아 그런대로 소련제 박격포에 미제 박격포탄을 장전해 사용할 수 있기 때문이었다. 그러나 이 포탄이 포신을 뚫고 나가는 순간 적진으로 날아가기는커녕 마치 잉어꼬리처럼 허공에서 맴돌다가 제멋대로 낙하하는 바람에 피해가 적지 않았다는 것이다. 그래서 그에게 붙여진 별명이 '꽝포(공갈포)'라고 했다.

"기래, 김 동무는 어디 배루 왔수, 기차루 왔수?"

"아, 말씀마시구레. 화물열차를 타구서리 내려왔는데 창문은 용접하구 바닥은 철판 깔구서 공기를 제대로 못 마셔 죽을 고생을 했수다레."

"아, 기래두 나보다 낫구만. 내레, 똥배(LST) 타구서리 혼쭐이 났지 뭐야. 생각만 해두 끔찍해. 지금까지 살아 숨 쉬는 것만두 천만다행이외다. 기래, 김 동무와 함께 내려온 전사들은 다 어디 있시오?"

"그때 기차루 내려온 패들이 모두 적기 홀딩캠프(중계수용소)에서 거제도로 이송되는 걸 보구서리 이쪽으로 왔시다. 내레 인천 사발공장의 배식경험이 있다구 해서라무네 군관동무들을 보필하라구 일루 보내두만요."

"아, 기래요. 언제 기회 있으문 다시 한번 만나보구 싶구려."

"모두들 반가워 할 거외다. 그동안 대표 동무가 우리 전사들을 잘 봐 줬으니까니. 여긴 인천 사발공장에 비해 하늘과 땅 차이디요. 군관포로에다 전사포로에 민간인포로까지 워낙 사람들이 많아서리 그런지 몰라두 아직 질서가 안 잡혀 골고루 혜택을 못 받구 있시오."

"기래요. 부산에 도착하자마자 내레 기렇게 느꼈시다."

"기런데두 우리 내려올 때 대표 동무의 노고두 잊구서리 비난만 했댔시요. 공기도 없는 화물차에 실어 보냈다구 말이야요."

"하하. 비난받을 일이라문 비난을 받아야갔디. 하디만 모두 안 겪어봐서 그렇디 똥배(LST)보다야 낫잖구."

"아, 기거이 어디 대표 동무 탓이외까. 미 관리당국의 탓이디요."

"기렇게 리해해 주니 고맙시다."

"아 참, 이거 하나 물어봅시다레. 그러잖아두 대표 동무한테 어케 연락을 취해야 하나 고민하구 있던 참인데…."

김일룡은 느닷없이 무언가 요긴한 게 생각난 듯 정색을 하고 빛나는 눈망울을 굴렸다.

"무얼…?"

"내레, 얼마 전에 요, 언덕 너머 민간포로수용소 취사부에 부식 날라주러 갔다가 여맹에 관계했던 어떤 려성동무를 만났는데 그 동무레 대표 동무의 안해(아내)라구 기러두만요."

"내 안해…?"

아닌 밤중에 홍두깨 격으로 이게 무슨 얼토당토 않은 소린가. 주덕근은 처음 그 소리를 듣고 어안이 벙벙해 멍청한 얼굴로 김일룡을 바라봤다.

"아, 대표 동무레 난리통에 정신을 앗겨 사랑하는 안해도 잊었구려. 하하." 그러나 덕근은 뚱딴지같은 소리를 함부로 뇌까리는 쫭포 김일룡의 말을 도무지 이해할 수 없었다. 결혼도 안 한 사람을 보고 무슨 아내란 말인가. 하지만 김일룡의 표정은 사뭇 진지해 보였다.

"아, 찬찬히 들어(들어) 보시라니까니 기러시네. 그날 석양 무렵에 미군 부식 차량이 민간포로수용소 취사부에 갈 부식까지 우리 캠프에 한꺼번에 풀어 놓구서리 바쁘다구 기냥 가버리더란 말입네. 기래서라무네 우리 보급하사관이 민간인 취사부에 갈 부식을 별도로 챙겨 드리쿼 터에 싣는데 나 보구 노력 동원을 나가라구 그럽데. 인천서 온 우리 취사부 하전사 서너 명과 함께 갔는데 그중 심약한 한 동무가 비린내 나는 정어리 상자를 옮기다 말고 역겨워 토악질을 하더란 말입네."

"기래서…?"

"아, 기래서 그 꼴을 보구서리 한 동무가 저거이 다 생사람을 짐짝 취급한 주덕근이 때문이라구 비난하니까니 또 다른 동무가 아, 주덕근 동무도 포로대표로서 최선을 다 한 거이 아니냐구 반박하더란 말입네. 그때 마침 배식을 담당하고 있던 예쁘장한 려성동무레 불쑥 나서면서리 린민군대의 주덕근 중좌 니야기냐구 정색을 하구 묻더란 말입네."

"기래서…?"

덕근은 마른 침을 꿀꺽 삼켰다.

"기래서라무네 무심히 기렇다구 대답했더니만 아, 그 려성동무레 살아 있었구만 하구 안도의 한숨을 크게 내쉬더란 말입네다. 해서라무네 내레 물어봤댔시오. 려성동무레 주덕근 동무와 어케된 사이냐구. 아, 기랬더니만 두 말 않구 안해되는 사람이라구 그러더란 말입네다."

"아니, 그렇다문 경옥이? 임경옥이가 살아 있단 말인가. 죽었다던 경옥이가 살아 있다니…."

도무지 믿을 수 없는 이야기였다. 덕근은 바로 그 순간 온몸이 고압선에 감전된 듯 와들와들 떨려와 견딜 수 없었다.

'수원이 수복되던 날 자치치안대에 의해 집이 불타고 경옥은 그 불길에 휩싸여 죽었다고 수원에서 붙잡혀온 여맹원이 전하지 않았던가. 그런 경옥이가 살아 있다니 이게 꿈인가, 생시인가.'

덕근은 대뜸 김일룡의 양팔을 붙잡고 흔들면서 큰소리로 외쳤다.

"기래서, 그 려성동무레 이름이 뭬라구 합데까?"

"이름은 못 물어 봤시오."

"기래, 기럼 그 려성동무레 어디서 잡혔댑디까?"

"천안 어디라든가… 자세히 듣디는 못 했디만 아마 천안 근처서 미군에 포로가 되었다고 하더란 말입네다."

"기럼, 기거이 아닌데…."

"아, 그 려성동무레 원래 소속은 수원 려성동맹이라구 기러두만요. 그리구 취사부의 려맹 출신 다른 려성동무들도 혁명가의 가족이라며 그 려성동무를 떠받들더란 말입네다."

"혁멍가의 가족… 아, 기렇담 경옥이가 틀림없어. 기럭하구…."

"기럭하구? 아, 기러문 대표 동무레 그 려성동무의 소식을 깜깜하게 모르고 있었구만요. 내레 보기엔 배가 제법 불러오더란 말입네다."

"임신이라니… 우리 경옥이가?"

"예, 얼핏 보기에두 제법 배가 부른 거이 동료 려성동무들조차 홀몸도 아닌 사람한테 충격적인 말은 삼가달라구 하더란 말입네다."

"지금 그 려성동무레 어디 있시오?"

"아, 저어기 저 언덕 너머 엎어지문 코닿을 데라니까니."

"맞아. 경옥이야. 경옥이가 분명해. 아아, 경옥이가 살아 있었구만. 경옥이가 임신까지 하다니."

덕근은 그렁그렁한 눈빛으로 하늘을 우러러보며 이마와 가슴에 십자성호를 긋고 무릎을 꿇으면서 두 손을 모아 미친 듯이 외치는 거였다.

"오, 하느님! 감사합네다. 우리 경옥일 살려주셔서 감사합네다. 주님의 뜻이 하늘에서와 같이 땅에서도 이루어졌나이다."

김일룡은 그런 덕근을 멍청한 눈으로 바라보다가 고개를 갸웃거리며 돌아서는 거였다. 그러고는 오른쪽 귀와 뺨 사이의 어름에 손가락으로 동그라미를 그리며 돌았다는 시늉을 했다. 어쩌면 신의 존재를 모르는 그의 눈에 덕근이 갑자기 돌아버린 것으로 보였을지도 모를 일이다.

주덕근은 그날 밤을 꼬박 뜬눈으로 지새웠다. 별의별 생각과 궁리가 다 떠올라 도저히 눈을 붙일 수 없었다. 그토록 애절하게 그리며 죽은 줄로만 알았던 경옥이가 살아 있다니 꿈만 같았다. 더욱이 경옥은 인민군 포로들 앞에서 떳떳하게 덕근을 남편이라고 소개하지 않았던가.

'우리 경옥이가 임신까지 했다니… 배가 제법 부르다고 했디. 기러니까니 아이가 들어선 거이 지난 7월 중순쯤 되었을 게야. 발써(벌써) 임신 5개월이 지났구만. 이런 어쩐다…?'

덕근은 덜컥 두려움이 앞섰다. 그렇지만 경옥의 용기가 대견스러웠다.

'경옥은 분명 나를 사랑하고 있시야. 우린 비록 혼배성사를 하지 않았디만 부부의 인연을 맺지 않았는가. 경옥은 나한테 자신의 몸과 마음, 모든 것을 바쳐 뱃속에 가진 아이를 남들 앞에서도 떳떳하게 자랑하는 용기있는 려성이니까. 사랑하는 성성초! 포인세티아! 하느님이 내게 주신 로사! 부디 살아만 있어다오.'

그러나 지금은 어쩔 수 없었다.

'피차에 억류된 상황이 아닌가. 언젠가 기회가 되면 먼빛으로나마 얼굴은 한 번 볼 수 있갔디.'

덕근은 그렇게 자위했다. 마음 같아서는 지금이라도 당장 저 언덕 너머로 달려가 경옥을 얼싸안고 미친 듯이 통곡하고 싶었지만 그것이 마음대로 되지 않았다. 자유가 그립다. 자유! 자유! 바로 지척에 경옥이가 와 있다니 믿을 수 없었다. 그저 먼발치에서나마 그녀가 살아 있다는 것만 확인해도 한결 마음을 놓을 수 있을 것 같았다. 그는 그런 기대에 한껏 부풀었다.

동래 제100군관 포로수용소에서 전체 군관 포로에 대한 일제심사가 실시되었다. 덕근이 부산에 도착한 지 일주일 만이었다.

미 8군 정보국에서 온 정보관들과 수사관들이 딴에는 엄격한 포로심사를 한다고들 부산을 떨었으나 막상 북한의 군사정세나 이데올로기에 대한 질문은 거의 없었고 조선인민군 입대 연월일과 그동안의 군적 · 소속세통 · 수둔지 · 보직 등 일반적인 사항이었다. 그들은 포로들을 대상으로 군사정보를 획득하려는 노력도 별로 보이지 않았다.

때문에, 심문을 받는 군관 포로들은 정신적인 불안감이나 긴장을 덜 수 있어 한결 수월하게 심사를 받을 수 있었다. 그러나 이미 그들의 리스트에 올라 있는 특출한 인물이나 거물급이 나타나면 시간제한 없이 치밀한 심사과정을 거치게 마련이었다.

조선인민군 18사단 참모장 출신인 림인철 대좌의 경우 거물급 심사 대상으로 3일간에 걸쳐 끈질긴 심문을 받았다. 하지만 림인철은 자진해서 군사정보에 관한 내용까지 부풀려가며 죄다 털어놨다. 그는 미군 전용 식당에서 두툼한 스테이크에 와인까지 곁들인 특식을 얻어먹는 재미로 초보적인 군사 도덕도 잊고 "린민군대의 정보를 나만큼 아는 고위급 군관은 없다"며 큰소리까지 쳤다는 거였다.

평소 부하 군관들 사이에 괴팍한 성격의 소유자로 알려진 그는 살아남기 위해 간에 붙었다, 쓸개에 붙었다 하는 이중인격자였다. 철저한 기회주의자임을 스스로 드러내는 사악한 인간이기도 했다. 그는 김무정의 휘하에서 평양방어전에서 나섰다가 유엔군이 미처 평양에 입성하기도 전에 "공화국은 완전히 망했다"고 속단하며 귀순했으나 귀순을 인정받지 못하고 인천의 제3포로수용소로 이송된 것이었다.

이후 중공군의 참전 소식을 전해 듣자 이번에는 투항도 아니고 평양방어전에서 치열한 전투 중에 생포되었노라고 눈도 한 번 깜짝하지 않고 거짓말로 둘러대곤 하는 위인이기도 했다. 따지고 보면 귀순과 투항, 생포는 천지 차이가 아닌가 말이다.

'만약 림인철 같은 고위군관이 귀순하거나 투항한 사실이 공화국에 알려진다면 직방 총살감이야. 줄타기 광대 노릇 그만하구서리 어느 쪽이든 한군데 붙어서라무네 인간 노릇이나 제대로 해야지 쯔쯧….'

덕근은 혀를 차며 그런 상념에 잠겼다가 이빨을 쑤시며 미군 전용 식당을 나서는 림인철을 먼빛으로 바라봤다.

그도 역시 심사석에 앉았으나 간단한 신상파악과 형식적인 일문일답에 그쳤다. 그는 큰 기대도 하지 않았지만 심사를 마치고 일어서기 직전 "한국전쟁은 이데올로기 때문에 빚어진 전쟁이니만큼 포로심사에서 좌우익을 분명히 가려내 수용해야만 이념투쟁을 막을 수 있고 포로교환 때에도 유리한 입장에 설 수 있을 것"이라고 건의했으나 전혀 먹혀들지 않았다. 다만 "갓댐!"이라는 미군 심사관의 고함만 귀청을 때릴 뿐이었다.

숫제 국익을 우선하는 미군 심사관들의 반응은 공산주의자나 반공주의자나 한국인은 그게 그거라는 투였다. 쓸데없는 일에 참견하지 말고 묻는 말에나 대답하라는 거였다. 여간 실망스러운 일이 아닐 수 없었다. 그들 패권주의자들의 궁극적인 목적은 소련의 팽창주의를 막고 점령국인 일본을 보호하기 위한 교두보가 한국이라는 조그만 나라일 뿐이었다.

때문에, 이데올로기란 아예 관심 밖의 일로 치부했다. 하지만 그들은 해방 직후 남한에 대한 군정을 실시할 때에도 좌익의 정치 활동을 법적으로 허용하다가 큰 낭패를 당한 경험이 있지 않은가 말이다. 2차 세계대전 당시 독·소獨蘇 전쟁에서 독일군에 포로가 된 소련의 울라아소프 중장이나 카민스키 중장이 이오시프 스탈린의 엄혹한 공포정치를 막고 붉은군대에 대항하기 위해 자유러시아군을 창설했다.

그 당시 자유러시아군에 참여한 소련군 포로가 200만을 넘었다. 이에 미국과 영국이 그들 자유러시아군을 전폭적으로 지원하겠다고 나섰다. 그러나 전쟁 막바지 소련이 연합국의 일원으로 돌아서자 독일을 점령한 미·영 양국이 독일에 억류돼 있던 자유러시아군을 "조국에 총부리를 돌린 더러운 인간집단"으로 매도하고 모조리 소련으로 강제송환해 버렸다. 자국의 이익을 위한 국제외교란 그렇게도 비열한 것이다.

태산같이 믿고 있던 미·영 양국으로부터 배신당한 자유러시아군의 운명은 어떻게 되었을까? 자유러시아군 지도자 울라아소프와 카민스키는 반역죄로 몰려 모스크바의 크렘린궁 광장에서 능지처참 형을 당하고 200만 병사들은 시베리아 강제수용소로 끌려간 것이었다.

포로심사를 마치고 나온 주덕근은 갑자기 맥이 풀렸다. 어딘지 모르게 허전한 감정에 사로잡혔다. 그는 경옥이가 살아 있다는 소식을 접한 후 더욱 마음의 안정을 찾지 못해 정신적 갈등에 시달리고 있었다.

'어쩌다가 둘 다 포로수용소에 억류된 신세로 전락하다니… 경옥이만이라도 자유롭게 묵주신공을 드릴 수 있다면 얼마나 좋을까. 우리 경옥이까지 전쟁의 속죄양으로 몰리다니 하느님도 너무 무심하지 않은가.'

이런저런 뒤숭숭한 생각에 잠기다가 자신도 모르게 머리카락을 쥐어뜯으며 발걸음을 옮기는데 내무성 중좌 출신인 강영모가 뒤따라 왔다.

"주 동무! 요사이 골치께나 아프겠소."

"길쎄, 뭐가 뭔지 도무지 갈피를 못 잡겠구랴."

"항미원조군抗美援朝軍(중공군)이 계속 남진해서라무네 부산으로 접근해오고 있다고 하오. 그러문 우린 어렇케(어떻게) 되겠소?"

"발쎄(벌써) 손들고 이쪽으로 넘어온 이상 계속해서라무네 재생의 길을 걸어야겠디오. 달리 방법이 없디 않소?"

덕근은 강영모가 심약하게 흔들리고 있는 것 같아 다소 퉁명스럽게 답했다.

"내레, 그 재생의 길이 남南에는 없다고 보오."

강영모가 최근 침묵이 잦아지는가 했더니 그도 역시 정신적으로 몹시 흔들리고 있는 모양이었다.

"그래두 내레 북에는 이쪽보다 재생의 길이 더 어렵다구 보오."

덕근이 넌지시 강영모의 마음을 떠보자 그는 조금도 주저 없이 고개를 내저었다.

"아니야. 이 시점에서 향배를 분명히 해야 하오. 지금 여단부에서는 홍철 총좌와 림인철 대좌가 나서서라무네 2천500명의 전체 군관을 상대로 공화국에 충성드리기 위한 재지도再指導에 부심하고 있다 하오."

그는 이미 결심이 선 모양이었다.

"역시 홍철답고 림인철다운 발상이구라."

덕근은 코웃음을 치며 한마디 내뱉고는 김정욱 대좌를 찾아갔다.

여단부 내에서 그나마도 매사에 신중한 공산주의 인텔리겐치아인 그가 분명 바른말을 할 것 같았기 때문이다.

"주 동무! 우리가 포로의 신분에 얽매여 있는 마당에 적색이니, 백색이니를 놓고 투쟁하는 것 자체가 아무 의미도 없는 어리석은 짓이라고 생각하오."

"사실 저두 기렇게 생각하고 있습네다만…."

"현재 전황은 북반부 진영에 유리하게 흐르고 있디만 기렇다구 해서 라무네 경거망동할 게 아니라고 보오. 좀 더 시간을 두고 국내외 정세를 묵묵히 지켜 봅세다."

역시 김정욱다운 신중한 태도였다. 그의 자세는 조금도 흔들림이 없었다. 덕근은 그제야 다소 마음의 안정을 되찾을 수 있을 것 같았다. 그러나 포로수용소로 흘러들어오는 뉴스는 한반도의 군사정세가 심각한 국면에 접어들고 있음을 알리고 있었다. 정보의 정확도는 다소 떨어질지 모르겠지만 포로수용소 내에서 떠도는 이야기는 그런대로 신빙성이 있기 때문이다.

중공군이 처음 평양을 탈환했을 때 린뱌오林彪가 지휘하는 제4야전군 병력 30만이 일시에 압록강을 건너 입조入朝했다는 설이 유력했으나 12월 하순에는 그 병력이 60만으로 불어났다고 했다. 그러고 또 며칠 안 가 중국본토에서도 홍수처럼 밀려와 중공군의 입조병력이 무려 100만을 돌파했다는 소문이 파다했다.

그런데도 유엔군 지휘부는 그 병력을 정확하게 파악하지 못하고 있었다. 다만 중공군의 대병력이 가공할 인해전술로 공격해오는 바람에 1~2개 사단이나 1~2개 군단쯤은 섬멸해도 꿈쩍도 하지 않아 결국 유엔군이 그 인해전술에 질려 전면 퇴각을 결정했다는 절망적인 소식만 들려올 뿐이었다.

3. 거부당한 맥아더 전략

파죽지세로 남진하는 중공군은 서부전선에서 미 8군과 한국군 2군단을 여지없이 격파하고 38선을 돌파했다는 소문까지 나돌았다. 그런 와중에 한국전쟁을 총지휘하고 있던 미 8군 사령관 워커 중장이 전선을 시찰하다가 지프가 전복되는 바람에 사망하고 유엔군의 퇴각 전선이 큰 혼란에 빠져들었다는 소식도 포로수용소에 전해졌다.

사실 그랬다. 10만 이상의 미 8군을 지휘하던 월튼 워커 장군은 12월 23일 오전 11시쯤 의정부 남방 5km 지점에서 손수 지프를 운전해 미군과 영국 연방군사단을 시찰하던 중 한국군 2연대 소속 드리쿼터와 정면충돌, 지프가 전복되는 바람에 순직하고 말았다. 2차 세계대전 당시 용맹을 떨친 패튼 대전차 군단 조지 패튼 사령관의 막료였던 그는 제3군단장으로 유럽 전선에서 전차전의 영웅으로 알려진 유명한 지휘관이었다.

흥남과 원산에서 비극적인 철수 작전에 돌입한 동부전선의 미 제10군단과 한국군 제1군단도 10만 중공군의 중압으로 고전하고 있다고 했다. 전혀 새로운 전황이 혼미를 거듭해 가고 있었다.

한국전쟁의 군사적 조치를 두고 맥아더 원수와 갈등을 빚어오던 트루먼 대통령은 결국 중공군의 군사력을 과대평가한 나머지 '한반도 포기, 일본열도 사수'라는 극단적인 상황을 염두에 두게 된다.

미 8군 사령관 워커 중장이 순직한 다음 날인 12월 24일 후임 미 8

군 사령관에 육군참모차장 매듀 리지웨이 중장이 임명되었다. 그도 역시 2차 세계대전 당시 유럽 전선에서 공정사단장과 군단장으로 용맹을 떨친 명장이었다. 그는 특히 육군참모차장이라는 직책상 한국전쟁 개전 초기부터 깊숙이 관여해 왔기 때문에 전황을 누구보다 잘 파악하고 있었다.

그래서 그는 8군사령관으로 부임하자마자 우선 8군의 "후퇴병後退病부터 고쳐야겠다"며 퇴각에만 정신을 쏟는 미 지상군을 반격태세로 전환하는 작전개념부터 재정비하기에 이른다.

브래들리 합참의장이 유엔군 총사령관 맥아더 원수에게 보낸 메시지에서도 그런 후퇴 병의 만성적인 정황이 드러나 있었다.

〈중공군은 한반도로부터 유엔군을 몰아낼 만한 전력을 충분히 확보한 것으로 생각된다. 우리는 험준한 산악지대로 이루어진 비좁은 한반도가 대대적인 현대전을 치를 만한 장소라고 생각하지 않는다.

전면전쟁 위험이 증대되고 있는 이 시점에서 미 지상군을 계속 투입해 비정규전에 능한 중공군과 대결할 수 없다고 생각한다. 귀관은 금후 일본에 대한 계속적인 위협을 제일 먼저 고려하고 귀관이 지휘하는 군대의 안전을 우선해 방어전을 전개하기 바란다.

따라서 아군이 한반도에서 질서 있게 철수할 적당한 기회가 언제인가를 심사숙고해주기 바라는 바이다. 귀관의 임무는 어디까지나 일본 방위에 있다는 것과 귀관이 사용할 수 있는 군대에는 전력의 한두가 있다는 것을 고려해주기 바란다.〉

그것은 이제 더 이상 한반도에 투입할 예비병력도 없고 한반도는 현대전을 치를 만한 장소가 못 되니 철수 작전을 준비하라는 암시였다. 한마디로 한반도를 포기하고 전적으로 일본의 적화 위협을 제지하겠다는 뜻이었다.

맥아더는 이 메시지를 받고 분개하며 이렇게 개탄했다.

"워싱턴은 패배주의에 빠졌다."

이로써 질식상태에 몰렸던 북한 공산집단은 한숨을 돌리는 한편 대한민국은 또다시 중대한 위기에 직면하게 된다.

신임 미 8군사령관 리지웨이 중장은 한국전선으로 부임하는 길에 일본 도쿄의 유엔군 총사령부에 들러 맥아더 원수부터 만났다. 맥아더는 평소의 자신감에 넘치던 늠름한 모습과는 달리 심각한 표정으로 한숨을 삼키며 그에게 당부했다.

"지탱할 수 있는 한 많은 남한지역을 확보해야 할 것이오. 한국의 수도 서울은 심리적, 정치적인 면에서도 가능한 한 오래 방어하는 것이 중요하다는 것이 나의 소신이오."

이 말에 리지웨이는 자신의 의견을 이렇게 개진했다.

"각하! 우리 8군이 현시점에서 밀리고 있긴 하지만 중공군을 통타痛打해야 된다고 판단할 때 지체 없이 일대 공세를 취해야 할 것입니다. 이런 공격작전에 대해 각하께서 반대하지 않겠습니까?"

리지웨이의 질문에 대해 맥아더는 기다렸다는 듯이 가장 명쾌하고 고무적인 말로 화답했다.

"미 8군은 이제 당신 것이오. 당신이 가장 좋다고 생각한다면 무엇이든지 마음대로 하시오. 나는 당신을 지지하며 적극 밀어주겠소."

리지웨이는 맥아더의 화답에 잔뜩 고무되었다.

그는 한국에 도착해 미 8군의 지휘권을 잡자마자 먼저 경무대부터 방문했다. 이승만 대통령을 만나 자신의 단호한 결의를 보이고 미군을 한반도에서 철수시키려 한다는 이 대통령의 불신감을 씻어야 할 필요가 있다고 생각했기 때문이다.

예상했던 대로 그를 맞이한 이 대통령은 반가워할 줄도 모르고 미국에 대한 불신감으로 덤덤한 반응부터 나타냈다. 하지만 리지웨이는 진심으로 자신의 속을 털어놓고 협조를 요청했다.

"대통령 각하! 저는 대한민국에 온 것을 기쁘게 생각합니다. 미 8군은 어떠한 일이 있어도 결코 한국을 떠나지 않습니다. 저는 한국을 지키려고 온 것입니다."

이 대통령은 비로소 이 말을 기다렸다는 듯 굳었던 얼굴을 활짝 펴면서 두 손으로 리지웨이의 손을 힘차게 잡았다.

노안에 눈물이 그렁그렁했다. 이 대통령의 이런 모습을 지켜본 리지웨이는 단호한 어조로 자신의 결심을 밝혔다.

"대통령 각하! 미 8군의 전투태세를 재정비하는 대로 곧 공세 작전에 돌입하겠습니다. 이것은 각하께 다짐하는 저의 분명한 약속입니다. 저를 믿어주십시오."

그러나 전황은 그가 단언한 것과는 달리 서울을 포기해야 할 만큼 긴박하게 돌아가고 있었다.

12월 30일 일본 도쿄.

맥아더 원수가 시시각각 극한 상황으로 치닫고 있는 한국전쟁의 전세를 뒤집기 위해 마샬 국방장관에게 자신의 의견을 개진하는 긴급전문(1급 비밀)을 타전했다.

〈중공은 현재 자국 내의 모든 군사력과 소련의 전술적 지원을 총동원하여 유엔군을 향해 최대의 공격을 가해 오고 있다. 이에 따라 주력부대를 모두 한·만 국경에 집결시킴으로써 군대를 빼낸 중국대륙 곳곳에는 약점이 생기고 있음이 분명하다. 그들은 우리 해군이 여러 가지 제약으로 일부밖에 작전에 참여하지 않고 있다는 점과 타이완의 자유중국군, 그들 국내의 반공세력 등에 대해서는 전혀 고려하지 않고 있다.

따라서 우리 정부는, 혹은 정부를 거쳐 유엔은 중공에 의해 강요된 이번 전쟁의 정확한 상황을 파악하고 우리의 능력껏 그들에게 보복 조치를 하는 결단을 시급히 내리지 않으면 안 된다. 그 방법은 다음과 같다.

1. 중공 해안의 봉쇄조치.
2. 미 해군에 의한 함포사격과 공중폭격으로 중공의 전쟁 수행시설 및 능력을 파괴.
3. 우리가 만약 한반도에서 전쟁을 계속 수행할 경우 자유중국의 국부군을 한국전선에 투입, 군사력을 증강.
4. 국부군에 대한 유엔의 규제를 풀어 중공 본토 내의 취약지구를 공격(실제로 침략에 대한 역습)하는 방법.

본관의 의견으로는 이상과 같은 조치를 해야만 중공의 침략전쟁을 수행할 능력에 치명타를 가하고 그 야심을 와해시켜 아시아를 곤경에서 구해낼 수 있다고 본다.

우리가 한반도에서 전쟁을 계속 수행하든 병력을 전략적으로 태평양 방어선에 투입하게 되든 간에 보복 조치를 하는 즉시 현재 아군에 가해지고 있는 중공군의 맹렬한 압력은 즉각 경감되리라 믿어 의심치 않는다.

이러한 행동노선이 중공을 자극하며 전면전쟁에 돌입하게 될까 봐 지금까지 채택되지 않았다는 사실을 본관은 충분히 이해하고 있지만, 현실적으로 볼 때 우리의 은인자중에도 불구하고 중공은 선전포고도 없이 전쟁을 스스로 확대하고 있음이 명백해졌다. 따라서 우리가 어떤 조치를 하든 중공에 관해서 더 상황을 악화시킬 수 있다고는 생각하지 않는다.

중공에 대한 군사적 보복 조치를 함으로써 우리 자신을 구하려는 것이 소련의 무력개입을 초래하든 안 하든 그것은 고려할 바가 아니라고 본다. 소련이 전면전쟁을 일으킬 것을 결정하는 것은 오로지 소련 자신의 무력과 힘을 스스로 어떻게 평가하는가에 결정되는 것이지 그 밖의 요소에 의해 결정된다고 보기 어렵기 때문이다.

만약 우리가 중공에 대해 아무런 군사적 보복 조치도 취하지 않고 한반도에서 무력에 의해 밀려난다면 아시아인들, 특히 일본인들에게 미치는 악영향은 심각할 것이다. 따라서 차후 우리가 태평양 군도의 방어선에 일본을 포함하려고 할 때 중대한 차질을 빚을지도 모른다.

또 한 가지 명심해야 할 점은 우리가 한반도에서 완전철수하면 우리와의 전투에 투입된 막강한 중공군의 세력을 그대로 놓아주어 어쩌면 한반도보다 더 전략적으로 중요한 지점에까지 여세를 몰아 휩쓸게 될지도 모른다는 점이다. 만약 우리가 철수하면 조만간에 한국군 전체가 궤멸 상태에 빠질 게 뻔하며 한반도를 잃을 경우 일본열도의 방어에도 치명적인 약점을 갖게 될 것이다.〉

이것이 한반도를 사수하기 위한 맥아더의 마지막 도박이었다. 그러나 불행하게도 이 도박은 중공과의 전면전을 우려하는 트루먼 대통령과 마샬 국방장관에 의해 비토당하고 말았다.

1951년 1월 4일.

아나나 다를까, 한국 정부는 새해 들어 또다시 수도 서울을 포기해야 할 정치적, 군사적 비극을 맞이하고 있었다. 이른바 1·4 후퇴! 서울을 수복한 지 불과 3개월 만이었다. 100만 서울시민을 비롯한 수백만의 수도권 피란민들이 눈보라 치는 산야를 누비며 남으로, 남으로 한 맺힌 눈물과 통곡의 피란길에 들어섰다.

그러나 이승만 대통령은 이번에는 전혀 당황하지 않았다. 서울을 비우는 것은 유엔군의 작전상 일시적인 상황이라고 판단했기 때문이다. 그는 미 8군 사령관 리지웨이 장군과의 약속을 철석같이 믿었다. 리지웨이 역시 비록 서울 방어를 포기하더라도 이 대통령과의 약속을 지키기 위해 오산~제천~영월~삼척 선에서 전선을 재정비, 더 물러서지 않겠다는 각오로 반격태세를 갖추고 있었다.

그 무렵 전황은 중공군이 결정적인 승기를 잡은 것도 아니었다. 인해전술과 게릴라전술을 구사하는 중공군의 병력은 훨씬 우세했지만, 지상군의 화력과 공군력은 유엔군이 압도적이었다. 그래서 리지웨이 장군은 현 전선에서 적을 유인해 우세한 아군의 화력으로 집중공세를 가할 시 반드시 승산이 있다고 판단했다.

게다가 중공군 총사령관 펑더화이의 정세분석과 작전계획은 워싱턴 당국의 성급한 우려와는 영 판판이었다. 미 합참본부는 기하급수적으로 증가한 중공군의 인간 폭탄, 즉 홍수처럼 밀고 쳐내려오는 속전속결주의 인해전술로 판단하고 충격에 빠져 있었지만 실제 상황은 중국인 특유의 만만디 작전에 불과했다.

마오쩌둥의 전략인 유생역량有生力量, 즉 2500년 전에 써먹던 손자병법의 하나였다. 땅을 잃고 사람이 남으면 잃은 땅을 되찾을 수 있으나 사람을 잃고 땅이 남으면 사람이든 땅이든 모두 다 잃고 만다는 전략. 이른바 손자병법이다. 그래서 펑더화이는 주력으로 최일선에 배치한 40만 대군을 인간 폭탄처럼 함부로 사용하지 않았다. 워싱턴의 어리석은 정책 입안자들이 낙동강 최후방어선까지 중공군의 인해전술에 밀리면 한국전쟁 초기상황처럼 패퇴할지 모른다고 지레 오판하고 있을 뿐이었다.

중공군은 크리스마스를 전후해 38도선을 돌파할 것이라는 워싱턴의 예측과는 달리 실제 12월 31일에서야 도달했다. 그리고 나서 닷새 후인 1951년 1월 5일 대한민국 수도 서울을 점령한 것이다. 6·25 남침 전쟁 개전 초기 사흘 만에 서울을 점령한 북괴군의 작전개념에 비춰 볼 때 이틀이나 늦었다.

결코, 김일성이처럼 무모하게 덤벼들지 않는 펑더화이의 신중한 전략전술 때문이었다. 이어 6일에는 한강을 도하, 인천을 점령하고 수원~원주선線에 도달했다. 이 과정에서 미군 탱크 1000여 대를 파괴하고 각종 차량 6000여 대를 노획 또는 대파하는 전과를 올렸다. 그러나 그것은 전투다운 전투를 치르고 전리품으로 챙긴 게 아니라 미 지상군이 후퇴하면서 버린 장비가 대부분이었다.

미 지상군은 중공군이 물밀 듯이 밀고 내려오는 상황에서도 크리스마스 선에 고향으로 돌아간다는 꿈에서 깨어나지 못하고 있었다. 그 때문에 전쟁에 염증을 느낀 나머지 전투장비 마저 버리고 후퇴만 거듭한 것이었다. 그 당시 후퇴하는 유엔군은 하루 25~30km의 행군 능력밖에 없었다. 하루 100km씩 행군하는 중공군이 후퇴하는 유엔군을 충분히 따라잡을 수 있었다. 그런데도 중공군은 왜 만만디 작전을 고집했을까? 보급선이 길어져 자칫 '유생역량'을 그르칠 수 있기 때문이었다.

사실 중공군은 한국전에 개입하면서 초기부터 엄청난 병력손실을 입었으나 그럼에도 불구하고 유엔군의 전력을 훨씬 능가한다는 자체판단을 하고 있었다. 서울을 점령한 펑더화이는 김일성이 6·25 남침 초기 저지른 어리석음을 다시는 범하지 않겠다며 '속전속승速戰速勝전략'에서 '완전완승緩戰緩勝전략'으로 전환, 수원을 기점으로 남진을 멈추고 전선을 재정비한 것이다. 바야흐로 전선은 교착되고 전쟁은 장기화 조짐을 보이고 있었다.

펑더화이가 입수한 적정敵情은 개전 초기 맥아더 원수가 전략적으로 낙동강까지 밀려나 인천상륙작전과 함께 대반격으로 북진했던 것처럼 이번에도 낙동강 전선에 교두보를 마련할 것이라는 판단이었다. 일본과 미 본토에서 4개 사단을 새로 투입해 낙동강 교두보에 집결시키고 동부전선에서 후퇴하는 제10군단을 보강하는 한편 유럽에 주둔 중인 나토군 병력까지 투입해 대반격을 시도할지도 모른다는 예측도 했다. 맥아더라면 그런 전략전술을 구사할 가능성이 충분히 있다고 내다본 것이다.

더욱이 중공군은 해군력도, 공군력도 없었다. 형편없는 보총과 수류탄으로 무장한 60만의 대군이 최전선에 배치돼 있을 뿐이었다. 이 병력을 낙동강까지 유인해 열악한 보급선이 길어지도록 만들고 인천상륙작전처럼 중공군을 양단兩斷할 작전으로 나올 공산이 크다는 것이 펑더화이를 비롯한 중공군 지휘관들의 일치된 견해였다.

그들은 입조 이후 3개월 동안 엄동설한을 무릅쓰고 험준한 산악을 이용하여 3차례에 걸친 대대적인 반격작전을 수행해 서울까지 함락했다. 이 정도면 성공한 편이었다. 자칫 욕심을 부려 더 밀고 내려가다가 역습을 당할지도 몰랐다. 유엔군은 공군력과 해군력을 총동원하여 쉴새 없는 공습과 함포의 엄호사격으로 중공군의 주간전투를 거의 불가능하게 만들어가고 있었다.

고사포의 지원도 없는 중공군은 지칠대로 지치고 보급선도 점차 길어져 어려움을 겪고 있었다. 이런 단계에서는 무엇보다 휴식과 보급이 필요했다. 손실된 병력과 장비의 보충을 위한 전투부대 개편도 뒤따라야 했다. 그들은 이미 한강 이남에 3개 군단을 투입하고 있었으며 최전방의 주력부대는 경기도수원선에서 일단 진공을 멈추었다. 유엔군의 방어전략에 말려들지 않겠다는 고도의 전략전술이었다.

한편 유엔군은 이 틈을 노려 대반격을 시도하고 있었다. 신임 미 8군 사령관 리지웨이 장군은 북위 37도 선의 남북에 걸쳐 강력한 전투부대를 집결시켰다. 그러나 중공군은 기다렸다는 듯이 자그마치 5개 군단을 투입하여 역 반격에 나서 유엔군 2개 사단을 섬멸하고 말았다. 한국군이 대부분이며 일부 프랑스군과 필리핀 및 룩셈부르크군도 포함된 유엔군 혼성부대였다.

피아간에 양쪽 군 지휘부의 정세판단과 작전 수행에는 현격한 차이를 보였다. 미 합참본부는 궁극적으로 전세가 불리할 경우 한반도를 포기할 수 있다는 작전 구상인 반면 중공군은 속전속결로 한반도를 점령한다는 목적이 아니라 유엔군의 반격에 발이 묶이지 않겠다는 신중한 전략개념을 고수하고 있었다.

특히 펑더화이는 의식적으로 마오쩌둥의 전략 테두리를 벗어나지 않으려고 노력하고 있었다. 때문에, 그는 1951년 1월 초순 수원~원주선에서 유엔군과 소강상태를 유지하고 있을 때 극비에 베이징으로 날아가 마오쩌둥에게 그동안의 전과를 상세히 보고하고 향후 전략방침을 요청했다.

마오는 이렇게 지시했다.

"항미원조抗美援朝를 강화하되 속승速勝이 불가능하면 한강 방어선을 튼튼히 구축하고 완전완승緩戰緩勝, 즉 시간을 오래 끌어 이기는 전술을 구사하라."

펑더화이는 이 같은 마오의 속내를 훤히 꿰고 있었다.

그는 언제나 군사적 귀추와 원칙에 충실하며 서두르지 않는 전투를 구사했다. 이른바 만만디 전략이다. 때에 따라 전진도 하고 후퇴도 하면서 지겹도록 장기전으로 끌고 갈 심산이었다. 미군을 비롯한 유엔군을 지치게 만들겠다는 의도였다. 역시 손자병법의 일이로지佚而勞之, 즉 적을 피로하게 만들어 패멸시킨다는 전략이었다. "오늘은 대구, 내일은 마산, 모레는 부산을 점령한다"며 남한을 거저먹겠다고 덤벼든 김일성의 무모한 무량즉패無量卽敗 전략과는 근본적으로 달랐다.

그러나 원자폭탄까지 개발하고 2차 세계대전을 승리로 끝낸 미합중국이 2500여 년 전에 써먹던 원시적인 '일이로지' 전략에 녹아나 한반도까지 포기하겠다니 아이러니가 아닐 수 없다.

그 무렵 이승만 대통령은 "유엔군의 북진만 믿고 마냥 기다릴 수 없다"며 50만 장병을 무장한다는 방침을 세우고 현역군인·경찰·학생을 제외한 만 17세 이상 40세 이하의 장정들을 대상으로 제2국민병을 소집하기에 이른다. 이른바 국민방위군이다.

국민방위군 설치 법안은 이미 1950년 12월 8일 임시국회를 통과했었다. 하지만 국민방위군은 1·4 후퇴의 혼란기에 소집된 데다 전국

51개 교육대에 분산 배치하고 사후관리를 소홀히 하는 바람에 장정들이 헐벗고 굶주리기 일쑤였다. 국민방위군 사령관을 비롯한 간부들이 부대 운영비로 지원한 국가예산을 모조리 횡령해 사복私腹을 채우기에 급급했기 때문이다. 결국, 대한민국 정부 수립 이래 최대의 부정부패 사건으로 드러나 당시 국민방위군사령관을 비롯한 고위간부들이 형장의 이슬로 사라졌다.

허울 좋게 출범했던 국민방위군은 줄잡아 10만 명의 장정이 아사餓死하거나 병사病死하는 바람에 그 후유증이 심각했고 곧 해체돼 버렸다. 전후방을 막론하고 불안과 공포가 휩쓸던 시기에 엎친 데 덮친 격이었다.

4. 누가 반역자인가

1951년 1월 10일.

부산 100 포로수용소에서는 중공군의 승전소식이 전해질 때마다 덩달아 고무된 공산 포로들이 '적기가'에다 김일성을 찬양하는 '장군의 노래'까지 곁들여 떠들썩하게 만들었다. 여기에다 평소의 급식 문제와 보급품 등의 불평불만을 노골적으로 드러내며 미군 관리 당국에 반발하는 소동을 벌이기까지 했다. 때문에, 피차에 감정의 골만 깊어가고 있었다. 이러다가 무슨 일이 벌어질지도 몰랐다.

미군 관리 당국으로서도 참기 어려운 한계상황에 도달하고 있었다. 그러잖아도 한국전쟁에 중공군이 전면개입하면서 전황이 불리하게 돌아가자 미군 병사들이 공산 포로들에 대한 적개심마저 품고 있던 터였다. 그래서인지 최근에 급식 사정도 많이 나빠졌다. 국도 없이 쌀과 보리쌀이 반반씩 섞인 밥 한 그릇에 반찬이라곤 마른 멸치 조각 5개가 고작이었다. 그런 식사로 허기를 때우자마자 미군 관리 당국은 휴식시간도 주지 않고 군관 포로들에 대한 전원 집합 명령을 내렸다.

무슨 중대한 훈시가 있을 것으로 알고 연병장으로 나가보니 아니나 다를까, 살벌한 분위기가 주위를 휩싸고 있었다. 연병장의 사방 둘레에는 무장한 국군 헌병들이 곤봉을 들고 삼엄한 경계를 펴며 포로들을 에워싸는 거였다. 그들 중에는 계급 표시도 없는 전투복 차림의 특무대원들도 더러 섞여 있었다. 특무대원들의 눈빛은 살기가 등등했다.

필시 심상찮은 사태가 벌어질 조짐이었다.

느릿느릿 집합하는 군관 포로들의 동작이 굼뜨자 경비병들을 지휘하고 있던 헌병중대장이 대뜸 한 경비병의 카빈소총을 빼앗아 맨 앞줄에서 포로대표 완장을 두르고 포로들을 정렬시키던 주덕근의 왼쪽 턱을 향해 개머리판을 휘둘렀다. 이 바람에 덕근은 맥없이 뒤로 벌렁 나자빠지고 말았다. 포로대표란 완장은 한마디로 동네북이었다. 인천에서도 그랬고 부산에서도 또 개머리판으로 얻어맞아 덕근의 턱이 성할 날이 없었다. 왼쪽 턱에 금방 피멍이 들고 퉁퉁 부어올랐다.

헌병중대장은 그래도 성이 덜 찼는지 카빈총을 허공에다 대고 "집합! 집합!" 연거푸 외치면서 공포를 두어 발 쏴대자 그제야 굼뜨던 포로들이 정신이 번쩍 드는 듯 잽싸게 대오를 맞추느라고 부산을 떠는 거였다.

그동안 림인철과 리철궁 등 가면의 탈을 쓴 일부 상급군관들이 하급군관들을 선동해 마치 포로수용소가 해방구나 된 것처럼 경거망동하자 덕근이 마음 졸이며 긴장해 왔던 게 정확하게 현실로 드러났다. 바야흐로 보복적 집단기합이 이루어진 것이다.

메이저(소령) 계급장을 단 포로수용소장이 조그만 지휘봉을 흔들며 단상에 오르기 무섭게 정렬한 포로들을 향해 도끼눈부터 치뜨고 작심한 듯 말문을 열었다.

"여러분은 일선의 전투상황이 아무리 바뀌어도 전쟁포로에 불과한 존재들이다. 그동안 우리 관리 당국에서는 제네바협정에 쥰한 포로 대우를 해왔으나 여러분은 장교의 신분을 망각한 채 너무도 뻔뻔스럽고 파렴치하고 포악하게 반항만 해왔다.

특히 최근에는 공산군 노래를 소리높여 부르고 반미구호를 외치며 소란을 피우고 이를 제지하는 한미 양국 경비병들에게 악의를 품고 야유하거나 헐뜯는 일을 다반사로 저질러 왔다. 스스로 투항하거나 생포된 자신의 처지를 부끄러워할 줄도 모르는 파렴치한들이다. 구역질이나 침이라도 뱉어주고 싶은 심정이다.

그러나 본관은 원칙에 따라 포로수용소 규정을 어긴 여러분을 단체로 교양교육을 시키겠다. 모두 사 열종대로 헤쳐 모엿!"

수용소장의 추상같은 명령이 떨어지자 향도역을 맡은 한국군 헌병 4명이 앞에 섰다. 그 뒤를 군관 포로들이 사 열종대를 이루었다. 그러고는 그 양쪽에 10미터 간격으로 곤봉을 든 한국군 특무대원들과 헌병, 미군 경비병들이 둘러쌌다.

"이제부터 연병장 구보를 시작하겠다. 만약 이 구보에서 낙오하는 자는 가차 없이 곤봉 세례를 가할 것이다. 구보 시간은 제한이 없다. 본관의 결심에 따라 실시하겠다. 구보실시!"

수용소장이 목에 걸고 있던 호루라기를 불자 이를 신호로 맨 앞에 향도로서 있던 국군헌병이 땅을 차고 달리기 시작했다.

그러나 대부분 포로는 앞장서서 맹렬히 뛰어가는 건장한 헌병들을 뒤따라갈 수 없었다. 연병장을 한 바퀴 돌고 두 바퀴째 돌 무렵부터 뒤처지기 시작하는 포로들이 늘어갔다. 숨이 목에까지 차오르고 눈이 핑핑 돌았다. 아니나 다를까, 열외에서 지키고 있던 특무대원들과 헌병, 미군 경비병들이 뒤처진 포로들을 향해 곤봉을 휘두르기 시작했다. 팔다리며 어깻죽지며 닥치는 대로 사정없이 후려치는 거였다.

"이런 빨갱이 새끼들! 어디 한번 당해 봐라."

"아이쿠, 오마니~."

"헉, 제발 살려주시구레."

여기저기서 비명이 울리고 매타작에 견디다 못한 낙오자들이 쓰러지기도 했으나 한미 양 국군은 인정사정없이 모질게 곤봉을 휘두르기만 했다.

심지어 쓰러진 낙오자들에게 억센 군화발로 걷어차기 일쑤였다. 그들은 모두 일개 사병의 신분에 불과했다. 큰소리 빵빵치며 공화국과 김일성에게 충성을 바치자던 여단부의 사악한 림인철과 리철궁도 별수 없이 그들의 매타작을 당했다. 둘은 "매앞에 장사가 없다"는 말처럼 견디다 못해 두 손으로 싹싹 빌면서 살려달라고 애원하기 바빴다.

매 맞기 싫으면 사력을 다해 뛰는 수밖에 다른 방법이 없었다. 덕근은 목에 차오르는 숨을 헐떡이면서도 안간힘을 쓰며 앞서가는 국군 헌병의 헬멧만 보고 달렸다. 제정신으로 뛰는 게 아니라 악에 받쳐 뛰는 거였다. 당장 쓰러져 죽어도 그들의 곤봉 세례가 저주스러웠기 때문이다.

얼마나 뛰었을까. 중천에 떠 있던 해가 서쪽으로 기울 무렵에서야 구보 중지 호루라기가 울렸다. 그 소리를 듣는 순간 덕근은 그만 앞으로 엎어지고 말았다. 인천을 떠나올 때 c-레이션이며 쇠고기 통조림, 초콜릿 등을 잔뜩 안겨주며 격려하던 경인지구 포로수용소장 보링 소령의 얼굴이 떠올랐다.

지나고 보니 보링은 너무도 인간적이었다. 3만여 명의 포로들을 관리하면서도 최선을 다한 그는 포로수용소장의 위세보다 신의 뜻에 충실하려고 노력했던 사람이었다.

"사람이 아니라 짐승이야! 폭한이외다."

"미국 놈들이 저렇게 나쁜 놈들인 줄 내레 처음 알았시다."

모두가 숙소로 돌아오면서 분을 삭이지 못해 한마디씩 내뱉곤 했다.

글쎄 사람이 아닌 짐승이 누구인지 모르겠지만 화를 자초한 것은 분명히 군관 포로 자신들이었다. 적국의 졸병들에게 몰매를 맞고 인간 이하의 대우를 받는 것도 최소한 군관으로서의 자존심과 체통을 지키지 못한 그들 자신의 잘못이었다.

주덕근은 카빈소총 개머리판으로 호되게 얻어맞은 왼쪽 턱의 상처가 부어오르고 아려와 병원캠프장인 장지혁 소좌를 찾아갔다. 지혁은 우선 덕근의 엉덩이에 소염진통제 주사를 한 대 놔주고 상처 부위에는 알코올 소독과 함께 페니실린 가루를 뿌리고 보기 흉하지 않게 반창고까지 붙여주었다.

"마, 죄 없는 일에 쉽게 아물 거외다. 병 주고 약 준다더니만 미군들이 호된 기합을 주구서리 부상한 포로들을 치료해주라며 좋은 약을 덤으로 줍데다. 어디 인민군대에서는 구경도 못하던 희한한 약들이 수두룩 하외다. 어디 상처나거나 아프문 언제든지 찾아오기요. 내레 씻은 듯이 낫게 해 주리다."

지혁의 말에 덕근은 씩, 쓴웃음을 머금고 고개를 끄덕였다.

"약뿐만 아니라 각종 군수품이며 물량이 넘쳐나두만. 역시 미국은 무엇이든 풍족한 나라야. 기런 거대강국에 조무래기 같은 김일성이가 덤벼들었으니 후과後果가 뻔한 거이 아니외까."

덕근이 치료를 마치고 막 일어서려는데 누가 텐트 안으로 고개를 불쑥 디밀었다. 가까이서 눈여겨보니 뜻밖에도 리학구 총좌였다. 그는 PW 스탬프가 찍힌 포로 군복이 아닌 양쪽 어깻죽지에 네모난 중성오 中星五 총좌 계급장도 선명한 고위군관 제복 그대로의 모습이었다. 그의 뒤에는 미군 경비병이 두 명이나 뒤따르고 있었다. 역시 거물은 거물이었다.

"아니, 리학구 동지!"

덕근은 깜짝 놀란 표정으로 이렇게 외쳤다.

"아, 주 동무 앙이오?"

"네, 그렇습네다. 이거이 얼마 만이외까."

"반갑소. 우리가 개전 초시에 헤어지구서리 처음 만나는 게로구만."

둘은 굳게 악수를 하며 감개무량한 표정을 감추지 못했다.

리학구는 특별대우를 받아서 그런지 몰라도 매우 건강한 모습이었으나 어딘지 모르게 번민에 시달리고 있는 표정이었다.

"내레, 좀 전에 니야기 들었소만 주 동무레 얼굴이 많이 축(想)했구만 기래. 쯔쯧…."

"내레 뭐, 항상 당하구만 사는 팔자려니 생각합네다만 학구 성(형)은 여기 웬 일이십네까?"

덕근은 오랜만에 리학구를 형으로 불렀다.

"아, 내레 락동강에서 얻어걸린 피부병이 도저서라무네…."

"성 소식은 잘 듣고 있습네다만 이런 일로 여기서 성을 만날 줄은 꿈에도 몰랐습네다. 정말 반갑습네다."

"어쩌다 보니까니 후과가 치욕스럽게 되었시다."

"아, 성이레 의거 귀순하신 걸 우린 자랑으로 생각하구 있단 말입네다."

둘은 불과 두어 살 차이지만 동북 조선의용군 시절부터 개인적으로는 형제처럼 지냈다. 게다가 고향도 같은 만주 헤이룽장성 무단장이었다.

그 당시 리학구는 무단장에서 보통학교(초등학교) 훈도(교사)로 있다가 뜻한 바 있어 동북 조선의용군에 입대했고 덕근은 만주공업학교를 나와 무단장 공작창의 엔지니어로 일하다 입대하게 된 것이었다. 그런 인연 때문인지 몰라도 둘의 우정은 남달랐다. 그뿐만 아니라 입조 이후 학구가 중성이中星二(중좌)로 제4보병연대 부연대장을 맡고 있을 때

덕근은 같은 연대의 중성일中星一(소좌) 공병 훈련참모였다.

이후 승승장구하던 리학구가 최고사령부 작전국 검열부장 겸 작전통제관으로 6·25 남침작전에 깊숙이 관여하면서 비당원인 덕근을 공병 검열관으로 과감히 발탁해주기도 했다. 게다가 학구가 남침작전의 공격 개시 신호를 책임지고 있을 때에도 덕근은 전선사령부 공병 부부장 겸 공병 검열관으로 그를 보좌하지 않았던가. 따지고 보면 깊은 인연이 아닐 수 없었다. 그래서 덕근은 누가 뭐래도 학구를 인간다운 욕망과 이성이 있는 고위군관으로 평가하고 있었다.

대부분 고위군관이나 상급군관들은 인민군대라는 엄격한 조직체계에서 상명하복은커녕 적전 하극상을 일으키고 귀순한 리학구를 비난했지만 주덕근은 용기 있게 정의와 자유를 선택한 그를 속마음으로나마 성원했다. 그의 말마따나 미군이 의거 귀순을 받아주지 않아 후과가 치욕의 나락으로 떨어지고 말았지만 말이다.

"학구 성은 대중과 떨어져 혼자 외롭겠수다."

"이거이 나의 소망이 아니라 미제가 격려하니 어카갔어(어떻게 하겠어)."

"우리 귀순 군관들이 진작에 학구 성의 석방 운동을 벌이구서리 반공 전선에 나서야 했댔는데 그러딜 못 했구만요."

"내레 친히 거느리던 13사단의 귀순 군관들도 그런 니야기를 수차하두만. 그러나 국방군 고위당국자가 기다리라고만 하구서리 확답도 없이 허송하구 있디 않아. 못 믿을 사람들이야."

"미군 당국에서 거부하기 때문이 아니외까?"

"내레 그럴지두 모른다구 느끼구 있다."

"국방군은 하다못해 동족애라두 있디만 미군은 우리 린민군대에 대한 적개심이 대단하다구들 그럽데다. 초시에 워낙 녹아나서 말입네다."

"전쟁… 기거이 상대적이지 않소. 어쩔 수 없는 지상명령에 따랐을 뿐이라우. 하디만 우린 20여 일간 보급도 없이 사경에 몰아넣은 김일성의 명령을 거역하구서리 2천여 명의 전사들을 죽음에서 건지기 위해 전원 귀순한 기야."

"내레, 학구 성의 용단을 잘 알구 있습네다. 사면 포위된 상황에서 극적으로 살아난 군관·전사들은 학구 성을 생명의 은인으로 보구있단 말입네다. 기렇게 자위하셔야디오. 어카갔습네까."

"주 동무도 잘 알다시피 이 전쟁을 누가 시작했소. 물론, 만고의 포악한 독재자 스딸린과 김일성의 명령으로 시작된 거이디만 내레 폭풍! 그 통탄의 한마디를 내지른 책임에서두 벗어날 수 없소. 이 침략전쟁은 내가 외친 폭풍 한마디로 시작되었으니까니 끝맺는 신호두 함께 울려야 하디 않갔소. 그래설라무네 넘어오자마자 사경에서 헤매는 군관·전사들부터 살리기 위해 귀순 권고 방송을 하구서리 대한민국에 충성 바치려 했던 거라. 꼭 받아 줄 걸로 알았는데…."

리학구의 얼굴이 갑자기 비감 어린 표정으로 일그러졌다.

"기거이 다 남조선이 힘이 없기 때문이야요."

"맞아. 남조선은 미국의 눈치를 보구 미국은 후과가 두려워 나를 외면하는 기야. 대전에서 우리와 싸우다가 포로된 딘 소장의 구출 문제두 얽혀 있구 말이야. 기래서라무네 포로 중에 최고계급자인 나를 력이용하구 있는지두 모르디."

"미군들은 조국해방전쟁이 사상전이라는 걸 리해 못하더란 말입네다."

"리해 못한다기보다 미군 지휘관들은 믿지 못할 사람들이라니까니. 처음에는 기렇게두 호의적이더니만 정세가 급변하자 확 돌아서 버리더라구."

"미군은 언제 배신할지 모릅네다. 어전(이제) 대한민국을 위해 우리가 저지른 죄과를 피로써 씻어야 한단 말입네다. 그러기 위해서는 무엇보다 우리가 통일전선에 앞장서야 할 거인데⋯."

그러나 학구는 고개를 가로저었다.

"주 동무! 남조선의 운명은 지금 풍전등화와 같소. 주 동무의 생각은 이상론에 불과하오. 현실은 그렇지 않소. 남조선이 독자적으로 대북정책을 세우고 전쟁을 수행할 능력이 없단 말이외다. 기거이 문제디. 모든 지휘권이 미군 수중에 있고 국방군은 그 예속에서 벗어나지 못해설라무네 싸우라문 싸우고 그만 두라문 그만 둘 수밖에 없는 기야. 아, 오늘만 해두 그렇디. 군관포로 전체를 도매금으로 묶어놓구서리 남조선 헌병들을 불러다 북어 두드리듯 매타작을 시키는 걸 보라우."

"예, 내레 그 점에 대해서는 동감입네다. 미군이 남북간에 민족 분열감을 부추기고 서로 적개심을 품도록 하는⋯ 그러기에 민족 동질성만 잃어가구 있디 않습네까."

"내레, 짱꼴라(중공군)들이 입조했다는 소식을 듣구서리 미군 당국에 우리 군관포로 가운데 자진해서 넘어온 귀순자가 적어두 70~80 빠쎈트(%)는 될 거인데 그들을 활용하문 한미 양국에 유익할 거라구 말했더니 한다는 소리가 뭔지 알아?"

"⋯?"

"갓댐이라는 기야. 한마디로 내 말이 난센스라더군. 지난여름 너희 군대가 자행한 만행을 생각하문 단 한 명도 우군으로 받아들이고 싶지 않다는 기야. 흥!"

"미군이 포로에 관대하다는 거는 전쟁에서 승리했을 때의 일이지 요즘처럼 항미원조군에 패주하구 있는 마당에 우리 린민군대가 곱게 보이갔습네까?"

"기러게 말이야."

"기렇디만 우리가 살길은 반공투쟁 속에서만 열린다고 생각합네다. 2차 세계대전 때 독일군에 포로된 울라쏘프 장군의 자유러시아군을 보시라요. 붉은 군대의 100만 포로가 수용소 안에서 반공 · 반스딸린으로 재무장하디 않았습네까. 우리도 여기서 반공 · 반김일성 구호를 외치며 자유조선린민군으로 재무장해야 되지 않갔습네까?"

"그러나 주 동무! 냉정히 생각해 보라우. 누가 울라쏘프를 재무장시켰으며 또한 자유러시아군의 운명은 어케 되었는가를⋯ 히틀러와 나치스들이 항복해온 자유러시아군을 빨치산 토벌에 리용해먹구서리 승전국인 미 · 영 두 나라는 연합국에 집단귀순한 그들을 소련으로 강제송환하지 않았소? 그 때문에 모두 대역죄에 몰려 죽고 꽁꽁 얼어붙은 시베리아 벌판으로 추방당한 거외다."

"하디만 이미 자유를 선택한 우리가 죽음의 도살장으로 되돌아갈 수야 없디 않갔습네까?"

"흥, 자유⋯? 주 동무! 내레 솔직하니 니야기해설라무네 길을 잘못 든 걸 후회하오. 우린 어전(이제) 충성드릴 나라가 없시다. 기걸 깨달아야 하오. 아군도 없구 적군도 없는 국적불명의 패잔병일 뿐이외다."

"학구 성! 성이 넘어온 걸 후회한다문 대관절 어케 하갔다는 거외까? 공화국의 헌법과 군사규율, 규정은 여하한 환경이나 곤경에 처하더라두 투항을 금지하구 있디 않습네까. 변절행위는 리유 여하를 마론하구 반당 · 반군 · 반역행위로 극형에 처하게 돼 있단 말입네다. 돌아가문 죽음밖에 더 있갔습네까?"

"⋯."

"학구 성! 넘어올 때의 포부대로 김일성 타도, 공산체제 타파, 공화국 해방을 위하여 분연히 일어서야 합네다. 비록 공화국에 변절했다고는 하나 우리의 피는 깨끗합네다. 이 깨끗한 피를 내 조국과 내 민족, 내 가정을 위하여 흘린다문 기거이 바로 숭고한 피가 될 거외다."

"주 동무! 북조선 정권을 소련의 괴뢰라고 한다문 남조선 정권 역시 미제의 괴뢰외다. 남북의 어느 집권자이든 강대국의 괴뢰로 있는 한 정복과 권력 야욕에 혈안이 될 뿐 진정한 인민의 대변자가 될 수 없단 말이외다. 북이 쳐들어올 때 남조선 린민들을 얼마나 괴롭혔소? 그러다가 훌쩍 도망가 버린 거나 남이 반격해 올라갔을 때 북조선 린민들을 내동댕이치고 패주한 거나 그 본질이 어디 하나 다른 데가 없지 않소? 그러니까니 굳이 안 받아주겠다는데 그 무슨 갈비까지 들이대구 설라무네 간청할 필요가 없단 말이외다. 사람은 누구나 역경에 처할수록 지조를 지켜야 하오."

"...?"

"주 동무! 경거망동하지 마오. 내레 뒤늦게 깨달았디만 우리 끼리의 분열투쟁은 국제적으로 망신만 살 뿐이오. 무슨 잣대로 남괴에 가담하여 흘리는 피는 깨끗한 피구 북괴에 가담하여 흘리는 피는 더러운 핀가? 내레 지금 생각으로는 누구의 피든 간에 국가를 위해 흘리는 피가 가장 소중하다고 보오. 기런데 어전 남북 어디에도 우리가 깨끗한 피를 흘릴 조국이 없다는 거이 슬프단 말이외다."

덕근은 순간적으로 너무도 변해버린 리학구의 태도에 실망했다. 어쩌면 넘어올 때의 이상과 현실의 괴리감에서 신념을 잃어버린 탓일까. 그는 한국 정부에 대해서도 불만이 많았다. 비록 작전지휘권이 유엔군 총사령관에게 있다고는 하나 한국 정부가 적극적으로 나서서 정치적으로 해결할 문제가 아닌가. 남침 초기 국방군이 투항해 왔을 때 인민군복을 입혀 해방전사로 써먹은 것처럼 말이다.

주덕근은 리학구가 전쟁의 책임을 지고 의거 귀순했을 때 그를 한국군 대령으로 받아들여 10만 반공포로를 한국군으로 양성했어야 옳았다고 생각했다. 그렇게 함으로써 중공군의 개입을 저지할 명분도 챙길수 있었을 것이다. 그러나 한국 정부는 그런 기회를 스스로 놓치고 말았다. 미국 독립전쟁의 영웅 찰스 리Charles Lee처럼 한국의 찰스 리가될 뻔한 리학구를 일개 전쟁포로 신분으로 격하시켜버린 것이 너무도안타까웠다.

찰스 리란 미국 독립전쟁 당시 영국군 대위로 조지 워싱턴 장군이 이끄는 독립군 진영으로 귀순해와 전쟁이 끝날 무렵엔 육군 소장까지 승진한 인물이었다. 대영제국은 미국의 독립을 승인하는 정전협정에서찰스 리를 반역자라며 그의 신병을 넘겨줄 것을 강력히 요청했으나 조지 워싱턴은 "독립전쟁의 유공자인 미합중국의 육군 소장을 적국에 넘겨줄 수 없다"고 견결堅決히 거부했다는 역사적 기록이 남아 있다. 미합중국은 그들의 그런 소중한 독립전쟁 역사마저도 망각 속에 빠뜨리고 만 것일까?

리학구는 피부병이 도진 상처 부위에 간단한 연고를 바르고 미군 경비병들에게 떠밀리다시피 자리를 떴다.

"학구 성! 또 언제 만날지 모르갔디만 부디 몸 건강하시라요."

덕근은 다시 만날 기약도 없이 죄인처럼 떼밀려 나가는 리학구의 뒷모습을 안타까운 눈빛으로 바라보며 큰소리로 외쳤다.

5. 광기

주덕근은 병원캠프에서 포로 신분도 잊고 잠시나마 리학구와 진지한 대화를 나누다가 갑자기 결론도 없이 헤어지고 나니 뭔가 허전하고 맥이 풀리며 어깨가 축 늘어지는 것을 의식했다. 씁쓸한 기분으로 막 돌아서 나오려는데 장지혁이 그의 등을 툭, 치는 거였다.

　"주 동무! 너무 상심하지 마오. 리학구 총좌가 말하는 지조라는 거이 자신의 자존심을 뜻하는 거외다. 우리 인간은 누구나 내면적으로 말 못 할 각자의 고충이 있게 마련이라오. 리학구도 개인적으로는 우리가 모르는 고민과 갈등이 이만저만이 아닐 거외다."

　"장 동무! 그렇다문 내레 생각하는 거이 어리석고 후과에 비판받을 여지가 있다는 말이외까?"

　"아, 물론 객관적으로 본다문야 주 동무도 결함투성이디. 하하."

　"왜서? 어떤 점이 결함투성이인가 말이오?"

　"아, 자기 생각이 아무리 옳다구 해두 남이 알아주지 않는 거이 바로 자기결함이 아니외까. 결과적으로 낙담밖에 남는 게 없다는 거외다."

　"왜서…?"

　"왜서 그러냐 하문 신은 완전해도 인간은 본디 불완전하니까. 례컨대 주 동무는 단순히 귀순만 하문 광명과 자유와 명예가 보장되리라고 믿었디만 후과는 암흑과 영어囹圄의 신세로 전락하고 말았디 않았소. 일촌 미래를 례측하지 못하는 거이 인간의 어리석은 지각과 판단이라는 거외다. 하하. 너무 심각하게 생각하디 맙시다레."

"정신적으로나마 남한테 의지하지두 말구 또 남을 비난하지두 말구…?"

"하하. 기거이 인생을 슬기롭게 살아가는 방법일 거외다. 내레 잘 모르긴 하디만…."

그러나 대부분 군관 포로들은 슬기롭게 살아가는 방법을 몰랐다. 그래선지 그들은 너무 깊이 빠져든 공산주의 사상의 엄혹함에서 헤어나지 못한 채 정신적으로 방황하고 있었다. 그것도 진정한 공산주의가 아닌 맹목적인 스탈린 교조주의로 변신한 김일성주의 때문에….

군관 포로들은 단체기합을 받은 이후 더욱 기승을 부리며 격렬한 감정을 노출하기 시작했다. 각 캠프마다 인민군 노래며 김일성 찬가, 적기가 등이 울려퍼지고 '미제타도! 소멸괴뢰국방군! 항미원조抗美援朝만세!' 등의 반미 · 반한 감정을 부추기는 구호가 난무했다. 게다가 포로관리 당국의 무차별 보복과 단체기합으로 인해 그동안 우익으로 돌아섰던 군관 포로들마저 반미감정이 극에 달해 다시 좌익으로 탈바꿈하는 역효과를 불러일으켰다.

스스로 "대한민국에 충성하겠다"며 공공연하게 우익임을 자처해온 제2집단군사령관 김무정의 부관 출신 허종석 중좌며 내무성 후방부 백일현 중좌, 11포병연대 부연대장 김용탁 중좌 등은 우익성향에서 다시 좌익으로 돌아선 케이스였다. 평소 처신에 신중했던 김정욱 대좌와 강영모 중좌도 여단부의 비밀증언에서 다시금 공화국에 충성을 맹세했다고 했다.

그동안 사상적으로 갈등을 빚어왔던 여단부에서는 홍철 총좌를 비롯한 신태봉, 김정욱 대좌, 강영모 중좌 등이 매일 밤 적화단결을 위한 비밀회의를 열고 전체 군관 포로들에 대한 이른바 탈색중화脫色中化 공작에 나서고 있다는 소문도 파다했다. 물론 정치군관 출신인 림인철과 리철궁이 선전 선동에 앞장서고 있었기 때문에 체면치레도 작용했던 모양이었다.

여단부에서 당 정화黨淨化와 정치개혁에 따른 의견을 종합해 지령문을 작성하고 앞으로 미군 관리 당국의 심사 거부와 대외접촉 금지, 특히 목사 · 신부 등 포교 활동을 위해 합법적으로 출입하는 성직자들과도 접촉을 금지하는 등 스스로 폐쇄적인 조치부터 취했다. 교활하고 상투적인 교조적, 공작적 공산주의 수법이었다.

부산 100군관포로수용소 여단부는 날로 승전고를 울리는 중공군의 전황에 귀를 기울이며 수백 명으로 추산되는 백색 · 회색 · 무취 · 무색 분자들을 가려내 적색분자로 전향시키는 정치공작에 한창 열을 올리고 있었다.

그들은 투항 당시 대부분 우익으로 돌아섰으나 중공군의 참전으로 전황이 뒤바뀌고 미군 관리 당국과 한국군의 태도가 일변하자 다시 본성을 드러내기 시작한 것이다. 그래서 그들 스스로 '재심사위원회'라는 자생단체를 조직하고 전체 군관 포로들에 대한 재심사에 들어갔다. 하여 그들은 정치공작 차원에서 포로가 된 이후의 친미 · 친한 성향, 미군 관리 당국에 대한 협조, 군사기밀 누설 등 반혁명 · 반국가 행위를 일일이 조사하고 자아비판까지 열었다.

누가 그런 권한을 부여했는지도 모르고 그들은 자율적으로 움직였다. 노동당에 대한 의무이자 이미 소멸 상태인 조선인민군의 재건을 위한 여단부의 권리와 사명감이라고 했다. 그러면서도 그들은 절대로 공산당 특유의 급진노선을 취하지 않았다. 우익성향 포로들의 반발과 저항을 우려했기 때문이다. 어디까지나 융화·설득·화해·단결의 슬로건으로 집요하게 호소하는 공작을 벌여나갔다. 이를 위해 림인철과 리철궁 등 급진적인 정치군관들도 평소와는 달리 감정을 드러내지 않고 유화적으로 설득전에 나서고 있었다.

여단부에서는 우선 주덕근 중좌를 비롯한 리기준·장지혁·리계화 소좌 등 우익성향이 강한 상급군관들부터 비밀리에 소환했다. 림인철 대좌와 리철궁 중좌, 자칭 김일성대학 교수 출신인 공산주의 이론가 김길준 중좌가 집요하게 물고 늘어졌다.

"내레 솔직하니 니야기해서라무네 살아남기 위해 귀순했시다."

"내레, 투항한 사람이외다. 하디만 그 당시 상황은 우리 모두 그럴 수밖에 없디 않았소."

그들은 하나같이 자신들의 처지를 그럴싸하게 포장한 뒤 진지한 설득전에 들어갔다. 보복이 두려워 불안에 떠는 상대방을 안심시키고 자백과 자아비판을 받아내기 위해 교활한 방법을 다 동원하고 있었다.

주덕근을 소환한 리철궁이 대뜸 이렇게 운을 뗐다.

"내레 린천에서 포로대표로 활약해온 주 동무를 초시(애초)부터 유심히 관찰해 왔소. 그 후과를 솔직하니 말해설라무네 주 동무는 비당원인 데다 초령(당연히) 출신성분도 기렇구 해서리 백색이 분명하다는 판단이외다."

그러자 림인철이 불쑥 거들고 나섰다.

"야야, 그딴 소리 집어치우라우. 주 동무레 포로대표로서 불쌍한 전사들에게 할만큼 했시야. 동지로서 우리가 보듬어야 한다구."

평소에 듣지 못했던 림인철 답지 않은 발언이었다. 자칭 이론가 김길

준도 한마디 거들었다.

"주 동무! 어카갔소? 과거를 씻어내구서리 우리와 함께 공화국에 충성드리는데 찬동하는 거외까?"

"예, 찬동합네다."

그럴 수밖에 없었다. 덕근은 무엇보다 그들의 보복이 두려웠다. 이미 칼을 갈아놓고 각본대로 움직이고 있지 않은가. 어떡하든 살아남기 위해 그들의 의견에 무조건 따라야 했다. 한 가닥 양심에 비춰볼 때 비열한 행동이지만 사랑하는 경옥을 만나기 위해서도 그는 살아남아야 했다.

그래서 그는 그들의 요구대로 앞으로는 미군 병사들과의 접촉을 절대 안 하기로 다짐했다.

"주 동무레, 앞으로 비밀리에라두 미군과 접촉할 시에는 미제의 스빠이로 처단할 거외다. 이 점 명심하시구레."

림인철의 추상같은 명령이었다. 하지만 여단장 신태봉 대좌의 태도는 달랐다. 그는 덕근을 따로 불러 시종 대등한 입장에서 서로의 의견을 타진하며 진지하게 대화하는 식으로 말했다.

"내레, 솔직히 말해서라무네 주 동무를 만난 이후 남달리 호감을 가져 왔던 거이 사실이외다. 주 동무레, 우즈베키스탄 타슈겐트에서 함께 자란 나의 옛 동무 박길남이 밑에서 공병 부부장으로 있었다는 니야기를 듣구서리 더욱 관심을 기울였구 그래설라무네 박길남 동무를 만난 것처럼 반가왔시다. 그런 주 동무를 이런 자리에서 사상성 토론으로 만나게 되니 정말 마음이 착잡하외다."

"예, 저두 여단장 동지의 뜻을 충분히 리해하고 있습네다."

"내레, 주 동무 앞에서 사나이답게 솔직하니 니야기해서 지금두 마음의 갈피를 못 잡구 있시다. 이거이 옳은 일인지, 그른 일인지… 지금에 와서 후회막급이외다. 내레 독·소전쟁이 끝나구서리 훌훌 벗어던지구 타슈겐트로 돌아갔어야 했소. 기런데 붉은군대에 미련을 두고 있다가 본의 아니게 입조해설라무네 이런 수모까지 당하구서리… 이거이뭐, 생각할수록 착잡한 심정 가눌 수 없시다."

신태봉은 가능한 한 주덕근에게 심리적인 부담을 주지 않으려는 듯 주로 자신의 처지만 말했다. 고도의 심리전을 구사하는지 몰라도 덕근은 그런 그에게 새삼 인간미를 느꼈다.

"여단장 동지! 너무 심려치 마시구레. 내레, 여단장 동지의 체통을 생각해서라두 여단부의 결정에 전적으로 찬동하갔습네다."

"고맙소. 주 동무! 우리 살아두 같이 살구 죽어두 같이 죽읍시다. 내레 사상성보다 인간의 정을 중시하는 사람이외다."

"저두 여단장 동지의 깊은 뜻을 충분히 리해하구 있습네다."

"기렇게 리해해 주니 고맙소."

신태봉은 덕근과 악수를 나누며 어떤 결의에 찬 표정이었다.

하지만 반골인 리기준 소좌는 달랐다. 그는 재심사석에 앉자마자 고집스럽게 림인철에게 따지고 들었다.

"여기 내남없이 똑같은 전쟁포로 입장에서 누가 누구를 심사하는 거외까? 당신들에게 이런 권리를 누가 부여했단 말이외까? 재심사에 앞서 그것부터 답해 보시라요."

이 말에 림인철의 안색이 붉으락푸르락했으나 꾹 참고 외식적으로 과격한 언사를 자제하는 모습이었다.

"리기준 동무! 오해는 마오. 이거이 최고 존엄과 조국에 대한 충성심을 다짐하는 여단부의 고위군관들이 각성하자는 뜻에서 결정한 사항이외다."

"내레, 생각하기에는 동무들이 다른 상급군관보다 중성中星 한두 개 더 붙였다 해도 이런 식으루 우릴 심사할 권리는 없다고 보오. 똑같은 포로신분에서 서로 화합해도 시원찮을 판에 적백赤白으로 갈라 무얼하겠다는 거외까? 적이 오문 어카구 백이 나오문 어카갔다는 기야요? 내레, 이런 심사 따윈 받지 않갔시다."

그리고 그는 두 말없이 자리를 박차고 나왔다. 그는 떳떳하게 자신이 우익임을 다시 한번 과시한 셈이었다.

의무군관 장지역 소좌는 여단부의 재심사장에 나갔다가 풀죽은 모습으로 돌아왔다. 덕근이 궁금증이 동해 한마디 건넸다.

"장 동무! 뭘 묻습데까?"

"거 무슨 목사 같은 것들과는 아예 만나지 말구설라무네 성경책은 뒤닦기로 쓸 터이니까니 여단부로 갯구 오라구 기러두만."

"얼간이 같은 새끼들이레 금색 찬란한 미래가 다시 오기를 꿈꾸고 있구만 기래."

덕근은 어이가 없다는 투로 혀를 끌끌 찼다. 그동안 탈색상태에서 방황하던 그들이 중공군의 승전소식에 고무되어 마치 동면에서 깨어난 교룡蛟龍처럼 꿈틀거리기 시작한 것이다. 중공군의 남진 소식은 100군관포로수용소만 뒤흔든 것이 아니라 부산 시내는 물론 저 멀리 거제도에까지 전국 포로수용소의 공산 포로들을 각성시키고 있었다.

이런 와중에 뜻밖에도 언덕 너머 민간포로수용소에서 끔찍한 살인사건이 발생하고 말았다. 사건은 공교롭게도 군관 포로수용소에서 단체기합이 벌어졌던 바로 그 날밤에 일어났다고 했다. 어쩌면 군관수용소에 책임을 덮어씌우기 위한 술책인지도 몰랐다. 그래선지 미군 관리 당국에서는 군관수용소의 사주에 의해 저질러진 보복살인으로 보고 한층 신경을 곤두세우고 있다는 거였다.

덕근은 민간수용소에서 살인사건이 발생했다는 소식을 전해 듣고 불현듯 임경옥이 생각으로 큰 충격을 받았으나 지척에 두고도 달려갈 수 없었다. 현장에 다녀온 국군 헌병이 전하는 이야기로는 피살자가 10대 중반의 나이 어린 청소년이라고 했다. 그 소리를 듣고 덕근은 비로소 쿵닥거리는 가슴을 쓸어내리며 안도의 한숨을 돌릴 수 있었다.

그나저나 피살자가 10대 청소년이라니…? 목격자들에 따르면 애초 너무도 끔찍해 그것이 도무지 사람의 주검인지 들짐승의 사체인지 분간할 수 없었다고 했다. 예리한 흉기로 목이 잘려나가고 살점을 도려낸 데다 살가죽까지 벗겨져 사람의 시신으론 형체를 알아볼 수 없을 만큼 피투성이가 된 채로 마치 생선의 포를 떠서 말리는 듯이 철조망에 거꾸로 내걸렸기 때문이다.

미군 관리 당국도 처음엔 엄두가 나지 않아 현장을 보존한 상태에서 CID(범죄수사대)에 진상조사를 요청했다. 현장에 달려온 CID 요원들과 미군의관의 검안 결과 피살자가 나이 어린 청소년이라는 사실만 확인했을 뿐 뚜렷한 신상정보조차 밝혀내지 못하고 있었다.

그러나 미군 CID에서는 일단 공산주의자들에 의한 보복살인으로 단정했다. 마치 생체 해부하듯 온몸에 각을 뜨고 시체를 토막 내는 것은 소련의 볼셰비키 혁명 당시 극악한 공산주의자들이 저지른 피의 숙청과 너무도 흡사했기 때문이다. 게다가 한국에서도 해방공간이나 6·25 남침전쟁 초기 서울과 각 지방 등지에서 유사한 사건이 비일비재했다.

특히 공산 프락치들이나 남로당 공비들에 의해 자행되는 보복살인은 전쟁 중에 흔히 발생하는 학살극보다 더 잔혹하고 엽기적이었다. 인간으로서 상상을 초월하는 하이에나와 같은 끔찍한 살인 수법이었다. 이를 두고 인간 백정이라고 했던가. 포악한 야수의 본성이 아니고서는 인간의 탈을 쓰고 도저히 그런 잔혹한 범죄를 저지를 수 없었다.

미군 관리 당국과 CID에서 3500여 명이나 되는 민간인 포로들을 대상으로 일일이 인원 점검을 한 결과 딱 한 사람이 보이지 않았다. 이제 겨우 만 16세 된 청소년 포로 최현철이었다. 그는 접적接敵지역에서 일단의 피란민들과 함께 전쟁포로로 나포되었다는 것이다. 바로 낙동강 전선에서 부상당하여 낙오된 국군 병사를 부축해 본대까지 안내해준 사실이 드러나 반혁명분자로 내몰린 끝에 포로수용소에서 인민재판에 회부 돼 잔혹하게 피살당했다고 했다.

CID 요원들의 수사 결과 신고자는 이웃 주민이었다. 그는 입소 이후 같은 텐트에서 줄곧 피살자와 함께 지내 왔다고 했다. 사건이 발생한 날 밤에도 피살자 옆에서 함께 나란히 누워 잠자리에 들었는데 괴한들이 나타나 보쌈으로 납치해갔다는 것이다.

둘은 낙동강 전선 피란길에서 북진 중이던 미군 병사들에게 나포돼 대구 임시포로수용소를 거쳐 이곳 동래 민간인수용소로 이송된 것은 지난해 10월 하순. 처음 입소할 당시부터 엄청난 환경의 변화에 갈피를 잡지 못해 불안에 떨며 정신적으로 극심한 피해의식에 사로잡혀 있었다고 했다. 같은 포로들끼리 좌우익으로 갈려 극한 대립을 보이는 과정에서 공산 포로들의 공격대상이 되고 있었기 때문이다. 더욱이 어린 청소년으로서는 참으로 견디기 힘들었을 것이다.

미군 당국의 포로 관리란 것도 체계가 제대로 잡히지 않아 입소하는 포로들에게 으레 옷을 홀랑 벗겨 알몸으로 만들어 놓고는 밀가루를 뿌리는 듯 DDT 분무소독부터 한 다음 마치 양 떼를 모는 식으로 철조망 울타리 안에 가둬 넣는 것이 일반화된 관행이었다.

일일이 인적사항을 기록할 여유가 없다는 이유로 이른바 헤드 카운 트로 머릿수를 헤아려 입소한 포로 수를 파악한 뒤 각 포로에게 앞뒤 로 전쟁포로의 인식표인 PW(Prisoner of war)라는 큼직한 스탬프가 찍힌 미군 작업복으로 갈아입게 하는 것이 고작이었다. 하지만 나이가 어리 고 체구가 작은 청소년은 어른이 입어도 헐렁하기 마련인 큰 작업복을 도저히 입을 방도가 없었다.

그래서 현철은 아예 바지는 입지 않고 윗도리만 가운처럼 걸친 채 뒤 뚱거리는 바람에 마치 찰리 채플린의 희극을 보듯 미군 경비병들이나 같은 포로들 사이에 놀림감이 되기 일쑤였다. 게다가 신발도 너무 커 맨발로 다녀야 하는 그를 보고 미군 경비병들이 도와주기는커녕 '리틀 보이' 또는 '찰리'라는 별명까지 붙여주었다.

현철은 포로수용소에 수용된 이후 한동안은 별 어려움 없이 지낼 수 있었다고 했다. 워낙 나이가 어렸던 탓에 포로수용소 안에서 함께 수 용된 민간인들로부터 연민에 젖은 동정과 귀여움을 독차지했기 때문 이다. 미군 경비병들까지도 여느 포로들을 대하는 태도와는 달리 그와 마주칠 때면 심심찮게 껌과 초콜릿을 던져주는 등 동정어린 관심을 보 였다고 했다.

특히 취사부에 있는 임경옥은 현철을 끔찍이 귀여워했다. 어릴 때 집 을 나가 남로당원으로 변신해버렸다는 남동생 경철이 생각 때문인지 배식 장에 그가 나타나면 무엇이든지 남들보다 더 챙겨 먹이려고 애썼 다. 포로수용소에서 먹는 음식이라곤 별 게 아니었지만 그나마 달걀가 루라도 생기면 챙겨 두었다가 그의 밥그릇에 부어주곤 했다.

"철아! 많이 먹어. 밥맛이 없어두 굶으면 안 되는 거야. 무엇이든지 먹고 기운 차려야지."

이렇게 한마디씩 던지며 토닥여 주면 현철은 고맙다는 인사를 잊지 않았다.

"누나! 고마워요."

"그래, 우리 꼭 참고 지내다가 언젠가 풀려나면 누나랑 함께 살자. 누나가 맛있는 거 많이 해 줄게."

"정말…?"

"아, 정말이지 않구. 누나도 원래 혼자 살아온 사람이야. 우리 현철이 같은 어린 동생이 있었지. 현철이보다 한 대여섯 살 위지만 지금 어디서 무얼 하는지 소식 한 통 없단다. 그 애 이름도 철이지. 경철이… 죽었는지 살았는지 생사라도 알 수 있다면 애간장이 덜 탈 텐데…."

경옥은 동생 경철이가 생각날 때마다 자신도 모르게 눈시울을 적시기도 했다. 육친의 정이 그리운 현철이도 그런 경옥을 친누나처럼 따랐다고 했다.

그러나 현철은 진작부터 남로당 출신 공산 프락치들의 주목을 받고 있었다. 그 당시 현철이 수용돼 있던 민간인 포로수용소에는 경상도 출신 남로당 프락치들이 우글거렸다. 그들은 밤낮없이 틈만 나면 목청을 돋워 공산 혁명가를 부르고 미군 경비병들을 상대로 "순수한 양민을 붙잡아다 왜 전쟁포로 취급하느냐"며 격렬하게 저항하기 일쑤였다.

그들은 "우리는 전쟁포로가 아니다. 즉각 석방하라!"는 등의 구호를 외치며 시위까지 벌이곤 했다. 게다가 걸핏하면 "양키 고 홈! 유에스 아미 고 어웨이!" 하고 반미구호를 외치며 공산주의 특유의 투쟁으로 극한 상황까지 몰고 가기도 했다. 어떤 면에서는 정규군 포로보다 더 극렬했다. 이 때문에 절대다수의 선량한 포로들마저 공포 분위기에 휩싸여 불안에 떨어야 했다.

극단적인 포로수용소 분위기에 주눅이 들어버린 현철은 어린 마음에도 자신이 적진에 낙오된 국군 부상병을 구해 주었다는 사실이 공산주의자들에게 알려지는 것이 두려웠다. 그런 끔찍한 기억이 되살아날 때마다 전전긍긍해 왔었다고 했다. 그런데 가장 가까운 이웃 주민에게 실토한 사실이 남로당원들에게 알려져 화가 된 것이었다.

6. 야수들의 축제

미군 관리 당국은 민간포로수용소의 상황을 애초부터 너무 안이하게 보고 있었다. 정규군 포로가 아닌 접적 지역에서 나포된 민간인들만 따로 수용하면 별문제가 없을 것으로 판단했다. 그러나 민간인 복장을 한 공산군 패잔병이나 게릴라, 남로당 프락치들까지 정확한 신원조사도 없이 일괄수용하는 바람에 이른바 시빌리언 수용소는 그 공산주의자들에 의해 손쉽게 장악되기 마련이었다.

　특히 그들 중에는 한국전쟁 이전부터 남한 전역에서 지하활동을 벌이며 선량한 주민들을 학살하고 공포의 도가니로 몰아넣었던 악명높은 남로당 프락치들과 공비 출신 포로들이 상당수 암약하고 있었다. 그들은 광복 직후 해방공간에서부터 적화통일을 목적으로 살인과 방화 · 강간 · 약탈을 일삼아온 골수 지하조직원들이었다.

　그들은 6 · 25 남침전쟁이 발발하고 전국에 북괴군이 진주해오자 마치 기다렸다는 듯이 인민재판을 열어 양민학살을 자행한 데다 피란민을 가장해 침투 및 기습작전으로 국군과 유엔군 진지를 교란하는 데도 주도적인 역할을 맡아왔다.

　그런데도 어리석은 미군들은 악랄한 공산주의자들이 포로수용소에 침투해온 사실을 까맣게 모르고 있었다. 다만 겉보기에 민간인이라는 이유로 좌 · 우익의 분리수용은커녕 어른과 아이도 구별하지 않은 채 마구잡이로 수용하는 바람에 이런 끔찍한 비극의 불씨를 남기고 만 것이다.

그뿐만 아니라 미 지상군 작전지역에서 나포된 순수한 피란민들까지도 전쟁포로로 취급하기 일쑤였다. 이 때문에 한때 한미 양국 정부 간에 외교적 마찰이 빚어지기도 했으나 한국전쟁의 작전지휘권이 유엔군 총사령관에게 있는 한 예외적인 조치가 취해질 수 없다는 것이 포로 관리를 책임지고 있는 미군 당국의 견해였다.

그것은 어쩌면 대전전투에서 낙오돼 적진을 헤매다가 불행하게도 한국인의 신고로 공산군의 포로가 된 미 제24사단장 딘 소장의 비극을 기억하는 미군들의 조직적인 보복심리가 크게 작용했기 때문인지도 모른다.

북한 공산군의 침략에 휩쓸린 한국을 구하기 위해 적진에서 목숨을 걸고 싸우다가 낙오된 딘 장군을 구출해주기는커녕 밀고한 한국인의 의식 수준도 개탄하지 않을 수 없었다. 때문에, 미군 병사들은 한국인들을 무조건 불신하고 접적 지역에서 발견되는 민간인은 이유 여하를 불문하고 모조리 전쟁포로로 취급한 것이다. 그것은 한국인의 자업자득自業自得이 아닐 수 없었다.

미 CID의 수사 결과 끔찍한 비극이 발생한 그 날 밤의 만행은 이렇게 자행되었다. 미군 경비대의 망루에서 즐비하게 늘어선 포로 캠프를 향해 간단없이 서치라이트를 비추던 중 검은 그림자들이 서치라이트 불빛을 피해 부산하게 움직이고 있는 것이 발견되었다. 하지만 경비병들은 경고사격도 하지 않았다고 했다. 그들은 으레 좌·우익 간에 다반사로 벌어지는 트러블 정도로 보고 아예 외면해 버렸다는 것이다.

미군 경비병들의 방관 속에 날뛰는 검은 그림자들은 하얀 붕대를 감은 몽둥이를 하나씩 들고 어디론가 쏜살같이 달려가는가 했더니 아니나 다를까, 최현철 소년이 곤히 잠들어 있는 텐트 속으로 잠입해 들어갔다. 텐트에는 모두가 누가 업어가도 모를 만큼 곤한 잠에 빠져 있었고 그 당시 소년은 깊은 잠에 빠져 있었다. 이 사실을 확인한 검은 그림자 중 두 명은 미리 준비한 담요를 펼치자마자 잽싸게 보쌈하듯 소년을 덮쳐 버렸다.

"아이고, 이게 누구야. 사람 살려라!"

소년이 당장 숨이 막혀 질식할 것 같은 느낌을 받으며 비명을 질렀으나 보쌈 상태로 온몸이 담요에 감겨 있었기 때문에 그리 크게 들리지 않았다.

"아이고, 사람 살려라!"

소년의 비명에 놀란 포로들이 잠에서 깨어나긴 했으나 감히 아무도 저항할 엄두를 못 내고 침상 밑으로 몸을 숨기기에 여념이 없었다. 포로수용소에서는 흔히 좌 · 우익 충돌이 벌어지면 일단 숨고 보자는 식으로 잽싸게 피신하는 것이 습관처럼 몸에 배어 있었다. 이렇게 하여 검은 그림자들은 눈 깜짝할 사이에 소년을 보쌈으로 납치해 어둠 속으로 사라진 것이다.

검은 그림자들은 바로 극렬한 남로당 프락치들이었다. 그들은 처음부터 미군 관리 당국으로부터 시빌리언civilian(민간인)으로 분류된 포로들이라고 했다. 하지만 말이 민간인 포로지 따지고 보면 골수 공산주의자들이 아닌가. 그들은 순수한 피란민으로 가장하여 포로수용소를 장악하고 우익포로들을 때려잡는 일에 혈안이 되어 있었다.

조직적으로 민간인 포로수용소에 침투한 그들은 어수룩한 포로들을 대상으로 세뇌 공작을 강화하면서 우익성향이 강한 포로들에 대해서는 가차 없이 린치와 고문을 자행하기 일쑤였다. 한마디로 공포의 대상이었다. 그들은 철저한 사상무장으로 정규군 포로보다 응집력이 강했다. 공작을 수행하는 과정에서도 때와 장소를 가리지 않았다. 그래서 그들은 마침내 누군가의 밀고로 소년의 반역행위를 적발하고 즉각 보복에 나선 것이었다.

보쌈에 걸려든 현철 소년은 공산 캠프에 끌려와 새파랗게 질린 얼굴로 무릎을 꿇었다. 그는 두 손으로 싹싹 빌며 무조건 "살려달라"고 애원했다. 그러나 먹이를 찾아 헤매는 야수들에겐 어린 소년의 애절한 호소가 가슴에 와 닿을 리 만무했다.

"이 종간나 쌔끼! 대가리 피도 안 마른 놈이 조국과 린민을 배반한 반역자란 말이가."

두목인 듯 험상궂은 얼굴로 야전침대에 걸터앉은 사내가 짤막한 지휘봉을 흔들며 소년의 아랫배를 쿡쿡 찌르는 거였다. 그는 방호산의 조선인민군 6사단 소속 정치 군관 출신으로 경남 통영에서 패주할 당시 지리산으로 숨어들었다가 국군의 공비소탕전에서 생포된 골수 공산주의자라고 했다.

"아, 그러니끼니. 요 아새끼레, 아주 맹랑한 놈이야요."

보쌈해온 사내가 이렇게 대꾸하며 무릎을 꿇고 사시나무 떨듯이 떨고 있는 소년의 엉덩짝을 발길질로 냅다 한 대 걷어차 버렸다. 이 바람에 소년은 맥없이 앞으로 폭 꼬꾸라졌다. 그를 보쌈해온 공산 프락치들도 역시 인민군대 패잔병 출신들이었다.

"이거이, 종간나 쌔끼레 어린 놈으로 봤다간 큰일 나갔구만 기래. 직방(당장) 린민의 이름으로 처단하기오. 동무들! 어케 생각하우?"

"옳소! 아, 국방군과 내통하구서리 국방군 패잔병의 목숨까지 구해

준 요런 아새끼레 조국과 린민의 이름으루다 직방 처단해야 한단 말입네다."

"와아~ 옳소!"

이른바 인민재판이 시작된 것이었다. 공산 프락치들은 그것이 반역자에게 가해지는 정의의 심판이라고 주장했다. 실로 기막힌 행태가 아닐 수 없다.

"자아비판부터 하라우!"

이미 초주검이 된 소년은 그들이 요구하는 대로 먼저 자아비판부터 시작했다. 자아비판이 끝나자 한 사내가 벌떡 일어나 이미 혼이 나간 어린 소년의 가녀린 멱살을 닭 모가지 비틀 듯 잡아 치켜들었다. 그러고는 대롱대롱 매달려 파닥거리는 소년의 입술을 예리한 칼날로 찢어버리는 거였다. 순간 소년의 입에서 시뻘건 피가 물컹물컹 쏟아져 나왔다. 난폭한 사내는 그것도 모자라 허공을 휘저으며 버둥거리는 소년을 천막 지주에 내동댕이쳤다.

광기에 들떠 있던 공산 포로들은 덩달아 "인민의 심판"이라며 어리디어린 소년을 발가벗겨 알몸으로 철 의자에 묶은 다음 두터운 타월로 입에 재갈을 물렸다. 그런 절차가 끝나기 무섭게 기다렸다는 듯이 돌아가며 소년의 양 무릎을 몽둥이로 난타하기 시작했다. 몽둥이만 봐도 기겁을 하던 소년은 그대로 까무러치고 말았다.

그러나 잔혹하기 그지없는 놈들은 소년이 까무러칠 때마다 양동이째 찬물을 끼얹어 의식을 회복시킨 다음 또다시 번갈아 가며 몽둥이찜질을 가하곤 했다. 매타작을 견디다 못한 소년이 끝내 의식을 잃어버리자 이번에는 예리한 흉기로 능지처참하듯 온몸의 살가죽을 벗겨 각을 뜨기 시작하는 거였다. 정신이 제대로 박힌 사람이라면 차마 눈 뜨고 볼 수 없는 참혹한 장면이었다. 이미 의식을 잃어버린 소년은 온몸이 피투성이가 된 채 생체해부까지 당하다가 끝내 숨지고 말았다. 너무도 끔찍한 죽음이었다.

"반동, 종간나 쌔끼레 린민의 이름으로 처단했으니까니 어전(이제) 제2단계로 미제들한테 반역자에 대한 린민의 심판이 어떤 거인 가를 보여 줘야 하디 않갔슴?"

두목의 명령이 떨어지자 놈들이 시퍼렇게 날이 선 예리한 흉기로 달려들어 마치 포를 뜨듯 채 식지 않은 시신의 살가죽을 벗기고 살점을 도려내는 데 광분했다. 눈 하나 깜짝하지 않고 진지한 표정으로 각을 뜨고 시신을 해체하는 모습은 사람이 아닌 야수의 본성 바로 그것이었다. 문자 그대로 인간 백정이었다. 아니, 어쩌면 인간의 탈을 쓴 야수들의 약육강식이나 다름이 없었다. 잔혹한 하이에나!

그 이튿날 아침 미군 경비병들이 포로수용소 광장에서 전체 포로들을 집결시켜 놓고 헤드 카운트를 하던 중 형체를 알아볼 수 없는 시신이 철조망에 거꾸로 내걸린 모습을 발견하고 아연실색했다. 하지만 그것이 공산 포로들에 의해 저질러진 만행이라는 사실을 뒷받침할 아무런 증거가 없었다.

미군 관리 당국이 발칵 뒤집혔으나 CID(범죄수사대) 요원들을 동원했으나 결국 시신의 신원이 접적 지역에서 나포된 민간인 포로라는 것외에 더 이상의 수사가 진전되지 못했다. 어쨌든 소년은 그렇게 처참한 죽임을 당한 것이다. 어린 것이 피란길에 위험을 무릅쓰고 부상당한 국군병사를 구출해 본대로 귀환시켜 주었다는 인도적 사실이 알려지자 미군 관리 당국에서도 안타까워 했으나 이미 엎질러진 물이었다. 박애주의 정신을 온몸으로 실천한 어린 천사는 이제 이 세상에 존재하지 않는 비극의 주인공으로 기억되고 있을 뿐이었다.

소년의 참혹한 죽음은 민간인 포로수용소에서 입소문으로 삽시간에 번져나갔고 마침내 취사부에서 밥을 짓던 임경옥에게도 전해졌다. 순간적으로 소스라친 경옥은 무거운 몸을 이끌고 단숨에 현장으로 달려가 끔찍한 참상을 목격하고 경악했다.

그녀는 피살자가 평소 친동생처럼 아끼던 최현철 소년이라는 사실을 전해 듣고 그만 까무러치고 말았다. 경옥은 들것에 실려 병원캠프로 옮겨진 뒤 진정제 주사를 한 대 맞고 가까스로 의식을 회복했지만 가슴이 찢어지도록 저려오는 아픔을 견디지 못해 한없이 고통스러워했다. 그녀는 마치 실성한 사람처럼 중얼거렸다.

"사람도 아니야. 짐승이야. 짐승만도 못한 인간 백정이야!"

경옥은 평소 느껴오던 공산주의에 대한 혐오가 증오로 돌변했다. 빨갱이 소굴에서 살아남기 위해 이른바 혁명가의 가족을 자처 해오긴 했지만 실은 온 가족이 빨갛게 물든 사실이 속 부끄러워 인공시절에도 입을 굳게 다물고 살아왔다. 공산주의 혁명이라는 것이 잔혹한 숙청을 미끼로 삼았기 때문이다. 그 사실을 그녀는 너무도 잘 알고 있었다.

그 미끼에 걸려 당대에 둘째가라면 서러워하던 공산혁명 이론가인 아버지도 죽고 붉은 혁명의 전위에서 몸부림치던 오빠도 죽고 하나 남은 남동생마저 남로당의 소굴로 뛰어든 뒤 소식조차 모른다. 온 가족이 제 명대로 못 살고 간 것도 그 혁명이라는 허울 좋은 살육의 미끼에 걸려든 탓이었다. 그런데도 그들은 홀로 남은 경옥이마저 "혁명가의 가족"이라며 선전도구로 삼았다. 경옥은 잊고 싶었던 희미한 의식이 되살아날수록 치가 떨렸다.

"사람이 할 짓이 아니야. 인간의 탈을 쓰고 어떻게 그 어린 것을 개

잡듯 잡을 수 있단 말인가. 그 어린 것이 무슨 죄를 지었다고….”

그 참상을 생각만 해도 너무 끔찍해 몸서리치곤 했다. 그녀는 야전 침대에서 배 속의 아기를 생각해서라도 안정을 취해야 한다는 간호군관의 충고도 뿌리친 채 모로 누어 한없이 울음을 터뜨렸다. 울어도, 울어도 찢어지는 슬픔이 가시지 않았다. 이를 지켜보지 못한 간호 군관과 여맹 출신 동료들이 그녀를 진정시키려 들었다.

“경옥 동무! 진정하시라요. 이럴수록 혁명가의 가족답게 의연해야 한단 말입네다.”

이 말에 경옥은 발끈 화를 내며 몸을 일으켰다.

“흥, 혁명가의 가족…? 너희들이 혁명을 알기나 하냐. 세상에 아무것도 모르는 철부지 어린 생명을 무참하게 거두는 것이 공산주의 혁명이냐구? 아무리 공산주의에 미쳐 날뛴다고 해도 생사람을 잡아다 개패듯 패 죽이는 게 혁명이냐고. 혁명이라는 말을 제대로 알고 써먹어야지. 공산주의 혁명은 원래 이런 게 아니야. 개백정만도 못한 살인마들!”

경옥은 자신의 가슴을 쥐어뜯으며 미친 듯이 울부짖었다.

“진정하시라요. 경옥 동무! 배 속의 아이를 생각하셔야죠.”

수원 여맹 출신인 동료 포로가 들먹이는 경옥의 어깨를 다독거렸다. 하지만 그녀는 좀체 진정할 줄 몰랐다. 양손으로 자신의 배를 감싸 안으며 다시 큰 소리로 외쳤다.

“이 아이의 아버지가 인민군대 상급군관이에요. 그이도 총칼 들고 전쟁터에 나가면서 이런 식으로 적을 무찌르진 않았어요. 인간의 탈을 썼으면 최소한 양심의 한 가닥은 남겨 둬야지. 이런 짐승만도 못한 것들! 결단코 하느님이 용서치 않을 거야.”

그녀를 둘러싸고 있던 동료 여성 포로들도 말없이 눈물만 훔쳤다.

그동안 포로수용소 내에서 좌·우익 충돌과 이념 갈등으로 인한 엽기적인 살인사건이 끊이지 않았다. 하지만 어린 소년이 희생된 것은 이번이 처음이었다. 치밀한 과학수사를 자랑하는 미군 CID에서 살인사건이 발생할 때마다 수사에 나섰으나 피살자의 신원마저 제대로 밝혀내지 못하는 경우가 허다했다. 왜냐하면, 공산 포로들이 미군 수사기관의 진상조사에 전혀 협조하지 않았기 때문이다.

인간은 이념을 위해서 가장 잘 싸운다고 했다. 그런 의미에서 민간인 포로수용소도 예외가 아니었다. 아니, 어쩌면 정규군 포로수용소보다 더 극렬한 투쟁을 일삼는지도 몰랐다. SK와 NK로 갈려 걸핏하면 이념충돌을 일으키고 집단구타에다 납치와 린치 등 극단적인 테러사태가 끊일 날이 없었다. 하지만 이번 사건은 피살자가 어린 청소년이라는 점과 그가 적진에서 낙오된 국군 부상병을 구출 해주었다는 이유로 보복살인을 당했다는 점에서 미군 수상 당국을 긴장시키고 있었다.

CID 요원들이 그 어느 때보다 적극적인 수사에 나섰지만 예측한 대로 별다른 진전을 보지 못했다. 미군 수사당국은 초동수사부터 잔뜩 긴장하여 소란을 떨었으나 결국 하루, 이틀 지나면서 여느 살인사건과 마찬가지로 수사는 점차 미궁으로 빠져들었다. 용의점을 두고 있는 일부 공산 포로 간부들이 불려가 조사를 받는 과정에서 그들은 하나같이 포로수용소에서 흔히 일어나는 염세자살, 즉 '수이싸이드suicide'라고 우기기 마련이었다. 사건의 실마리를 풀어나가는데도 조직적으로 협조를 거부하기 일쑤였다.

"쎄비지 프리즈너savage prisoner(야만적 포로)!"

미 CID 요원들은 입버릇처럼 이렇게 개탄할 뿐 별다른 단서를 찾아내지 못한 채 전전긍긍했다. 아무리 문명이 발달하지 못해 민도가 낮은 미개한 민족이라 해도 이념투쟁 때문에 사람의 목숨을 파리 목숨보다 더 가볍게 여기다니 인권을 존중하는 미국인들로서는 도저히 이해가 가지 않았다. 저들은 한마디로 피에 굶주린 하이에나와 다름없었기 때문이다.

생사람을 갈기갈기 찢어 생체해부하듯 죽여놓고도 그들 스스로가 '수이싸이드'라는 수사 결론까지 내리다니 참으로 황당하고 어이가 없었다. 난관에 부닥친 미군 수사당국은 참혹한 죽음이 발생한 지 사흘 만에 군관 포로수용소에 협조를 요청해 왔다. 수사를 종결하기 위해 군관포로 대표의 참고인 진술이 필요하다는 거였다. 하지만 여단장 신태봉 대좌는 단호히 거부했다. 그는 민간인수용소에서 발생한 사건에 대해 군관포로 대표가 참고인으로 나설 이유가 없다고 주장했다. 그의 주장에도 일리가 있었다.

그러나 미군 수사당국은 "막되게 구는 남로당 프락치들과는 아예 대화가 되지 않는다"며 "참고인 진술이라기보다 이번 사건의 특이한 유형에 대해 공산군 장교들은 어떤 생각을 하고 있는지 허심탄회하게 의견을 나누고 싶다"고 거듭 협조를 요청해 왔다. 하지만 여단부에서는 여전히 "우리와 무슨 상관이냐"며 거부했다.

그러자 이번에는 선글라스로 얼굴을 반쯤 가린 CID 요원들이 직접 여단부의 신태봉 대좌를 찾아왔다

"우리가 귀하들과 대화를 나누고자 하는 것은 이번 사건과는 전혀 무관한 일이오. 다만 공산주의의 실체를 좀 더 명확하게 알아보기 위해 귀하들과 솔직하고 진지한 토론이라도 갖고 싶어서 협조를 요청하

는 것이오, 부디 오해 하지 마시오."

　그러나 신태봉은 여전히 냉담한 태도를 굽힐 줄 몰랐다. 실은 신태봉이 스스로 대표로 나서는 것이 꺼림칙했기 때문이다. 그는 소련군 장교 출신이지만 영어는 단어 몇 마디도 구사하지 못했다. 물론 한국군 통역이 나서주긴 하겠지만 그런 점에서도 썩 마음이 내키지 않았다.

7. 해후

포로여단장 신태봉의 보좌역을 자처하며 항상 조언을 아끼지 않던 김정욱 대좌가 이번에도 미군 CID의 토론 요청에 심각하게 고민하다가 마침내 결심한 듯 진지한 표정으로 말머리를 돌렸다.

　"여단장 동지! 미제(미 제국주의)와 우리는 근본적으로 사상을 달리하는 집단이외다. 우리가 미제를 리해하지 못 하듯이 미제도 우릴 리해하지 못 하는 거이 당연한 일이 아니외까. 내레 차제에 서로의 리념을 리해시킬 수 있는 좋은 기회라고 생각하오. 일단 토론에 응하고 봅세다."

　김정욱의 제의에 신태봉은 마지 못해 긍정적으로 고개를 끄덕이긴 했으나 영 마음이 내키지 않는 표정이었다.

　"내레, 고위군관으로서 우리 공화국의 존엄을 생각해야디 양코배기 조무래기들의 대화 요청에 선뜻 나서기가 뭣해서 기래요."

　"아, 누굴 대신 내보내문 되지 않갔수?"

　"아니, 양코배기들과 말도 통하지 않는데 누굴 내보낸다는 기야?"

　"아, 주덕근 동무가 있디 않소. 어느 정도 말도 통하구 특히 주 동무는 인천에서부터 포로대표로 양코배기들과 자주 접촉한 경험도 있구 하니 대화가 될 거외다."

　하여 뜻밖에도 덕근이 명색이 군관포로 대표로서 미군 수사당국자들과의 대화에 응하기로 내부결정을 내렸다. 하지만 소댕(솥뚜껑)처럼 낯 두꺼운 림인철이 불쑥 들고 나섰다.

"이거이 크게 보문 미제와 우리 공화국의 리념 논쟁이 될 거인데 거물급인려단장 동무가 너서딜 않구서리 조무래기 같은 주덕근일 내보낸다문 우스갯거리외다."

리철궁도 약방감초처럼 기다렸다는 듯이 한마디 거들었다.

"주덕근이레 친미주의자외다. 그런 자가 우리 공화국을 좋게 평가할 리가 없디 않갔슴. 최고 존엄이신 수령 동지의 험담이나 늘어놓구서리 양코배기들의 환심을 사기 위해 력적패당과 어울려 입에 침이 마르도록 친미 발언만 할 거 앙이오. 군관포로 대표로서 격두 맞지 않구 고저 해악만 끼칠 위인임메."

이 말에 신태봉이 버럭 역정을 냈다.

"왜서 동무들은 주덕근이 말만 나오문 헐뜯을 생각만 하오. 이런 일에 개인감정을 개입시키문 아니 된단 말이오. 그리구 리철궁 동무레 그 무슨 격을 말하는데 주덕근이 명색이 조선인민군 중좌외다. 여기 군관포로수용소장도 미군 소좌(소령)에 불과하오. 그리구 CID 대장이라는 치도 계급이 소성삼少星三(대위)밖에 안 된다구 하오. 긴데 격이 어때서 그러우? 우리가 한 수 위잖소."

둘은 조리 정연한 신태봉의 말에 더 이의를 제기하지 못한 채 입을 다물었다. 김정욱이 분위기를 누그러뜨리며 강영모를 불렀다.

"강영모 동무! 일단 주덕근 동무를 불러오시오. 당사자의 의견도 들어봐야 할 거 아니외까?"

"네, 알갔습네다."

곧이어 덕근이 무슨 영문인지도 모르고 달려왔다. 신태봉이 은근한 눈빛으로 말했다.

"주 동무! 민간인수용소의 살인사건 때문에 미 CID에서 우리 여단부의 의견을 듣구싶다구 해서리 대화를 요청하는데 주 동무가 대표로 참석해 주시구레."

"제가 간다구 해서라무네 무슨 특별한 도움이 되갔습네까?"

"아, 주 동무레 인천에서부터 줄곧 미군들과 접촉해온 경험이 있디 않소. 그러니까니 이번 기회에 우리가 처한 립장두 잘 설명하구 사건의 성격상 우리 군관들과는 아무런 관련이 없다는 것도 해명할 필요가 있다고 보오. 어쩌문 우릴 냉대하던 저치들의 자세를 뜯어고칠 전화위복의 계기가 될지두 모르니까니."

"그렇디만⋯."

덕근은 주저했다. 전화위복이 아니라 잘하면 본전이고 자칫하다간 일을 그르쳐 비판의 대상이 될지도 몰랐기 때문이다.

"그렇디만이 아니라 이거이 여단부의 명령이외다. 내레 주 동무를 전적으로 증명(신뢰)할 테니까니 쓸데없는 걱정은 마오."

덕근은 신태봉이 여단부의 명령이라는 바람에 어쩔 수 없이 수락하긴 했지만 순간 뇌리를 스치는 것이 있었다.

임경옥! 어쩌면 이 기회에 잘만하면 경옥을 찾아볼 수 있을지도 몰랐다. 그것이 전화위복의 기회가 아닌가. 덕근은 그런 꿈심으로 마지 못한 듯 신태봉의 제의를 수락했다.

주덕근은 즉시 대기 중이던 미 CID의 지프에 올라 민간포로수용소 소장실로 갔다. 알고 보니 격을 따지던 리철궁의 말과는 달리 신태봉의 예측대로 민간포로수용소 소장의 직급이 소령에 불과했다. 그리고 대화의 상대는 CID 대장인 월커스 대위와 하사관급 요원 두 사람뿐이었다.

그들은 덕근을 비교적 친절하게 맞아들였다. 그들이 즐기는 커피와 비스킷, 드롭프스, 초콜릿 등 다과도 내놨다. 테이블을 사이에 두고 월커스 대위와 주덕근이 마주 앉았고 타이프를 치는 CID 하사관 두 명이 각각 월커스 대위 좌우에 배석했다. 그중 한 명은 한국계 미군으로 유창한 한국말로 통역을 겸하고 있었다. 먼저 월커스가 럭키스트라이커 담배를 한 대 권하는 거였다.

"우리가 귀하를 만나고자 한 것은 터놓고 말해 공산주의라는 이데올로기의 실체가 무엇인지 알고 싶어서요. 이번 사건을 통해서 다시 한번 느꼈지만 공산당이란 도무지 이해가 안 되는 집단이란 말요. 무엇보다 이번 사건을 저지른 공산당 프락치들과는 상식선에서도 도저히 대화가 되지 않소."

덕근은 담배를 한 모금 길게 빨아 당긴 뒤 연기를 훅, 내뿜었다. 담배 연기가 안개처럼 흩어지면서 약간 현기증을 느꼈다.

"단도직입적으로 말해서 공산당이란 햇빛을 싫어하며 어둠 속에서 적에게 치명적인 독침을 쏘는 전갈과 같은 집단이외다. 하디만 한 가지 분명한 거이 남이든 북이든 어느 한쪽이 상대방의 독소를 철저하게 제거하지 않는 한 극단적인 리념투쟁은 계속될 거외다."

"…?"

"특히 공산주의 리념이란 사막에서도 독소만 있으면 살아남는 전갈처럼 죽기 아니믄 살기 식의 극단적인 사상무장으로 똘똘 뭉쳐 있는 조직이란 말이외다. 때문에 북의 정규군인 린민군대도 총칼에 앞서 공산당의 사상무장에 의해 장악되고 있다는 거를 알이야 하오. 다시 말해 당이 군사력보다 우위에 있다는 거외다. 군사조직 역시 당의 명령에 따라야 하고 당의 준엄한 영향력에서 벗어날 수 없는 거이 공산주의의 실체란 말이오."

"…?"

"캡틴 월커스! 혹시 소비에트의 볼셰비키 혁명을 아시오?"

"아, 레닌이 노동자·농민을 선동해 무장봉기한 프롤레타리아 혁명…."

"그렇소. 그 당시 레닌과 스탈린에 반대하는 인민이 무려 1천만 명이나 희생되었소. 붉은 혁명을 위해서는 수단과 방법을 가리지 않고 반대파를 잔인하게 숙청하는 것이 공산주의의 생리본능이란 말이외다. 한마디로 신의 존재를 두려워 할 줄 모르고 신을 부정하고 무시하기 때문이오. 그걸 우리 북의 김일성이 그대로 답습하고 있는 거외다."

"그렇다면 당신도 그런 공산주의자란 말이오?"

덕근은 고개를 가로저었다.

"내레 초시(애초)부터 사상심사에서 탈락해서라무네 공산당원이 될 자격이 없는 사람이오. 비당원이외다. 그래서 자유를 찾아 귀순했는데 당신과 같은 미군 병사들이 투항자로 몰아 포로수용소에 억류하두만. 내레 공산군이 된 거이 일제강점기 북한도 아닌 부모님의 망명지 만주에서 태어나 성장했고 중국의 동북 조선의용군으로 종전 이후 중국 공산당의 명령에 따라 북한 공산군에 편입되었기 때문이오. 만약 남에서 태어났더라면 난 분명히 대한민국 국군이 되었을 거외다. 지정학적 환경 탓이랄까. 어쨌든 내레 북조선에서 사상불온자로 락인찍혀서라무네 정치교화소에까지 끌려갔다 나온 사람이외다. 하디만 내레 귀관들처럼 위대한 신의 존재를 믿는 사람이오."

"귀하는 어떤 신앙을 가지고 있소?"

"하느님을 믿고 있소. 가톨릭!"

"오, 그래요? 공산주의는 무신론자라 종교탄압이 심하다던데…."

"겉으로 드러나지 않는 마음속의 신은 그들도 어찌할 방도가 없지 않습네까."

덕근은 스탈린과 마오쩌둥, 김일성이 한반도의 적화통일을 위해 남침 준비에 광분하던 시점부터 남침전쟁이 일어난 경위, 이른바 혁명투쟁이라는 이름으로 자행한 점령지에서의 학살과 약탈행위 등 공산주의자들의 만행을 소상하게 설명해 주었다. 그리고는 "뒤늦었지만 앞으로 포로들을 엄격히 심사해 공산주의자와 반공주의자를 분리, 수용해야 할 것"이라고 주장했다. 미군 관리 당국이 만약 "그런 대책 마련에 나서지 않으면 단순한 살인사건 정도가 아닌 집단적인 학살사건이 발생할 것"이며 자칫 잘못 대응하다가 엄청난 화를 자초할지도 모른다는 충고도 아끼지 않았다.

그러나 그들은 덕근의 진정한 충고를 이해하지 못하고 반신반의하는 것 같았다. 때문에, 그들은 공산주의의 실체를 이해할 수 없다는 투로 계속 의문만 제기했다.

"미안한 이야기지만 이런 사태가 발생한 것은 미군 관리 당국의 실책에서 비롯된 것으로 보오. 처음부터 레프트와 라이트를 분명히 구분해서 포로들을 수용했더라면 적어도 리념 투쟁만은 막을 수 있었을 것이오. 그리고 어린 한 생명이 무참히 죽임을 당한 것도 미리 예방할 수 있었을 텐데 참으로 안타까운 일이외다."

이 말에 포로수용소장이 이의를 제기하고 나섰다.

"그러나 그것은 분명 제네바협정 위반이오. 제네바협정에는 레프트나 라이트를 구분해 수용하라는 조항이 없소. 자칫 인권 문제를 야기시킬 수도 있는 민감한 사항이란 말요. 귀하의 말대로 이념 문제 때문에 레프트와 라이트를 분리한다면 더 많은 관리요원과 시설, 물자가 필요할 것이오. 전비 지출에 따른 경제적 낭비도 고려하지 않을 수 없소. 우리가 바라는 것은 이제 포로들이 이념투쟁을 접어두고 같은 동족애로 건강하게 지내라는 것이오."

하지만 월커스 대위는 거의 두 시간에 걸쳐 덕근의 솔직한 이야기를 진지하게 받아들이며 연방 고개를 끄덕이고 협조해 줘서 고맙다는 인사를 잊지 않았다.

"난 오늘 귀하의 솔직한 이야기를 듣고 감명을 받았소. 내가 뭐 도울 일이라도 있으면…?"

"그건 불가능한 일이오."

"아니, 불가능이라니…?"

"내레, 원하는 거이 나를 정당한 귀순자로 받아들여 한국군에 편입시켜 달라는 거외다. 내레 반공전선에 뛰어들어 내 조국 대한민국을 위해 목숨 바쳐 충성드리고 싶소."

"그렇지만 그런 문제는 내 권한 밖이오."

"그러니까니 내레 불가능하다고 말하지 않았소. 인천에서 포로수용소장으로 있던 보링 소령도 그랬고 심리전 전문가인 미 해병대의 로빈 대령도 그렇게 말했소. 귀관처럼 그런 문제는 자신의 권한 밖이라구 말이외다."

"오, 나도 그 두 사람을 잘 알고 있소. 특히 보링 소령과는 일본에서 아주 가깝게 지냈소. 인천 포로수용소가 패쇄되면서 아마 극동군사령부로 복귀했을 것이오."

"내가 존경하는 참, 훌륭한 군인이었소. 내레 그 당시에도 포로대표로서 보링 소령과 손발을 척척 맞춰가며 수용소 운영을 원만히 처리했으니까니."

"그럴 거요. 보링 소령은 참 합리적인 사람이오. 어쨌든 협조해 줘서 대단히 고맙소."

이때 덕근은 문득 경옥이가 생각났다. 그는 주저없이 윌커스에게 말했다.

"이건 내 개인적인 소망이오만 여기 민간인 포로 한 사람을 만나보구 싶은 데 가능하겠는지요?"

"누구 말이오?"

포로수용소장이 말했다.

"내 와이프요. 내 아내가 피란길에 잡혀 와 이곳 취사부에 억류돼 있다는 소식을 들었소. 우린 전쟁 이후 한 번도 만나보지 못했소. 내 아내는 현재 임신 중이라고 하오."

"오, 그래요? 이름은…?"

"경옥이, 림경옥! 내 아내도 가톨릭 신자요. 영세명은 로사! 로사라구 불러도 쉽게 찾을 수 있을 거외다."

"부부가 다 함께 전쟁포로가 되다니, 이건 한마디로 비극이군."

"어쩌겠소. 그게 다 세상을 잘못 만난 운명인 것을… 그렇디만 하느님이 우릴 잘 지켜주실 거외다."

"그렇게 생각하면 위안이 될 것이오."

윌커스 대위는 덕근에게 진심으로 동정심을 보이는 것 같았다.

포로수용소 관리하사관이 수용소장의 명령에 따라 임경옥을 찾으러 간 사이 그들은 잠시 자리를 피해 주었다. 어쩌면 덕근과 경옥의 극적인 만남을 주선해주기 위한 배려인지도 몰랐다. 덕근은 잠시도 자리에 앉아 있지 못하고 들뜬 마음으로 서성거리며 테이블 가를 맴돌았다. 잠시 후 살며시 문이 열리고 마침내 꿈에도 잊지 못하던 경옥이가 모습을 드러냈다. 이게 꿈인가 생시인가?

"로사!"

덕근은 얼른 경옥에게로 다가가 와락 끌어안았다. 아무 말도 나오지 않았다. 둘은 그렇게 얼싸안고 온몸을 떨었다. 이윽고 정신을 차린 덕근이 말했다.

"내레 이런 꼴을 보여서 미안하오. 기래, 그동안 얼마나 고생이 많았소?"

둘은 테이블 가에서 철제 의자를 끌어당겨 서로 마주 보고 앉았다.

"당신이 살아 있다는 소식을 듣고 언젠가는 만나겠거니 하는 희망의 끈을 잡고 하느님께 기도드리며 버텨 왔었지요. 그 언젠가가 바로 오늘이었군요. 행운이 너무 빨리 찾아온 것 같아 불안해요. 건강한 모습을 보니 다행이에요."

"내레 당신이 죽을 줄로만 알았시오. 인천에 있을 때 수원의 여맹원이 포로로 잡혀와서라무네 자치치안대에서 당신을 불태워 죽였다는 말을 전하두만. 너무 분하구 억울해서 한없이 통곡했댔시오. 기런데 요 며칠 전에 우리 취사부의 상급전사가 당신이 살아 있다구 그러두만 이거 원, 정신이 헷갈려서라무네 한동안 멍청하게 하늘만 쳐다 봤시다레."

"그랬었어요. 하느님이 보살펴 주신 덕분에 살아남은 거예요. 마침 성당의 저녁 미사에 갔다가 돌아오는 길에 우리 집이 불길에 휩싸이는 걸 보구 그 길로 무작정 남쪽을 향해 도망쳐 나온 거예요. 하루 밤낮을 꼬박 산속을 헤매다가 길을 찾아 나서보니 천안 어디 가까운 곳이더라구요. 거기서 마침 북진 중이던 미군에게 발견돼 이곳으로 이송돼 온 거예요."

"잘 했어. 어쨌든 당신이 살아 있으니 천만다행이오. 꿈만 같소. 기래 당신 아기를 가졌다며? 어디 한 번 봅시다레."

덕근은 제법 부른 경옥의 배를 살짝 쓰다듬었다. 경옥은 부끄러운 표정을 감추지 못했다.

"벌써 7개월 째에요."

"오, 우리 둘의 사랑의 결실… 이 난리통에 어쩌자구 오마니를 힘들게 하네."

덕근이 경옥을 배를 쓰다듬으며 뱃속의 태아에게 들으랍시고 한 말이다.

경옥이가 말했다.

"하느님이 점지해주신 새 생명이에요. 당신은 곧 아버지가 될 거에요."

"기나저나 해산할 일이 큰 걱정이구만 기래. 어케 수용소 안에서 몸을 풀 수도 없구. 이거 정말 난감하구랴. 으음…."

덕근의 표정이 갑자기 어두워졌다. 그는 신음과 함께 땅이 꺼질 듯한 긴 한숨을 토해냈다.

"포로수용소가 어때서 그래요? 여기도 사람 사는 곳이에요. 당신한테 내가 죽었다고 잘못 전한 여맹원도 지금 함께 있고 나를 도와줄 사람이 몇몇 있다구요. 아, 주님도 말구유에서 탄생하셨잖아요."

경옥은 오히려 담담하게 말했다. 그녀는 겉보기와는 달리 심지가 깊고 강했다. 그런 경옥을 바라보는 덕근은 가슴이 찢어질 듯 아파 왔다.

"당신이 나를 만나지만 않았다면 이런 고생을 안 할 거인데… 내레 죽일 놈이야. 용서받지 못해."

"우리 아기를 생각해서라도 마음 약하게 먹지 말아요. 우린 어차피 석방될 것이구 이 땅에 다시 평화가 찾아오면 새 삶을 시작해야죠. 그런 희망을 갖고 현실의 어려움을 극복해나가야 해요."

"로사! 고마워. 아아, 하느님! 부디 우리 로사를 보살펴 주시옵소서."

덕근은 느닷없이 이마와 가슴에 십자성호를 긋고 떨리는 손을 모아 기도를 올렸다. 그러고 나서 그는 단단히 다짐하듯 말했다.

"로사! 언젠가 내가 말했었디. 남도 싫구 북도 싫다구 말이야. 갈수만 있다문 당신과 함께 어디 멀리 밀선이라도 타구서리 해외로 떠나구 싶다구 말이야."

"아, 네 기억나네요."

"내레 뜻한 바 있어 미리 말해 두갔는데 아마두 민간인 포로는 일찍 석방시킬 모양이야. 하디만… 하디만 말이야. 그 민간인 석방에 절대 끼어들디 말라."

"왜요?"

"왜서가 아니라 나와 함께 있어야 돼. 우리의 꿈을 실현시켜야디."

"어떻게…?"

"어케서냐 하문 우리 둘이 함께 있디 않으문 해외로 빠져나갈 수 없기 때문이야."

이 말에 경옥은 의아한 표정을 감추지 못했다.

"로사! 내 말을 똑똑히 듣구서리 명심해야 하오. 기거이 우리가 살 길이외다."

"아, 뜸만 들이지 마시구 속시원히 말씀해 보세요. 답답해 죽겠어요."

"기래…."

덕근은 잠시 생각에 잠겼다가 결심한 듯이 말했다.

"세상 돌아가는 꼴을 보니까니 남이고 북이고 간에 우리가 진정 기댈 곳은 아무데도 없시야. 우리 아기를 위해서라두 무조건 제3국, 난민의 천국을 선택해야 한다구. 아마도 민간인 석방이 실시되문 임신부인 당신이 선착순으로 빠져나갈 수 있을 기야. 하디만 무조건 거부하라. 수용소에서 나가문 맞아 죽는다구 말이야. 남에서는 빨갱이로 몰리구 북에서는 반역자로 몰려 죽게 된다구. 기래서라무네 유엔 고등판무관실을 통해 제3국으로 망명을 허락해주지 않으면 단 한 발짝두 나갈 수 없다구 뻐텨야 돼. 내 말 알아 듣간?"

"네. 알겠어요. 하지만 당신은 어떻게 되는 거에요?"

"아, 나두 마찬가디야. 내레 망명할 자신 있시야. 기럭하문 우린 자연스레 부부로 인정받게 될 거라니까. 무조건 내 말대루 하라우. 알간?"

"네. 알겠어요."

"아마두 거제도에 가문 포로 석방에 대한 심사가 이루어질 기야. 민간수용소부터… 그때에 대비해서라무네 단단히 마음에 새겨두라. 어카든 우린 난민의 천국이라는 미지의 세계로 가야한다구. 미국이문 더 좋구. 미국이 아니더라두 우리가 선택할 자유의 땅은 많아야."

"네. 명심하겠어요."

"기래, 고마워. 로사! 사랑해."

덕근과 경옥은 서로를 힘차게 부둥켜안았다.

8. 기약없는 억류생활

제100군관포로수용소를 비롯한 부산 시내 곳곳에 수용된 전쟁포로와 민간인 포로들이 대부분 신설된 매머드 규모의 거제도 포로수용소로 이송되기 시작했다. 그동안 줄곧 격리 수용되었던 리학구 총좌도 미군 경비병들의 호위를 받으며 첫 배를 타고 떠났다.

　주덕근은 이번에도 군관 포로들을 다 떠나보내고 잔여 포로들과 민간포로들에 뒤섞여 마지막으로 떠나는 미 해군 수송함 LST에 올랐다. 인천에서처럼 명색이 포로대표로 여단부의 고위급 및 상급군관들을 첫 시발로 2500여 명의 군관 포로들을 하루 500명씩 이송시키고 늦게 떠날 수밖에 없었던 것이다. 그는 비록 거대한 파도에 휩쓸리듯 미 해군 수송함에 짐짝처럼 실렸지만 민간인 여성 포로들과 함께 떠나게 되어 다행으로 생각했다. 이 기회에 자연스럽게 경옥을 만나 잠시라도 함께 지낼 수 있다는 것이 어쩌면 작은 행운이기 때문이었다.

　둘은 다행히도 공간이 넓은 상갑판에 자리 잡을 수 있었다. 그들이 승선한 미 해군 LST는 인천에서 포로들을 실어나르던 이른바 낡은 똥배와는 달리 최신형 수송함이었다. 선내 시설도 훌륭하고 상·하갑판이며 선창도 비교적 깨끗한 데다 공간도 훨씬 넓어 여유가 있어 보였다. 부산에서 거제도까지 항해시간이 불과 두세 시간 남짓 걸렸지만 시원한 바닷바람을 쐬며 비교적 편안하고 여유로운 항해 길에 오를 수 있어 무엇보다 마음이 가벼웠다.

덕근과 경옥은 모처럼 단둘이서 손을 꼭 잡고 상갑판 좌현左舷의 난간에 서서 점차 멀어지는 부산 앞바다를 말없이 바라보고 있었다. 둘의 심정은 착잡했다. 서로 무슨 말을 주고받으며 위안을 삼아야 할지 몰랐다. 다만 또 다른 지옥으로 끌려가고 있는 것만은 분명한 것 같았다. 생각할수록 한숨밖에 나오지 않았다.

경옥은 거기에도 사람 사는 곳이라고 자위했지만 억류된 상태에서, 그것도 좌·우로 갈려 끊임없이 피바람을 불러일으키며 이념투쟁에 몰입하고 있는 상황에서 덕근은 경옥의 해산이 큰 걱정이었다. 벌써 임신 7개월째. 미군 작업복을 뜯어 만든 치마폭이 팽팽하게 조이는 것으로 보아 만삭이 되어가고 있었다.

여성 포로들만 격리 수용하는 별도의 캠프가 마련돼 있다고는 하지만 그곳도 예외 없이 붉은 물결이 너울거리며 멀쩡한 사람들의 혼을 빼고 있다고 한다. 그런 환경에서 어떻게 몸을 풀 수 있단 말인가? 그래서 그는 경옥에게 무슨 말을 어떻게 해줘야 할지 몰라 그녀의 여린 손만 꼭 잡은 채 먼 바다로 시선을 보내며 그저 한숨만 삼킬 뿐이었다.

경옥이도 역시 말이 없었다. 덕근의 안쓰러운 모습을 지우기 위해 의식적으로 태연한 척하지만 날로 무거워 오는 몸을 지탱할 때마다 두려운 생각에서 벗어나지 못했다. 게다가 누군가의 도움이 필요한 초산이 아닌가 말이다. 닥친 운명이라지만 생각할수록 불안하고 두려운 게 숨길 수 없는 사실이었다. 그래서 그녀는 틈만 나면 하느님께 간절한 묵주신공을 드리며 용기를 다잡곤 했다.

바닷바람이 차가웠다. 덕근은 입고 있던 파커를 벗어 경옥의 어깨에 걸쳐 주었다. 이 파커도 경인지구 포로수용소장 보링 소령이 인천에서 헤어질 때 자신이 입고 있던 것을 벗어서 덕근에게 입혀 준 것이었다.

그는 하잘것없는 포로 신분인 자신에게 그동안 진심으로 과분한 인정을 베풀어준 보링의 인간미를 잊을 수 없었다.

덕근이 먼바다를 바라보며 이런저런 상념에 젖어 있을 때 누군가 등 뒤에서 그의 어깨를 툭, 치는 사람이 있었다. 깜짝 놀라 고개를 돌려 보니 장지혁이 낡은 뿔테 안경 너머로 씩, 웃음을 흘리고 있는 게 아닌가. 선창에서 환자들을 돌보다가 잠시 짬을 내 상갑판으로 올라와 맑은 공기를 마시던 중 덕근과 경옥을 발견하고 다가온 것이다.

"주 동무! 어디 갔는가 했더니 여기가 바로 일등석이구만."

"기럼, 인천에서 타고 온 똥배에 비하문 이 배는 유람선이외다."

"기러게 말이야. 밑에 선창에두 견딜만 하다우."

"참, 장지혁 동무! 만난 김에 인사나 하디. 여기 내 안해(아내)외다. 경옥이, 림경옥!"

"아, 동래서 말하던 그 려성동무…? 내레 주 동무를 통해설라무네 니야기 많이 들었시오. 반갑습네다. 아주마니!"

"네, 로사라고 합니다."

"로사…?"

"아, 이 사람 영세명이외다. 가톨릭 신자거든."

"아, 그렇습네까. 하등동물들이 사는 데서 천사를 만났구만요. 하하."

"여기, 장 동무는 원래 독실한 기독교 신자였다우. 지금은 형편없이 몰락했디만…."

덕근이 경옥에게 말했다.

"아, 주 동무! 그런 소리 마오. 내레 마음속으로는 늘상 하나님을 찾구있시오. 공산당이 내 몸을 빼앗아 가두 마음은 빼앗아 갈 수 없디 않아."

그러면서 지혁은 조심스럽게 주위를 한 번 둘러보는 거였다. 다행히도 그들의 이야기를 엿듣는 사람이 없었다. 지혁은 다시 경옥에게 시선을 보내며 넌지시 말머리를 돌렸다.

"아이고, 그러구 보니까니 해산 달이 가까워 오누만요."

"아니, 남의 마누라 해산 달까지 걱정하기요?"

덕근이 은근한 눈빛으로 말을 받았다.

"아니, 내레 명색이 의무군관이 아니외까. 내레 걱정을 안 하문 누가 해주갔습네까. 하하."

"아하 참, 그렇디. 내레 야전구호처장을 옆에 두고서리 엉뚱한 걱정을 했구만 기래."

"아, 기런 걱정은 마시라요. 내레 주 동무의 2세를 훌륭하게 받아드리리다."

"아니, 어케…?"

"아, 내레 거제도 가문 또 병원캄프(캠프) 책임의무군관이 될 거 아니외까?"

"기래서…?"

"아, 기래설라무네 아주마니가 산기를 느낄 때엔 병원캄프에 입원시키구서리 아기를 받아내문 되지 않갔소."

"기거이 가능할까?"

"원, 별 걱정두 다 하시구랴. 아무리 막가는 세상이라디만 새 생명이 태어나는데 누가 무슨 명분으로 막갔수?"

"기렇담 얼마나 다행일까."

"아, 기런 걱정일랑 이 돌팔이 산과 의사에게 다 맡겨두시라요. 내레 전공이 외과디만 다른 사람두 아니구 주 동무의 2세가 태어난다는

데 산과를 겸해야디 뭐, 어카갔어."

"장 동무! 고맙소. 내레 그 은혜 잊지 않으리다."

덕근은 덥석 지혁의 손부터 잡았다.

"주 동무도 그동안 험한 꼴 많이 보더니만 약간 이렇게 된 거이 아니외까. 하하."

지혁은 오른쪽 귀와 뺨 사이의 어름에 손가락을 대고 원을 그려 보였다.

"아니, 내레 멀쩡하외다. 돌긴 왜서 돌갔수?"

"아, 전선에서 쳐내려올 때나 쫓길 때나 붕대 한 조각, 머큐로크롬 한 방울 없어 손놓구 있었디만 여긴 미군들의 의약품이 남아 돈다니까니. 부산 동래에서두 의약품 하나만은 원도 한도 없이 써 봤시다레. 그 덕분에 많은 환자들이 살아났었디. 미국은 역시 미국이야. 우리 아주마니 영양제 주사두 듬뿍 놔 드릴 테니까니 염려 놓으시라요."

"말씀만 들어도 감사합니다."

경옥이가 비로소 안도의 한숨을 돌리며 지혁에게 진정 감사의 뜻을 표했다.

"여보, 로사! 어전 안심하구 기운 차리시구레. 장 동무레 평양의전 출신의 명의名醫외다."

"명의는 무슨… 고저 돌팔이를 겨우 면했을 뿐이외다. 하하."

셋이 상갑판에서 모처럼 즐거운 표정으로 기탄없는 이야기를 나누고 있는 사이 그들을 태운 미 해군 수송함은 다대포항을 지나 연안으로 빠져나오고 있었다.

연안 뱃길에는 작은 어선들이 잔잔한 바다에 닻을 내리고 고기잡이에 나서고 있는 평화로운 모습도 보였다. 어선들 사이를 오가던 갈매기 떼가 크게 날갯짓을 하며 하늘 높이 날아오르곤 했다. 또 다른 갈매기 떼는 쉼 없이 하늘을 날며 수송함을 따라오고 있었다.

바다도 푸르고 하늘도 푸르렀다. 마침내 가덕도를 지나고 남해안의 아름다운 풍광이 마치 한 폭의 그림처럼 펼쳐졌다. 이윽고 저 멀리 통영만이 아련히 나타났다. 통영까지 쳐내려와 거제도에 상륙하려던 방호산 부대(제6사단)를 수장시킨 비극의 통영만도 언제 그런 일이 있었더냐는 듯이 평화로운 모습으로 손짓하고 있는 것 같았다.

미 해군 수송함이 옥포만의 장승포항에 접안 할 무렵 부둣가엔 GMC 트럭의 긴 행렬이 늘어서 있었고 미군 경비대와 한국군 헌병대가 포로들을 이송하기 위해 삼엄한 경계망을 펴며 만반의 태세를 갖추고 있었다.

부산에서 장승포까지 불과 세 시간 남짓이지만 덕근과 경옥은 그 짧은 시간이 그럴 수 없이 행복했다. 앞으로 또 어떻게 될지 모르겠지만 둘이 헤어져도 한 울타리에 있게 된다니 얼마나 다행한 일인가. 덕근은 하선할 때 행여나 경옥이가 다칠세라 우려하며 손을 꼭 잡아 부축해 주었다. 이제 헤어지면 이렇게 부축해 줄 사람도 없지 않은가. 덕근은 생각할수록 가슴이 미어지듯 아파 왔다.

사정없이 곤봉부터 휘두르는 경비병들의 재촉에 쫓기며 트럭 뒤편에 연결된 철제 사다리 계단을 뒤뚱거리며 오르는 경옥을 온몸으로 감싸고 엉덩이를 받쳐 주었다. 그렇게 해서 경옥이가 무사히 떠나는 것을 보고 손을 흔들었다. 경옥이도 그렁그렁한 눈빛으로 멀어져가는 덕근을 향해 맥없이 한쪽 손을 들어 작별인사를 했다.

"빨리 타, 빨리!"

이 소리와 함께 덕근의 어깨죽지에 둔탁한 충격이 왔다. 한국군 헌병이 곤봉을 휘두르며 트럭에 빨리 올라탈 것을 재촉하는 거였다. 그는 국군 헌병의 헬멧만 봐도 겁이 덜컥 났다. 헌병들에게 매타작을 당한 일이 한두 번이 아니었기 때문이다.

예측했던 대로 경옥은 여성 전용 포로수용소로 가고 덕근은 제71 컴파운드 3대대 3중대에 배치되었다. 3000명을 수용한다는 포로수용소다. 이 수용소는 41개 텐트에 3개 대대로 편성돼 있었다. 미군 관리 당국에서 인수한 공산 포로들의 소속 배치는 자치권을 행사하는 여단부가 맡고 있었다.

애초 부산의 동래 100포로수용소처럼 군관수용소가 별도로 설치돼 있었으나 여단부가 자체적으로 포로들의 위계질서를 확립한다며 미군 관리 당국과 협의하여 하급군관들을 모두 '해방동맹'이라는 이름으로 민들레 씨앗을 흩뿌리듯 일반전사들의 캠프에 분산 수용했다. 보나 마나 공산당의 세포조직을 강화하기 위한 술책이었다.

미군 관리 당국은 공산 포로들의 교활한 속임수에 놀아나기만 하는 것 같았다. 해방동맹을 이끌어가는 간부진들은 중·소좌급 상급군관 중 정치보위부나 민족보위성 출신 정치군관 또는 내무성 출신 군관들만 여단부와 군관수용소에 남게 했다. 그리고 나머지 군사(보병)·공병·병기·후방(보급) 출신 군관들은 계급에 상관없이 상급군관들도 중대·소대까지 보내 하급군관들과 함께 사상무장에 나서도록 했다.

이 때문에 덕근은 사상성이 강한 정치군관과 내무성 군관들이 장악하고 있는 군관전용수용소에는 아예 발도 들여놓지 못하고 중대까지 쫓겨가야 했다. 하지만 애초 도매금처럼 2대대까지 배치되었던 장지혁은 자체 심사과정에서 의무군관임이 밝혀져 포로 전용 병원캠프로 자리를 옮겼다. 의무군관 포로 중 계급서열로 따져 장지혁이 최상급자여서 자연스레 책임 의무군관인 병원캠프장이 된 것이다.

부산에서 거제로 오는 수송함에서 큰소리치던 그의 예측이 그대로 적중한 셈이 되었다. 그것만도 얼마나 다행한 일인지 몰랐다. 어쨌든 경옥의 해산 문제는 크게 걱정하지 않아도 될 것 같아 덕근은 한결 마음이 놓였다.

여단부 해방동맹에서 일반군사 군관 중 상급군관들을 하급단위 캠프로 내려보낸 것은 포로대표로 활용하기 위해서가 아니라 군관·전사에 관계없이 서로 감시체계를 강화하여 이탈자를 막는데 가장 중요한 목적을 두고 있다고 했다.

공산 포로 중 이미 상당수가 반공으로 전향한 데다 회색·무색분자들도 언제 돌아설지 몰라 이들을 가려내 회유하거나 처단하기 위한 음모도 내포돼 있었다. 그들은 말 그대로 군집역량群集力量을 획책하고 있었다. 작은 무리로 큰 무리를 이룬다는 손자병법이다. 거제도 포로수용소를 새빨갛게 물들이기 위해서는 확고부동한 공산주의의 단결된 역량이 필요했다. 힘이 있는 곳에 권력이 있다는 사실을 행동으로 보여주고 있었다.

군집역량이란 어쩌면 반공 캠프에 어울리는 말인지도 모른다. 공산포로와 비교하여 반공포로의 수가 절대 열세에 놓여 있었기 때문이다. 상대적으로 조직의 힘이 약한 반공 캠프에서는 자유민주주의의 우월성만 주장할 것이 아니라 전향자들을 향한 공산 캠프의 온갖 위협과 회유를 막기 위해서도 힘을 키워야 했다. 그래야만 조직과 체제를 유지할 수 있다는 사실을 뒤늦게 절감하게 된 것이다.

하여 반공 캠프에서는 자체적으로 감찰부와 특공대, 경비대 조직을 강화하고 공산 캠프의 포섭 공작과 세뇌 공작 또는 납치·린치 등 테러를 막기 위해 잠시도 긴장을 늦추지 않았다. 바야흐로 거제도의 철조망 울타리 안에서 제2의 6·25 전쟁판이 벌어지고 있었다. 물과 기름처럼 결코 융합할 수 없는 반공·친공 등 양대 세력의 이념 갈등은 점차 감시·체포·고문·살인 등 극단적인 상황으로 치닫고 있었다.

공산 포로들은 마치 공산주의 창시자 카를 마르크스가 그런 권리를 부여한 것처럼 생사람을 갈가리 찢어 생체해부까지 일삼는 야만적인 살인행위를 밥 먹듯 했다. 반공포로 역시 전지전능한 신의 이름으로 공산주의자들을 처단한다는 명분에 도취 돼 있었다. 한마디로 염라 대국의 판관들이 다스리는 지옥계와 다름이 없었다.

세네바협정에도 포로가 포로를 감찰하고 체포·고문·린치하는 것을 범죄행위로 규정하고 있으나 그것은 한낱 쓸모없는 포로 관리상의 액세서리에 불과했다. 미군 관리 당국도 애초부터 포로들에게 자율권을 줘 철조망 내의 각 캠프별 포로 관리와 행정을 자체적으로 운영토록 위임한 것이 실책이었다. 포로 관리의 효율성보다 이른바 '빅 솔저(깡패포로)'를 양성한 결과를 빚고 말았기 때문이다.

'감찰'이니 '특공'이며 '경비'니 하는 완장을 두른 포로 간부들이 마치 대단한 특권이라도 가진 양 체포·구금·고문을 제멋대로 자행하기 일쑤였다. 그만큼 완장의 위력이 대단했다. 그것은 자체 생존의 법칙에 따른 조직관리가 아니라 서로 상대편 조직을 와해시키고 자기네 조직으로 끌어들이기 위해 독재와 착취를 일삼는 포로지도부의 상투적인 수법이었다.

특히 공산 포로들의 최고지도부인 여단부에서는 중좌급 이상 노동당원인 고위군관과 상급군관(소좌급 이상)은 무조건 행동조직인 해방동맹에 가입토록 정치명령을 하달해 두고 있었다. 그러나 대부분 상급군관은 투항할 당시 당원증을 찢어버리거나 없애버렸다. 이 때문에 서로 알음알음으로 인보증을 서고 노동당원임을 입증하는 일까지 벌어지기도 했다. 어쨌든 당증 소지자는 으레 양쪽 어깨에 힘이 들어가게 마련이었다. 포로수용소 내에서도 그만큼 사상성을 농도짙게 보장해주고 있었다.

행인지 불행인지 비당원인 주덕근은 자연스레 해방동맹에 가입하지 않아도 되었다. 어쩌면 그의 개인적인 입장으로 봐서 잘된 일인지도 모른다. 하지만 노동당원인 상급군관 두 명의 보증만 있으면 비당원이라도 해방동맹에 가입할 수 있다는 정치명령의 부칙이 그를 자유롭게 내버려 두지 않았다. 평소 가깝게 지내던 신태봉, 김정욱 대좌와 강영모 중좌가 자진해서 덕근에게 인보증을 서주겠다며 해방동맹 가입을 권유했으나 그는 끝내 사양했다.

진정 서로 감싸주려고 애쓰는 그들을 위해서라면 당장 가입하고 싶었지만 림인철이나 리철궁의 교활한 장단에 놀아나다가 자칫 무슨 궁지에 몰릴지도 몰랐기 때문이다. 여러 정황으로 미뤄 봐 앞으로 엄청난 피바람이 불 조짐이 서서히 나타나고 있었으나 어리석게도 미군 관리 당국은 이러한 공산집단의 움직임을 전혀 눈치채지 못하고 있었다.

덕근은 리학구가 부산에서 제1차로 이송되어 오자마자 큰 곤욕을 치렀다는 저간의 사정을 전해 듣고 치를 떨며 그를 한 번 만나 위로해 주고 싶었다. 그는 누가 뭐래도 리학구에 대한 연민의 정을 버릴 수 없었다. 고향 선배로서 도움도 많이 받았고 학구의 인간성을 누구보다 잘 알고 있었기 때문이다. 하지만 리학구는 여단부 깊숙이 인질로 잡혀 있었다. 한마디로 공산 포로들의 포로가 된 셈이었다. 정치보위부 출신 군관 포로들에 둘러싸여 해방동맹 림인철 위원장의 허락 없이는 아무도 접근할 수 없었고 개인적인 면회도 일절 금지돼 있다고 했다.

덕근이 71 컴파운드에 입소하자마자 각 대대 · 중대별로 공산 포로들의 사기진작과 단결 및 사상무장을 위한 대대적인 선전 선동 캠페인이 벌어지고 있었다. 전체 포로들을 대상으로 "조선인민군과 항미원조군(중공군)이 다시 낙동강까지 진출했고 주력부대는 이미 대구를 공격 중이라는 것"과 "항미원조군 3개군단이 마산을 포위해 부산으로 진공로를 트고 있다"는 초를 듬뿍 친 최근의 전황을 소개하기에 급급했다. 하지만 모두 해방동맹에서 날조한 가짜 승전고에 불과했다.

공산 포로 여단부는 이 같은 거짓 선전 선동으로 "포로수용소를 탈출해 부산을 비롯한 남해안에 역상륙하는 제2전선을 구축하자"며 군사훈련을 강화하고 있었다. 날이면 날마다 각 대대 · 중대별로 밥 먹는 시간만 빼고는 칼, 삼지창, 죽창 등 조잡한 무기를 만들고 캠프 연병장에 모여 제식교련이며 시위 · 군가 · 구호 제창 등으로 한미 경비병들의 혼을 빼기 일쑤였다. 바야흐로 먹장구름이 서서히 거제도로 몰려오고 있었다.

1950년과 51년의 연말 연초 유엔군의 후퇴작전과 반격작전이 반복되면서 포로 관리에도 중대한 변화의 조짐이 나타나고 있었다. 유엔군의 북진 시기에 전국에 흩어져 있던 포로들이 모두 거제도로 집결하면서 북괴군 포로와 중공군 포로 등 공산 포로만도 자그마치 17만 명 이상이 거제도로 몰려들고 있었다. 게다가 51년 4월 들어 춘계공세에서 유엔군에 대패한 중공군 포로가 2만여 명에 달했다.

포로 관리사령부는 애초 70단위의 컴파운드, 즉 제71~78 포로수용소와 80단위의 컴파운드인 제81~85 포로수용소 및 91~96 포로수용소 등 20개 컴파운드에 공산 포로 11만2000여 명을 집단으로 수용했다. 게다가 62·65·66·67 포로수용소에는 남로당의 공산 프락치와 빨치산 등 남한 출신의 이른바 빨갱이(민간인) 포로 2만2000여 명이 수용돼 있었다.

이에 비해 61·63·68 포로수용소에 수용된 남한 출신의 국군 낙오병을 비롯한 의용군과 순수한 민간인 포로는 3만8000여 명에 불과했다. 그것만 봐도 거제도 포로수용소는 빨간 물결이 넘쳐나고 있었다. 여기에다 처음 5000여 명에 불과하던 중공군 포로들이 춘계공세 대패 이후 크게 늘어 2만 명을 돌파하자 관리 당국에서 이들을 제72 및 82 컴파운드에 별도로 수용하기에 이른다. 그러나 단 64 포로수용소는 장지혁이 책임 의무군관으로 있는 병원캠프로 좌·우익에 관계없이 상병傷病 포로들만 수용하고 있었다.

9. 귀순·투항·변절·반역

미 8군사령부 정보당국이 낙동강 전선에서 귀순한 리학구 총좌를 부산에서 정략적으로 격리 수용하다가 거제도로 이송해 고위군관 및 상급군관 포로들이 집단적으로 수용되어있는 71 컴파운드 여단부에 신병을 인계했다. 미군 관리 당국이 북한에 억류돼 온갖 고초를 겪고 있는 전 미 제24사단장 윌리엄 딘 소장을 의식하여 리학구에게 특별대우를 해 줄 필요가 없다고 판단했기 때문이었다.

리학구가 이른바 조국 해방전쟁인 6·25 남침의 공격 암호명 "폭풍!"을 최초로 외친 장본인답게 미군 헌병의 호송을 받으며 당당한 모습으로 여단부에 나타나자 저간의 사정을 모르는 대부분 군관 포로들은 천군만마를 얻은 듯 환영 일색이었다. 각급 군관 포로들로 우글거리는 71포로수용소에 난데없이 그가 모습을 드러내자 특히 사상성이 단순한 좌급(영관급) 군관들은 초췌해진 리학구를 격려하며 악수를 청하는 등 서로 에워싸고 경쟁을 벌이듯 환영 열기로 가득했다.

그러나 그에겐 고독한 격리수용에서 풀려났긴 해도 험난한 앞날이 기다리 고 있었다. 결과적으로 그는 공산 포로들의 상투적인 문자처럼 공화국을 배신하고 영원히 미제의 신변 보호를 받으며 호의호식할 줄 알았지만 제 발로 걸어서 악의 소굴로 들어간 셈이 되고 말았기 때문이다. 우선 여단지휘부인 해방동맹부터 냉랭한 태도로 나왔다. 그가 해방동맹에 발을 들여놓는 순간 고위군관들과 상급군관들은 하나같이 아예 외면하거나 냉소를 보냈다.

그나마도 초급군관 시절부터 그와 가깝게 지냈던 김정욱과 엄정섭 대좌는 반갑게 그를 맞아들였다.

"학구 동무! 오랜만이외다."

"오, 이게 누군가. 정욱 동무! 정말 오랜만이외다. 정섭 동무도… 전우들을 모두 예서 만날 줄이야."

리학구는 계면쩍은 표정으로 주위의 싸늘한 냉기를 의식하면서도 애써 태연한 척했다.

"학구 동무! 그동안 고생 많았수다."

하지만 그들도 간단한 인사말만 건넬 수밖에 없었다. 그에게 적의를 품고 있는 고위 및 상급군관들 대부분의 분위기가 그만큼 엄중하고 싸늘한 시선을 보내고 있기 때문이었다.

이 같은 양극의 현상을 직접 목격한 리학구는 자연 심정이 착잡할 수밖에 없었다. 뭔가 일이 심상치 않게 돌아가고 있다는 사실을 직감했다. 그는 고위군관 캠프에 짐을 풀어놓기 바쁘게 정치 군관들에 의해 여단부의 해방동맹 캠프로 안내되었다.

이미 그곳에는 해방동맹위원장직을 맡고 있는 림인철 대좌를 비롯한 10여 명의 총좌, 대좌급 고위군관과 상급군관들이 긴 테이블을 차지하고 앉아 그를 기다리고 있었다. 림인철은 부산 100군관포로수용소에서 거제도로 이송되어 오자마자 해방동맹위원장이라는 벼락감투를 쓰게 되었지만 실은 이런저런 핑계로 악역을 회피하는 어느 고위군관들과는 달리 스스로 중책을 자임했다. 그래야만 투항한 자신의 전죄前罪를 씻고 보신保身할 수 있다고 생각했기 때문이었다.

리학구가 해방동맹 캠프에 들어서자 서로가 다 잘 아는 고위군관들도 의도적으로 반가운 기색도 없이 냉랭하게 악수만 하고 림인철과 마주 보이는 테이블 한가운데에 그를 앉히는 거였다. 림인철 왼편에는 까만 개통모자(레닌모)를 푹, 눌러쓴 어느 낯선 사내가 양 팔짱을 끼고 의자에 앉아 번듯이 등을 뒤로 젖힌 채 거만한 시선을 허공에 박고 있었다. 바로 그 사내가 이곳 거제도 포로수용소에 밀파된 노동당 중앙당 정치위원이자 이곳 여단부 책임지도원인 박사현朴士賢(본명 전문일全文一)이었다. 하지만 리학구는 소련 국적을 가진 카레이스키 출신 박사현을 전혀 알 턱이 없었다.

거제도 포로수용소의 전체 공산 포로들을 좌지우지하는 박사현이라는 정체불명의 사나이는 애초 하급군관 포로로 위장 투항한 뒤 여단부가 있는 76 컴파운드에 잠입해 은밀히 활동하고 있었다. 그는 정전회담 북한 측 수석대표인 남일南日 대장과 은밀히 교신하면서 김일성의 지령을 접수하고 실행에 옮기는 어마어마한 임무를 띠고 있는 거물 공작원이었다. 그런 그가 거제도 포로수용소에 침투한 이유가 무엇인가? 그것을 아는 사람은 오직 여단부 해방동맹의 총·대좌급 고위군관들밖에 없었다.

이 정체불명의 사내는 원래 북한에서 태어났지만 1920년대 후반 가족들을 따라 블라디보스토크로 이주해 성장한 뒤 소련공산당에 입당하고 2차 세계대전 말기인 1944년 붉은군대 군사정보부대에 입대해 중위로 임관되었다고 했다. 해방 후엔 소련군 통역장교로 입조入朝해 군사고문단에서 류성철 총부참모장의 수하로 활동하다가 소련군이 철수하자 북한노동당에 가입하고 소련대사 스티코프의 입김으로 중앙당 정치위원에까지 오른 인물이었다.

그러나 여단부에서도 고위군관급을 제외하고 철저하게 자기 신분을 위장하고 있는 그는 거제도에서 제2전선을 구축하라는 김일성의 밀명을 받고 남일에게 직보하는 막중한 임무를 띠고 있었다. 따라서 그는 사실상 거제도에 억류된 12만 공산군 포로들을 진두지휘하는 얼굴없는 최고사령관으로 6·25 남침 당시 김책이 맡고 있던 전선 사령관과 맞먹는 지위를 차지하고 있다고 해도 과언이 아니었다.

그는 거제도 포로수용소에 침투한 이후 고위군관들을 중심으로 편성된 여단부에서 해방동맹을 조직하고 그들을 직접 지휘 감독하며 거제도에서 부산으로 역침투하는 제2의 6·25 전쟁을 획책하고 있었다. 해방동맹이란 한마디로 포로수용소의 공산당 최고정치조직이었다. 이미 조직이 와해 되어 버린 조선인민군 총사령부를 대신해 거제도 포로수용소에 집단수용 중인 공산 포로들을 철저한 사상과 게릴라 전법으로 재무장하는 정치과업에 목적을 두고 있었다. 그런 다음 거제도는 물론 부산을 비롯한 남해안 일대 영호남을 해방구로 점령해 적화통일의 교두보를 확보한다는 실로 어마어마한 계획을 마련해놓고 있었다.

현재 지리산과 덕유산, 가야산 일대와 팔공산·운문산·치술령·아미산 등 영호남의 주요 산악지대에는 낙동강 전선에서 퇴로가 막힌 북괴군 패잔병 4만여 명이 기존의 빨치산부대인 남부군과 합류하여 이른바 남해여단을 창설해 암약 중이라고 했다. 남해여단 창설 역시 박사현이 산파역을 맡았던 것으로 전해지고 있다.

남해여단과 거제도 공산 포로 여단부가 재무장을 한다면 그 병력은 적어도 15만 명 이상이 될 것으로 보인다. 전투 장비만 확보한다면 개전 초기 남침을 강행한 전투병력과 거의 맞먹는 엄청난 전력이 된다. 하여 박사현은 틈만 나면 공산 캠프를 돌며 단결력을 과시하고 선전선동에 혈안이 돼 있었다.

리학구는 비로소 박사현의 존재를 확인하고 다만 이 자리가 자신을 환영하는 자리가 아니라 비판하기 위해 마련한 인민재판의 피고인석과 다름없는 자리라는 사실을 눈치챘다. 리학구를 비판하는 해방동맹위원들은 하나같이 인민군대 부사단장·참모장·연대장 출신들로 모두 열성 당원들이었다. 그래선지 군사력보다 우위인 노동당을 대표해 이곳에서 이른바 권력구루빠(그룹)를 형성하고 있는 저들은 박사현의 지령에 따라 모든 결정권을 자율적으로 행사하고 있다고 해도 과언이 아니었다.

한순간에 인민재판 피고인이 된 리학구가 그들의 강권에 의해 자리에 앉자마자 당장 눈에 들어오는 것이 정면 벽면에 걸린 〈귀순죄! 투항죄! 변절죄! 반역죄!〉라는 제목의 대자보였다. 그는 자리에 앉으면서 자신의 죄상을 낱낱이 적은 대자보가 눈에 띄는 순간 착잡하게 일그러지는 표정을 감추지 못했다. 그의 심정은 참담하기만 했다. 그것은 비판이 아니라 문자 그대로 인민재판이었기 때문이다. 그의 눈에 비친 죄상은 한마디로 끔찍했다.

1. 리학구의 귀순죄·투항죄·변절죄·반역죄를 비판하라.
2. 조선인민군 제13사단장 최용진 소장에게 권총을 발사한 참모장 리학구의 하극상을 소상히 밝혀라.
3. 리학구가 적군에 투항한 이후 직승기(헬기)를 타고 전선을 돌며 퇴각하는 조선인민군 군관·전사들에게 투항을 권고한 반역죄를 규탄하라.
4. 리학구가 미제의 앞잡이로 변절하여 맥아더를 접견하고 김일성 최고사령관과 스딸린 대원수를 비난하며 조선인민군의 조국해방

전쟁 전모를 폭로한 배경을 밝혀라.

5. 리학구가 당원의 신분임에도 불구하고 조선로동당을 악평하며 국방군 편입을 희망한 진상을 규명하라.

그러나 리학구가 맥아더 원수를 접견했다는 주장은 터무니없는 거짓선동에 불과했다. 그가 낙동강 전선에서 귀순할 당시 맥아더 원수는 일본 도쿄의 유엔군 총사령부에 머물고 있었다. 게다가 맥아더 원수가 일개 영관급에 불과한 그를 만나줄 리도 만무했다.

해방동맹위원장 림인철은 위원들을 대표해서 한때 상관으로 모셨던 리학구를 상대로 벽보에 나열된 그의 죄상을 하나하나 지적하면서 반동분자니 변절자, 귀순분자니 일일이 지적하며 미리 짜놓은 각본에 따라 신랄하게 비판을 주도해 나갔다.

"영어圖圄의 몸이 된 이 시점에서도 위대한 존엄이신 최고사령관 동지를 결사옹위하고 있는 해방동맹위원 여러분! 리학구 동무레 무덤까지 개지구(가지고) 가야할 우리 조선인민군의 조국해방전쟁 '6월의 폭풍' 전모를 미제에 공개한 죄상과 국방군 대령으로 편입을 희망한 사실만해두 반역죄에 해당되고도 남음이 있습네다. 기래설라무네 본 해방동맹위원장 림인철은 학구 동무가 이 모든 죗값을 치르고 마땅히 죽어야 한다고 제의하는 바이외다."

"와아, 옳소! 옳소!"

결국 해방동맹위원들의 전체적인 의견은 만장일치로 "공화국의 내억죄인 리학구를 사형에 처해야 한다"는 준엄한 결론에 도달했다.

그러나 이때 김정욱이 자리에서 벌떡 일어서며 여단부 책임지도원 박사현과 림인철을 번갈아 주목했다. 그는 우선 리학구를 살려놓고 봐야 한다는 절박한 심정이었다.

"책임지도원 동지! 그리구 림인철 해방동맹위원장 동무! 내레 한 말씀 올리갔습네다. 학구 동무레 초령(당연히) 죽음으로 죗값을 치러야 한다는 데는 이의가 없습네다. 허나 학구 동무레 어전(이제) 죽이든 살리든 우리 손에 들어와 있시다. 무엇보다 두 번 다시 미제의 손에 들어가게 해서는 아니될 거외다. 그래설라무네 해방동맹에서 성급한 판단을 내릴 거이 아니라 우리 전체 군관이 무슨 술책을 써서라두 학구 동무를 북반부로 끌어가 최고사령관 동지의 뜻을 높이 받들어 숙청해야 할 것입네다."

"…?"

"항미원조군의 승전고에 힘입어 인차(이제) 남반부 해방도 머지않은 만큼 반역자 리학구를 우리 공화국에 데려가서라무네 최고사령관 동지의 령단(영단)과 수표(결재)를 받는 절차상의 후과도 신중히 생각해야 할 복안이라고 생각합네다. 학구 동무레 본디 최고사령관 동지의 총애를 받아온 특급참모가 아니외까? 우리 해방동맹이 최고 존엄의 수표도 받지 않구설라무네 여기서 임의로 처단하는 거이 자칫 불충이 될 수도 있다는 점을 모두 명심해야 할 거외다."

리학구는 김정욱의 깊은 속내를 알아차리긴 했지만 자신이 이곳에서 사상투쟁의 희생양이 되고 있다는 사실을 깨닫고 경악했다. 하여 그는 마지막으로 발악이라도 하고 싶은 심정으로 해방동맹위원들을 향해 외쳤다.

"귀순하거나 투항하거나 손든 포로는 다 마찬가지 신세외다. 사상적으로 전향 포로와 비전향 포로가 다를 뿐이지 동무들도 모두 살아남기 위해 손을 들지 않았소?"

그러나 이 말에 그를 변호하고 동조해 주는 사람은 아무도 없었다. 리학구는 싸늘하게 젖어오는 고독감에 가슴이 떨렸다. 그는 자신을 이용만 하고 의거 귀순자로 받아들이지 않은 한국군과 미군에 일말의 배신감마저 느꼈으나 이미 엎질러진 물이었다. 그는 어쩔 수 없이 자아비판대에 섰다. 다리가 후들거렸고 온몸이 와들와들 떨려 왔다. 파르르 입술마저 떨려 제대로 말문이 열리지 않았다.

그가 마침내 떨리는 목소리로 최용진 사단장을 권총으로 쏘고 한국군 진지로 귀순을 결심하게 된 경위와 이후 미군 정보기관에 신병이 넘겨져 각종 군사기밀을 제공한 사실을 스스로 비판할 때 림인철과 리철궁 등 일부 과격한 자들이 그에게로 다가가 삿대질을 하며 욕설을 퍼부었다.

"야, 이 가이(개)쌔꺄! 미국 놈의 똥개 쌔끼!"

"이런 반혁명분자는 직방 총살감이외다. 직방 처단하라우."

"한때 지엄하신 최고사령관 동지의 총애를 받은 놈이 공화국과 경애하는 수령님의 존엄에 먹칠을 하다니 이거이 만고의 력적이 아임메."

뒷전에 서 있던 리철궁이 내뱉은 말이었다. 그들은 마치 충성경쟁이라도 벌이듯 막말과 욕설을 마구 내뱉으며 삿대질을 하다못해 주먹질까지 해댔다. 학구는 후배 군관들로부터 치욕적인 폭행까지 당하고 심한 모멸감을 느꼈으나 어찌 피해갈 방법이 없었다.

무엇보다 새까만 후배들에게 당하는 모욕을 더 견디기 힘들었다. 그는 어쩔 수 없이 자존감을 깡그리 억누르고 그들 앞에 무릎을 꿇었다. 그것이 그가 살아남을 수 있는 유일한 방법이었다. 그래서 그는 벽보에 나열된 죄상 중 맥아더 원수를 접견했다는 것만은 부인하고 모든 죄상을 인정하며 갱생을 다짐했다.

여단부의 해방동맹위원들은 시종 말없이 침묵을 지키며 줄담배만 피우고 있는 박사현 정치지도원의 눈치를 살피며 리학구의 자아비판을 듣고만 있었다. 박사현 역시 김정욱의 주장과는 다소 차이가 나지만 어떠한 일이 있어도 리학구를 살려서 남해안 교두보를 확보하기 위한 제2전선 구축에 이용해야 한다고 판단했다. 리학구는 반역자이긴 하지만 아직도 군사적으로나 정치적으로 쓸모가 많았기 때문이다.

묵묵히 리학구의 자아비판을 듣고만 있던 박사현은 마침내 리학구를 살려서 남해안 교두보를 확보하기 위한 제2전선 구축에 이용해야 한다고 최종적으로 결론을 내리게 된다. 리학구는 이제 박사현의 손안에서 꼼짝 못 하는 신세로 전락하고 말았다. 그러니까 리학구의 생사여탈권은 박사현의 손에 달려 있다고 해도 과언이 아니었다.

어쨌든 박사현은 미군 관리 당국이 거물급 포로인 리학구를 격리수용에서 풀어주긴 했으나 계속 그에게 관심을 두고 있으니 우선 그를 살려두고 앞으로 전개될 미군과의 협상에 철저히 이용할 심산이기도 했다. 제법 심각한 표정으로 그런 생각에 잠겨 있던 그는 이윽고 비장한 각오로 말문을 열기 시작했다.

"동무들! 리학구 동무는 자아비판을 통해 자신의 전죄前罪를 깊이 반성하고 있소. 그러니까 학구 동무는 이제부터라도 개과천선하여 우리의 위대한 령도자이신 김일성 최고사령관 동지께 충성드리기 위해서도 미제와 투쟁하는데 앞장서야 할 것이오. 학구 동무가 이미 자아비판에서 과거를 깊이 반성하고 있는 만큼 우리는 후과를 접어두고 동지로써 보듬어야 할 거외다. 따라서 내레 리학구 동무를 우리 여단부의 대표로 추대코자 하오. 여러동무들 의견은 어떻소?"

"좋습네다."

"우리 공화국과 린민을 위해 싸우는 동무들은 여기 포로수용소가 바로 전선이라는 사실을 한시도 잊어서는 아니 되오. 이제 이 거제도를 교두보로 삼아 제2전선을 구축해설라무네 미제와 맞서 적극 투쟁할 때가 다가오고 있소. 동무들은 가일층 분발해야 할 것이오."

"책임지도원 동지! 학구 동무는 자신이 저지른 죗값을 치르기 위해서도 어전 생명을 바쳐 공화국과 위대한 수령 동지께 충성드려야 할 것입네다."

"옳소!"

모두 박사현의 제의에 앵무새처럼 찬동했다. 그들의 세계에서는 리학구에 대한 자아비판 자체가 사전 각본에 따라 하나의 절차를 밟는 요식행위에 불과했다. 모든 결정은 사실상 당에서 밀파한 책임지도원 박사현이 내리는 것이었다.

하지만 누구보다 더 공산주의의 생리를 훤하게 꿰고 있는 리학구로서는 그들의 각본에 손쉽게 넘어갈 리 만무했다. 상급군관들이 자치권을 행사하는 여단부 대표라는 것이 공산당의 한낱 꼭두각시에 불과한 것을…. 그래서 그는 박사현이 제안한 여단부 대표직을 단호히 사양했다.

"내레 책임지도원 동지를 이런 불편한 자리에서 처음 뵙갔습네다만 조국해방전선에서 용감하게 투쟁하다가 불행하게도 포로로 잡힌 해방동맹 동무들의 대표가 될 자격도 없구 무능해설라무네 사양하갔습네다. 그 대신 내레 뒷전에서 공화국과 동무들을 위해 할 일을 찾아 보갔습네다."

그러나 소련 국적으로 어릴 때부터 공산주의의 이론에 심취하여 사상투쟁에서 닳고 닳은 경륜을 쌓아온 박사현은 리학구의 우유부단한 태도에 호락호락 넘어갈 위인이 아니었다.

그는 싸늘한 미소를 띠며 우선 담배부터 한 대 피워 물었다. 길게 한 모금 빨아당긴 뒤 파란 담배 연기를 훅, 내뿜으며 계면쩍은 얼굴로 마주 앉은 리학구를 잠시 날카롭게 쏘아보는 거였다. 그가 화날 때면 으레 그런 제스처를 취하곤 했다.

눈치 빠른 림인철이 이 같은 박사현의 거동을 놓칠 리 없었다. 림인철은 대뜸 자리에서 벌떡 몸을 일으키기 무섭게 리학구에게 다가가 멱살을 잡고 흔들며 발악하듯 내뱉었다.

"어엉, 이 종간나 쌔끼! 미제를 위해서라문 협력할 수 있고 공화국을 위해선 협력할 수 없다는 기야? 이 반동 간나쌔끼!"

그러고는 맥없이 몸을 완전히 내맡긴 채 눈을 지그시 감고 앉아 있는 리학구의 얼굴에다 담뱃불을 짓이겼다. 이에 뒤질세라 해방동맹위원들이 너나 할 것 없이 들고 일어나 침대 봉으로 리학구의 어깻죽지를 후려치거나 팔을 뒤로 비틀어 손가락 사이에 연필을 끼워 넣고 내리누르는 등 갖가지 만행으로 고문을 자행하기 시작했다.

"도, 동무들! 아, 알았시다. 알았시다. 내레 여단부 대표를 맡겠시다."

후배들에게 또 한 차례 치욕적인 폭행을 당하고 견디다 못한 리학구는 결국 극도의 모멸감을 느끼면서 대표직을 수락할 수밖에 없었다.

그는 고립무원의 처지에서 완전히 기가 꺾여 어쩔 수 없이 여단부의 대표직을 수락하고 가슴속에서 치솟아 오르는 눈물을 삼켜야 했다. 그러고는 오른손을 들고 "앞으로 미제의 주구가 되지 않을 것을 굳게 맹세하며 당의 어떤 지령이나 요구사항도 반드시 관철한다"는 구두 서약까지 해야만 했다.

박사현은 그 자리서 즉시 여단부를 개편하면서 줄잡아 12만 명에 이르는 공산포로 대표로 리학구를 임명하고 부대표에는 홍철 총좌를 앉혔다. 해방동맹위원장 림인철은 여단부의 군사포로들을 총괄 감시 감독하는 권한도 부여받게 되었다. 교활한 놈에게 날개를 하나 더 달아준 셈이었다. 그래서 그는 날로 기고만장해 입만 열었다면 최고 존엄 김일성 수령부터 들먹이곤 했다.

"학구 동무! 사는 길은 우리와 함께 대미對美 투쟁을 하는 길뿐이외다. 과거를 뉘우치고 다시 진지한 전우가 됩시다레."

김정욱이 다가가 리학구의 등을 가볍게 토닥여 주었다. 한때 김일성의 총애를 받으며 6·25 남침전쟁 개전 신호탄이 된 '6월의 폭풍'의 계획 수립에도 깊숙이 관여했던 리학구가 철저히 몰락해가는 과정이었다.

이후 그는 사실상 자유를 박탈당한 채 노동당 책임지도원 박사현의 인질로 잡혀 외부와 차단된 여단부 캠프에서 정치 군관들의 철저한 감시를 받아야 했다. 그는 말 그대로 허수아비 여단부 대표에 불과했다. 모든 결정권은 박사현과 림인철이 행사하고 있었기 때문이다.

한밤중에 어디선가 저벅거리는 발소리가 들려 왔다. 아나나 다를까, 10여 명의 검은 그림자들이 어둠 속으로 몰려가 반공캠프 앞에 홀로 서 있던 한 건장한 사내를 에워싸고 막무가내로 끌고 가려 했다. 그 사내는 부산에서 이송되어 온 권투선수 출신 반공포로 황의경이었다. 그를 강제로 끌고 가려는 검은 그림자들의 정체는 공산포로 행동대원들이었다. 그들은 힘깨나 쓰는 반공포로를 전향시켜 공산포로 행동책으로 활용하기 위해 조직적으로 납치극을 벌인 것이다. 황의경은 수적 위세에 눌려 못 이긴 척하고 그들에게 끌려가다가 그만 후닥닥 몸을 날리며 닥치는 대로 주먹을 휘둘러 보기 좋게 몇 놈을 때려눕힌 뒤 그대로 반공 캠프를 향해 자취를 감춰 버렸다.

하지만 공산 포로들이 어수룩하게 당하고만 있을 리 만무했다. 일단 물러났던 그들은 다시 20여 명의 공산 포로들을 규합, 야전삽과 침대봉, 죽창 등으로 무장하고 떼거리를 지어 "황의경을 때려잡는다"며 반공캠프를 습격했다. 이 때문에 또 한바탕 반공·친공 간에 충돌이 벌어져 반공포로 2명이 타살당하는 참극이 벌어지고 말았다. 포로수용소에서의 반공·친공 충돌은 언제나 이런 식으로 시도 때도 없이 다반사로 벌어지곤 했다.

흔히들 하는 말로 "모진 놈 옆에 있다가 벼락 맞는다"는 것처럼 그 와중에 휩쓸려 운 나쁘게 맞아 죽으면 죽은 사람만 억울할 뿐 그것으로 모든 상황이 끝나 버리게 마련이었다. 일과성 인생! 반공·친공에 상관없이 누구 하나 슬퍼하는 사람은 아무도 없었다. 인간 백정들이 자행하는 도륙이 소강상태로 접어들면 언제 그랬느냐는 듯 각 캠프별로 침묵 속에 잠기는 것이 포로생활의 한 단면이기도 했다.

유명을 달리한 포로들의 시신은 땅속에 파묻거나 빈 가마니에 말아 쓰레기 반출 때 밖으로 내다 버리는 것으로 참혹한 유혈극은 막을 내리게 마련이었다. 그리고 나서 헤드 카운트 때에는 으레 행방불명 또는 실종으로 미군 관리 당국에 신고하면 그만이었다. 결과적으로 억울하게 죽임을 당한 자는 죽어서 자유를 찾은 셈이 되고 살아남은 자는 언제 어디서 어떻게 닥칠지도 모르는 생존의 위협에 긴장하며 자신들이 살아 있다는 사실을 증명이라도 하듯 악다구니만 쓰고 있는 것이리라.

워낙 많은 포로가 그렇게 죽어나니까 미군 관리사령부에서도 수용소 내에서 다반사로 발생하는 살인사건에는 크게 신경을 쓰지 않았다. 그렇게 또 하루가 지나고 저 멀리 아스라한 수평선상에 동이 트는가 했더니 마침내 찬란한 태양이 솟아올랐다. 전쟁으로 온 세상이 아수라

장으로 변하고 오로지 죽음과 파괴만이 기승을 부리는데 그나마 자연
은 한 치의 오차도 없이 메마른 인간의 정서에 신비로운 섭리를 보이고
있었다.

　기상 종소리에 깨어난 포로들은 삼삼오오 텐트 밖으로 나와 양치질을
하며 새까만 몽돌(조약돌)이 한없이 깔린 해안가로 눈길을 보냈다. 그러
고는 자유를 갈망하는 듯 긴 한숨을 삼키곤 했다. 하지만 사방이 살벌
한 철조망으로 가로막혀 있을 뿐 달아날 구멍이란 아무 데도 없었다.

10. 사라지는 노병

1951년 3월 15일.

리지웨이 장군이 미 8군 사령관에 취임한 이후 유엔군의 10만 병력이 중부 전선에서 처음으로 대반격작전을 전개하면서 마침내 원시적인 인해전술로 공격해오던 중공군을 몰아내고 수도 서울을 재탈환하기에 이른다. 중공군은 이미 3월 12일에 서울 방어를 북괴군에 넘기고 철수했으나 유엔군의 선봉부대는 퇴각하는 중공군을 추격해 38선까지 접근하고 있었다.

미 국방성은 이에 앞서 2월 1일 새로 개발 중이던 수소폭탄의 제2차 핵실험을 성공적으로 마쳤다고 공식 발표했다. 트루먼 대통령이 강조했듯이 중국본토에 대한 공격과 해안 봉쇄를 위해 원자폭탄 사용도 불사하겠다는 의지의 표현이었다. 이는 소련과 중공에 대한 충격적인 위협이 아닐 수 없었다.

리지웨이는 바로 그 이튿날인 2월 2일 기다렸다는 듯이 '출혈작전'이라고 명명한 대반격작전에 돌입했으며 지상과 공중에서 수도 서울에 맹렬한 포·폭격을 가했고 그 결과 북괴군 전선 사령관 김책이 폭사했다는 소식을 평양방송이 긴급보도로 전했다.

그러나 수소폭탄까지 개발한 트루먼의 "핵무기 사용도 불사하겠다"는 발언은 핵전쟁을 우려하는 영국과 참전 동맹국들을 충격에 빠뜨렸다. 심지어 클러먼트 애틀리 영국 수상은 직접 워싱턴으로 날아가 트루먼과 담판을 짓고 "유엔이 유럽을 희생시키면서까지 아시아 사태에 말려들어서는 안 된다"고 경고했다.

가령 미국이 단독으로 중공과 전면전에 돌입할 경우 2차 세계대전 종전 이후 초기 단계에 불과한 나토(북대서양조약기구)의 군사력이 약화돼 유럽 전체의 집단안전체제가 무너질 위험이 있다는 것이 그 이유였다. 하지만 훗날 애틀리의 이런 주장에 소련 스파이가 깊숙이 개입되었다는 설이 나돌아 영국의 입장을 난처하게 만들었다.

어쨌든 애틀리의 강력한 경고 때문에 중국본토의 해안 봉쇄와 만주 기지 폭격을 주장해온 유엔군 총사령관 맥아더 원수의 전략이 좌절되고 만다. 유럽 동맹국의 반발에 부닥친 트루먼은 그러잖아도 이 지겨운 전쟁에서 발을 빼고 싶던 차에 결국 유럽 우선주의로 돌아서지 않을 수 없게 되었다. 그래서 그는 "한국을 계속 방어하되 유럽도 지켜야 한다"는 애매모호한 입장을 취했으나 맥아더는 결코 자신의 주장을 굽히지 않았다.

그는 "한반도에서 완전승리하지 않으면 아예 물러나야 하며 그럴 경우 일본열도도 지킬 수 없다"고 배수진을 치고 우유부단한 트루먼에게 항명하고 나선다. 그 무렵 맥아더는 100만 중공군을 섬멸하기 위해 인천상륙작전보다 더 큰 규모의 웅대한 공격작전을 구상하고 있었다.

〈나는 중공군을 궤멸시킬 장기계획에 착수했다. 내가 결정적인 효과를 노리고 있는 목표는 적의 보급로였다. 우선 여러 지역에 걸쳐 한정된 목표를 노리는 지상공격을 반복하고 다시 탈환한 서울을 장래의 작전 거점으로 삼는다. 그다음은 북한 전역에 대해 대규모의 폭격을 가하여 적의 배후를 쓸어버린다.

압록강을 넘어오는 적의 증원부대를 공격하거나 압록강 철교를 파괴하는 것을 워싱턴에서 허가하지 않을 시에는 적의 주요 보급선에 방사성 폐기물을 투하하여 북한을 만주와 차단해 버린다. 북한은 완전히 파괴돼 있으며 보급물자도 없으므로 중공군이 필요한 식량과 무기는 모두 만주에서 반입해와야 한다.

한국전선에 투입된 중공군은 100만에 달하는 반면 북한 안에 비축한 식량과 탄약은 10일분 정도에 불과하다. 그래서 나는 워싱턴에서 승인해 준다면 타이완의 국부군을 사용하고 다시 미군 증원도 받은 후 북한의 동서 양 해안선 북단에다 상륙작전과 공정대 투하작전을 동시에 전개하여 적을 거대한 함정 속에 몰아넣을 계획이었다. 그렇게 되면 중공군은 굶주림에 떨며 항복할 것이다. 식량과 탄약이 없는 군대는 싸울 힘이 없기 때문이다.

이것은 인천상륙작전보다 더 확대해서 계획한 대규모의 군사작전이다. 이 전략의 제1단계는 만족스럽게 진행되어 유엔군은 서울을 재탈환하고 다시 38선에 도달했다. 이 무렵 워싱턴의 합참본부도 마침내 나의 작전 구상에 동의해서 중공에 대한 해안 봉쇄, 만주 상공에서의 정찰비행 금지 해제, 국부군사용과 국부군에 대한 보급지원 등을 조지 마샬 국방장관에게 건의한 것이다.

리지웨이 8군 사령관도 로튼 콜린즈 육군참모총장에게 긴급전문을 보내 국부군사용으로 병력을 증강해 달라고 호소했다. 그러나 이 모든 건의나 진언은 결국 각하되고 말았다.〉- (맥아더 회고록에서)

맥아더가 중공군의 보급로를 끊기 위해 요청한 압록강 철교와 수풍수력발전소, 한·만 국경상의 주요 군사목표 폭격은 모두 비토당하고 말았다. 트루먼 대통령이나 국무성, 국방성으로서는 유엔 회원국들과

동맹국들에 단단히 발목을 잡힌 상황에서 맥아더의 작전계획을 승인할 수 없기 때문이라고 했다.

워싱턴의 우유부단한 태도에 격분한 맥아더는 기자회견을 통해 다음과 같이 일침을 가했다.

"현재와 같은 극히 제한된 조건에서 유엔군이 지상 전투로 진격한다는 것은 대출혈을 초래할 것이며 군사적으로도 적을 이롭게 할 것이다. 중대한 결정을 내려야 한다. 그것은 유엔군 총사령관으로서 본인에게 주어진 권한 범위를 훨씬 넘는 결정이다. 현재 한국에서 중공의 선전포고 없는 전쟁으로 빚어진 미해결의 문제에 끼어 있는 안개를 걷어내기 위해서는 최고의 국제 수준에서 해답을 주는 그런 결정이어야 한다."

그러나 트루먼은 맥아더가 주장하는 '완승完勝'이 아니라 유엔 동맹국들의 의향에 따라 한국전쟁을 휴전으로 종결짓기 위한 중대 결정을 내린다. 그 무렵 다시 북위 38도 선까지 공산군을 몰아내고 진격한 유엔군은 북진 명령을 기다리며 전열을 정비하고 있었다.

트루먼은 이와 때를 같이해 다음과 같은 성명을 준비하고 있었다.

"유엔군은 한국에 대한 공산군의 침략을 물리치고 있다. 침략자들은 막대한 손실을 보고 그들이 지난해 6월 불법적인 공격을 감행했던 지역으로 격퇴되었다. 이제 남은 문제는 1950년 6월 27일 유엔 안전보장이사회가 결의한 조건에 따라 이 지역에 국제적 평화와 안전을 회복하는 것이다.

진심으로 평화를 원하는 모든 국가는 한반도의 평화와 안전을 회복시키기 위한 바탕을 마련했다. 유엔군 총사령부는 전쟁을 종결시킬 협정을 맺을 용의가 있다. 그와 같은 협정은 외국 군대의 철수를 포함한 한국 문제를 더욱 폭넓게 해결할 길을 터놓게 될 것이다.

한국 국민은 평화를 누릴 권리가 있으며 그들은 그들 자신의 선택에 따라 그들의 정치 및 그 밖의 제도를 결정할 권리가 있다. 이제 한국에 필요한 것은 평화이다. 한국에 평화가 오면 유엔은 한국의 창조적인 부흥사업에 그 자원을 사용할 것이다.

한국 문제의 신속한 해결은 극동의 긴장 상태를 크게 완화시킬 것이며 그 밖의 다른 세계 문제 토의에 대한 길을 터놓게 될 것이다.”

이 성명은 공산주의자들이 동의한다면 한국전쟁을 6·25 남침 이전의 상태로 종결짓겠다고 선언하는 것이나 다름이 없었다.

그러나 트루먼은 이 성명을 공식적으로 발표하지 못했다. 왜냐하면 한동안 자신과 갈등을 빚어온 맥아더가 한발 앞선 3월 24일 워싱턴 당국과 아무런 상의도 없이 중대 성명을 발표해 버렸기 때문이다.

“우리 유엔군의 작전은 예정과 계획대로 진행되고 있다. 유엔군은 한반도 정복에 혈안이 된 공산군을 실질적으로 남한에서 몰아냈다. 우리 공군의 쉴새 없는 폭격과 해군의 함포사격으로 적 보급로에 막대한 피해를 주었기 때문이다. 적은 이제 더 전투를 지탱해나갈 요건이 부족하다는 것이 점점 뚜렷해지고 있다.

우리의 전술적인 성공보다 더욱 의의가 큰 것은 그처럼 자랑했던 군사력을 가진 이 새로운 적, 중국 공산당이 현대전을 수행하는 데 필요한 중요 군수품을 마련할 공업 능력이 없다는 사실이 밝혀진 것이다.

중공이 한국에서의 선전포고도 없는 전쟁에 끼어든 이래 이러한 군사적 약점은 확연히 드러나고 있다.

유엔군의 활동을 제약하고 그만큼 중공에 군사적 이익을 주는 현재의 제한조치 하에서도 중공은 결코 무력으로 한국을 정복할 수 없다는 것이 판명되었다. 따라서 유엔이 전쟁을 한반도에 국한한다는 관대한 노력을 버리고 아군의 작전을 중공 연안이나 내륙지역까지 확대하기로 결정한다면 중공은 반드시 군사적 붕괴에 직면하게 될 것이다. 군사적인 측면과는 별도로 기본적인 문제는 역시 정치적 성질의 것이며 외교분야에서 그 해답의 실마리를 찾아야 할 것이다.

그러나 본관은 유엔군 총사령관의 권한 범위 안에서 언제라도 적군 사령관과 회담하여 이 이상의 출혈 없이 한국에서 유엔의 정치적 목적을 달성할 수 있는 어떤 군사적 수단을 찾기 위해 최선을 다할 용의가 있다.”

맥아더는 이 성명에서 유엔군 총사령관의 권한 범위 안에서 군사적 수단을 강조했지만 유엔의 전 군사력이 중국 본토작전에 동원될지도 모른다는 최후통첩이나 다름없는 암시를 주었다. 그리고 우유부단한 워싱턴 당국에도 일침을 가한 것이다.

트루먼은 맥아더의 성명을 읽고 충격과 분노를 견디지 못해 얼굴이 창백해졌다. 막 공표하려던 자신의 성명과는 전혀 다른 내용인 데다 통수권자인 대통령에게 사뭇 도전적이었기 때문이다. 이로써 한국선생의 확전을 두고 그동안 갈등을 빚어온 두 사람의 관계가 극한적인 상황으로 치닫게 된 것이다.

〈맥아더 유엔군 총사령관은 외교정책에 관한 한 어떤 견해도 표현을 삼가라고 미리 주지시켰음에도 불구하고 이를 완전히 무시하고 그런 성명을 내놓았다. 그것은 미합중국 대통령 겸 육·해·공군 총사령관인 내 명령에 대한 공공연한 반항이었다. 또한 미합중국 헌법에 명시된 대통령 권한에 대한 도전이며 유엔의 정책을 모욕하는 것이었다. 나는 더 그의 불복종을 용서할 수 없었다.〉-(트루먼 회고록에서)

트루먼은 맥아더가 충격적인 성명을 발표한 지 보름 만인 4월 8일 합참의장과 육·해·공군 참모총장의 동의를 얻어 유엔군 총사령관의 해임을 최종적으로 결정하게 된다.

그는 마침 한국전선을 시찰 중인 육군장관 프랭크 페이스를 통해 이 해임통고를 맥아더에게 전달하려고 했으나 연락이 닿지 않았다. 이런 가운데 맥아더에 대한 유엔군 총사령관직 해임은 정상적인 절차도 없이 언론을 통해 먼저 공개되고 말았다. 이에 당황한 트루먼은 공보비서를 통해 서둘러 맥아더의 해임 성명을 발표했다.

"매우 유감스럽지만 본인은 더글러스 맥아더 원수가 미 행정부 및 유엔의 정책을 전폭적으로 지지하지 않는다는 결론에 도달하였다. 따라서 본인은 맥아더 원수를 유엔군 총사령관직에서 해임하고 8군 사령관 매듀 리지웨이 장군을 그 후임으로 임명한다."

그러나 트루먼은 이로 인해 맹렬한 비난을 면할 수 없게 되었다.

맥아더는 자신의 해임 뉴스를 담담한 심정으로 받아들였으나 일언반구 해명의 기회도 주지 않고 막중한 유엔군 총사령관직에서 기습적으로 해임한 트루먼에 대해 분노를 삼켰다.

〈나의 해임명령은 1951년 4월 11일 오후 라디오 방송을 통해 도쿄에 전해졌다. 라디오는 일시 정규방송을 중단하고 트루먼 대통령은 지금 막 맥아더 원수를 극동과 한국에 있어서 사령관 지위와 일본 점령군 사령관직에서 해임했다는 워싱턴으로부터의 특별발표를 보도했다. 점심을 끝내고 한국전선을 시찰하러 떠날 채비를 하고 있을 때였다.

나의 부관인 시드니 하프 대령이 라디오 뉴스를 듣고 내 아내에게 전화로 내가 해임되었다는 것과 해임 이유에 관해서 내가 행정부 정책을 지지하지 않았다는 것 외에는 다른 언급이 없었다고 알려주었다. 아내는 괴로운 표정으로 하프 대령의 말을 전했지만 나는 외려 담담한 심경이었다.

그것은 정말 긴 여행이었다. 필리핀에서 군사고문으로 근무하기 위해 워싱턴을 떠난 지 15년 만에 본국으로 돌아가게 된 것이다. 한 군사령관이 나의 경우처럼 비상수단으로 해임된 예는 미합중국 역사상 없었다. 청문도 없었고 변명의 기회도 주지 않았고 과거 경력에 대한 고려도 없었다.

나는 대통령으로부터 해임되는 순간까지 공적으로 내 사령부에 와 있던 대통령 연락장교를 통해 칭찬을 받고 있었다. 그런데 해임될 때에는 나의 입장을 설명한다든가 또는 나의 장래 구상과 계획을 말한다든가 하는 기회를 조금도 주지 않았다. 내가 받은 해임 명령은 너무도 솔직인 데다 그 명령의 내용이 가혹했기 때문에 보통 사령관 교대 때에 있는 상례적인 의견 교환도 나눌 수 없었다.

사실상 나는 위협 하에 놓여 있었다. 사무실의 사동이나 하인이라도 당연히 받아야 할 격식이나 예우를 짓밟히며 이같이 무자비하게 해고 되는 경우는 없을 것이다.〉- (맥아더 회고록에서)

맥아더의 해임 소식이 전해진 4월 11일.

한국전선에서는 때아닌 눈보라와 우박이 쏟아지고 심한 폭풍이 휘몰아치고 있었다. 하늘이 어두워지고 땅이 흔들리는 듯했다. 맥아더의 해임은 한국전선에 휘몰아친 것처럼 전 세계에 폭풍의 회오리를 일으켰다.

태평양전쟁 이래 아시아에서 군사·정치에 걸친 전권을 행사해온 영웅적 장군이 한국전쟁 수행 중 느닷없이 해임되었으니 세계적인 대사건이 아닐 수 없었다. 무엇보다 맥아더를 구국의 은인으로 생각하던 한국 국민에게는 엄청난 충격으로 다가왔다.

그 무렵 총 50만 병력으로 증강된 유엔군은 서부전선에서 이미 38선을 돌파했고 동부전선에서도 한국군이 독자적으로 38선 북단인 강원도 간성까지 진출해 있었다. 또 중부 전선에서는 춘천 북방 소양강을 도하하여 화천을 수복했다. 특히 소양강은 개전 초기 김종오 장군의 한국군 6사단이 북괴군 제2집단군 예하 2개 사단을 섬멸해 집단군사령관을 비롯한 사단장이 모두 경질되는 쾌거를 이룬 전선이어서 한국군 병사들에겐 감회가 남달랐다.

그러나 맥아더 원수의 갑작스런 해임과 한국전을 주도하던 미 8군 사령관 리지웨이 장군의 경질은 북위 38도 선까지 진출한 유엔군의 전략에 엄청난 차질을 빚게 되었다. 한마디로 먹구름이 몰려오는 형국과 다름이 없었다. 그동안 강력한 유엔군의 화력을 피해 강이피지強而避之 전략으로 양동양공佯動佯攻을 구사하면서 휴이대첩전携李大捷戰, 즉 인해전술의 타이밍을 기다리고 있던 중조中朝 통합군 사령관 펑더화이에게는 마침내 절호의 기회가 찾아온 것이다. 일시 지휘권이 정지된 유엔군 수뇌부의 공백이 채워지기 전에 한시바삐 대반격에 나서야 했기 때문이다.

4월 22일.

유엔군이 맥아더 원수의 해임 충격에서 미처 깨어나지 못하고 있을 때 중공군이 벼르고 있던 휴이대첩전이 동서 170 마일에 걸친 전 전선에 걸쳐 일제히 전개된다. 중공군의 제1차 춘계 대공세였다. 한국전쟁의 운명이 걸린 최후의 결전인지도 몰랐다.

적을 38도 선까지 몰아내며 미 8군의 '출혈작전'을 지휘하던 리지웨이 장군이 맥아더 원수의 후임으로 유엔군 총사령관에 취임한 지 10일 만이었고 제임스 밴플리트 장군이 후임 8군 사령관으로 한국에 부임한 지 꼭 일주일 만에 벌어진 사상 최대의 결전이었다. 중공군의 60만 대군과 북괴군 10만 병력이 주력으로 대공세를 취했고 유엔군은 50만 전력으로 방어전에 돌입했다. 피아간에 120만 대군이 원시적인 손자병법을 원용한 인해전술과 현대전의 화력으로 격돌한 것이다.

그러나 중공군의 인해전술은 4~5일간 파상적으로 계속되다가 스스로 소강상태에 빠져들기 일쑤였다. 주로 기본화기로만 공격 해오는 적은 무엇보다 탄약이 소진되고 나면 보급을 받기 위해 시간을 벌어야 했고 그 때문에 스스로 공격을 멈추지 않을 수 없었다. 유엔군은 이때를 노려 지상포와 함포, 공군의 집중폭격 등 삼위일체 화망 구성으로 적의 인해人海를 뒤덮었다.

하지만 인간폭탄을 자랑하는 중공군은 탄약 보급이 원활해지자 마치 유엔군을 바다로 몰아넣을 듯 대담하게도 공세의 고삐를 늦추지 않았다. 그러다가 탄약이 또 소진되면 보급을 기다리는 동안 애조 띤 나팔과 피리를 불어대고 꽹과리를 치며 유엔군을 공포 분위기로 몰아 정신적 공황에 휩쓸리게 하기도 했다. 적을 피로하게 만들어 공격한다는 특유의 손자병법인 일이로지佚而勞之 전략이었다.

그러나 아군의 주력인 한미연합군과 유엔군의 압도적인 화력이 적의 인해전술을 분쇄하는데 결정적인 역할을 했다. 인해人海 대對 화력火力의 대결에서 이른바 인간폭탄을 자처하는 중공군은 아무리 인해전술이 우세하다고 해도 마치 우박처럼 쏟아지는 유엔군의 포·폭탄과 열탄을 견뎌낼 재간이 없었다고 했다.

중공군의 춘계공세에 대적對敵한 미 8군 산하 지상군은 장진호 전투에서 고전했던 해병대 제1사단과 육군 제1기병사단을 비롯해서 제2·3·7·24·25보병사단 등 7개 사단. 특히 루프너 소장이 지휘하는 미 2사단은 중공군의 제1차 춘계공세에 이어 2차 춘계공세가 벌어진 5월 한 달 동안에 중동부 전선 홍천과 소양강 일원에서 적 10개 사단의 인해전술을 거뜬히 막아냈다. 중공군은 이 과정에서 무려 6만 5000여 명의 사상자를 내고 물러났다.

중공군 총사령관 펑더화이가 자랑하던 공기무비攻其無備(방비가 없는 곳을 공격) 전법이나 출기불의出其不意(불의의 기습공격) 전법은 유엔군의 강력한 화력 앞에 아무 쓸모가 없었다. 심지어 식이기지食而飢之(적을 굶주리게 하고 아군은 포식한다) 병법은 유엔군의 풍부한 물량 확보와 무한보급으로 되레 기이식지飢而食之(아군은 굶주리고 적은 포식한다) 병법으로 바뀌고 말았다. 이 때문에 막대한 병력손실을 입고 뒤늦게 강이피지强而避之(강력한 곳을 피한다) 병법으로 돌아설 수밖에 없었다.

미 8군 사령관 밴플리트 대장은 4~5월 두 달 동안 전개된 중공군의 제1, 2차 춘계 대공세에서 적은 무려 21만5000여 명의 병력손실을 입었다고 공식 발표했다. 70만 대군으로 공세를 취한 적의 인해전술은 미 육 · 해 · 공군의 엄청난 화력에 30% 이상의 전력 손실을 입고 지리멸렬하고 말았다. 미 지상군은 중공군이 한국전에 개입한 이래 총퇴각을 거듭하던 끝에 마침내 처음으로 현대전의 위력을 과시할 수 있었다. 청천강과 장진호에서 되로 받은 빚을 말로 갚아준 것이다.

거제도 포로수용소의 공산 캠프에서는 애초 중공군의 춘계 대공세에 고무돼 연일 승전가를 부르며 "항미원조군 만세!" "인민해방군 만세!" "붉은 용龍 만세!" 등 구호를 외쳐대곤 했다. 이에 반해 반공 캠프에선 침통한 분위기만 감돌았다. 그러나 전세가 역전돼 중공군이 대패하면서 전황이 새로운 양상으로 전개되자 생포되거나 투항하는 중공군의 숫자도 크게 불어나 중공군 포로 관리가 심각한 현안으로 떠올랐다.

중공군 포로는 이미 5만여 명을 돌파, 그중 2만 명을 제주도로 보내 격리했으나 전쟁이 오래 지속될 경우 자칫 북한 공산군 포로를 능가할지도 몰랐다. 만약 그런 추세로 몰려든다면 북한 포로와 중공 포로의 분리배치 등 혼란이 더욱 가중돼 미군 관리 당국에서 골머리를 앓게 될 것이다. 하지만 중공 포로들은 SK와 NK로 갈라서 이념대립으로 밤낮없이 트러블만 일으키는 남북한 포로들과는 전혀 다른 모습이었다. 그들의 만만디 성향은 항상 마음의 여유를 가지고 사상을 초월하여 서로 어울려 노래도 부르고 오락을 즐기기도 했다.

그들 가운데 특히 국공내전 당시 중공에 억류되었다가 풀려난 국부군 출신포로들은 주한 자유중국 대사관과 연결돼 비공식적인 루트로 많은 지원을 받고 있었다. 영양가 높은 음식물과 타이완에서 발행하는 신문·잡지뿐만 아니라 휴대용 트랜지스터 라디오까지 반입하는 등 자유중국 정부 차원의 선전 공세와 지원이 끊이질 않았다.

때문에 중공포로 가운데 "화이 타이완回臺灣!(대만으로 돌아가자!)"이라는 구호를 외치며 반공으로 전향하는 포로들이 날로 늘어나는 추세를 보였으나 한국의 반공·친공포로처럼 극단적 이전투구식 이념대립은 없었다. 그들 중 일부는 3차 국공내전(1945년~49년) 말기 중공군의 포로가 된 국부군 출신으로 북한의 해방전사와 같은 부류도 포함돼 있었다. 하지만 대부분의 중공군 포로들은 눈만 떴다면 이념 갈등으로 피 터지게 싸우는 한국인 포로들과는 달리 이념의 굴레도 아랑곳없이 함께 어울려 곧잘 손뼉치며 노래 부르기를 즐겼다.

주한 자유중국 대사관에서 파견한 통역관들 역시 중공군 포로수용소에 배치되면서 '꿍줴웬工作員(공작원)' 역할은커녕 가능한 한 이념에 상관없이 포로들의 고충을 들어주고 미군 관리 당국에 건의하는데 정성을 쏟았다. 그들은 심지어 중국본토에서 발행되는 신문·잡지까지 들여와 중공 포로들에게 배포해주기도 했다. 때문에 중공 포로들은 마치 고삐 풀린 망아지처럼 이념성향에 관계없이 자유를 누렸다.

그러나 이와는 달리 맹목적인 북한 공산 포로들은 이념적으로 집요하게 문제만 일으켰다. 그들 중 낙동강 전선에서 유엔군이 총반격에 나설 무렵 퇴로가 막힌 리권무의 제4돌격사단과 리영호의 제3돌격사단, 최현의 2사단, 방호산의 6사단 소속 패잔병들만도 3만여 명에 달했다. 특히 3·4돌격사단은 개전 초기부터 김일성으로부터 '서울사단'이라는 명예칭호와 함께 최초로 서울을 점령한 북괴군의 주력이었고 6

사단 역시 옹진반도와 개성을 거쳐 서울과 호남, 경남 남해안을 석권한 최정예부대였다.

이들 4개 사단의 패잔병들 외에도 낙동강 전선 남안과 호남 및 통영까지 진출했다가 퇴로가 막힌 잔여 병력 4만여 명이 광양·장성·남원·산청·거창·함양 등 지리산과 덕유산, 가야산 일대의 산간벽지에서 기존 빨치산부대인 남부군과 합류하여 공비로 준동하고 있다는 사실이 드러나 국군토벌부대와 전투경찰대를 긴장시키고 있었다.

북괴군은 낙동강 전선에서 대패해 비록 패잔병 신세로 전락했지만 남한 천지가 아직도 전후방이 없는 빨갱이 소굴에서 벗어나지 못하고 있었다. 그들 북괴군 패잔병들이 날뛰는 지리산과 덕유산, 가야산 일대의 산간벽지에는 이미 1946년 대구 10·1 폭동사건과 1948년의 여순반란사건 이후 공비들의 근거지로 뿌리내려 왔기 때문이다.

거제도 포로수용소에서 절대다수를 차지하는 공산 포로들은 중공군의 참전으로 대한민국의 수도 서울이 다시 함락되었다는 소식을 접하자 한결 고무되기 시작했고 이어 사상적으로 재무장하여 거제도를 제2의 교두보로 구축해가고 있었다.

11. 도랑무대跳梁舞臺

주덕근이 배치된 제71 컴파운드는 특히 미군 관리 당국의 경비가
삼엄했다. 밭전田자 형태의 정사각형으로 이루어져 1개 대대당 800∼
1000명씩 3개 대대를 편성하고 나머지는 배식장 겸 광장을 조성했으
며 각 대대에는 소대 단위의 야전 텐트가 40∼50개씩 설치돼 있었다.

　캠프 외곽선은 사면을 이중철조망으로 에워싸고 있었으나 그 안쪽
으로 각 대대와 광장 내부엔 열십자선十字線 단선 철조망으로 경계를
이루었다. 그리고 컴파운드 외곽선 가장자리에는 중기관총을 거치한
4개의 망루가 살벌하게 세워져 있었다. 71 컴파운드의 경비가 이같이
삼엄한 것은 수용된 포로들이 대부분 6·25 남침전쟁의 선봉에 섰던
북괴군 제3·4·6돌격사단 소속 정예군관·전사 출신들이었기 때문
이다.

　낙동강 전선에서 무더기로 투항하거나 생포된 그들은 포로수용소
안에서도 정규군 조직을 그대로 활용하고 있었다. 조직체계에 다른 점
이 있다면 중좌급 이상 고위군관과 상급군관들은 뒷전에 물러나 일종
의 자문역할만 하고 사상이 투철한 정치군관 출신 소좌급 대대장 휘하
에 위관급 군관들이 중대·소대를 지휘하고 있었다. 그들은 분대 단위
까지 세포 망을 확대해 교육·훈련·선전 선동·감찰 등을 통제하고
전권을 행사했다. 이 때문에 권력을 통째로 쥔 그들은 단순한 일반 군
사군관 출신인 상급군관들을 우습게 알고 있었다.

3대대 3중대 1소대까지 쫓겨간 주덕근은 말이 상급군관이지 분대장급의 대우도 받지 못했다. 그가 소속된 1소대장은 정치보위부 출신인 새카만 소성이小星二(중위) 맡고 있었고 부소대장은 내무성 출신 같은 급이 맡고 있었다. 그리고 각 분대장은 주로 정치·정보계통에 있던 신군관(소위급)들이 맡았다. 특수병과 출신이 아닌 일반 군사군관(보병) 출신들이 소대장·분대장을 맡는다는 것은 어림도 없었다.

게다가 그들은 덕근이 비록 상급군관이긴 하지만 비당원이라는 사실이 알려지면서 경계의 눈초리만 보낼 뿐 아예 콧방귀만 뀌며 상대도 하지 않았다.

그러나 대대장 김종식 중좌와 중대장 방상철 소좌는 평소에 덕근을 잘 아는 자들이었다. 덕근은 자신을 알아보는 그들을 만나 그나마도 위안이 되었다.

육척장신에 호남형인 김종식은 비록 뒷전에 물러나 있긴 했으나 가끔 큰소리도 치고 하급군관들의 잘못이 있으면 그 자리에서 일일이 지적하며 꾸짖기도 하는 등 안방 시어머니 역할을 톡톡히 하고 있었다. 그럴 수밖에 없는 것이 그는 그 유명한 제2집단군사령관 김무정의 부관 겸 호위군관 출신이었기 때문이다.

덕근이 그와 처음 만난 것은 6·25 남침전쟁 직후 최고사령부 작전통제관이던 리학구 총좌 밑에서 공병 검열관으로 있을 무렵이었다. 그때 제2집단군사령관으로 갓 부임한 김무정이 자신의 전용으로 쓰겠다며 "도하용 배舟艇 한 척을 구해 오라"고 김종식을 전선사령부에 보냈다. 하지만 그 당시 전선사령부 전투 장비는 아무리 잉여 장비라 해도 김책 사령관의 수표(결재)가 없으면 반출할 수 없을 만큼 엄격히 금지돼 있었다.

그럼에도 덕근은 "만약 배를 못 가져가면 총살당할지도 모른다"며 하소연하는 김종식을 박절하게 대할 수가 없어 마침 소련 군사고문단에서 사용하다가 철수할 때 남겨둔 배를 비공식적으로 제공했다. 김무정이 워낙 성격이 괄괄한 사람이라 만약 거절했다간 무슨 일을 당할지 몰랐기 때문이다. 뜻밖에도 김종식은 내내 그 사실을 기억하며 그 당시의 고마운 정을 두고두고 잊지 않았다. 그런 인연이 있는 김종식을 하필이면 거제도 포로수용소에서 만나게 될 줄이야.

또 한 사람, 방상철은 정치보위부 책임군관 출신으로 인천 임시포로수용소에서 덕근과 함께 수용돼 있던 인물이다. 그가 제3 포로수용소에 화재가 발생했을 때 진화작업에 나섰다가 엉뚱하게도 한국군 경비병들에 의해 방화용의자로 몰렸다. 그 당시 이 장면을 목격한 덕근이 보링 소령에게 부탁해 사면초가에 빠진 그를 풀어주었다. 그런 인연을 공산 포로 소굴인 거제도에서 만났으나 정치 군관과 일반 군사군관으로 지체가 뒤바뀐 처지에 감히 덕근은 제대로 인사 한번 건네지 못하고 지냈다.

특히 덕근은 김종식이 포로가 되었다는 사실, 그 자체를 믿을 수 없었다. 김무정의 분신처럼 따라다니던 그가 어쩌다가 포로 신세로 전락했단 말인가? 그러나 김종식은 자신의 신상에 대해 침묵으로 일관했다. 덕근은 훗날 캠프 앞 광장에서 혼자 산책하다가 그와 우연히 마주치며 한담으로 시간을 보내다가 뒤늦게 그 사연을 알게 되었다. 1950년 10월 하순 평양이 백선엽 장군의 국군 1사단에 함락될 당시 김일성이 "패잔병들을 모아 평양을 사수하라"며 명색이 제2집단군사령관인 김무정을 평양 방위사령관에 임명하고 강계로 달아나 버렸다고 했다.

이에 화가 치민 김무정은 "맨손으로 싸울 수 없다"며 아예 평양을 포기하고 자신도 후퇴하고 말았다. 이때 김종식은 귀순을 결심하고 "사령관 동지의 짐을 챙겨 곧 뒤따라 가겠다"는 말을 남기고 뒤처져 있다가 평양에 입성한 국군에 투항했다는 것이다. 그러나 그는 그 당시 김무정을 배신한 것을 몇 번인가 후회했다고 한다.

"누가 뭐래두 무정은 진짜 장군이었댔시오. 장군 칭호가 금기로 되어 있디만 말이야. 무정 장군이레 초시(애초) 조선인민군 전선 사령관이 되었더라문 이렇게 당하지는 않았을끼야."

"왜서 그렇게 생각하오?"

"만약 무정 장군이레 조선린민군 군권을 잡았다문 패색이 빤한 스딸린식 속전속결주의 전법을 쓰지 않구서리 마오쩌둥식 전략을 구사했을 게 아닌가 말이야. 지금 펑더화이가 써먹는 손자병법으로… 그럭하문 이런 엄청난 희생을 면할 수 있었을 거외다. 그런 면에서 내레 산전수전 다 겪은 무정 장군을 숭배한다우."

그 점에 대해서는 덕근도 진작에 공감하고 있던 터였다. 그가 수용된 3대대에는 겉으론 거의 하전사 행세를 하고 있지만 한때 이름깨나 날린 남로당, 북로당 간부들이 수두룩했고 끝까지 신분을 숨기고 있는 군관 포로들도 상당히 많았다. 그가 소속된 1소대 텐트만 해도 내무성 출신 군관 5명과 태백산, 지리산 출신 빨치산 3명이 있었고 유일하게 국방군 소위 출신도 1명이 끼어 있었다.

국방군 소위는 여순반란사건 당시 반란을 선동했던 남로당 프락치였다고 했다. 그래선지 마치 영웅처럼 거들먹거리는 그는 텐트 안에서 제법 발언권도 세고 주위에 따르는 하급군관들도 더러 있었다. 유엔군의 인천상륙작전과 낙동강 전선의 대반격으로 인민군대가 모조리 패주할 때 피란민으로 가장하고 유엔군에 보호를 요청하거나 일반전사로 가장해 투항한 자들도 많았다. 사상성에서 조금도 흔들림이 없는 그들은 선전 선동이 입에 발려 강제징용되거나 의용군으로 끌려온 순박한 하전사 출신 포로들이 으레 빨갛게 물들게 마련이었다.

그러나 미군 관리사령부는 이 어마어마한 붉은 조직을 전혀 눈치채지 못하고 있었다. 다만 그동안 비교적 질서정연하게 운영되던 거제도 포로수용소에 '6월의 폭풍' 주인공인 리학구가 이송돼 온 이후 부쩍 과격해진 공산 포로들의 움직임으로 보아 포로수용소 분위기가 심상찮게 돌아간다는 사실만 피부로 느끼고 있을 뿐이었다.

거대한 붉은 조직! 거제도 포로수용소와 합동으로 제2전선 구축에 고무된 지리산 남부군 출신 패잔병들과 공비들의 후방교란은 더욱 기승을 부리고 있었다. 여러 정황으로 미루어 볼 때 자칫 최전선에만 치중하다가 대한민국 임시수도 부산이 누란의 위기에 처할지도 모른다는 것이 한국군 수뇌부의 뒤늦은 판단이었다. 양민학살과 방화·약탈 등 후방을 교란하는 영호남지역 무장공비들의 준동이 날로 극심해지고 있었기 때문이다.

하여 한국군 수뇌부는 마침내 전시작전권을 가진 미 8군 사령부의 승인을 받아 국군 제9·13·20연대를 주축으로 공비소탕을 전담할 보병사단급 규모인 '화랑부대'를 편성, 최덕신 준장을 부대장에 임명하고 공비소탕전에 나서도록 긴급대책을 마련했다.

그러나 1951년 2월 초순 덕유산 자락인 경남 거창군 신원면에서 국군 제9연대 3대대가 통비通匪분자들을 색출하는 과정에서 양민을 학살하는 비극적인 사태가 발생하고 만다. 피해자 유족들은 500~600명의 주민이 학살당했다고 주장했으나 군 당국의 조사 결과 187명이 피살된 것으로 집계되었다. 이 사건은 한마디로 무장공비 준동 지역에서 발생한 일종의 보복 학살로 알려졌다.

애초 거창에 주둔하던 아군 3대대가 공비소탕을 위해 신원면에 출동했으나 비전투원인 노인과 부녀자들밖에 없어 일단 이 지역을 전투경찰을 포함한 1개 중대병력 150여 명의 청년방위대에 치안을 맡기고 본대는 합동작전을 위해 인근 산청 방면으로 이동한 것이었다. 그런데 국군 토벌대가 떠나자마자 무장공비들이 대거 출몰해 청년방위대를 몰살하고 말았다.

이 소식을 접한 3대대가 다시 신원면으로 출동했으나 공비들은 이미 자취를 감추고 여전히 노약자와 부녀자들만 남아 있었다. 이에 적개심이 발동한 국군 병사들이 전 주민들을 모아놓고 군경·공무원 가족과 노약자·어린이를 제외한 주민들을 통비분자로 몰아 모두 처형해 버린 것이다. 이른바 '거창양민학살사건'으로 훗날 정치 문제로 비화되어 국민방위군사건과 함께 국민적 분노를 일으키게 된 아군에 의한 전후 최대의 양민학살 사건이었다.

거제도의 공산 포로들은 중공군의 춘계 대공세 대패에 따른 불리한 전황에도 불구하고 여전히 제2전선 구축의 망상에 사로잡혀 선전 선동에 열을 올리고 있었다. 그들은 걸핏하면 거제도 포로수용소를 "유엔 재일UN Jail(유엔 감옥)"이라며 제네바협정에 따른 정당한 포로 대우를 요구하는 등 시빗거리를 만들어 미군 경비병들과 잦은 말썽을 일으켰다. 사뭇 의도적이고 계획적인 투쟁이었다.

특히 그들은 미군 관리 당국의 질서유지를 위한 명령에 조직적으로 저항하며 꼬투리를 잡아 터무니없는 투쟁의 구실로 삼기도 했다. 예컨대 그동안 미군 관리캠프와 경비캠프에만 유엔기와 성조기를 게양해

왔으나 각 포로수용소에서도 이 같은 원칙을 깨고 마치 파워게임을 벌이듯 반공 캠프에는 태극기가 펄럭이고 공산 캠프엔 인공기가 펄럭였다. 게다가 소련의 적기赤旗와 중공의 오성홍기五星紅旗도 경쟁적으로 나부끼기 시작했다.

여기에다 한술 더 떠 곳곳의 캠프 앞 광장에는 이승만 대통령과 김일성 · 스탈린 · 마오쩌둥의 대형 초상화가 내걸리고 조잡한 동상까지 세워지고 있는 판국이었다. 그것은 제네바협정에도 없는 전쟁포로수용소의 명백한 규정 위반이었다. 그런데도 각 캠프마다 미군 관리사령부의 엄격한 규제를 무시하기 일쑤였다. 이 때문에 반공 · 친공할 것 없이 포로수용소의 각 캠프에는 날이면 날마다 대한민국 애국가와 북한 적기가가 뒤섞여 울려 퍼지고 일촉즉발의 위기감마저 감돌곤 했다.

그러다가 툭하면 서로 충돌, 철조망을 사이에 두고 돌팔매질이 오가고 반공 · 친공 간 사상투쟁이 끔찍한 유혈극으로 번져 살상과 폭동이 속출하는 바람에 거제도 포로수용소는 마치 전쟁으로 밀고 밀리는 한반도의 축소판이라 해도 과언이 아니었다. 하여 미군 관리 당국은 거제도를 '제2의 한국전선'이라고 부르기도 했다.

그 중심에 우뚝 선 인물이 과격한 해방동맹위원장 림인철 대좌. 그는 북괴군 18사단 참모장 출신으로 유엔군의 북진 당시 미군 캠프에 투항한 뒤 극비의 군사정보까지 제공하며 김일성을 비난하고 미군 정보당국에 적극적으로 협조했던 인물이기도 했다. 이른바 이중 변절자! 하지만 그런 변절자가 상황에 따라 중공군의 참전에 힘입어 부산 100군관포로수용소에서부터 다시 공산주의자로 돌아서고 세포조직을 규합하는데 앞장선 것이다.

거제도로 이송된 이후에는 밀파된 북한노동당 거물 공작원 박사현에게 빌붙어 해방동맹을 조직하고 스스로 위원장이 돼 리학구의 인민재판을 주도했다. 정말 무서운 변신의 장본인이 아닌가 말이다.

이른바 중조中朝연합군 총사령관 펑더화이가 70만 대군을 투입, 두 차례에 걸쳐 춘계 대공세를 전개했으나 유엔군의 압도적인 화력에 밀려 전황은 교착상태에 빠져들고 있었다. 그 무렵 공식적인 발표가 없었지만 거제도에서는 휴전회담에 관한 소문이 무성하게 나돌고 이에 따른 포로교환 문제가 현안으로 떠오르기 시작했다.

이런 가운데 포로들 사이에는 반공·친공에 관계없이 으레 자신들의 신상과 직결된 포로교환 문제를 두고 자연스러운 관심사로 클로즈업되지 않을 수 없었다. 특히 포로교환 문제는 앞으로 전개될 휴전회담에서 남북 간에도 정부 차원의 민감한 현안이 되고 있었다. 남한에 억류 중인 공산 포로수가 북한에 억류된 한국군 및 유엔군 포로 수보다 자그마치 5배 이상 많기 때문이다.

이에 따라 각 컴파운드 별로 철조망 하나를 사이에 두고 반공·친공 간에 "남으로 오라!" "북으로 가자!"는 슬로건으로 이데올로기 투쟁이 끊일 날이 없었고 애국가와 적기가가 번갈아 울려퍼지며 치열한 포로쟁탈전까지 벌어지는 새로운 양상이 나타나고 있었다. 하지만 수적인 면에서 상대적으로 열세인 반공포로들은 자연 위축될 수밖에 없었다.

심지어 그들은 공산 포로들의 포섭대상이 되지 않으려고 전전긍긍하는 모습을 보이기까지 했다. 그동안 진향자들이 많아 반공 캠프로 알려졌던 제76 컴파운드가 마침내 공산 포로들의 이른바 혁명무력으로 역 전향시키면서 적화되고 이 과정에서 반항하던 반공포로들은 집단구타를 당해 초주검이 되어 종내엔 살아남기 위해 공산 포로들에게 굴복하는 사태까지 발생했다.

전체 공산 포로는 줄잡아 12만여 명에 비하면 반공포로는 민간인 전향자까지 포함해도 5만여 명에 불과하기 때문이었다. 게다가 이 가운데 3만여 명이 의용군 또는 해방전사 출신들이어서 이들을 하나같이 반공포로로 보기 어렵다는 것이 반공 캠프 측의 분석이었다.

그러나 공산 캠프 여단부 해방동맹의 냉철한 자체분석으로는 전체 공산포로 중 김일성과 북한 공산집단을 지지하는 포로는 5만여 명에 불과하고 나머지 7만여 명은 이미 반공으로 기울었거나 이승만 지지층으로 나타났다는 것이다. 여기에는 의용군 출신들과 개전 초기 북괴군의 포로가 된 국군 출신 해방전사들이 거의 포함돼 있으며 그들은 사상성보다 가족들이 기다리고 있는 고향으로 돌아가길 간절히 바라고 있다고 했다.

그러니 여단부로서는 무엇보다 공산 포로들의 전향을 막고 내부단결과 사상을 정화하는 혁명적 발상이 시급했다. 특히 인공 치하에서 강제징집된 의용군 출신뿐만 아니라 6·25 개전 초기 북괴군에 강제 편입돼 남침전쟁의 총알받이로 내몰렸던 해방전사가 수만 명에 달한다는 사실도 공공연히 드러나고 있었다.

때문에 궁지에 몰린 공산캠프 여단부가 이들의 전향에 전전긍긍할 수밖에 없었다. 게다가 해방전사들과 의용군 출신 포로들은 자유의사에 따라 민간인 포로들과 함께 석방될 것이라는 소문까지 나돌자 대부분 술렁이기 시작했다. 더욱이 휴전회담에서 포로교환 문제가 본격적으로 거론되면 자유송환 원칙에 따라 포로들을 희망하는 연고지로 보내겠다는 유엔군 총사령부의 내부방침이 전해지면서 여단부의 포로 쟁탈전은 바야흐로 극단적인 상황으로 치닫게 된다.

공산캠프 여단부에서는 우선 북한 출신 포로들의 이탈을 막기 위한 방책으로 한낱 허울뿐인 리학구를 총대표로 앞장세워 급식 개선과 주거환경 개선 및 피복 교환 등을 요구하며 미군 관리 당국과 투쟁하기 위한 빌미를 찾고 있었다.

리학구는 여단부의 해방동맹이 미리 짜놓은 각본대로 컴파운드 관리소장을 면담, 이 같은 공산 포로들의 요구조건을 공식적으로 제안하고, 받아들여지지 않을 경우 단식투쟁도 불사하겠다고 통고한다. 그러나 컴파운드 관리소장은 그들의 일방적이고 상투적인 요구를 들어줄 만큼 만만한 사람이 아니었다.

"당신들은 하루 2천 톤의 식량을 먹어치우고 있다. 돼지우리처럼 불결한 캠프 환경부터 정리하고 먹을 것을 찾고 입을 것을 찾아라."

그는 리학구에게 벌컥 화를 내며 고함부터 질러댔다. 그러고는 당장 되돌아서면서 리학구를 비롯한 림인철 해방동맹위원장 등 여단부의 지도부를 향해 한마디 내뱉는 것도 잊지 않았다.

"쉐임 온 유shame on you(부끄러운 줄 알아라)!"

모멸감에 찬 관리소장의 지적에 그만 머쓱해진 공산 포로 지휘부는 제대로 항의 한 번 못해 보고 물러설 수밖에 없었다. 명분 없는 투쟁이 시작부터 체면만 구기자 해방동맹은 반성은커녕 무조건 반미투쟁으로 전환하여 미군 관리당국자들과 마주쳤다 하면 반미구호부터 외치기 일쑤였다.

"양키 고 홈!"

"아메리칸 아미 고 어웨이!"

이 같은 적대감은 미군 관리 당국을 자극해 노골적인 유혈 폭동을 일으키기 위한 명분 쌓기이자 상투적인 생떼 전략이었다. 그렇다고 미군들이 공산 포로들의 극렬한 반미행동을 수수방관하고 있지 않았다. 미군 경비병들은 그들 나름대로 기관총까지 들이대며 맞대응으로 나왔다.

"겟 아웃 오브 히어! 쌔비지 프리즈너Get out of here! savage prisoner!(여기서 썩 꺼져버려. 야만적인 포로들!)"

하지만 미군 관리 당국의 강경한 대응에도 불구하고 쉽사리 물러갈 공산 포로들이 아니었다. 그들은 수백 명 또는 수천 명씩 조직적으로 몰려다니며 주먹을 휘두르고 "미제 타도!"를 목이 터지도록 외쳐대곤 했다. 심지어 그들은 미군들을 향해 돌팔매질도 서슴지 않았다. 이런 과정에서 점차 시간이 흐르면서 긴장감이 고조되고 공산 포로들이 외치는 구호와 욕설에 민감해진 미군 경비병들이 끝내 총기를 난사하는 사태로 번지고 말았다.

그러나 공산 포로들은 총기 발사의 위협에도 아랑곳하지 않고 가슴을 풀어헤치며 "쏴라! 쏴라! 이 양코배기 종간나 새끼들아!" 하고 이구동성으로 악다구니를 치기 마련이었다. 수백 명에서 삽시간에 수천 명으로 불어난 공산포로들은 걷잡을 수 없이 미군 경비캠프를 향해 몰려가다가 "타탕탕!" 총성이 울리고 몇 명의 포로가 쓰러지며 그야말로 전쟁터를 방불케하는 사태로 확산되곤 했다.

진압에 나선 미군 관리 당국은 인명피해가 발생하면 으레 정당방위를 주장하지만 공산 포로들의 지휘부인 해방동맹에서는 이를 빌미로 전체 포로들을 선동하고 단결력을 과시하며 극한투쟁으로 몰고 가게 마련이었다.

"죽여라! 죽여라! 양코배기들아!"

마침내 피를 본 공산 포로들이 마구 가슴을 풀어헤친 채 성난 이리

떼처럼 몰려들자 망루와 산비탈의 경비초소에서 저들을 겨냥하고 있던 기관총이 불을 토하기 시작했다.

"따따따… 피웅, 피웅, 타탕탕…."

콩 볶는 듯한 총성이 간단없이 울려 퍼지고 초연이 자욱해지자 그 순간 공산 포로들은 일제히 땅바닥에 엎드려 포복 자세로 피해 달아나거나 쏜살같이 텐트 안으로 몸을 숨기기에 혈안이 되기도 했다. 우선 살아남고 봐야 했기 때문이다. 따지고 보면 아이러니하게도 살자고 이러는 것 아닌가.

미군 관리 당국과 공산 포로들의 관계가 점차 악화일로로 치닫고 있을 때 여단부 해방동맹은 기다렸다는 듯이 장기 투쟁에 돌입하기로 결정했다. 그들은 일단 유사시 민간인 출신 골수 공산 포로들을 앞장세워 유혈 폭동을 일으키고 "미군 관리 당국이 순수한 민간인들까지 탄압하고 학살했다"며 국제적 여론을 환기시킬 계획이었다. 실로 음흉한 전략전술이 아닐 수 없었다. 이러한 전략전술이 모두 정치공작에 능수능란한 책임지도원 박사현의 지령에서 나왔다고 했다. 하지만 미군 관리 당국은 얼굴 없는 공산포로 지휘자의 정체를 전혀 파악하지 못하고 있었다.

거제도 포로수용소에 수용된 민간인 출신 포로는 줄잡아 2만2000여 명. 그들은 이른바 시빌리언civilian(민간인)캠프로 분류되어 있었지만 말이 민간수용소지 이곳 역시 박사현의 심복인 박광춘이 장악하고 있으나 좌우익으로 갈라져 피 칠갑으로 날밤을 지새우기 일쑤였다. 박광춘의 진두지휘 하에 이념투쟁을 주도하고 있는 자들은 북한에서 남파된 대남공작원과 강동정치학원·민청특수공작대·보도연맹 출신들이 주류를 이루고 있었다.

여단부가 들어 있는 71 컴파운드에서 동쪽으로 불과 200여 미터쯤 떨어져 있는 62·63·65 컴파운드가 바로 그들의 소굴이었다. 이들 캠프에 에워싸인 64 컴파운드는 병원캠프였다. 장지혁이 책임의무관으로 운영하고 있으나 이곳 역시 빨갱이 천지였다. 특히 62·65 컴파운드에는 6·25 남침 이전부터 지리산과 덕유산 일대에서 준동해온 공비 출신 남로당원들이 장악하고 의용군 탈출자, 단순부역자 등을 대상으로 사상무장과 세력확장에 광분하고 있었다.

여기에다 66 컴파운드는 단식투쟁으로 미군 관리 당국의 눈에 벗어난 군관 포로들이 격리 수용되는 바람에 그들은 자연스럽게 민간수용소에 대한 영향력을 행사하려 들었다. 하지만 민간캠프에서는 정규 북괴군 출신보다 사상이 투철하고 응집력도 강해 일사분란한 위계질서를 갖추고 군관 포로들을 되레 사상무장이 덜된 집단으로 매도하고 있었다.

12. 용랑로

공산캠프 여단부의 책임지도원 박사현은 진즉에 민간인 포로수용소를 '용광로鎔鑛爐'로 명명하고 남로당원 출신 골수 공산주의자들을 주축으로 자치관리를 맡겨두고 있었다. '용광로'란 문자 그대로 높은 열을 가해 금속이나 광석을 녹이는 불가마를 말함이 아닌가. 용광로의 불같은 혁명정신으로 구악을 태워 없애고 새로운 사상으로 재무장해 조선민주주의인민공화국 최후의 승리를 쟁취하자는 뜻이 담겨 있다. 끔찍한 발상이 아닐 수 없다.

해방동맹위원장 림인철은 책임지도원 박사현의 끊임없는 정치명령에 따라 공산캠프는 물론 민간캠프를 부지런히 들락거리며 자치운영권을 점검하고 시급한 과제로 사상무장을 역설했다.

"동무들! 우리는 모두 갱생한 로동당원이외다. 당의 력량을 북돋우기 위해설라무네 우리의 생명을 아낌없이 바치지 않으면 아니 되오. 조국해방전쟁이 어케(어떻게) 전개되든 우리 스스로 여기 남해안에 새로운 해방전선을 구축해야 한다 이 말이외다. 그러기 위해서리 무엇보다 정치학습과 군사훈련을 부단히 실시하고 비밀무기 생산 등 자체적인 력량을 키워설라무네 동무들을 억류하고 있는 미제의 군사력을 까부숴야 합네다."

그러면서 그는 황당한 전략이론까지 전개했다.

"전력 증대를 위해설라무네 소대·중대 등 작은 단체끼리 똘똘 뭉쳐 큰 단체로 발전해나가야 하며 우리 용광로가 이 거대한 조직체의 전위가 되어야 한다 이 말이외다. 이를 위해서리 김일성 최고사령관 동지를 높이 받들어 결사옹위하고 국제공산주의를 훈육하며 승리의 그 날까지 용감무쌍하게 싸워나가야 하오. 이 점 단단히 명심하기오.

우리 공화국 전위는 발써(벌써) 지리산 · 덕유산 일대의 유격대인 남부군을 지원군으로 확보해 두고 있시다레. 남로당 전남도당 리현상 위원장과 경남도당 배철 위원장도 여기 억류돼 있는 동무들을 위해설라무네 대대적인 지원에 나서고 있는 만큼 이를 명심하구서리 더욱 분발해야 한단 말이외다. 나나아 셈 울릿쩨 도오제 뿌우젯드 쁘라아즈 드니끄(우리에게 승리의 축제가 올 것이다)!"

유엔군이 38도선을 돌파할 무렵 한창 쫓기던 김일성이 전 인민군대에 후퇴명령을 내리면서 평양방송을 통해 써먹은 스탈린 어록을 림인철도 더듬거리며 판에 박은 듯 써먹고 있는 것이었다.

하지만 박광춘을 비롯한 민간인 지도부가 있는 62 컴파운드에는 민족적, 진보적 사상이 강한 남로당 출신 포로들이 태반이나 차지하고 있어 림인철의 훈시 따위는 아예 씨알도 먹혀들지 않았다. 그들은 이미 대구 10 · 1 폭동사건 이후 해방공간에서부터 이른바 토착 빨갱이 조직관리에 대응해 왔으며 김일성보다 오히려 박헌영을 더 추종하고 있었다. 스탈린주의만 맹신하는 북로당 출신들과는 달리 박헌영의 조선공산당에 뿌리를 둔 민족주의의 출신성분에다 공산당 이론에 밝고 기강도 언격했다.

그러나 해방동맹의 복안에 따르면 거제도 포로수용소에서 10만 이상의 역량만 확보해도 일단 유사시에 남로당 경남 · 전남도당의 지하조직 2만여 명과 연합으로 손쉽게 민중봉기를 일으켜 영호남을 해방구로 만들 수 있다는 것이었다. 그런 다음 북괴군과 중공군의 지원을 받아 한반도의 최남단에서 북으로 역진격하여 적화통일의 성업을 이룬다는 어마어마한 작전계획을 마련해 두고 있었다. 이른바 '역북침逆北侵전략'이다. 그것이 바로 김일성의 은밀한 지령에 따른 제2전선 구축사업이라고 했다. 실로 영웅주의에 사로잡힌 책임지도원 박사현의 망상이기도 했다.

그러나 미군 관리 당국은 물론 정보기관에서도 이같이 음흉한 계략을 꾸미고 있는 해방동맹의 정체와 망상에 대해 까맣게 모르고 있었다. 외부로 드러난 공산캠프와는 달리 그동안 조용한 움직임을 보이던 민간캠프에서도 62 컴파운드의 지령에 따라 인공기가 내걸리고 행진연습이 시작되었다. 자유롭고 평화로운 시빌리언 캠프로만 알려진 민간포로수용소에 인공기가 웬 말인가?

62 컴파운드는 대부분 성도 이름도 숨긴 남로당 핵심 조직책을 정점으로, 말이 행진연습이지 실은 해방동맹의 계략에 의한 군사훈련과 다름이 없었다. 명색이 민간인 출신 포로들에게 군사훈련까지 시키다니 미군에 대한 정면 도전과 다름이 없었다. 그러나 마침내 공산캠프 여단부의 계략을 눈치채기 시작한 미군 관리 당국은 조기에 그들의 기를 꺾어버리겠다는 판단에 이르자 탱크까지 동원하여 군사훈련 중이던 공산 포로들을 모두 강제해산시키고 펄럭이는 인공기를 찢어버리기도 했다.

하지만 은밀히 민간포로수용소를 조종하는 여단부의 해방동맹은 결코 미군 관리 당국의 강경한 조치에 결코 숨을 죽이지 않았다. 순수한 민간인 포로들만 수용한 곳으로 알려진 62 컴파운드에서 공산주의에 반대하는 시빌리언 2명이 타살당한 시체로 발견된 데 이어 인근 74 컴파운드의 공중변소에서도 머리, 몸통, 팔다리를 토막내 능지처참을 당한 토막시체가 발견돼 미군 관리당국이 발칵 뒤집히고 만다.

민간인 희생자는 신원을 알 수 없었으나 역시 해방동맹이 깊숙이 관련된 것으로 판단되었다. 하지만 군관포로들이 수용된 74 컴파운드에서 능지처참을 당한 공산포로의 신원은 금방 드러났다. 평소 노골적으로 공산주의의 잔혹성을 비판해온 휴머니스트 리기준 소좌로 밝혀진 것이다. 리기준의 피살은 어쩌면 눈엣가시처럼 여기던 해방동맹위원장 림인철과 그의 수하 리철궁이 주도한 짓인지도 모른다. 리기준은 부산 동래의 100군관포로수용소에서부터 사사건건 림인철, 리철궁과 충돌을 일으켰던 인물이기 때문이다.

그는 동래 여단부에서 림인철이 군관 포로들의 사상검토를 위한 재심사를 실시했을 때 "똑같은 포로 신분에서 누가 누굴 심사하느냐"며 재심사를 거부하고 떳떳하게 우익임을 과시하지 않았던가? 그런 그가 진작에 그들의 눈 밖에 나 있었던 것이다. 성질 급한 리기준은 숨지던 날 밤에도 그랬다. 주로 대위·중위급 정치군관들이 사상적 이탈자들을 막는다는 이유로 상·하급을 가리지 않고 마구잡이로 자아 비판대에 세우자 겁 없이 날뛰는 하급군관들에게 조롱당하는 것이 아니꼽고 괘씸해 따지고 든 것이 화근이 되었다고 했다.

"포로가 포로를 조사할 권리도 없는데 동무들은 도대체 누구의 명령으로 이런 짓을 하는가?"

부산에서 림인철에게 항의하던 것과 똑같은 말투였다.

"해방동맹위원장이며 징계위원장인 림인철 동지의 명령이외다."

역시 그가 예측했던 대로였다.

"뭐, 림인철? 그 자도 투항자인데 투항자가 해방동맹위원장도 부족해서라무네 징계위원장까지 맡다니 참, 기가 막히는구먼.”

바로 그 순간 “퍽!” 하는 소리와 함께 리기준이 급히 두 손으로 얼굴을 감쌌다. 자아비판을 주도하던 캠프장이 억센 주먹을 날린 것이다.

감히 상급자를 주먹으로 갈기다니 정상적인 군대조직이라면 상상도 할 수 없는 하극상이었다. 인민군대의 좌급(영관급) 이상은 노동당 간부국의 인가를 받은 상급군관인 데다 특히 리기준은 당원이 아닌가 말이다. 그런 그를 쥐꼬리만한 권력도 없는 하급 정치군관들이 달려들어 매타작을 하다니 있을 수 없는 일이다. 따지고 보면 노동당 간부국에 도전하는 월권행위였다.

그런데도 새카만 패거리들이 방약무인傍若無人하게 “이 반동 간나새끼레 당장 처치해 버리라우!” 이 말 한마디에 침대 봉을 들고 우루루 몰려와 쓰러진 리기준을 떡메 치듯 두들겨 패기 시작한 것이다.

“이 반동 간나새끼! 당장 죽여버려!”

매타작에 견디다 못한 리기준이 비명을 지르며 마구 뒹굴었으나 피할 방도가 없었다. 대여섯 명이 달려들어 마치 개 잡듯 돌아가며 리기준의 상반신과 머리를 난타했다. 리기준은 얼마 못가고 사지를 쭉 뻗고 말았다.

여단부의 리학구와 림인철이 “리기준이 맞아 죽는다”는 전갈을 받고 현장에 달려갔을 때 그는 이미 두개골이 박살 난 채 피투성이가 돼 숨져 있었다. 피투성이의 얼굴, 박살 난 두개골의 흩어진 뇌수腦髓에서 피비린내가 물씬 풍겼다. 이제 겨우 28세. 한창 피어나려던 리기준의 덧없는 인생은 그렇게 끝나고 말았다. 저들은 생사람을 처참하게 죽여 놓고 다시 시신을 부관참시하듯 토막내 능지처참형으로 처단했다. 인간의 탈을 쓰고 도저히 저지를 수 없는 끔찍한 만행을 저지르고 눈도

한 번 깜짝하지 않았다.

주덕근은 그 이튿날 아침 리기준이 끔찍하게 "살해됐다"는 소식을 전해 듣고 치가 떨렸다. 일개 하전사도 아닌 좌급 군관을 새카만 하급 군관들이 참혹하게 처형하다니 끔찍하다 못해 기가 막혀 차마 입이 떨어지지 않았다. 세상에 이럴 수가…? 덕근은 지난해 9월 하순 경인지구 포로수용소에서 리기준을 처음으로 만나 수인사를 나눌 때의 기억이 떠올라 새삼 안타까운 마음을 금할 수 없었다.

그때 리기준은 자칭 '민족보위성 대좌'라고 농담 삼아 자신을 소개하며 "우린 시대를 잘못 만난 인생이외다. 내레 어전(이제) 평화주의자가 되었으니까니 이 빨갱이 세상을 확 뒤집어 놓을 일만 남았시다. 주 동무는 그저 굿이나 보구 떡이나 먹기요." 하고 기고만장하던 모습을 잊을 수 없었다. 그는 한때 열성 당원이었지만 전쟁포로가 된 이후 공산주의에 환멸을 느끼고 극도로 혐오해 왔다.

그러나 그렇다고 해서 명색이 자유민주주의의 땅인 대한민국에 호의를 갖는 것도 아니었다. 진작에 북한으로 돌아가면 숙청당한다는 사실을 알고 있으면서도 남한에 남기를 거부하던 비관적인 운명론자였다. 고향인 평북 희천에 부모님과 아내와 슬하에 어린 두 남매가 있다고 했으나 가족관계에 대해서는 좀처럼 입을 열지 않았다.

'불쌍한 사나이! 차라리 난 전죄前罪가 많아 숙청되갔디만 용감하게 싸운 동무들은 조국으로 돌아가문 특진도 하구 국기훈장을 받을 인재들이외다. 하구서리 미친개들을 무마했더라면 죽음은 면할 수 있었을 거인데 어리석은 인간! 굿도 끝나기 전에 거제도 귀신이 되다니 쯔쯧…'

덕근은 왠지 분하고 억울해 부들부들 온몸을 떨며 한없이 흐느꼈다.

하지만 리기준은 정의를 지키기 위해 목숨을 내던진 용감한 사나이인지도 모른다. 덕근은 비당원이라는 이유로 해방동맹 가입을 거부한 자신도 이미 우익 또는 회색분자로 낙인찍혀 있다는 사실을 상기하며 전율했다.

공산주의 세계에서는 권력자가 손가락 하나만 까딱해도 살아날 길이 없었다. 어쩌면 리기준에게 향했던 보복의 화살이 언제 자신에게 날아올지 몰라 덕근은 전전긍긍하지 않을 수 없었다. 그는 부산에서 림인철의 재심사를 받을 때 분명히 "과거를 씻어내고 공화국에 충성드리겠다"고 저들의 충성맹세에 전적으로 찬동했으나 지금은 사정이 영 달랐다.

특히 리철궁은 걸핏하면 덕근의 사상이 의심스럽다고 걸고넘어지기 일쑤였다. 그런 림인철과 리철궁이 해방동맹의 실세로 정치 군관들을 장악하고 있으니 무슨 짓인들 못 하겠는가. 덕근은 그들을 피해 어디 달아나고 싶은 마음 간절했으나 달아날 곳도 없고 방법도 없었다. 설혹 달아날 길이 있다고 해도 만삭이 된 경옥을 두고 혼자만 살겠다고 탈출할 수도 없는 노릇이었다. 생각할수록 아찔하기만 했다.

리기준 살해 사건으로 해방동맹이 노렸던 숙청작업은 실패로 돌아가고 말았다. 또 언제 비판 대회가 벌어질지 모르지만 일단은 소강상태를 유지하고 있었다. 그러면서도 너구리같은 림인철은 이번 비판 대회가 성공적이라고 자평했다. 하지만 리기준의 죽음을 안타깝게 생각하는 리학구와 김정욱, 신태봉 등 온건파들은 여단부 책임지도원 박사현의 의견도 들어보지 않고 비판대회를 연 림인철의 독단적인 행동을 신랄하게 비판했다.

때문에 여단부의 고위군관들 사이에 갈등의 골만 깊어갔다. 신태봉은 부산 100군관수용소 대표시절 리기준의 인간 됨됨을 아끼고 설득했던 사실을 상기시키며 "이번 사건은 림인철이 노린 종파적 숙청극으로 단결을 도모한 것이 아니라 독재와 영도력 미숙으로 되레 와해를 초래했다"고 노골적으로 규탄했다. 림인철괴 리철궁은 그저 꿀 먹은 벙어리처럼 묵묵부답으로 일관했다. 이 문제도 결국 박사현이 정치군관 출신 강경파들을 동원해 림인철을 두둔하며 수습에 나서는 바람에 흐지부지되고 말았다.

그러나 리기준은 적어도 폭력적 비판 대회에 대해 항의했을 뿐 김일성이나 공화국을 비난하지 않았다. 그런 점에서 그를 반동으로 몰아서는 안 된다는 것이 신태봉의 견해였고 책임지도원 박사현도 이를 긍정적으로 받아들였으나 문제가 더 크게 확산되는 것을 원치 않았던 것이다.

사실 림인철은 18사단 참모장 시절 때부터 사상적 심판과 자아비판을 제대로 구별할 줄도 모르는 무능한 고위군관으로 소문나 있었다. 게다가 그는 한때 투항하여 미군 진지에 끌려가 전향한 전력이 있는데도 중공군이 입조하자 태도를 바꿔 입만 뗐다면 "위대한 김일성 수령과 마오쩌둥 동지!"를 외치면서 남을 딛고 올라서 여단부 해방동맹을 장악한 자가 아닌가. 인면수심이랄까, 사람이 사람을 이런 식으로 끔찍하게 죽이고도 눈도 하나 깜짝하지 않고 있다니 참으로 소름 끼치는 위인이 아닐 수 없다.

거제도 포로수용소의 공중변소에서 발견된 토막시체 사건은 이번이 처음이 아니었다 반공 일색이던 76 킴파운드가 친공으로 넘어가는 과정에서 두 건의 능지처참이 일어난 데다 최근에는 때와 장소를 가리지 않는 엽기적인 살인사건이 다반사로 발생하고 있다.

때문에 극도의 공포에 휩싸인 포로들은 반공·친공에 관계없이 가끔 선교 활동을 위해 드나드는 외국인 선교사들에게 자신의 신변 보호를 요청하기도 했다. 심지어 포로수용소를 무시로 출입하는 국제적 십자사 요원들에게 극악무도한 포로수용소의 실태를 고발했으나 이에 대한 대책은커녕 극에 달한 이데올로기 갈등은 날로 깊어만 갔다.

리기준이 타살된 다음 날 치밀한 과학수사를 자부하는 미군 범죄조사국(CID) 소속 법무관이 수사관들과 함께 철저하게 검시한 뒤 공산 포로 여단지휘부인 해방동맹을 향해 야만 집단이라고 규탄했다. 미군 CID 법무관의 말마따나 야만적인 흉악범죄가 발생할 때마다 관리 당국은 야단법석을 떨었지만 하루, 이틀이 지나면서 피살자의 신원마저 제대로 밝혀내지 못한 채 흐지부지 덮어버리기 마련이었다. 공산캠프의 조직적인 증거인멸로 수사에 난항을 초래했기 때문이다.

결국 미군 CID의 수사는 미궁으로 빠져들고 그런 수사당국을 비웃기라도 하듯 유혈극은 예고된 행사처럼 거의 매일같이 발생했다. 이 같은 현상은 결과적으로 미군 관리 당국이 포로수용소 내에서 발생하는 엽기적인 살인사건은 물론 납치 · 린치 · 집단폭행 등 각종 범죄행위에 엄중히 대처하지 못한 탓도 있었다. 때문에, 보다 치밀한 대책 마련은커녕 차일피일 시간만 허송하는 바람에 사태는 더욱 악화일로로 치닫고 있었다.

5000여 명이 집단수용된 65 컴파운드 SK(반공)캠프는 NK(공산)캠프의 지휘부인 여단부에서 동쪽으로 불과 100여 미터 떨어진 언덕배기에 자리 잡고 있다. 이곳은 지대가 높아 공산캠프 여단부의 일거수일투족을 손바닥 보듯 훤히 내려다볼 수 있어 걸핏하면 공산캠프 여단부를 향해 야유하며 약을 올리기 일쑤였다.

"야, 빨갱이 새끼들! 인간 백정, 김일성의 똥개들아! 오늘 또 몇 놈을 죽일 작정이야?"

"저런 종간나 새끼들! 직방 까부수구 말까 보다. 에잇, 리승만 졸개들!"

"김일성 타도! 공산당 타도!"

"미제 타도! 리승만 타도!"

날이면 날마다 포로수용소에서 벌어지는 반공·친공 간의 투쟁 양상은 반공구호나 친공구호로 시작되어 마구 악다구니를 쓰는 치열한 구호 공방전을 벌이다가 그다음엔 군가 공방전으로 이어지곤 했다.

"나아가자, 인민군대~ 용감한 전사들아~" 하고 공산캠프의 군가가 울려퍼지면 으레 "전우의 시체를 넘고 넘어 앞으로, 앞으로~"라는 반공캠프의 되받아치는 군가가 허공을 갈랐다. 거기에다 중공군 포로들의 팔로군 군가와 국부군의 군가까지 뒤섞여 포로수용소 전체가 군가 경연대회를 연 것처럼 요란한 화음에 휩싸이게 마련이었다. 심지어 드럼과 북, 꽹과리의 반주도 모자라 프라이팬과 깡통 두드리는 소리까지 어우러져 난장판을 이루고 귀청을 찢는 소음이 진동하기 일쑤였다.

낮에는 노력 동원에 나가지 않는 한 이 같은 소용돌이 속에서 군가가 한 소절씩 흘러가면 그다음으론 구호가 터져 나오고 구호가 사라지면 또다시 군가로 이어졌다. 그리고 밤이 되면 각 캠프마다 배신자를 가려내 보복하는 인간사냥과 도륙으로 처절한 비명이 울려 퍼지곤 했다. 양쪽 캠프에서 악질 빨갱이나 빈동분자로 리스트에 올라 지휘부의 사형선고가 떨어질 경우 어떤 기적이 오지 않는 한 당사자는 살아남을 방법이 없었다.

반공캠프가 주동이 되어 친공 포로들을 린치하거나 살해할 때의 명분은 '빨갱이 처단'이었고 친공캠프에서 반공포로들을 살해할 때엔 '반동·반역'이나 '인민의 적'이 명분이었다. 거대한 인간 시장 거제도 포로수용소는 그렇게 날밤을 지새우면서 반공·친공을 막론하고 단말마적인 인간 도살장으로 변해가고 있었다.

날이 밝기 무섭게 반공캠프에서 애국가가 울려 퍼지면 이에 뒤질세라 공산 캠프에서도 적기가가 울려 퍼지고 양 캠프 간에 으레 투석전이 벌어지곤 했다. 심지어 양 캠프 간 전향을 거부하는 포로들을 무참하게 살해하는 끔찍한 사태도 빈발했다. 하루아침에 반공캠프가 친공캠프로, 친공캠프가 반공캠프로 뒤집히는 첨예한 대립이 비일비재했고 그 과정에서 몇 사람씩 죽어 나가는 유혈 보복이 끊임없이 벌어지고 있었다.

공산포로가 다수를 점하고 있는 68·72·81·82·83 포로수용소 등 5개 컴파운드가 하룻밤 사이 SK(반공)로 바뀌고 반공성향의 61·62·63·71·74·76·85 포로수용소 등 7개 컴파운드가 NK(친공)로 바뀌기도 했다. 여기에다 95 포로수용소는 반공에서 친공으로, 친공에서 반공으로 3~4차례나 치열한 쟁탈전을 벌인 끝에 반공 쿠데타로 다시 바뀌었지만 언제 또 친공으로 바뀔지 아무도 예측할 수 없었다.

미군 관리 당국의 강력한 대응책에도 불구하고 공산 포로들의 군사훈련은 각 소대, 중대별로 모든 캠프에서 일제히 실시되고 있었다. 각 캠프에선 정치학습과 사상교육, 선전 선동도 병행하면서 같은 동료끼리도 서로 감시하는 체제를 강화했다. 여기에다 한동안 조용하던 중공군 포로수용소에서도 남북한 포로들의 반공·친공 충돌에 자극받아 점차 이념 갈등이 고조되고 있었다.

반공성향이 강한 중공군 포로 8000여 명을 수용하고 있는 72 컴파운드에서는 포로교환 때 타이완이 아닌 중국본토로 강제송환될 것을 우려한 포로들이 자유중국 국기인 청천백일기靑天白日旗를 게양하고 "대륙송환 결사반대! 대만으로 돌아가자!"는 등의 구호를 외치며 연일 시위를 벌였다.

그러나 미군 관리 당국의 대응책은 언제나 사후약방문격이었다. 그들은 사건이 발생할 경우 현장에 무장경비대를 출동시켜 다행히도 현행범을 검거하면 전범조사국의 협조를 받아 영창에 가두기도 했으나 불과 일주일도 안 돼 징벌을 해제하고 풀어주면서 다른 캠프로 전배시키는 미온적인 행태로 그치게 마련이었다. 포로들에게도 인권을 존중하는 미합중국 헌법에 기초한 징벌정책 때문이라고 했다.

13. 새 생명의 탄생

1951년 5월 3일 밤,

만삭의 몸으로 여성 포로수용소 야전침대 위에 누워 있던 임경옥은 초저녁부터 산기가 돌아 여맹원 출신 포로들의 도움을 받아가며 급히 병원캠프인 64 컴파운드로 이송되었다. 그곳에는 경옥의 출산을 돕기로 한 장지혁 소좌가 책임 의무군관으로 근무하고 있었다. 경옥은 그동안 지혁으로부터 정기적인 검진을 받아 왔었다.

지혁은 경옥이가 들것에 실려 오자 서둘러 진료실 텐트 맨 안쪽에 베니어판으로 칸막이를 설치하고 분만실을 마련했으나 백열등이 약해 다소 어둡고 침침했다. 경옥은 간헐적으로 산고를 느낄 때마다 흠칫 놀라기도 하고 가슴이 떨려오기도 했다. 초산에 대한 두려움 때문이었다.

경옥이가 산고를 겪고 있는 야전침대 주변에는 뒤따라온 수원 여맹원 출신여성포로 세 명이 잔뜩 긴장된 표정으로 서성거리고 있었다. 그녀들은 이미 취사부의 도움을 받아 태어날 아기의 목욕물까지 데워 두고 있었다. 비록 포로수용소이긴 하지만 그런대로 산후준비는 완벽하게 해둔 셈이었다. 이제 남은 일은 산모의 순산順産 뿐이었다.

초산인 데다 억류 생활에 시달려온 탓인지 산모의 건강상태가 말이 아니었다. 그래서 조산 경험이 전혀 없는 여맹원들은 산모가 진통을 겪을 때마다 하나같이 파랗게 질린 얼굴로 안절부절 어찌할 바를 몰랐다. 경옥은 타월을 물고 있는 이빨을 깨물며 순간적으로 파르르 경련을 일으키기도 했다. 점차 잦아지는 진통을 이겨내느라고 바득바득 기를 쓰는 동안 담요로 감싼 그녀의 하복부는 진땀이 흠뻑 배어들었다.

주덕근은 뒤늦게 연락을 받고 달려왔으나 그도 역시 우두커니 서서 지켜보고만 있을 뿐 속수무책이었다. 그는 경옥이 병원캠프에서 진통을 겪고 있다는 소식을 진작에 전해 들었으나 당장 달려올 수 없었다. 여단부 해방동맹의 수표(결재)를 받는 절차가 까다로웠기 때문이다.

그는 비당원인 데다 해방동맹에 가입하지 않아 회색분자 리스트에 올라 있었다. 그래서 그는 해방동맹위원장 림인철의 허락을 받지 않고서는 단 한 발짝도 움직일 수 없었다. 그것이 "여단부 해방동맹의 엄격한 규범"이라고 그를 감시하는 정치군관이 말했다.

그는 평소 교활한 여우같은 림인철과 대면도 하기 싫었으나 이번에는 어쩔 수 없이 고개를 숙여야 했다. 사랑하는 경옥이가 산고를 겪으며 사경을 헤매고 있다지 않은가. 자존심은커녕 간과 쓸개까지 다 빼버리는 한이 있어도 림인철의 환심을 사지 않을 수 없었다. 그래서 그는 분연히 맞서보기로 작심하고 해방동맹 캠프를 찾아간 것이다.

여단부의 해방동맹 텐트에는 마침 리학구 총좌를 비롯한 홍철 총좌, 신태봉, 김정욱 대좌 등 지도부가 모두 한가롭게 앉아 잡담을 나누고 있었다. 덕근은 평소와는 달리 해방동맹 텐트에 발을 들여놓는 순간 기합 든 자세로 거수경례부터 올려붙이며 큰소리로 외쳤다.

"주덕근 중좌, 해방동맹 림인철 위원장 동지께 용무 있어서 찾아 왔습네다."

"뭐이가?"

림인철이 잔뜩 거드름을 떨며 자리에 앉은 채 덕근에게 눈길을 보냈다.

"넷, 병원챰프(캠프)에 잠시 다녀오갔습네다. 허락해 주시구레."

"병원엔 와? 그딴 상처 개지구서리 무시기 엄살임둥"

림인철의 분신처럼 옆에 앉아 있던 리철궁이 팔걸이를 한 덕근의 왼쪽 손목을 바라보며 한마디 거들고 나섰다. 그것은 지난번 시위 때 돌팔매에 맞아 생긴 상처였다.

"상처 때문에 병원캄프에 가는 거이 아니라 실은 저의 안해(아내)가 산고를 겪고 있다는 소식을 받았습네다. 의무군관 장지혁 동무가 조산하구 있긴 하디만 기래두 내레 옆에 좀 붙어 있어야 할 것 같아서리…."

"아니, 안해가 산고를 겪구 있다니 기거이 무시기 뚱딴지 같은 소림메?"

"아아, 리철궁 동무! 좀 조용히 하라우. 기거이 내레 설명해 주리다."

뜻밖에도 신태봉이 덕근을 제치고 앞에 나서주었다. 그는 주위의 지도부를 둘러보며 운을 뗐다.

"내레 부산에서 들은 니야기디만 주덕근 동무레 안해가 만삭의 몸으로 수원 려맹에서 활동하다가 잡혀왔다누만. 알구 보니까니 그 려성동무레 혁명가 가족이야요. 아바지(아버지)는 당의 이론가로 공화국 초시(초기)에 명성을 떨쳤던 림호걸 동지외다. 한때 우리 위대한 수령 동지와 사상적으루 갈등을 빚기두 했디만 후일 재등용(복권)되어 현재 혁명렬사릉에 모셔져 있시다. 그리구서리 오라버니는 남조선에서 려순반란사건을 주도하다가 리승만 졸도들에게 피살당하구 남동생은 남로당 지하조직에서 활동하던 중 생사를 모른다 하오. 그런 혁명가족의 사위가 바로 우리 주덕근 동무외다."

리학구는 신태봉의 진지한 이야기에 감동한 듯 연방 고개를 끄덕였으나 내내 침묵을 지켰다. 자칫 덕근을 변호하기 위해 한마디 거들었다가 또 어떤 봉패를 당할지 몰랐기 때문이다.

"아, 기렇담 주 동무레, 왜서 그런 사실을 진작 나한테는 말하지 않았수?"

림인철이 계면쩍은 듯 쓴웃음을 지으며 말했다.

"죄송합네다. 내레 비당원인 처지에 그 무슨 자랑할 니야기두 아니구 해서라무네…."

"아 참, 주 동무레 비당원이디. 사상이 불투명한 비당원이 어케 혁명가족과 혼인하게 되었음?"

리철궁이 또 약방감초처럼 불쑥 나섰다.

"내레 만주에서 북반부에 입조했을 때부터 림호걸 동지의 각별한 관심을 받아왔시다. 그리구 내레 당원이 되지 못한 거이 친형이 한때 림시정부의 김구 주석 경호책임자로 있었던 거이 문제가 됐시다레. 김구 주석은 장개석 총통과 개인적으로도 매우 절친한 사이가 아닙네까. 기래서라무네 내레 국공내전 때부터 신상에 문제가 되었던 거외다."

"…."

"어전 속이 시원하외까? 리철궁 동무!"

욱, 하고 울분이 치민 덕근은 참다못해 리철궁을 똑바로 바라보면서 거칠게 한마디 쏘아 주었다. 머쓱해진 리철궁은 그만 입을 꾹 다물고 말았다.

"자자, 주 동무! 내레 댁각(즉각) 수표(결재)하리다. 너무 마음 아파하지 마오. 주 동무도 사상이 투철하구 행동이 분명하문 앞으로 입당할 기회가 얼마든지 주어진 거외다. 자, 그러니 날래날래 가보기오."

림인철이 이렇게 얼버무리며 덕근의 외출을 허락했다.

그가 허겁지겁 달려가 보니 마침내 산모의 자궁구가 벌어지면서 양수가 흘러내리기 시작했다. 태아가 어머니의 뱃속을 빠져나오기 전 아버지를 기다리고 있었는지도 몰랐다. 장지혁은 덕근이 나타나자 큰소리로 외쳤다.

"주 동무! 아, 그렇게 서 있디만 말구 산모의 팔을 좀 잡아주시구레. 려성동무들도 산모가 움직이지 못하도록 좀 도와주시구요."

지혁은 주위를 둘러보며 이렇게 이르고는 간호군관에게 시선을 보냈다.

"간호군관 동무! 거즈… 아까 소독해둔 거즈를 몽땅 갯구 오라우."

지혁은 제법 의젓한 손놀림으로 산모의 두 다리를 굽혀 세우고 사타구니를 힘껏 벌려 자궁문이 최대한 열리도록 했다. 그러고는 담요를 두툼하게 접어서 산모의 엉덩이 밑에 받쳐 주었다. 수원의 여맹원들은 번갈아 가며 물수건을 짜서 산모의 이마와 가슴에서 흘러내리는 땀을 닦아내기에 여념이 없었다.

지혁은 양손에 낀 고무장갑을 다시 한번 알콜 소독물에 헹군 뒤 차분한 동작으로 벌려진 자궁구 속으로 조심스럽게 집어넣었다. 어쩌면 논두렁에 엎드려 게구멍을 더듬는 모습과 흡사했다. 산모는 다부지게 이를 악물었으나 밀려오는 통증에 견디다 못해 터져 나오는 신음소리를 간단없이 내뱉곤 했다.

"자, 경옥 동무! 숨을 크게 들이마셨다가 길게 내뿜으면서리 아랫배에 힘을 꽉 주시구레. 자, 다시 한번…."

경옥은 본능적인 수치심도 잊고 지혁이 시키는 대로 안간힘을 쓰면서 아랫배에 힘을 주었다.

"고럼고럼, 옳지. 됐시다레. 자, 다시 한번…."

산모의 자궁구에 한쪽 손을 넣고 있는 지혁은 점차 꿈틀거리면서 뭔가 빠져나오는 태아의 움직임을 감지했다.

"태아가 빠져나오고 있수다레. 조금만 더 참구서리 자~ 다시 한

번….”

산모는 오만상을 찌푸리며 심호흡과 더불어 아랫배에다 안간힘을 주다 못해 울음을 터뜨리고 말았다.

“고놈, 고, 빨리 나오지 않구서리 오마니를 너무 괴롭히누만. 어이, 간호군관 동무! 거즈 좀 더 달라.”

지혁은 산모의 자궁구에 넣었던 손을 쓱 내밀었다.

그의 손은 산모의 산혈産血이 벌겋게 묻어나 보기에도 끔찍했다. 간호군관이 떨리는 손으로 거즈 뭉치를 건네주자 지혁은 그것으로 산모의 자궁구를 닦아내는 거였다. 그의 이마에도 구슬 같은 땀방울이 송골송골 맺혀 있었다. 힘껏 벌어진 자궁구에 태아의 까만 머리카락이 보였지만 산모는 통증을 견디지 못해 그만 구부렸던 두 다리를 맥없이 펴면서 울음을 터뜨리고 말았다. 난산難産이었다.

지혁이 파랗게 질린 표정으로 미친 듯이 외치며 산모의 양다리를 다시 굽혀 세우고 가랑이를 힘껏 벌렸다.

“정신 차리시라요. 경옥 동무! 이러다간 다 죽는다니까. 두 눈 부릅뜨구서리 이를 꽉 깨물구 힘을 주시구레. 힘을….”

산모는 고르지 못한 호흡을 가쁘게 몰아쉬면서 불규칙하게나마 아랫배에다 안간힘을 다하는 거였다.

그러나 아래가 갈기갈기 찢어지는 듯한 통증에 견디다 못해 산모는 마침내 의식이 혼미해지고 있었다. 순간 지혁의 양쪽 손바닥에 뭉클하는 중량감이 느껴졌다. 태아가 그 좁은 문을 뚫고 마침내 세상에 나온 것이다. 옴지락거리며 고고의 소리를 울리는 갓난아기는 방울을 단 사내아이였다.

산모는 안도의 긴 한숨을 토해내며 기진맥진해 축 늘어지고 말았다.

지혁은 능수능란하게 거즈로 갓난아기의 얼굴과 목 부위에 묻어 있는 양수와 분비물을 닦아냈다. 곧이어 후산後産이 되었다. 그는 옆에 멍하니 서 있던 덕근에게 위생 가위를 건넸다.

"주 동무레 아바지가 되었으니 아기를 증명해야디."

덕근이 떨리는 손으로 조심스럽게 탯줄을 잘랐다. 지혁은 탯줄이 잘려나간 배꼽을 봉합하고 갓난아기를 산모 옆에 곱게 눕혀 주었다.

"여보 로사! 고생했시다레."

덕근은 타월로 경옥의 이마를 닦아 주며 안쓰러운 표정을 감추지 못했다.

그러고는 지혁의 손에 이끌려 밖으로 나왔다. 시원한 바닷바람이 불어왔다. 둘은 담배를 한 대씩 피워 물었다. 속이 후련해지는 기분이었다.

"장 동무! 이 은혜를 어케 갚아야 할지 모르갔구만."

"아, 내레 부조하갔다구 약속했디 않아. 초시에 난산이긴 했디만 외과 전문의가 어전 산과 전문의까지 되었으니까니 외려 내가 감사하외다. 허허."

"그나저나 작명을 해야겠는데 이름을 뭘루 할까?"

"아, 그것까지 부조하란 말이가?"

"뭐, 좋은 이름이 없을까?"

"아, 그렇다문 내레 작명가가 되리다. 경옥 동무의 경짜 한 자를 따구 거기에다 덕근 동무의 덕짜 한 자 따문 경덕이가 되디 않아. 주경덕! 축복받는 경사가 나서라무네 큰 덕을 쌓게 되었으니 이보다 더 좋은 이름이 어디 있을라구?"

"장 동무레 참, 못 말리는 사람이야. 하하."

덕근은 비로소 유쾌하게 웃음을 터뜨렸다.

그러나 포로수용소라는 억류된 공간에서 이 아이를 어떻게 키워야 할지 걱정이 앞섰다.

'부모를 잘못 만나 고통의 짐을 잔뜩 지고 태어나자마자 갇혀 지내다니 이럴 수가….'

덕근은 이런 생각에 미치자 그만 설움이 왈칵 치밀어 왔다. 점점이 도려내듯 가슴이 아파 견딜 수 없었다.

5월 26일.

영국 연방인 캐나다의 유엔주재 대사 레스터 피어슨이 유엔총회 의장으로 피선되자 한국전쟁의 휴전을 염두에 둔 의미심장한 발언을 했다. 그가 행한 연설의 요지는 "한국전쟁을 끝내기 위해 침략자에게 무조건 항복을 강요해서는 안 되며 유엔은 침략행위를 저지한 것으로 만족해야 한다"는 내용이었다. 서유럽을 대표한 애틀리 영국수상이 배후에서 조종한 것이 분명한 것 같았다.

그는 한국전쟁을 두고 틈만 나면 중공에 이어 소련의 개입으로 인해 전면전으로 확대될 경우 미국의 나토NATO(북대서양조약기구)에 대한 지원이 약화되어 서유럽이 공산 진영인 동유럽의 위협에 직면할 것이라는 우려를 나타내곤 했었다. 한국전쟁에 대한 서방세계의 시각이 급변하고 있는 가운데 6월 1일에는 트리그브 리이 유엔 사무총장이 "이제 한국전에서 유혈을 그만둘 때가 되었으니 중공과 북한은 원래의 위치로 돌아가야 한다"고 역설했다.

리이 사무총장이 주장한 '원래의 위치'란 2차 세계대전 종전과 더불어 연합국이 일본의 항복을 받아내기 위해 군사적 조치로 설정한 한반도 남북 경계선인 38도선을 가리키는 것으로 들리지만 실은 휴전협정에 따른 군사정전 분계선을 말한다.

유엔에서 이루어진 막후교섭의 결과인가? 이 역시 공산 진영과 협상을 통해 한국전쟁의 휴전을 주도적으로 모색해온 애틀리 영국수상의 "한반도 통일은 평화적인 방법으로 별도로 추구되어야 하며 이를 위해 중공군의 공격은 38도 선에서 멈추어야 한다"는 주장과 일맥상통하고 있었다. 서방국가들은 이 무렵부터 유엔 내의 아시아 및 아프리카 제국들과 함께 한국전쟁의 정전을 위한 일련의 협상을 추진하고 있었다.

이러한 국제적 분위기 속에서 한국전쟁의 새로운 전환점을 맞이하게 된 미국도 정책의 재검토가 불가피한 상황에서 유엔의 움직임에 협조하지 않을 수 없었다. 하여 공교롭게도 6월 22일(미국 워싱턴 시각)에는 안개처럼 피어오르던 한국전쟁의 휴전 문제가 마침내 현실로 드러나기 시작한다. 한국전쟁이 발발한 지 1년 만에 미국 CBS 방송이 전 세계에 충격적인 뉴스를 전파에 실어 보냈기 때문이다.

소련 외무성 부상 겸 유엔주재 대표인 야콥 말리크가 이날 일요일임에도 불구하고 이례적으로 CBS 라디오 프로에 나와 '평화의 대가'라는 제목으로 연설문을 낭독했다. 2000여 단어에 달하는 공산주의 특유의 긴 연설문이었으나 한마디로 요약하면 한국전쟁에 대한 휴전 제의였다.

"한국에서의 무력충돌은 해결할 수 있다. 진정 한국에서의 유혈 전쟁을 해결하고 싶은 용의가 있다면 그 첫 단계로 교전 당사자들끼리 회담을 열고 쌍방의 군대는 한반도 38도 선에서 철수해야 한다."

말리크는 이미 전력이 바닥난 북한과 중공을 대신해 휴전을 제의하면서 "소련은 어디까지나 한국전쟁에 관심이 있는 업저버의 입장을 취한다"는 아리송한 외교적 용어로 오리발을 내밀었다.

크렘린궁 깊숙이 몸을 파묻고 있는 이오시프 스탈린이 배후에서 김일성을 조종, 무력침공으로 한반도의 적화통일을 획책했다는 사실을 전 세계가 다 알고 있는 사실인데도 업저버라는 가면을 끝까지 벗지 않았다.

마침 한국전쟁에서 명예롭게 발을 빼지 못해 전전긍긍하던 영국을 비롯한 유럽의 동맹국들은 소련의 휴전 제의를 받아들이도록 트루먼 대통령에게 압력을 가해 왔고 트루먼 역시 협상으로 이 전쟁을 끝낼 방법을 모색하고 있었다. 그러잖아도 트루먼은 한국전쟁의 완승을 위해 만주 폭격까지 주장하던 맥아더 원수와 정면충돌을 일으켜 그를 해임한 데 대한 정치적인 궁지에서 벗어나지 못하고 있던 참이었다.

그 무렵 미 8군 사령관 밴플리트 대장은 궤멸 상태에 빠진 중공군과 북한 공산군을 추격하여 압록강까지 재진격할 계획을 세우고 있었다. 그러나 불행하게도 제2의 맥아더 작전을 우려한 트루먼은 전전戰前의 원상을 회복하는 선에서 휴전협상을 모색하면서 밴플리트의 북진론을 승인하지 않았다.

그래서 그는 밴플리트에게 38도 선 이남을 거의 수복한 현 전선에서 정지하도록 명령을 내린 것이었다. 밴플리트는 훗날 "만약 그 당시 워싱턴 정부가 북진을 승인했더라면 반드시 승리할 수 있었을 것"이라며 못내 아쉬워 했다는 뒷이야기가 회자되고 있다.

스탈린도 어차피 승산 없는 전쟁이라면 협상을 통해 일찍 끝내고 싶어 했다. 6·25 남침 개전 초기부터 김일성이 전격적으로 남한을 적화할 것이라는 요행을 바라며 뒷전에서 몸을 숨기고 있던 그는 김일성이나 마오쩌둥이 더이상 확전하는 것을 원치 않았고 더욱이 참패당하는 것도 원치 않았기 때문이다.

공산군의 전선은 38도선 부근의 서부지역을 제외하고는 대부분 북쪽으로 밀려나 있었고 전황은 악화일로에 놓여 있었다. 기본화기만 갖춘 전투병력을 무한정 투입하는 중공군의 원시적인 인해전술도 한계에 도달해 한국전쟁에서 결정적인 승산을 기대할 수 없다는 것이 크렘린의 판단이었다. 중공군은 1, 2차에 걸친 춘계 대공세에서 유엔군에 대패한 이후 전력이 완전히 바닥난 상태였다.

게다가 승산도 없는 한국전쟁을 오래 끌수록 서방측을 자극해서 미국과 유럽 동맹국들이 결속을 강화하게 될지도 몰랐다. 무엇보다 나토가 소련이 장악하고 있는 동유럽에 위협이 되고 있었기 때문이다. 그뿐만 아니라 한국전쟁이 계속될 경우 경제 대국으로 다시 일어서려는 일본의 재무장을 의식하지 않을 수 없었다.

특히 스탈린은 진작부터 미국의 원자폭탄을 두려워하고 있었다. 애초 한반도의 적화통일을 계획할 때 일본 히로시마와 나가사키를 잿더미로 만들어버린 미국의 버섯구름이 악몽처럼 떠올라 좀체 그의 뇌리에서 사라지지 않았다. 그래서 그는 배후에서 마오쩌둥과 김일성에게 군사원조만 해 주고 아예 한 발 빼며 직접적인 한국전 개입을 자제해 온 것이었다.

스탈린은 중공군의 한국전 개입 이후 트루먼과 맥아더가 만주 폭격과 원자폭탄 사용도 불사하겠다는 성명을 발표했을 때에도 그것이 결코 빈말이 아니라고 생각했다. 그때까지만 해도 소련은 원자폭탄을 개발하지 못한 상태에서 미국의 동향에 신경을 곤두세워야 했다.

다행히 영국의 애틀리 수상이 만류하는 바람에 트루먼의 원폭 사용이 불발로 그치고 만주 폭격을 주장하던 맥아더가 유엔군 총사령관직에서 물러났지만 미국을 자극해서 덕 볼 게 아무것도 없었다. 어쩌면 이 과정에서 스탈린과 애틀리의 은밀한 밀담이 오갔을지도 몰랐다. 이후 소련의 휴전 제의에 영국의 거물급 스파이가 개입되었다는 설이 유력하게 나돌았기 때문이다.

미국은 1951년 4월 태평양 에니웨톡 제도에서 세계 최초로 원폭보다 몇 배나 파괴력이 강한 수소폭탄 실험에도 성공했다. 스탈린은 그것이 가장 두려웠다. 미국이 원폭을 독점하고 있는 것만도 큰 위협인데 수소폭탄까지 개발하게 되자 서둘러 휴전회담을 제의하지 않을 수 없었다.

유엔주재 소련대사 말리크의 휴전 제의가 나온 지 일주일 만인 6월 30일, 리지웨이 유엔군 총사령관은 마침내 기다렸다는 듯 휴전 제안을 받아들인다는 내용의 성명을 발표한다. 그리고 그 이튿날인 7월 1일에는 중공군 총사령관 펑더화이도 휴전회담에 동의한다는 성명을 발표했다. 하여 7월 10일에는 현 전선의 남쪽 경계선 개성에서 첫 회담이 열리게 된 것이다. 판자로 가림막을 한 회담 장소라 하여 '판문점'이라고 불렀다

이후 한국전쟁은 2년 동안에 걸쳐 '일면 전쟁' '일면 협상'이라는 새로운 양상을 띠면서 한 뼘의 땅이라도 더 차지하기 위해 제한적인 고지 쟁탈전을 반복하게 된다. 이 과정에서 쌍방 간에 엄청난 화력 소진으로 병력손실만 가중됐을 뿐 전세에 결정적인 변화는 일어나지 않았다.

14. 김일성의 친서 낭독회

이승만 대통령은 중공군이 물러가지 않은 상황에서 남북통일이 없는 휴전을 극구 반대했다. 하지만 미국을 비롯한 유엔 참전국은 대한민국의 의사와는 전혀 상관없이 휴전의 수순을 밟아가고 있었다. 맥아더 원수가 북진론을 주장하며 적도 평양을 점령했을 때 "한반도에서 침략자를 몰아내고 통일한국을 완성한다"는 유엔 결의는 사실상 백지화되고 결국 중공군의 개입으로 군사력의 한계를 극복하지 못한 것이다.

국제사회의 여론마저 한국전 종식을 원하고 있는 데다 유엔의 움직임으로 보아 한국은 남북통일의 염원이 사라지고 또다시 분단이라는 통분의 국운 앞에 놓이지 않을 수 없었다. 한국의 입장에서는 유엔군의 출혈을 더 이상 강요할 수도 없었고 독자적인 작전지휘권도 없이 새삼 약소국의 설움을 절감하는 처지에 놓이고 말았다. 울분에 북받친 국민들이 들고 일어나 〈통일 없는 휴전〉을 반대하는 전 국민적인 궐기대회가 끊일 날이 없었다. 우물 안 개구리의 울음처럼 메아리 없는 국내 시위에 불과했지만 이승만 대통령은 이에 힘입어 담화문까지 내고 국민적 저항을 부채질했다.

"우리 우방들이 중공군을 한국 땅에 있게 하고 평화나 휴전을 협정한다면 우리는 군인이나 평민은 물론, 전 국민이 죽기를 결심하고 우리끼리 좌우간귀정歸正을 짓겠다는 결심이다.

전 민족이 궐기해서 통일 없는 평화를 받아들일 수 없다는 주장을 시위운동으로 표명하려는 것을 정부가 막을 수 없는 형편이다. 앞으로 국제정세에 따라 어디까지 갈지를 우리는 예측할 수 없으나 외국인을 배척하거나 우방에 대한 악의를 나타내는 일이 없도록 조심해야 할 것이다."

그러나 이 대통령은 어쩔 수 없이 군사정전회담을 받아들이는 조건으로 "첫째 중공군의 압록강 이북으로의 철수, 둘째 북한 괴뢰군의 무장해제, 셋째 유엔 감시하의 소련과 중공의 북한에 대한 군사원조 통제, 넷째 한국전쟁에 관한 한 어떤 문제 해결에도 전쟁 당사국인 한국 대표가 참가할 것, 다섯째 대한민국의 영토와 주권은 어떠한 경우에도 침략받지 않을 것" 등 5대 원칙을 천명했다. 하지만 그것은 한낱 쇠귀에 대고 경 읽기에 불과했다. 미국은 지겨운 한국전쟁에서 하루라도 빨리 발을 빼기 위해 종전수순을 밟는 것 외에 한국이 처한 운명에 대해서는 별 관심을 두지 않았다.

이승만 대통령은 어쩔 수 없이 울며 겨자 먹기로 "유엔군과 중공군이 일시에 철수하되 사전에 한미상호방위조약을 체결해 공산군이 침략하지 못하도록 보호할 것"을 미국에 강력히 요청하기에 이른다.

〈소련의 정전회담 제의, 미국이 수락!〉 거제도 포로수용소에 이 소식이 전해지자 "와아!" 하는 함성과 함께 각 캠프가 떠나갈 듯이 들썩였다. 모두가 흥분의 도가니 속으로 빠져든 것은 살벌한 철조망 울타리에서 석방돼 자유를 찾아살 수 있기 때문이리라.

그러나 그것도 잠시 잠깐 포로들은 내남없이 심각한 고민에 빠져들기 시작했다. 라디오를 통해 낭랑하게 들려오는 소식은 정전협상의 제1의제가 민간인 억류자와 상병傷病포로 교환이었고 그다음으로 쌍방

간의 전체 포로교환이었다. 하지만 포로 교환에 따른 자유 송환이냐, 강제송환이냐의 의제를 두고 서로 줄다리기를 하는 순서가 기다리고 있다는 것이 뉴스의 초점이었다.

인간의 운명이란 누구나 스스로 깨닫지 못하는 순간에 희비가 엇갈리게 마련이다. 유엔군에 귀순하거나 투항한 뒤 자유 진영에 휩쓸린 공산 포로들에게는 다시 북녘으로 끌려가야 하는 강제송환이라는 불안감에서 안절부절 어찌할 바를 몰라 전전긍긍했다. 부모 형제가 기다리고 있는 고향으로 돌아가기 위해서는 무조건 붉은 기를 들어야 했으나 암흑의 공산체제를 거부하는 포로들은 붉은 기를 버리고 끝까지 백기를 들어야 했기 때문이다.

그러나 백기를 고집하는 데는 그만큼 위험부담도 뒤따랐다. 그중 한 사람이 주덕근이다. 그는 진퇴양난에 빠져 허우적거리지 않을 수 없었다. 애초부터 공산체제를 혐오하며 백기를 들고 귀순했으나 군사행동의 주도권을 가진 미군에서 받아주지 않았고 결국 투항자로 낙인찍혀 포로수용소에 억류되는 신세로 전락하고 말았다. 그런 그에게 어쩌면 강제송환이라는 수순만 남아 있을지도 몰랐다.

'이 위기를 어떻게 벗어나야 한단 말인가. 게다가 사랑하는 경옥이와 눈에 넣어도 안 아플 귀여운 아들 경덕이가 딸려 있지 않은가. 그들도 본의 아니게 억류돼 있다. 이 난관을 뚫고 어떤 방법으로든 우리 가족들만이 누릴 수 있는 자유를 찾아가야 한다.'

덕근은 날이면 날마다 절망적인 상황에서 불안과 공포에 떨며 일루의 희망을 찾으며 한을 삼켜야 했다.

개성 판문점에서 군사정전회담이 본격적으로 열리고 있을 무렵 거제도 포로수용소에서는 또다시 피바람을 불러일으키는 공산혁명의 조짐이 나타나고 있었다.

줄잡아 12만 명에 달하는 전체 공산포로를 좌지우지하는 여단부 책임지도원 박사현은 군사정전회담 소식을 접했으나 미동도 하지 않고 내내 침묵을 지키고 있었다. 그는 애초 하급군관 포로로 위장 침투해 여단부가 있는 76 컴파운드에 수용되었으나 고위급 군관포로들 외에 그의 정체를 아는 상하급 군관포로는 별반 없었다. 그는 여단부에 잠입한 후 해방동맹 위원장 림인철의 호위군관(부관) 행세를 하며 비밀스런 행동으로 일관했기 때문이다.

그러나 군사정정회담이 진행되면서 점차 그의 정체가 드러나기 시작했다. 소련 국적인 그가 공화국 창건 당시 류성철 부총참모장과 함께 군정사령관 스티코프 대장의 소련어 통역관으로 북조선에 넘어와 노동당 정치위원으로 당을 장악해 왔다는 사실도 뒤늦게 밝혀졌다. 그런 그가 지금은 정전회담 북한 측 수석대표인 남일南日 대장이 평양방송을 통해 보내는 김일성 최고사령관의 지령을 매일 단파로 수신하고 있다는 거였다.

어쨌거나 당이 우선인 공산주의 체제에서 노동당 중앙당 정치위원이라면 서열 20위 안에 드는 거물급임이 분명했다. 그나저나 그가 일찌감치 거제도 포로수용소에 침투한 이유가 뭐란 말인가? 그것을 아는 사람은 리학구와 림인철 등 여단부 해방동맹의 고위급 군관들밖에 없었다. 하지만 이 정체불명의 시내가 원래 북한에서 태어나 부모를 따라 블라디보스토크로 이주해 성장한 뒤 18세의 어린 나이에 소련공산당에 입당한 골수 공산주의자란 사실도 점차 입소문을 통해 드러났다.

최근 그에게 단파 무전으로 부여된 임무는 유엔군 측이 제시한 포로

교환의 자유 송환 원칙에 대비, 정규 인민군 출신이나 해방전사 · 의용군 · 빨치산 등을 가리지 않고 모조리 북으로 끌어가는 강제송환이 목적이었다. 그러기 위해서는 무엇보다 SK, NK로 갈려 이념 갈등을 빚고 있는 포로수용소 전체를 적화통일하지 않으면 안 된다는 것이었다. 그래서 그는 겉으로는 해방동맹 림인철의 호휘군관으로 행세하면서 막후에서 은밀하게 정치공작을 조율하고 있었다. 실로 어마어마한 정치공작이 아닐 수 없었다.

김일성과 남일은 남해안을 해방구로 만들어 역북진하는 군사공작도 중요하지만 당면한 군사정전회담을 보다 유리하게 이끌어가기 위해 박사현에게 새로운 지령을 내려 투쟁 일변도로 나서게 한 것이다. 따라서 여단부 76 컴파운드를 비롯 77 · 78 등 3개 적색 컴파운드에 대대 · 중대 단위로 서서히 전운이 감돌기 시작했다.

그 무렵 여단부에서는 고위군관을 비롯한 전체 상급군관 포로들을 모아놓고 박사현이 단파 무전기로 수신한 '김일성 최고사령관의 친서 親書 낭독회'를 열고 있었다. 비교적 온건한 성품으로 군관들의 존경을 받는 소련군 출신 신태봉 대좌가 박사현과 함께 군관들 앞에 나타나 "김일성 최고사령관이 보내온 친서"라며 두 손으로 높이 받들어 엄숙하고 정중하게 낭독해 갔다.

신태봉이 낭독한 친서의 내용은 이러했다.

〈금싸라기 같은 조선인민군 군관 · 전사 동무들!

미제 침략자의 야만적 탄압 속에서 용감하게 싸우고 있는 여러분은 한 사람, 한 사람 모두가 우리 조선인민공화국의 영웅이며 고귀한 순국렬사와 다름없는 존재들입니다.

우리 공화국 정부와 노동당은 조국과 인민을 위하여 맨주먹으로 용감무쌍하게 투쟁하고 있는 동무들을 고무, 격려하는 바입니다. 우리 조선인민군은 어떤 이유, 어떤 환경에서도 적의 포로가 될 수 없다는 사실을 다시 한번 명심하기 바랍니다.

최고사령관인 나, 김일성은 여러분의 군공軍功을 높이 치하하며 동무들 가슴에 영예로운 국기훈장이며 적성훈장을 달아줄 것입니다. 여러분이 농도 짙은 사상성으로 똘똘 뭉쳐 맡은 바 임무를 성공적으로 수행하고 조국의 품으로 돌아오는 날에는 최고사령관인 내가 직접 눈물로 맞이할 것입니다.

위대한 공화국의 군관·전사 동무들!

한 사람도 빠짐없이 조국의 품안으로 돌아오라! 동무들의 전죄前罪는 말끔히 사면되었으니 후과後果를 두려워하거나 부끄럽게 생각하지 말고 부모처자가 기다리는 조국으로 돌아오라!〉

신태봉의 김일성 친서 낭독이 끝나자 모두 하나같이 그렁그렁한 눈빛으로 감격에 겨워 우렁찬 박수로 화답했다.

이어 해방동맹위원장 림인철이 연단에 올라 "그동안 형식에 그쳤던 여단부의 징계위원회를 확대, 개편하여 본인이 겸직하게 되었다"며 자신을 소개한 뒤 일장 훈시에 들어갔다. 하지만 도대체 여단부 징계위원장이라는 직책을 누가 임명하고 무엇을 징계하는지도 밝히지 않아 모두 어리둥절할 수밖에 없었다.

"동무들! 백두산 높고 높은 고지에서 불굴의 혁명정신으로 싸워 오신 위대한 수령 동지이시며 조선인민군 최고사령관이신 김일성 원수님의 교시를 높이 받들어 우리 모두 가열찬 충성심으로 뭉쳐야 합네다.

우리 혁명 투사들은 절대 미제의 포로가 되지 않습네다. 우리에게는 철조망이 없습네다. 오직 불굴의 정신으로 싸우고 또 싸워야 합네다. 그 전제 조건으로 사상성이 투철하고 깨끗한 몸이 되기 위해설라무네 정치학습과 자아비판을 강화해 나갑세다."

그러고 나서 그는 공산캠프의 내부정화와 외부적화를 위한 주요지침을 시달했다. 이 모두가 배후에서 은밀하게 조종하고 있는 박사현의 계략이었다. 림인철이 내린 주요지침은 다음과 같다.

"하나, 우리 군관·전사들은 포로수용소 안에서도 조국과 인민을 위하여 전선처럼 알고 용감무쌍하게 싸워 조국의 품 안으로 돌아간다.

둘, 혁명과업을 완수할 때까지 매일같이 군사훈련과 시위, 소란을 벌이고 반미활동으로 제2전선을 구축하면서 거제도 해방과 부산 해방으로 내륙작전을 전개하여 휴전회담을 측면 지원한다.

셋, 부단한 자아비판과 정치학습을 통하여 조국에 대한 충성심을 드높인다.

넷, 거제도의 12만 군관·전사 동무 여러분은 전원 일치단결하여 조국으로 돌아가기 위해 선전 선동과 설득 작전으로 귀환을 거부하거나 망설이는 자들을 적극적으로 포섭하라.

다섯, 남조선에 전향했거나 귀환을 끝까지 거부하는 반동분자는 인민재판에 회부하여 무자비하게 처단하라. 단 한 명이라도 남조선에 남게 해서는 아니 된다.

여섯, 전쟁시기 특수임무나 상부의 명령, 지시사항을 수행하다 부득불 진퇴양난에 빠져 투항했거나 생포된 모든 군사 요원은 최고사령관의 명령에 따라 과오를 면제하고 공로에 따라 국기훈장과 적성훈장을 수여하며 영웅 칭호를 받게 될 것이다."

밤이 깊어갔다. 주덕근이 병원캠프에 들러 경옥이와 경덕이를 잠시 만나보고 무거운 발걸음을 돌렸다. 텐트로 돌아오니 이미 각 소대 · 중대별로 똑같은 김일성의 친서가 배포돼 낭독회가 열리고 있었다. 그리고 소위 · 중위 · 대위 등 각 캠프장을 중심으로 하급군관들이 모여 이른바 '혁명소조小組'를 조직하고 정치학습이라는 명분으로 매일 밤 자아비판과 상호 비판대회를 열었다.

덕근은 그제야 림인철이 여단부의 징계위원장이라는 감투를 쓰게 된 경위를 알 수 있을 것 같았다. 자아비판이나 상호비판이란 마르크스의 용어로 이데올로기의 논리적 비판에 그치지 않고 물질적 조건과 기초를 명확히 함으로써 그것을 극복하는 것으로 정의하고 있다. 보다 쉽게 풀이하면 공산주의사회의 일상에서 스스로 자신의 사상적 탈선이나 과오를 토로하고 당에 부단히 충성을 다짐하는 것을 말한다. 자아비판은 그동안 적색 캠프에서 포로들에 대한 세뇌를 목적으로 있어 온 통상적인 관행이었다.

그러나 이번에 혁명소조가 주도하는 비판대회는 정신적 갈등을 겪고 있는 상급군관들에 대한 명예심판이었다. 그것도 당원 일색인 정치군관들은 쏙 빠지고 최전선에서 사생결단하고 싸워 온 군사군관들에게만 국한했다. 그들은 군사군관들에 대해 일반전사들과 마찬가지로 학술적 논리적 비판보다 현실에 접근하여 각자가 포로로 억류되기 이전의 투항동기며 투항과정, 투항 후의 변설행위, 내통사실 등을 거짓 없이 적극적으로 개진하고 심판을 받게 한다는 것이었다. 일종의 비굴한 고백성사인 셈이다. 여기에 주덕근이 말려든 것이다.

김일성이 보냈다는 친서가 진짜인지 가짜인지 알 수 없지만, 그 친서를 통해 깨끗한 몸으로 돌아오라는 것은 지은 죄를 몽땅 거제도 몽돌밭에 내다 버리라는 뜻이었다. 전죄를 사면하고 훈장과 영웅 칭호를 준다는 것도 새빨간 거짓말이었다. 한낱 반동·반당분자를 솎아내기 위한 구실에 불과했다.

덕근은 이 시점에서 달리 변명할 여지가 없어 스스로 전죄를 모두 인정했다. 그의 속내는 쇠파리 같은 혁명소조의 논리와는 정반대였다. 그는 진정 신 앞에, 민족 앞에 씻을 수 없는 전쟁범죄자로서 용서를 빌어야 한다고 생각했다. 하지만 자아비판의 순서를 기다리고 있는 그에겐 한없는 수치와 모욕과 혐오감만 엄습해 오고 있을 뿐이었다.

먼저 심판장인 방상철 소좌가 말했다.

"자아비판자나 심판자 여러분! 내레 지금부터 하는 말을 잘 들으시라요. 이번 심판은 김일성 최고사령관 동지께서 보내주신 친서와 마찬가지로 불순분자를 적발, 사상적으로 매장하는 데 목적이 있는 거이 아니외다. 어디까지나 과오를 범한 전우들을 깨우쳐 주고 보다 충실한 공화국의 애국자가 되도록 하는 데 고무하자는 거외다. 따라서 자아비판자는 수치심을 버리구서리 용감한 자세로 자신의 과오를 인정할 것이며 심판자는 관대한 자세로 심판하기 바라오."

방상철이 어떤 경로로 상급군관들에 대한 명예심판을 주도하게 되었는지는 알 수 없지만 그는 의심의 여지가 없는 당원이자 철저한 정치군관 출신이었다. 그런 그를 덕근은 이미 오래전부터 잘 알고 있었다. 그는 인천에서 덕근이 포로대표로 있을 때부터 가깝게 지냈기 때문이다.

그는 애초 여느 군사군관들과는 달리 철저히 자신의 신분을 숨겼으나 PW의 스탬프도 선명한 포로 군복으로 갈아입을 때 그만 노동당 당원증이 튀어나오는 바람에 신분이 탄로나고 말았다. 그 당시 당원 출신 정치군관은 존경과 선망의 대상이었다. 하지만 그는 자신의 신분에 대해 전혀 티를 내지 않았으며 비교적 솔직담백하고 인간적인 친근감도 있었다.

그는 경인지구 제3포로수용소 화재사건 때도 그랬지만 언제나 공산 포로들을 보호하고 굶기지 않고 밥 한 끼라도 더 먹이기 위해 동분서주하는 덕근의 모습을 보고 감탄하며 진정 고마움의 뜻을 전하기도 했었다. 게다가 덕근은 마지막 배편으로 인천을 떠나올 무렵 보링 소령에게 특별히 부탁해 방 소좌에게 레이션이며 영양가 높은 쇠고기 통조림 등을 박스채로 얻어주기도 했다. 그런 그가 지금은 냉정한 심판장으로 덕근을 비판하는 자리에 앉아 있는 것이다.

어쨌든 덕근은 자신이 후배 군관들 앞에서 명예심판의 대상자로 불려 나와 자아비판을 한다는 것이 수치스럽고 억울하고 분해 견딜 수 없었다. 그렇다고 이 살벌한 분위기에서 분연히 일어나 항의할 용기도 나지 않았다. 그저 모멸감과 울분과 탄식에서 흘러나오는 눈물만 삼킬 따름이었다.

비록 포로수용소이긴 하지만 여기가 명색이 미군이 관리하는 자유와 정의의 땅이라는데 붉은 깃발이 나부끼고 포로가 포로를 심판하고 서슴없이 야만적인 살인까지 자행하다니 환멸을 느끼지 않을 수 없었다. 마치 마르크스 · 레닌의 망령이 되살아난 것 같았다.

15. 자아비판

마침내 주덕근의 차례가 돌아왔다. 그는 자아 비판대에 앉자마자 무엇이 잘 되고 무엇이 잘못되었는지도 모르고 그저 비루한 생각을 떨쳐버리지 못해 무조건 사과부터 했다. 자아비판은커녕 스스로 격한 감정을 주체하지 못해 눈물만 펑펑 쏟았다.

방호산의 6사단 출신으로 남해안 통영까지 쳐내려 갔다가 퇴로가 막혀 지리산에서 빨치산부대장까지 지냈다는 캠프장이 먼저 운을 떼며 덕근을 통렬히 비판하고 나섰다.

"우린 지리산에 입산하면서까지 오로지 조국과 린민을 위하여 악전고투했는데 주덕근 동무레 포로대표의 완장을 차고서리 미국 놈의 앞잡이 노릇을 하며 호의호식해 왔수다. 이는 분명 대내의 적이자 반동으로 명예심판의 대상이 아니라 인민재판에 회부해야 마땅하다고 보오."

덕근은 이른바 빨치산부대장의 준엄한 비판에 항거할 기력도 없었다. 이미 정해진 각본대로 심판을 진행하는데 무슨 이의를 제기할 수 있단 말인가. 반동으로 몰면 몰릴 수밖에 달리 변명의 여지가 없었다.

"동무들! 내레 더 이상 할 말이 없시다. 발써(벌써) 속죄의 죽음을 각오하고 있습네다. 동무들이 조국과 린민을 위하여 처단해야 한다문 내레 달게 받겠시다. 지체 없이 죽여주시구레. 내레 자아비판은 이로써 끝이외다."

그러자 이번에는 정치보위부 하급군관이 덕근의 죄상을 나열한 쪽지를 훑어보며 말머리를 돌렸다.

"주 동무는 자신의 형식적인 자아비판이 끝났다고 말했지만 우리들의 비판은 아직 끝나지 않았소. 이참에 피차 따질 것은 따지고 해명할 것은 해명한 다음 후과에 대해설라무네 용서를 구하든가 용서를 받든가 해야 할 거외다. 자, 누구든 주 동무의 죄상에 대해 당당히 비판하고 질문하시구레."

그러자 여기저기서 불쑥불쑥 한마디씩 내뱉었다. 파상공세였다. 안면이 있는 것으로 보아 모두 경인지구 포로수용소에 있던 자들인 것 같았다.

"주 동무가 린천에서 포로대표로 있을 당시 포로는 좋은 포로와 나쁜 포로의 두 가지 종류가 있다고 말했는데 기거이 악질 반공포로와 비전향 공산포로를 두고 말한 거이 아니외까. 그렇다문 어느 쪽이 좋은 포로란 말이외까?"

"그 당시는 모두 굶주리고 허탈한 상태에 빠져 반공·친공 구별할 수 없을 만큼 혼란한 상황이었습네다. 내레 말한 좋은 포로란 헐벗고 굶주리며 추위에 떠는 인민군대 군사군관·전사들을 통칭한 표현이며 나쁜 포로란 국방군 출신으로 행세하며 폭력을 휘두르고 먹을 것만 찾는 해방전사들을 지칭한 거외다."

"그렇다문 주 동무도 먹을 것만 찾는 그런 저질 포로의 범주에 속한단 말이외까?"

"아닙네다. 지금 돌이켜 생각해보문 그 당시 내레 이분법적으로 말한 거이 잘못된 유치한 표현이었단 말입네다."

그러자 이번에는 내무성 출신이라는 하급군관이 질문했다.

"기러문 지금은 어떤 거이 좋은 포로고 어떤 거이 나쁜 포로외까?"

뻔한 답을 요구하는 질문에 불과했다. 덕근은 내심 코웃음을 치며 그들의 마음에 쏙 드는 말로 답해 주었다.

"조국을 찾는 포로, 가족과 처자식을 사랑하는 포로, 자나 깨나 공화국으로 도망치려는 포로가 좋은 포로외다."

"주 동무가 말하는 조국은 어디를 뜻합네까. 왜서 위대한 수령 김일성 원수님이라는 칭호는 단 한마디도 없는 거외까?"

"수식어를 뺐을 뿐이외다. 내레 말하는 조국은 초령 우리 조선민주주의인민공화국을 말함이외다."

"뭬라구? 최고 존엄의 칭호를 수식어라구? 이 간나새끼!"

격분한 정치보위부 출신 하급군관과 내무성 출신 하급군관이 주먹을 불끈 쥐고 달려들었다. 바로 그 순간 방상철이 제지하며 큰소리로 외쳤다.

"동무들! 육체적 제재는 옳지 않소. 폭력은 명예심판과 자아비판의 취지에도 어긋나오. 따지고 보문 크든 작든 우리 모두 누구나 과오가 있는데 자기 과오를 은폐하구서리 남의 과오만 크게 규탄하는 거이 잘못된 짓이오."

이 말에 자못 서슬 퍼렇게 달려들던 하급군관들이 주춤하며 물러났다. 방상철은 얼마 전에 발생한 리기준의 타살사건을 떠올리며 준엄하게 말했다.

"주 동무는 비록 비당원이긴 하디만 상급군관이오. 최소한 예의는 갖춰야디. 동무들은 모두 열혈당원이 아니오? 긴데 투항할 당시 생명처럼 소중히 여겨야 할 당원증을 어케 했소? 적들에게 넘겨주지 않았소. 기럭하구서리 떳떳하게 당원 행세를 할 수 있단 말이외까? 진정 당원이라문 과오를 범한 비당원을 이끌어주는 도량은 없는가?"

덕근은 그제야 안도의 한숨을 삼켰다. 내심 방상철의 인간미에 새삼 감동했다. 그는 결심한 듯이 앉았던 의자에서 벌떡 몸을 일으켰다.

"주덕근 동무의 자아비판과 자각성을 인정하오. 여러 동무들은 주 동무의 과오를 용서하고 두터운 전우애로 접수하기 바라오."

비로소 박수가 터져 나왔다. 이로써 살벌하던 덕근의 자아비판과 명예심판은 일단락 짓게 되었다.

그러나 심판대에 오를 상급군관은 아직도 50여 명이나 남아 있었다. 방상철은 이후 며칠이 지나 배식장에서 저녁식사를 마치고 돌아가던 덕근을 불렀다. 그는 인천에서 덕근에게 신세진 것을 잊지 않고 있었다.

"주 동무가 린천수용소에서 미군 당국에 협조한 사실은 과히 걱정할 필요가 없습네. 그 혼란한 시기에 나두 주 동무 신세를 단단히 졌디만 하전사들을 배불리 먹이구 전범색출에 적극 반대한 것 등은 정당하게 평가받아야 할 거외다. 내레 그걸 담보(보증)하리다. 안심하오. 내가 있는 한 신변의 위험은 없을 거외다."

"방 동무께서 그렇게까지 생각해 주시니 정말 고맙습네다."

덕근은 순간 서슬 퍼렇게 자신을 몰아붙이던 하급군관들의 모습이 떠올라 울컥 격한 감정이 치밀어 부들부들 몸이 떨리는 것을 느꼈다.

"내레, 나름대로 주 동무에 대해서라무네 조사도 하고 분석도 해봤으나 해방동맹 간부들이 주 동무를 잘못 판단하고 있습데다. 기래설라무네 몇 사람의 공로를 만들기 위해 공포 분위기를 조성해서는 안 된다구 여단부 박사현 책임지도원 동시께 상력히 이의를 제기했시다."

"예, 잘 알갔습네다. 특히 림인철 대좌나 리철궁 중좌는 나에 대해 편파적으로 보구 있을 겁네다."

"주 동무! 걱정 마오. 림인철이나 리철궁의 과거는 나두 잘 알구 있소. 가면 쓰구 자기네보다 흠 있는 사람을 못살게 구는 비열한 인간들이라는 거…."

"예, 고맙습네다."

"그러니 주 동무는 앞으로 아무 걱정 말구서리 나를 믿어주오. 나 또한 주 동무를 믿겠시다."

덕근은 방상철의 격려에 한결 마음이 놓였다. 게다가 무정 장군의 부관이던 김종식 중좌도 공개적으로 덕근을 보호해주는 덕분에 다행히 하급군관들의 감시체제에서 벗어날 수 있었다.

미군 관리사령부에서는 공산캠프의 거제도 해방과 내륙진출 등 외부 적화를 위한 내부정화가 치열하게 전개되고 있는 사실을 전혀 눈치채지 못하고 있었다. 다만 제한적인 전쟁과 휴전협상이 장기화할 것으로 보고 포로들에 대한 후생복지 문제에만 신경을 쓰고 있는 것 같았다. 항상 불평불만이 뒤따르는 급식 문제도 한국군 경비병들과 별반 차이 없이 개선하고 '평화'라는 포로용 담배도 매일 한 갑씩 공급했다.

포로송환에 대비, 인도적인 차원에서 정보교육과 직업교육도 병행했다. 한국에 파견된 미 문화원USIS에서 전체 포로를 대상으로 하는 민간차원의 교육프로그램으로 교양 교육 외에 석방 이후 고향으로 돌아가 생계에 도움이 되는 직업훈련은 포로들에게 정신적으로도 위안이 되었다. 특히 농·어업과 철공·목공·인쇄·전공·야금 등 다방면의 직업에 종사할 수 있도록 각종 기술을 가르치는 데 역점을 두었고 여기에 자유민주주의에 대한 강연과 시사 해설로 올바른 사회관과 시국관을 심어주는 교양프로그램도 곁들였다.

그러나 이 교육프로그램은 공산 포로들에 의해 부패한 부르주아의 반공교육이며 노예교육이라는 이유로 철저하게 거부당하고 말았다. 심지어 그들은 포로들의 자유의사에 반하는 제네바협정 위반이라고 억지를 부리며 역선전에 나서기도 했다. 일부 공병 및 병기출신 군관·전사들은 철공·목공·전공·야금 등 기술교육에만 참여했다. 이 역시 여단부 해방동맹의 음흉한 계략이었으나 미군 관리 당국에서 전혀 눈치채지 못하고 있었다.

그들은 제법 그럴싸하게 자신들이 공병이나 병기 병과 출신이기 때문에 기술을 익혀 사회에 나가 기술직에 종사하고 싶다고 둘러댔으나 공산주의 세계에서 직업을 선택할 자유가 어디 있는가. 다만 USIS에서 익힌 기술로 칼이나 창, 쇠망치 등을 제작해 거제도 해방과 내륙 침공 작전에 쓸 무기로 비축하려는데 혈안이 돼 있을 뿐이었다. 긴 쇠꼬챙이 하나만 있으면 심장을 꿰뚫을 수 있고 예리한 칼날은 산 사람의 배를 가르고 내장을 들어내는데도 안성맞춤이었다.

7월 10일.

각 캠프마다 살벌한 분위기에 휩싸이는가 했더니 아니나 다를까, 마침내 반공·친공의 극렬한 투쟁이 벌어지기 시작했다. 투쟁의 불길을 지핀 곳은 공산 포로들의 총지휘부인 71 컴파운드 여단부 해방동맹이었다. 공산 포로들은 해방동맹의 은밀한 지령에 따라 각 캠프별로 일제히 조직적이고 집단적인 납치와 고문으로 반공포로 사냥에 나섰다.

이는 포로교환 시 출신별 강제송환을 주상해온 휴전회담 북한 측 수석대표인 남일의 지령에 따른 책임지도원 박사현의 책동이었다. 유엔군 측은 애초부터 개인 의사를 존중하여 포로 당사자가 원하는 곳으로 보낸다는 이른바 자유 송환원칙을 고수하고 있었다. 이 때문에 대한민국에 남기를 희망하는 공산 포로들이 반공으로 전향하는 수가 걷잡을 수 없이 늘어나자 난관에 부닥친 박사현의 주도로 대대적인 반공포로 사냥에 나선 것이다.

전향한 포로들을 색출하는 방법도 기발했다. 취침 직전 간신배 같은 리철궁과 정치군관들이 '감찰대'라는 완장을 두르고 77 컴파운드에 나타나 각 중대 단위로 포로들을 집합시켜 놓고 제법 솔깃한 말투로 설득전에 나선다.

"동무들! 우린 애먼 사람을 잔인한 방법으로 죽이문서리 친공·반공으로 분리하는 것을 절대 원치 않소. 어디까지나 신사적으루다 개인의 자유의사에 따라 친공·반공으로 분리해설라무네 포로교환에 따른 각자의 의사를 전달하는 자료로 활용코자 한단 말입네다."

"옳소! 옳소!"

앞에 앉아 있던 일단의 친공 포로들이 함성을 지르며 박수를 쳤다. 두 눈을 멀뚱거리며 잠자코 듣고만 있던 다른 포로들도 덩달아 박수로 호응했다. 그러나 이는 포로들을 기만하기 위해 사전에 짠 해방동맹의 각본에 불과했다.

저들은 전체 포로들에게 백지 한 장씩 나눠주고 그 종이에 간단히 성명과 출신지를 적고 송환 희망지는 남한이면 '남', 북한이면 '북'자만 적도록 매우 친절하게 설명해 주었다. 그래서 평소 사상적 갈등에 고민하던 어리석은 포로들은 공산주의자들의 기만전술에 속아 양심껏 자신이 희망하는 지역을 적어 제출한 것이었다.

그 결과 공산 포로캠프로 알려진 77 컴파운드에서만도 남한에 남기를 희망하는 포로가 80여 명에 달하자 이번에는 쇠망치와 창, 칼 등 흉기를 든 행동대원들이 나타나 그들을 잔혹하게 학살한 뒤 시체를 땅

속에 파묻는 보복극을 연출했다. 시신 처리에는 모든 공산 포로들이 교대로 참여했다. 집단학살에 대한 연대감을 갖기 위한 행동대의 지침이었다. 이를 거절하다간 언제 보복 살해를 당할지도 모른다. 그래서 대부분의 하졸下卒들은 살아남기 위해 명령에 철저히 복종해야만 했다.

불과 4일간에 걸친 전향포로 숙청에서 대한민국으로 송환되기를 희망하는 공산포로 400~500여 명이 창칼에 찔려 죽거나 돌과 몽둥이에 맞아 죽고 생매장당하는 엄청난 집단학살사건이 발생해 미군 관리 당국을 긴장시켰다. 이데올로기의 노예가 돼버린 저들은 아예 인간이기를 포기한 야수와 다름없는 존재들이었다.

친공은 반공을 탄압하고 반공은 친공을 뒤집는 공격과 수세가 반복되는 과정에서 살기등등한 공산 포로들의 공격대상은 주로 반공으로 전향한 공산포로 출신들이었고 살해 명분은 악마도 답하기 부끄러운 '반동처단'이었다. 때문에 반동으로 주목받는 전향포로들은 오로지 살아남기 위해 자아비판을 하고 친공으로 돌아서기 마련이었다.

이 틈바구니에서 반공캠프인 85 컴파운드를 사수하려던 전향 포로 20여 명이 무참하게 살해당하는 사태까지 발생하면서 하루아침에 친공캠프로 뒤집히고 말았다. 애초 4000여 명이 수용된 85 컴파운드는 무색우파無色右派의 지배하에 있었으나 국군 낙오병 출신이나 해방전사 또는 의용군 출신 등 일부 반공포로들이 걸핏하면 폭력을 행사하고 보급품을 가로채는 등 횡포가 심했던 것도 그 원인의 하나로 드러났다.

이 때문에 깡패집단 같은 반공포로들에게 시달리던 전향포로들이 결국 공산캠프의 세뇌 공작에 넘어가 친공으로 돌아서 버린 것이다. 하지만 그들은 극도의 공포에 떨면서도 개인적으로 강제송환을 반대했고 그러다가 무자비하게 살해당하는 일이 비일비재했다.

미군 CID는 북한으로의 강제송환을 반대하는 포로들이 인민재판에서 무더기로 처형되어 죽어 나간다는 첩보를 입수하고 무장헌병들을 출동시킨 결과 85 컴파운드 앞 풀밭에 이른바 살처분한 돼지처럼 끔찍하게 도륙당한 14구의 시신이 널브러져 있는 것을 발견했다. 유기된 시신은 대부분 반공포로의 시신으로 눈동자가 쇠꼬챙이로 도려지고 예리한 흉기에 의해 혀가 반쯤 잘려나간 채 처참한 모습으로 새끼줄에 묶여 철조망에 걸려 있기도 했다.

공산포로 일색으로 알려졌던 이웃 82 컴파운드에서도 강제송환을 반대하던 3명의 포로가 살해되었다. 이런 일련의 학살사건은 제2전선 구축, 즉 역북진작전에 걸림돌이 되는 반공포로들에게 보복을 예고하고 공포 분위기를 조장하기 위해 저지른 악랄한 보복 살인극이었다. 하지만 반공캠프에서도 당하고만 있을 수 없었다. 600여 명의 반공포로로 조직된 대한반공청년단과 의용군 출신들 조직체인 반공청년회가 일제히 들고 일어났다. 그들은 82 컴파운드에 난입해 공산 포로들에게 무차별 테러를 가하고 캠프를 뒤엎어 버렸다.

당초 반공캠프에서 공산캠프로 뒤바뀐 78 컴파운드와 83 컴파운드에도 유엔군 전범조사국의 협조를 받아 15명의 극렬한 공산 포로들을 전범으로 몰아 영창에 가두고 반공으로 전환했다. 그 결과 72 · 73 · 74 · 81 · 82 · 83 · 86 등 7개 컴파운드가 친공캠프에서 반공 캠프로 바뀌어 반공청년단의 지배하에 들어갔다.

그러나 62 · 66 · 76 · 77 · 78 · 96 등 6개 컴파운드는 해방동맹과 용광로, 노동당 전위대 등 골수 공산 분자들이 장악해 거제도 포로수용소 전체의 적화를 위한 기치를 올리고 있었다. 특히 76 · 77 · 78 등 세쌍둥이 컴파운드에는 기라성 같은 해방동맹 소속 당원 군관들이 많았으나 그들은 모두 신분을 감추고 하졸下卒행세로 암약하고 있었다. 전쟁 때 무조건 투항한 오명을 씻기 위해 김일성에 대한 충성심과 애국열로 똘똘 뭉친 이들 3개 컴파운드는 정규 북괴군 3개 사단의 전력이라 해도 과언이 아닐 정도로 막강했다.

특히 이들 세쌍둥이 컴파운드의 주력은 옌볜延邊이나 무단장牧丹江 출신으로 국공내전 당시 조선의용군에 편입돼 국부군과 싸운 만주 동북 3성 출신 조선족 청년들이 대세를 이루고 있었다. 그들은 대부분 입조 이후 김무정의 조선인민군 제2집단군에 편입된 5·6·7·12사단에 소속된 공산 포로들이었다. 물론 임경옥을 비롯한 750여 명의 여성 포로들이 수용된 곳은 애초부터 친공캠프로 난공불락의 요새를 구축하고 있었다.

대한반공청년단과 반공청년회는 거제도 포로수용소에서 반공포로들과 전향포로들을 보호하는 반공의 보루로 공산 포로들의 총본산인 여단부 해방동맹에 조직적으로 맞서고 있었다. 그들은 가끔 미 전범조사국이나 CID, 한국군 통역장교 또는 연락 장교들의 협조를 받아 반공캠프 보호에 나서고 있었으나 수적으로 워낙 열세해 점조직화한 해방동맹의 치밀한 공작에 밀리기 일쑤였다.

게다가 공산군 군관 포로수용소인 66 컴파운드에는 타도할 반공이 전혀 없었으므로 해방동맹의 림인철 위원장은 66 컴파운드 전체를 전투집단으로 묶어 친공 쿠데타의 전위대로 활용하고 있었다. 그는 아예 각 중대·소대 단위의 캠프장들을 노동당 당원인 정치군관으로 임명해 일치단결을 도모했다. 주로 하급군관들인 캠프장들은 군사력보다 우위에 있는 당원이라는 명분으로 사상성이 불분명한 상급군관들까지 자아비판 대에 올려놓고 자아비판과 사상성을 검토했다. 이는 분명 하극 상과 다를 바 없었으나 림인철의 지시에 따른 일종의 인민재판이었다.

이 때문에 쌍방 간에 반공을 친공으로, 친공을 반공으로 갈아엎기 위한 극단적인 쿠데타는 끊임없이 계속되었고 이 과정에서 반공캠프이 던 10여개 컴파운드가 결국 적화되고 말았다. 여단부에서는 백색이나 회색 캠프가 일단 적색으로 돌아섰다고 판단될 경우 포로들의 심리적 동요를 막기 위해 개인적인 활동이나 캠프 간 자유 왕래를 일절 금지 하고 정치학습과 군사학습을 강화했다.

특히 여단부 해방동맹의 군사학습에서는 반공캠프 쪽을 향해 적기 가를 부르고 혁명구호를 외치며 선전선동을 일삼았다. 그러면 반공캠 프에서도 뒤질세라 애국가와 군가가 이어지고 "공산당 타도!" "김일 성·스탈린을 처단하라!"는 등의 구호를 외치곤 했다.

반공과 친공에 관계없이 저들은 모두 자위책이라고 변명하겠지만 친 공캠프에서 체포와 살인, 인민재판을 주도하는 감찰대·집행대·행 동대가 있듯이 반공캠프에서도 경비대·특공대가 피바람을 일으키기 일쑤였다. 때문에 반공이든 친공이든 이데올로기의 갈등에 고민하는 포로들은 죽음이 두려워 감히 사상적 자유를 선택할 수 없는 것이 냉 엄한 현실이기도 했다.

16. 붉은 유니폼

공산캠프에서는 밤만 되면 마치 일석점호처럼 자아비판과 상호비판이 이어지고 고문과 린치로 죽어가는 포로들의 처절한 비명이 허공에 메아리치곤 했다. 반동을 처단하는 방법도 점차 이력이 나면서 예리한 흉기로 피 칠갑을 하던 종래의 방법과는 달리 피 한 방울 흘리지 않고 쥐도 새도 모르게 살해하는 과학적인 살인기술까지 개발하기에 이른다.

터놓고 총 한 방 쏠 수 없는 집단사회이니 사람 죽이는 방법 또한 잔혹해지는 것은 어쩌면 자연발생적인 추세인지도 모른다. 예컨대 힘센 놈 서넛이 달려들어 반동의 입을 타월로 틀어막고 늑골을 한 대씩 부러뜨린 뒤 안으로 밀어 넣으면 앞가슴이 형체도 없이 사라지면서 피 한 방울 흘리지 않고 숨지게 마련이었다. 또 어떤 경우 체중 100킬로가 넘는 거구를 동원해 공중부양으로 점프하면서 가슴을 짓밟으면 그 중력에 "우지직!" 하는 소리와 함께 늑골이 부러지고 숨이 막혀 질식하고 만다. 게다가 살인 흔적을 남기지 않기 위해 몸을 반드시 뉘어 옴짝달싹 못 하게 밧줄로 비끄러맨 뒤 콧구멍에 솜을 집어넣고 물을 부어 질식사시키는 방법도 구사했다.

미군 관리 당국의 상식으로는 도저히 상상조차 할 수 없는 끔찍한 살인사건이 꼬리에 꼬리를 물었다. 그러나 수사에 나선 미군 CID는 검시 과정에서부터 번번이 사인을 타살로 밝혀내기 마련이었다. 그런데도 공산 포로들은 으레 "반공포로들이 저지른 짓이다"라고 우기다가

답이 궁해지면 "수이사이드suicide(자살)"라고 벅벅 우기며 범인 색출에 훼방을 놓기 일쑤였다.

"이것은 고의적인 공산주의자들의 머더murder(살인)이다. 당신들은 피에 굶주린 하이에나와 다름이 없다. 사람을 죽여놓고 수이사이드라고 우기는 것은 사람이 아닌 하이에나 같은 잔인한 동물이라고 스스로 시인하는 거와 다름이 없다."

현장 검정을 마친 미군 CID 요원들이 주위의 비협조적인 공산 포로들을 향해 이렇게 규탄했다. 하지만 공산 포로들은 으레 판에 박은 듯 "우리가 자살이라고 하면 자살로 알지 무슨 말이 많은가?" 하고 배를 내밀곤 했다. 미군 CID 요원들이 공산 포로들의 억지 주장에 기가 막혀 고개를 절레절레 흔들면서 한마디씩 욕지거리를 해댔지만, 영어를 해득하지 못하는 그들은 모욕적인 욕설도 못 알아듣고 승리감에 도취하여 마치 확증편향성 사이코패스처럼 헤벌쭉거리기만 하는 거였다.

"썬 오브 비춰Son of bitch(쌍놈 새끼들!)"

"고 투 헬! 옐로우 멍키스Go to hell! yellow monkeys!(지옥으로 떨어져라! 노란 원숭이들!)"

이런 욕설은 분명 인권 문제와 인종차별을 야기시킬 수 있는 입에 담지 못할 극단적인 표현이 아닐 수 없다. 하지만 영어를 전혀 알아듣지 못하는 공산 포로들은 그런 모욕을 당하고도 누구 하나 항의하는 사람이 없었다.

그들의 조직적인 테러와 린치·살인 등 엽기적인 사건은 반동이나 반혁명분자라는 이유를 들어 암암리에 자행되어왔다. 그런데도 저들은 조금도 뉘우침 없이 아예 "공화국의 최고 존엄이신 김일성 수령을 위하여, 조국을 위하여!"라는 명분으로 공공연히 실행되고 있다는 점에서 더욱 큰 충격이 아닐 수 없었다.

이 같은 극단적인 행태의 배후에는 으레 정치지도원 박사현과 해방동맹위원장 림인철이 도사리고 있었다. 그들을 맹목적으로 추종하는 정치군관들은 포로수용소의 내부정화를 다지며 반공세력에 대해서는 철저히 복수혈전으로 일관했다.

1951년 7월 중순.

마침내 위기의식을 느낀 미군 관리 당국은 포로수용소에서 잇달아 발생하는 집단학살의 전 말을 취합, 미 8군 사령부에 종합적인 보고서를 올리고 대책 마련에 나섰다. 그로부터 며칠이 지나지 않아 보고서를 접하고 충격을 받은 유엔군 총사령관 리지웨이 대장과 미 8군 사령관 벤플리트 대장이 직접 헬기를 타고 거제도 포로수용소로 날아와 참상의 현장을 둘러보기도 했다.

이들 유엔군과 미군 최고 지휘관이 다녀간 뒤 관리 당국은 보다 강경한 포로관리 지침을 마련하는 등 발 빠른 향후 대책에 부심하기 시작했다. 무엇보다 여단부 해방동맹의 콘트롤타워인 66 컴파운드의 정화가 시급하다고 판단했다. 그곳에 수용된 공산 포로들은 이념으로 똘똘 뭉친 정치군관이나 내무성 군관 일색이었다.

그동안 집단학살이나 친공·반공 간의 세력확장을 위한 유혈 폭동이 끊이지 않았던 것도 그들의 일사불란한 지휘체계와 조직적인 음모의 영향 때문이라고 했다. 그래서 미군 관리 당국이 궁여지책으로 생각해낸 아이디어가 친공·반공을 쉽게 구별할 수 있을 만큼 색깔도 분명한 붉은 유니폼을 공산 포로들에게 입히는 것이었다. 붉은 유니폼은 한눈에 식별하기도 쉬웠다.

땡볕이 내리쬐는 무더운 오후. 66 컴파운드에 느닷없이 관리 당국의 캠프 이동 명령이 떨어졌다. 대대 · 중대에까지 배치된 공산 포로들은 전원이 개인 소지품만 챙겨 들고 연병장에 집합시킨 것이다. 저들은 그때까지만 해도 시도 때도 없이 반복돼 온 단순한 캠프 이동인 줄로만 알았다. 개인 소지품이라곤 고작 담요 두 장과 알루미늄 밥그릇과 국그릇, 숟가락 세면도구 정도에 불과했다. 하지만 여단부나 해방동맹 간부들은 인공기며 각종 플래카드, 포로 명단, 선전 선동 자료 등을 개인 소지품으로 가장해 배낭에 넣어 한 짐씩 지고 나왔다. 이전에도 미군 관리 당국이 그런 류의 물건을 압수, 폐기 처분하기 위해 캠프이동을 한 일이 있었기 때문이다.

여단부 최고지도자 박사현은 공산 포로들의 수괴답게 단파 라디오 수신기와 나침반, 지도까지 소지하고 있었다. 눈치 빠른 정치군관들이나 내무성 군관들과는 달리 앞으로 무슨 일이 벌어질지도 모르는 일반 군사군관들은 캠프 바깥으로 나와 정렬하면서도 오랜만에 반가운 동료들이나 옛 전우들을 만나 회포를 풀기에 여념이 없었다. 소집된 전체 군관포로는 2만5000여 명이었다.

주덕근은 주위를 두리번거리며 책임 의무군관 장지혁 소좌를 찾아봤으나 그의 모습은 보이지 않았고 뜻밖에도 입조 당시 만주 무단장에서 동북 조선의용군 통신대대장으로 함께 내려온 김영주 중좌를 만났다. 그는 김일성의 친동생인 노동당 중앙위원 김영주金英柱와 이름이 똑같아 '김영주 위원'이라는 별명이 붙어 있었다.

그는 덕근과 마찬가지로 비당원인 데다 사상 불온자로 낙인찍혀 한때 숙청대상에 오르기도 했으나 남침전쟁에 동원되면서 흐지부지되고 말았다. 그도 수심이 많은 듯 초췌한 모습이었다. 덕근이 김영주 옆에 바싹 다가서면서 먼저 운을 뗐다.

"김 동무! 몰라보게 여위었군."

"주 동무도 몰라보겠구먼."

"기래, 걱정이 태산이야."

"까놓구 말해서 이 시점에서 고민 안 하는 자가 어디 있갔어."

"기래, 김 동무는 어칼(어떻게 할) 작정인가?"

"북으로 가야디. 뭐, 별 수 있갔어. 오마니 뫼시구서리 안해와 농사나 지어야디."

"농사라니? 김 동무레, 정신나갔구만 기래. 아오지탄광으로 끌려갈지두 모르는데…."

"어디루 보내두 할 수 없디 않아. 내레 동북으로 돌아가디 않으문 오마니랑 안해랑, 두 려성이 눈물로 세월을 보낼 거인데 내레 그 꼴을 어케 잊갔어."

"결국 사람의 정이 정의와 자유보다 더 소중하다는 말이군. 글쎄 북으로 간다구 해도 김 동무가 원하는대로 두만강을 건널 수 있을까…?"

"아, 기렇게 말하는 주 동무는…? 일편단심 주 동무만 사랑하구 손꼽아 기다리는 사람이 있다문 어카갔어?"

이 말에 덕근은 짐짓 할 말을 잊고 말았다. 그렇다. 김영주의 말이 백번 옳았다. 정작 그는 세상에 둘도 없이 소중한 경옥이와 경덕이 문제만 하더라도 무엇 하나 속 시원한 결심을 하지 못하고 가슴앓이만 해 왔던 게 아닌가.

빨갛게 물든 여성 포로수용소에서 그나마도 모성애가 애틋한 여성 포로들의 마스코트로 자라고 있는 경덕이는 좀체 엄마 품에서 떨어지지 않는다고 했다. 오가다 비교적 자유롭게 행동하는 책임 의무군관

장지혁을 만날 때면 살짝 귀띔해주는 두 모자의 근황이었다. 덕근이 잠시 넋 나간 듯 경옥이와 경덕을 생각하고 있는 사이 김영주는 다시 한번 주위를 둘러보고 목소리를 낮춰가며 말문을 돌렸다.

"여기, 남반부는 매사 미제에 매달려서라무네 귀순자를 배척하는 나라가 아닌가. 극렬반공주의자들만 득실거리는 남반부에 남는다구 해두 평생 등에 붙어 있는 빨갱이 군관 출신이라는 딱지는 떼버릴 수 없을게야. 솔직하니 말해서라무네 내레 기거이 두려운 게야."

"대우를 기대하구서리 돌아간다, 남는다고 단정할 수는 없디 않아. 분명한 거는 귀순자나 투항자는 공화국으로 돌아가문 종말이라는 기야. 그나마도 여기 남는다문 최소한 소시민의 신분을 유지하구서리 막일꾼으로 굴러먹어두 남들처럼 자유롭게 살아갈 수 있디 않겠냐구."

"기래두 돌아가서라무네 진심으로 전죄를 사죄하문 살길이 열릴 게야. 여기 남아서 사죄한들 빨갱이에 대한 저주로 가득한 체제에서 인간적으로 누가 받아주겠는가. 빨갱이는 빨갱이일 뿐이야. 주 동무는 귀순 군관들 대부분이 돌아섰다는 사실을 아직도 모르고 있구만 기래."

김영주는 요지부동이었다. 만약에 그가 처음 귀순했을 때 유엔군에서 그를 귀순자로 인정하고 받아들였다면 이렇게까지 결심이 굳어지지는 않았을 것이다. 덕근은 그것이 안타까웠다.

이윽고 1개 소대나 되는 미군 경비병들의 콘보이(호송)을 받은 GMC 트럭 행렬이 뿌연 흙먼지를 일으키며 66 컴파운드 연병장으로 들어섰다. 트럭에 타고 있던 괸리병들이 커다란 보따리를 마구 떨어뜨렸다. 그 속에는 붉은 색깔로 염색한 무명옷이 가득 들어 있었다. 모두 수만 벌은 돼 보였다. 그제서야 모두들 캠프이동이 아니라 미군 관리 당국이 군관 포로들에게 붉은 유니폼으로 갈아입히기 위해 연병장에 집합시킨 사실을 알게 되었다.

공산 로들은 누구나 할 것 없이 당장 거부감을 느꼈다. 일제강점기에 형무소 수감자들에게 입히던 붉은 수의囚衣를 연상케 했기 때문이다. 아니, 그보다 붉은색은 통상 피와 열정, 그리고 혁명을 나타내는 20세기 공산주의의 상징이기도 했다. 그러나 아무리 공산주의자들이라고 해도 빨간색에 본능적으로 거부감을 느끼는 것은 어쩌면 당연한 일인지도 몰랐다.

한국인은 원래 사상을 초월해 흰옷을 즐겨 입었다. 그래서 예부터 백의白衣민족이라 하지 않았던가. 흰색 아니면 검은색, 흑백이 분명했다. 집집마다 봄이 오면 하얀 한지韓紙에 까만 붓 글로 춘축문春祝文을 써 붙이고 가문의 축복을 소망하는 상징으로 삼은 것도 민족의 고유한 정서였다. 그런데 붉은 옷이라니 거부감을 넘어 분노를 느끼게 했다. 이게 아닌데… 미군 관리 당국의 아이디어가 잘못되어도 한참 잘못된 것이었다.

리학구와 림인철 등 여단부의 고위간부들이 당장 포로수용소장과의 면담을 요청하며 강력하게 항의하고 나섰다. 미군 보급 하사관들이 나서서 "이것은 단순히 전쟁포로를 식별하기 위한 유니폼에 불과하다"고 해명했으나 전혀 먹혀들지 않았다. '레드 프리즈너Red Prisoner(공산포로)'의 유니폼이라는 사실을 한눈에 알 수 있기 때문이다.

비록 공산주의자라 해도 누가 붉은 유니폼을 입고 공산 포로임을 자처하겠는가. 그것은 인권에 관한 문제를 제기하고도 남을 일이었다. 여단부의 포로간부들이 "울고 싶던 차에 잘 되었다"며 유엔과 국제적십자사에 관리 당국의 만행을 제소하겠다고 일제히 들고 나선 것이다.

일이 심각한 사태로 번지자 66 컴파운드를 관리하는 포로 소장인 캡

틴 코언이 단상에 올라서서 핸드 마이크로 외쳤다.

"이 레드 유니폼은 이미 중공군 캠프에도 일제히 보급되었다. 그들은 하나같이 레드 유니폼을 환영하며 즐겁게 입고 있는데 여러분은 입어보지도 않고 왜 무조건 반대하는가?"

"그것은 민족성의 문제다. 중국인은 원래 붉은색을 좋아하지만 조선인은 흰색을 좋아한다. 우리 조선인을 일컬어 백의민족이라고 말하는 소리도 못 들어봤는가? 이 붉은 옷을 당장 치우지 않으면 우리 모두 단식투쟁에 들어가겠다."

명색이 공산포로 총대표인 리학구의 쩌렁쩌렁한 목소리가 터져 나오자 모두 "와아~!" 하고 하늘을 찌를 듯이 주먹을 높이 쳐들었다.

사실 포로수용소장 코언 대위의 말대로 미군 관리 당국에서는 중공군 포로들에게 붉은 유니폼을 먼저 보급했었다. 국부군 출신의 반공포로들은 훙쥔紅軍(붉은군대) 또는 훙치紅旗(붉은기)의 기억을 떠올리며 반대했으나 친공포로들은 일제히 환영했다. 중국인은 예부터 전통적으로 붉은 용을 상징하는 훙사이紅色를 좋아했기 때문이다. 그들은 흰 종이에 검은 붓 글로 춘축문을 즐겨 쓰는 한국인들과는 달리 춘제春節(설날)가 다가오면 붉은 비단옷을 곱게 차려입고 붉은 종이에 검은 붓 글로 춘축문을 써 붙이는 생활습관이 몸에 배어 있었다.

마침내 연병장에 집결해 있던 공산 포로들이 붉은 유니폼으로 갈아입기는커녕 앞뒤로 PW라는 스탬프가 찍힌 자신들의 유니폼마저 벗어던지고 알몸이 된 채 항의농성에 돌입하고 말았다.

"우리는 미 군복도 필요 없다. 미제가 압수해간 조선 인민군복을 보내라~!"

"우리는 사형수가 아니다. 붉은 유니폼을 없애고 인도적으로 대우하라~!"

이웃 캠프에 남아 있던 일반전사 포로들이 구름처럼 몰려들고 사태가 걷잡을 수 없이 폭동으로 번질 기미를 보이자 미군 경비병들이 진압에 나서면서 무차별로 발포하기 시작했다.

총탄이 연병장 흙바닥에 꽂히고 여기저기서 단말마적인 비명이 울려 퍼지면서 자욱한 초연 속으로 파묻혀 갔다. 순식간에 24명의 사상자가 발생했다. 자칫하다간 2500여 명의 군관포로들이 철조망을 부수고 미군 캠프로 쳐들어갈지도 몰랐다. 당황한 미군 지휘부에서 발포중지 명령을 내리고 결국 붉은 유니폼 지급을 취소하기에 이른다.

덕근은 그 와중에 재빨리 몸을 피하려고 텐트 속으로 뛰어들다가 누군가에게 목덜미를 낚아채어 침상 밑으로 엎어졌다. 고개를 돌려보니 뜻밖에도 포로수용소 초창기부터 반공 투사로 소문나 있던 거구의 김용환 중좌였다. 그는 낙동강 전선에서 13사단 포병 부연대장으로 있다가 참모장 리학구가 최용진 사단장을 권총으로 쏘고 귀순한 직후 투항했다.

"놀랄 것 없소. 나 김용환이외다."

"아, 김용환 동무! 반갑수다레."

"이 판국에 개죽음은 당하디 말아야디. 우린 죽음을 무릅쓰구설라무네 공산주의를 청산하디 않았소. 끝까지 살아남아야 하오."

"동감이오. 김 동무!"

"주 동무나 나나 요주의 인물에 일급 반역자로 락인 찍히고 있소. 몸조심해야 하오. 그리구 하루빨리 동지들을 규합해서리 거사해야 하디 않캈소. 조금만 참구 기다리시기오."

김용환은 이렇게 내뱉고 덕근의 등을 한 두어 차례 토닥여 준 뒤 어디론가 사라졌다. 그는 이런 살벌한 상황 속에서도 끊임없이 투쟁 의욕을 불사르고 있는 자유 투사였다.

공산 포로들에게 붉은 유니폼을 입히겠다는 미군 관리 당국의 계획은 극렬한 저항에 부닥쳐 결국 실패로 돌아가고 말았다. 공산주의 특유의 사상전에 어두운 미군 관리 당국이 애초부터 전체 공산포로를 도매금으로 취급하며 질서를 잡으려 했던 것이 잘못이었다. 그것도 민족 차별과 멸시·증오·복수·사디즘 등 후유증을 전혀 고려하지 않고 깊은 생각 없이 즉흥적으로 결정했다가 유혈참극으로 개망신을 당하고 만 셈이었다.

군사정전회담 본회의 석상에서 공산군 측 수석대표 남일의 좋은 선전자료가 될지 모르겠지만 포로관리사령관 횟제럴드 대령은 우선 국제적인 여론이 두려웠다. 철저하게 보도관제를 하고 있긴 하지만 자칫 이 황당한 '홍의紅衣사건'이 외부로 알려질 경우 여론이 악화되는 것을 어떻게 감당할 수 있단 말인가. 자유와 정의를 위해 공산주의자들과 싸운다는 명분으로 버티고 있는 미군을 비롯한 유엔군의 이미지에 먹칠을 하게되며 휴전회담에도 불리한 영향을 미칠 수도 있기 때문이다.

횟제럴드는 울며 겨자 먹기로 여단부의 포로대표인 리학구를 불러 공식사과하고 공산 포로들에게 다시 미 군복을 지급하는 것으로 사태를 수습했다. 그러나 의기양양해진 리학구는 하나를 얻으면 둘을 요구하기 마련인 공산주의의 벼랑 끝 전술로 나왔다. 그는 횟제럴드에게 평온을 유지하는 조건으로 공산포로 내표부의 상징인 여단부 텐트 앞에 인공기를 게양하는 것을 허락하도록 요구했고 쾌히 승낙을 받아냈다. 이후 공산캠프에서는 붉은 유니폼이 사라지고 붉은 깃발만 나부끼게 되었다.

17. 지옥의 위령곡

1951년 8월 15일.

거제도 포로수용소에 또다시 전운이 감돌기 시작했다. 남북에 상관없이 경축해야 할 8·15 광복 6주년을 맞았으나 이 경축일에 공산캠프에서 전운이 감돌다니 언뜻 이해가 되지 않았다. 사상전에 몰두해온 공산 포로들이 일상적으로 입에 발린 "소련군이 진정한 북조선의 해방군이요, 미군은 남조선의 점령군"이라는 터무니없는 편견 때문이었다.

반공캠프에서는 평소와 다름없이 비교적 조용한 분위기였으나 공산캠프의 해방동맹에선 벌써 며칠 전부터 경축 행사 준비로 부산한 움직임을 보이고 있었다. 또 한 번 선전 선동 굿판을 벌일 모양이었다. 그들은 틈만 나면 사상전에 몰두하기 마련이었다. 이번에는 홍의 사건 이후 포로관리 사령관의 공식 사과까지 받아낸 후여서 판을 벌일 여건도 좋았다.

여단부에서는 얼굴 없는 정치지도자 박사현이 리학구와 림인철을 앞장세워 8·15 광복 경축 행사에 66 컴파운드 관리소장 코언 대위까지 초청하기로 했다. 얼간이 같은 포로관리사령관 횟제럴드 대령이 포로대표를 자처하는 리학구의 말만 우호적으로 곧이듣고 포로 관리사령부 대표로 코언의 참석을 승인해 주었다. 그러나 코언이 막상 경축식장에 참석하고 보니 숫제 미 관리당국을 조롱하기 위해 꾸며놓은 난장판과 다름이 없었다.

아예 성조기는 구경도 못 하고 소련의 붉은기와 중공의 오성홍기, 북한의 인공기가 나란히 나부끼고 '스딸린 대원수 만세! 마오쩌둥 주석 만세! 김일성 수령 만세! 조선해방군 붉은군대 만세! 항미원조군 만세!' 등의 플래카드가 펄럭이는 가운데 2500여 명의 군관 포로들이 모여 광적인 적기가를 우렁차게 부르고 있었다.

"속았다"는 사실을 당장 눈치챈 코언은 불쾌감을 감출 수 없었지만 멋모르고 참석한 자리에서 되돌아설 수도 없었다. 잠시 엉거주춤하던 코언이 얼굴을 잔뜩 찌푸리면서도 마지 못해 주석단에 앉자마자 여단부의 최고참인 홍철이 기다렸다는 듯 연단에 올라가 경축사를 읽어 내려가기 시작했다.

"지금으로부터 6년 전 오늘은 위대한 스딸린 대원수와 붉은군대의 은공으로 우리 공화국이 해방된 날입네다. 기런데도 불구하구 미 제국주의자들은 제2차 세계대전 동안 아시아에서 아무 역할도 하지 않고 소련이 해방한 영토가 탐이나 우리 조선반도를 침략했던 것입네다."

이때 공산 포로들의 수괴인 박사현은 주석단 아래 하급군관들과 함께 나란히 앉아 있었고 주석단에서 코언, 리학구와 함께 앉아 있던 해방동맹위원장 림인철이 벌떡 일어나 불끈 쥔 주먹을 휘두르며 구호를 외쳤다.

"침략자 미제를 까부수자! 양키 고 홈!"

"와아~ 양키 고 홈!"

무례하고 난폭한 붉은 개赤狗들의 농산에 격노한 코언은 자리를 박차고 일어나면서 바로 옆에 앉아 있는 리학구를 쏘아보며 버럭 고함을 질렀다.

"갓댐 유(망할 자식)!"

한걸음에 주석단에서 내려온 그는 자신의 캠프로 돌아가면서 분노를 삭이지 못해 씩씩거리며 "갓댐!"만 외쳤다. 입장이 난처해진 리학구는 돌아서는 그의 뒷모습을 머쓱한 표정으로 바라보며 뒤통수를 긁적거렸다. 석양 무렵 66 컴파운드 관리소장 코언의 최후통첩이 여단부에 전달되었다.

"경축행사가 끝났으니 인공기와 적기, 오성홍기를 내리고 각종 플래카드를 자진 철거하라. 만약 이에 불응하면 리스트에 올라 있는 중좌급 이상 12명의 악질 상급군관들을 격리 수용하겠다."

코언의 격분이 가라앉지 않은 모양이었다. 어쩌면 그가 여단부에 복수할 꼬투리를 잡기 위해 단단히 벼르고 있는지도 몰랐다. 기세등등하던 여단부와 해방동맹이 한풀 꺾이지 않을 수 없었다. 특히 미군 관리당국의 리스트에 올라 있는 12명에 림인철과 리철궁을 비롯한 해방동맹의 과격한 정치군관들이 모두 포함돼 있기 때문이다. 그래서 그들은 자진해 인공기와 붉은 기, 오성홍기를 내리고 각종 플래카드도 철거하는 등 후일을 도모하기 위해 한발 물러서기로 했다.

여단부는 이를 계기로 고위급 군관들에 대한 보직인사를 단행했다. 지도부를 개편해 종파 분자로 말썽만 일으키는 림인철을 해방동맹위원장과 징계위원장 등 모든 직책에서 해임하고 여단부 총대표 겸 대변인에 리학구, 여단장에 김정욱, 해방동맹위원장에 신태봉을 앉혔다. 물론 인사권자는 얼굴없는 사나이 박사현 정치지도원이었다.

그러나 이날 밤 사건은 엉뚱한 곳에서 터지고 말았다. 66 컴파운드 바로 옆에 있는 65 컴파운드에서 반공투사 김용환(전 인민군 13사단 포병 부연대장)이 밤하늘에 태극기를 게양하고 반공유격대를 결성했다. 이 과정에서 친공·반공포로들 간에 투석전과 난투극이 벌어져 미군 경비대가 출동하는 바람에 3명이 죽고 15명이 부상하는 불상사가 발생했다.

붉은색 일색이던 65 컴파운드가 반공캠프로 뒤집어지자 반공포로들은 "앞으로 포로교환이 이루어질 때 강제송환을 거부하고 대한민국에 남아 운명을 같이하겠다"고 결의했다. 그리고 그들은 연병장에 집결해 "통일없는 휴전회담 결사반대!" "강제송환 결사반대!" "김일성의 공산집단 결사반대!" 등 구호를 외치며 밤새도록 농성을 벌였다.

하지만 미군 관리 당국은 반공포로들의 농성에도 냉담했다. 극렬 공산집단인 해방동맹이나 용광로는 인정해도 반공유격대는 인정하지 않았다. 한마디로 휴전을 반대하는 그들을 귀찮은 존재로 봤기 때문이다. 강제송환이든 자유송환이든 그들이 조용히 북으로 돌아가야만 유엔군 포로들이 무사히 돌아올 수 있다는 계산도 깔려 있었다.

그래서 미군 경비병들은 "휴전회담 결사반대"를 외치는 반공포로들을 향해 "크레이지 보이(미친 녀석들)!"라고 빈정거리기까지 했다. 반공포로들은 그런 분위기에서 한풀 꺾여 고군분투할 수밖에 없었다.

9월 15일.

맥아더 원수의 작전지휘로 유엔군의 인천상륙작전이 감행된 지 꼭 1년이 되는 날이었다. 이 무렵 미군 관리 당국은 강경한 포로 관리대책에 부심하고 있었다. 하지만 관리 당국이 '이에는 이, 눈에는 눈'이라는 식으로 강경한 대책을 마련하자 이를 눈치챈 공산 포로들의 만행은 더욱 악랄해지기 시작했다.

저들은 이미 적화된 62·76·77·78 등 4개 컴파운드에서 비밀리에 인민재판을 열고 전향을 거부하는 반공포로들을 30~50명씩 본보기로 학살하고 시신을 칼 탕(칼로 토막내는 인체해부)쳐 공중변소에 유기하는 사태를 유발했다. 이를 계기로 85 컴파운드에서도 폭동이 발생해 반공포로 20여 명이 희생되고 하룻밤 사이에 적화되고 말았다.

제네바협정에는 포로가 포로를 체포 · 구금 · 린치 · 고문 · 살해할 수 없도록 엄격히 규정하고 있다. 그러나 거제도 포로수용소는 악마로 변한 공산 폭도들에 의해 하루가 다르게 무시무시한 지옥의 나락으로 떨어지고 있었다. 무고와 밀고가 판치고 누군가의 허튼 말 한마디에 억울한 죽임을 당하는 경우도 부지기수였다.

"아무개는 한때 김일성 최고사령관을 비방했다.""아무개는 조국을 배반하고 남조선에 남는다고 했다.""아무개는 우익으로 전향했다." 등등의 경박한 무고는 확인절차나 해명의 기회도 없이 거의 치명적이었다. 날쌘 바람처럼 무조건 칼 탕의 희생자가 되기 마련이었다.

일련의 학살사건에서 희생된 포로들은 대부분 칼과 톱, 창, 쇠망치 등 공산 포로들이 대장간까지 차려놓고 자체생산한 흉기에 의해 목이 잘리고 이른바 칼 탕을 당해 오장육부가 완전히 해체된 상태에서 바닷가에 유기되거나 분뇨처리장에 버려지는 경우가 허다했다. 만행을 주도하는 해방동맹의 감찰대나 행동대는 일말의 양심은커녕 아무 거리낌도 없이 학살을 일상의 게임처럼 즐기고 있었다.

생사람 죽이는 일을 마치 개나 돼지를 잡듯 해치우는 인간 백정들과 무엇이 다른가. 그들은 눈 깜짝할 사이에 생사람을 죽여놓고 새파랗게 질려 와들와들 떨고 있는 포로들을 향해 능청을 떨며 이렇게 내뱉곤 했다.

"동무들! 여기 개 한 마리 잡았시다레. 모두 각성합세다."

참혹한 죽임을 당한 희생자들은 하나같이 남한에 남기를 희망하는 북한 출신 전향 포로들이었다. 불과 며칠 사이에 벌어진 가장 극렬했던 인민재판에서는 쥐도 새도 모르게 사라진 전향 포로만도 300~400명을 헤아렸다.

게다가 "북으로 돌아가면 죽는다"는 반공포로와 "돌아가야 살아남는다"는 친공포로간에 극렬한 유혈극이 벌어지고 있는 가운데 남쪽도 아니고 북쪽도 아닌 자신의 정체를 확고히 밝히지 않고 우유부단하게 처신하는 이른바 회색분자들도 거의 매일 자아 비판대에 올라야 했다. 그들은 자아비판에서 자신의 분명한 태도를 밝히지 않는다는 이유로 방망이로 떡메질 매타작을 당하는 린치에 견디지 못해 죽어 나자빠지기도 했다.

극도의 불안과 공포에 시달리다 못한 일부 회색분자들은 자아비판에서 벗어나기 위해 자다가도 벌떡 일어나 미군 경비병들의 총탄을 각오하고 철조망을 기어오르며 "살려달라"고 애원하기도 했다. 심지어 순혈 공산주의자를 자처하는 포로들마저 낮이면 쉴새 없이 군사훈련에 지치고 밤이면 자아비판에 시달리기 일쑤였다. 견디다 못한 일부 공산 포로들마저 맹목적인 자아비판에 환멸을 느낀 나머지 지도부에 항의하다가 반혁명분자로 몰려 개죽음을 당하기도 했다. 이제 살아남을 수 있는 포로는 극 친공이 아니면 극 반공밖에 없었다.

주덕근은 오랜만에 배식 장에서 내무성 중좌 강영모를 만났다. 우연이라기보다 강영모가 덕근을 일부러 찾아온 것 같았다.

"주 동무! 축하하오. 새 지도부가 구성된 여단부에서 주 동무를 대대장으로 내정했소. 리학구 동무와 김정욱 동무가 추천했다두만. 림인철과 리철궁이는 뒤로 물러서구 어전(이제) 주 동무가 나서야 하디 않갔소?"

전혀 뜻밖의 소식이었다. 덕근은 당황하지 않을 수 없었다.

사상과 성분에서 남에게 뒤지지 않는 상급군관들이 대대장 자리를 차지하겠다고 아우성인데 비당원인 자신이 대대장으로 추천되었다니 기가 막혔다. 어쩌면 여단부에서 파놓은 함정인지도 몰랐다. 이 살벌한 상황에서 살인을 밥 먹듯 하고 미친 인간 백정의 본성을 드러내지 않는 한 대대장 임무를 수행할 수 없었기 때문이다.

그런 면에서 천성적으로 마음이 모질지 못한 덕근은 언감생심 대대장 직책에 대해 꿈도 꿔보지 못했지만 그럴 자격도 없다고 생각했다. 그런데 대대장이라니 두려움이 앞섰다. 그래서 그는 강영모에게 사실 여부부터 확인했다.

"아니, 강 동무! 무시기 농담을 그렇게 하오. 내레 비당원으로 비판 대상에 올라 아예 자격도 없는 사람인데…."

"아, 농담이 아니라 주 동무레 우리 여단부의 집단추천으로 대대장에 내정되었다니까."

"기거이 정말 사실이외까?"

"아, 사실이잖구."

"전혀 뜻밖의 얘기를 듣고 보니 기가 막히는구만."

"아니, 난 주 동무가 기뻐할 줄 알았는데…."

"아, 내레 초시부터 대대장이 아니라 소대장 자격두 없는 사람이란 걸 강 동무가 누구보다 잘 알구 있잖소?"

"아, 뭐 리학구나 림인철은 처음부터 자격이 있었나. 쓸데없는 걱정 말구서리 우리 귀순군관들을 위해서라두 협력하기요."

"강 동무가 나를 기렇게까지 생각해주니 고맙소만 내레 사양하갔시다. 자격두 없는 놈이 나서다가 일만 그르칠 뿐이외다."

"쓸데없는 소리… 오늘 들어온 뉴스에는 자유 송환원칙을 고집하는 유엔군 측이 포로 문제만 양보하문 곧 정전협정이 체결될 것이라두만. 우리 공화국은 하나도 남기지 않구 전원 송환해야 정전협정에 응할 것이라구 하오. 기거이 김일성 수령 동지의 요지부동한 방침이라구 합데다."

"…?"

"어전(이제) 공화국은 승리했다고 보오. 전원 송환은 기정사실이니 주 동무가 나서서 회색분자들을 잘 설득하기 바라오. 기력하문 주 동무는 그 공로로 전죄를 사면받구서리 로동당에 입당하구 적기훈장까지 받을 수 있을지두 모르지 않소? 기거이 다 리학구 동무랑 김정욱 동무의 배려라는 사실을 잊지 마오."

강영모는 망설이는 덕근의 등을 한 번 토닥여 주고 돌아섰다. 기뻐할 줄 알았던 덕근의 실망하는 모습이 마음에 켕기는 모양이었다. 덕근은 그저 두렵기만 했다. 강영모가 그를 위해 좋은 말만 골라서 했겠지만, 공산주의 세계에서 미래란 개인의 염원과는 달리 전혀 예측할 수 없었기 때문이다.

'내가 포로수용소의 대대장이 된다고 해서 지금의 처지보다 더 나아질 게 뭐가 있단 말인가. 저들이 나를 미끼에 걸어 꼼짝 못 하게 해놓구서리 감시감독할 게 뻔하지 않은가. 자칫 잘못하면 목숨까지 걸어야 할 판이다. 이 막다른 골목에서 벗어나는 길은…? 탈출! 기래, 탈출밖에 없대니까.'

덕근은 마침내 탈출을 결심히지만 역시 사랑하는 아내 경옥과 수용소둥이 아들 경덕이가 마음에 걸렸다. 그들 두 모자를 남겨두고 혼자 살겠다고 탈출한다는 것은 말도 안 된다. 상상도 할 수 없는 일이었다.

'아아, 이를 어쩐다? 경옥이부터 만나야 한다. 그녀한테 단단히 주

의를 환기시키구설라무네 훗날 함께 만나 중립국으로 가야한다.'

그는 이렇게 결심하긴 했으나 같은 울타리 안에 있는 경옥을 만나는 것조차 쉽지 않았다.

그러나 저녁 배식 때 탈출의 기회가 우연히도 너무 빨리 다가왔다. 배식장 뒷면이 단선 철조망으로 둘러쳐 있었고 그 철조망을 벗어나면 곧바로 미군 관리사무실과 보급창고로 연결된다는 사실을 알게 된 것이다. 단선 철조망에는 조그만 출입구가 하나 뚫려 있었고 미군 보급병과 경비병들이 이곳을 통해 무시로 드나든다는 사실도 확인했다. 관리사무실 정문에는 기관단총으로 무장한 경비병이 교대로 동초를 서고 있었다.

먼발치에서 얼핏 눈여겨 바라보니 관리사무실 바로 옆에 있는 보급창고의 들창문이 허술하게 뚫려 있고 가까이 다가가 밀면 그냥 열릴 것 같은 느낌이 들었으나 그곳은 사각지대였다. 관리사무실을 지키고 있는 무장 동초의 시야에서 벗어나 있고 배식장 쪽에서는 동초의 일거수일투족을 훤히 꿰어볼 수 있었다.

사격권을 벗어나 동초의 동향을 일일이 살필 수 있어 사살될 위험도 없었다. 그야말로 탈출하기엔 안성맞춤의 사각지대였다. 만약 그가 이곳을 통해 탈출을 결심한다면 언제든지 쥐도 새도 모르게 빠져나갈 수 있을 것 같았다.

'누군가 말했었지. 전쟁포로는 탈출을 꿈꾸는 동물이라고… 기회만 있으문 어케라두 한시바삐 이 악마의 소굴을 빠져나가야 한다. 만약 대대장으로 정식 임명되면 탈출하고 싶어도 탈출할 수 없다.'

순간적으로 이렇게 결심한 그는 머뭇거릴 겨를도 없이 모든 것을 운명에 맡기고 결행에 옮기기로 했다. 배식시간이 끝나갈 무렵 땅거미가

지고 칠흑같은 어둠이 잦아들면서 밤안개가 자욱하게 깔리기 시작했다. 두 번 다시 찾아오지 않을 절호의 기회였다. 언젠가 김포 양촌지구에서 경옥이가 정성 들여 만들어 준 하얀 손수건을 흔들며 귀순을 결심했던 기억이 떠올랐다. 이번에도 역시 경옥이가 준 하얀 손수건을 꺼내 들었다.

'여보, 로사! 미안해. 내레 먼저 나가서라무네 당신과 우리 경덕일 구출할 방도를 찾아보갔어. 그때까지 고통스럽더라도 참고 기다려 달라.

'덕근씨! 결심 잘 하셨어요. 하느님께 기도드릴게요. 하느님의 빛이 어둠속을 헤매는 당신을 인도하실거에요. 당신은 반드시 성공할 수 있어요. 용기를 잃지 말아요.'

경옥의 애잔한 목소리가 귓전을 스치는 것 같았다.

18. 지옥 탈출

주덕근은 배식장 뒤편 으슥한 곳에 살짝 몸을 숨기고 있다가 단선 철조망을 향해 후닥닥 땅을 차고 쏜살처럼 뛰었다. 뜻밖에도 평소 갖고 다니던 펜치로 단선 철조망을 따기 전에 출입문이 반갑게 인사하듯 스르르 열리는 거였다. 1차 관문인 단선 철조망을 무사히 뚫고 들어가 재빨리 보급창고의 들창문을 밀었다. 들창문마저 마치 누군가 안에서 문을 열어주듯 너무도 쉽게 열렸다. 진정 신의 가호인가?

보급창고를 벗어나니 마침 동초가 접근해오는 덕근을 등지고 서 있었다. 덕근은 동초를 발견하자마자 하얀 손수건을 흔들며 다급하게 외쳤다.

"쏠저 써(병사님)!"

전쟁포로가 나포자인 미군에게 도움을 요청할 땐 무조건 '써Sir'라는 존칭을 붙여야 한다. 그래야만 상대를 안심시킬 수 있기 때문이다. 덕근이 "쏠저 써!"를 외치는 순간 미군 동초가 소스라치며 본능적으로 돌아서자마자 기관단총을 겨누는 거였다.

"홀트Halt(정지)!"

미군 동초는 대뜸 무섭게 눈을 부라리며 고함부터 질렀다.

"누구야! 암호?"

"화이트 프리즈너(반공포로입니다)."

"오! 그런가? 기적이군. 내가 먼저 발견했더라면 당신은 죽은 거야."

"나는 방금 공산캠프에서 탈출했습니다. 도와주십시오."

덕근은 울컥 설움이 복받쳐 흐느끼며 기도하듯 두 손을 감싸고 무릎을 꿇었다.

"곧 소장이 여기 올 것이다. 그때까지 이 건물 안에 대기하고 있어. 여기는 안전지대니까."

미군 동초는 관리사무실로 안내하며 위로의 말도 잊지 않았다. 그리고 얼마 지나지 않아 소장이 들어왔다. 코언 대위였다. 마침 통역을 맡은 한국군 카투사가 그의 뒤를 따르고 있었다. 그는 붉은 유니폼 사건이후 공산 포로들에게 진저리가 난 데다 8·15 경축식장에서 림인철로부터 수모를 당해 공산포로라면 치를 떨고 있었다. 그런데 난데없이 공산캠프에서 반공포로가 탈출해 왔다니 우선 호감부터 나타내는 거였다.

"포로번호는…?"

"80308!"

덕근은 큰소리로 외쳤다.

코언은 즉각 캐비닛 속에서 포로카드를 찾아내 죽 훑어보고는 미소를 머금었다.

"인천포로수용소에서 대표를 지냈나?"

"예, 그렇소."

"보링 소령이 좋은 점수를 주었구먼. 부산에서는 CID의 월커스 대위도 좋게 평가했고. 공산군의 휴미니스트라고…?"

"탱큐 써!"

보링 소령과 월커스 대위가 포로카드에 어떤 메모를 남겼는지 몰라도 코언은 덕근의 신상카드가 깨끗하다는 것을 확인하고 가벼운 미소로 대하는 거였다. 덕근은 새삼 보링과 월커스에게 감사한 마음을 금할 수 없었다.

그의 포로카드를 좀 더 상세하게 훑어본 코언의 태도가 점차 누그러지기 시작했다. 코언은 야전 철 의자를 당겨 주며 덕근에게 마주 앉기를 권했다.

"공산 포로들에게 학살당한 메이저 리가 어떤 사람인가?"

코언은 리기준의 끔찍한 죽음이 가장 궁금했던 모양이었다.

"리기준 소좌는 민족보위성 병기처 부처장 출신이며 비록 공산당원이긴 하지만 야만적인 공산주의에 환멸을 느껴 항상 자유민주주의를 동경해 왔습네다. 때문에 그는 최근까지도 사상적으로 심한 갈등을 느끼며 공산캠프의 지도자들에게 저항해온 사람입네다."

"그 때문에 공산주의자들에게 살해당했는가?"

"예, 그는 비록 공산군 출신이지만 자유를 갈망해온 자유인입네다. 그래서라무네 포로수용소에서의 자아비판과 폭행, 살인 등 공산 포로들의 광신적 만행을 그대로 묵인하지 못하고 앞에 나서서 그 부당성을 규탄하고 항의하다가 결국 보복 살해당한 것입네다."

"지금 우리 범죄조사국(CID)에서 리기준의 피살 사건뿐만 아니라 공산포로 지도부에 대한 조직 규모와 성격, 동태 등 전반적인 현황을 조사 중인데 귀하가 도와줄 수 있겠는가?"

"물론입네다. 전우의 억울한 넋을 달래기 위해라두 공산주의자들의 만행을 고발해야 합네다. 그러기 위해 전 죽음을 무릅쓰고 탈출해 왔습네다."

"리기준과는 같은 부대에 있었는가?"

"아닙네다. 인천포로수용소에서 처음 만났습네다."

"메이저 리는 어디서 포로가 되었는가?"

"자세히는 알 수 없지만 아마도 유엔군의 인천상륙작전 이후 서울 근교에서 포로가 되었을 것입네다."

코언은 커피포트에서 손수 캔팅컵에 커피를 부어 덕근에게 권했다.

"으음, 리학구를 잘 아는가?"

"잘 알다마다요. 리학구는 저의 고향 선배이기도 합네다. 우리는 만주에서 태어나 어린 시절을 함께 보냈습네다. 그는 일제 치하에서 보통 (초등)학교 교사를 지낸 평범한 인텔리였으나 마오쩌둥의 동북의용군에 입대하면서 공산주의자가 되었습네다. 이후 리학구는 김일성이 조직한 게릴라부대에 스카웃돼 김일성의 심복이 되었단 말입네다."

코언은 막힘없이 술술 내뱉는 덕근의 이야기에 현혹되듯 놀란 표정을 감추지 못했다.

"그런 그가 왜 공산 포로들의 허수아비가 되었는가. 낙동강 전선에서 부하들을 데리고 투항할 때의 그 용감성은 다 어디로 갔는가?"

"유엔군 사령부가 그의 귀순을 받아주지 않고 포로수용소에 억류시키는 바람에 악질적인 공산 포로들로부터 배신자로 락인찍혔기 때문입네다. 살아남기 위해 어쩔 수 없이 무릎을 꿇고 허수아비 노릇을 하고 있단 말입네다. 기거이 내레 객관적으로 평가할 수 있는 리학구의 진면목입네다."

"그렇다면 리학구를 앞장세우고 뒤에서 조종하는 커널(대령) 림은 도대체 어떤 인물인가? 숙청을 빙자하여 끔찍하게 생사람을 토막 내 죽여놓고도 수이사이드라고 우기는 악마같은 놈!"

"네, 그렇습네다. 림인철이란 자는 한마디로 악마보다 더 악랄한 놈이디요."

"지금 여기 포로수용소에서 매일같이 벌어지는 유혈극의 장본인이 바로 커널 림이라는 사실을 우리는 다 파악하고 있다. 어떻게 자기의 전우들을 죽이면서까지 판문점을 지원한단 말인가. 그런데도 시치미를 뚝 떼고 있다니 죽일 놈!"

코언은 리학구보다 림인철이 공산 포로들의 실세로 알고 있었다. 물론 그 배후에 박사현이 도사리고 있다는 사실을 까맣게 모르는 모양이었다. 등잔 밑이 어둡다고 그 점에 대해서는 주덕근도 마찬가지였다. 그는 여단부와 일체 발을 끊고 있었기 때문에 박사현의 정체를 알 턱이 없었다.

덕근은 코언과 한 시간 동안 얘기를 나눴다. 코언은 풍부한 인간성의 소유자였다. 인천에서 함께 지냈던 보링 소령처럼 인도적인 배려도 아끼지 않았다. 그는 덕근이 입고 있는 PW 군복이 누추하다며 새 옷으로 갈아 입혔다. 그러고는 등을 토닥여 주며 이렇게 말했다.

"뉴맨, 뉴스타트 넘버 원 투유!(이제 당신은 새사람이 되었다. 새 출발을 하자)!"

밤 9시가 가까워지고 있었다. 아마도 공산캠프의 3대대 3중대 1소대에서 일석점호를 실시하던 중 주덕근이 감쪽같이 사라진 사실을 뒤늦게 알고 야단법석을 떨고 있을 것이다. 덕근을 심판하던 하급군관들이 "반동 간나새끼!"라고 고함을 지르고 길길이 날뛰며 눈에 불을 켜고 찾아 헤매고 있을지도 모른다.

그러나 극적으로 살아난 덕근은 코언의 말마따나 새 사람으로 새 출발을 다짐했다. 잠시 후 헌병대에서 당직 장교인 미 헌병 중위와 카투사 통역이 덕근의 신병을 인수하러 왔다. 코언이 덕근을 인계하며 그들에게 말했다.

"이 사람은 북한 공산군 중령 출신인데 조금 전에 탈출했소. CID에 상당히 도움이 될 인물이니 각별히 보호하기 바라오."

지프를 타고 헌병대로 가는 동안 당직 장교가 매우 궁금한 표정으로 통역을 통해 운을 뗐다.

"중령이라면 상당히 높은 계급인데 무슨 직책에 있었소?"

"공병이외다. 전선사령부… 공병부부장으로 있었시다."

"오, 공병 출신이라서 철조망을 쉽게 뚫고 탈출했군. 하하."

"기럴지도 모르디요. 그 철조망은 나를 위해서는 잘 만들어졌디만 미군 경비를 위해서는 너무 허술합데다."

"하하. 그래요? 하긴 유혈극이 벌어질 때면 하루에도 수백 명의 반공 포로들이 철조망을 넘어올 때가 있소. 그런 점에서는 우리 공병들이 인도적인 차원에서 잘 만들었다고 할 수도 있겠지."

"기러고 보니까니 기렇겠구만요. 기런 줄 알았으문 진작에 넘어올 걸 내레 너무 늦었나 보오. 하하."

덕근은 비로소 마음을 열고 농을 섞어가며 웃음을 터뜨릴 수 있었다.

미 헌병대 CID는 거제도 포로수용소가 한눈에 들어오는 계룡산 산정에 자리 잡고 있었다. 덕근은 게스트 룸에서 모처럼 깊은 잠에 빠졌다가 이튿날 아침에 편안한 마음으로 일어나 가벼운 산책을 했다.

'자유란 이런 것인가?' 생전 처음 느껴보는 상쾌한 기분이었다. 저 멀리 게딱지처럼 다닥다닥 붙어 있는 텐트촌이 아스라이 펼쳐져 있었다. 악명 높은 66 컴파운드의 여단부를 비롯한 해방동맹이며 악마의 소굴로 소문난 76·77·78 등 세 개 동이 컴파운드가 한눈에 들어왔다. 70단위의 컴파운드가 즐비한 동쪽으로는 80단위로 시작되는 컴파운드가 질서정연하게 들어서 있고 서쪽에는 90단위, 남쪽엔 60단위 컴파운드 등 모두 40여 개의 중대형 포로수용소가 들어서 있었다.

태극기에다 유엔기며 성조기가 펄럭이는 컴파운드며 인공기와 적기가 나부끼는 컴파운드, 청천백일기와 오성홍기가 경쟁하듯 게양된 컴파운드 등 반공·친공 캠프에 친중·반중 캠프까지 확연히 구별할 수 있었다. 악다구니를 쓰며 치열하게 편을 가르고 유혈극으로 피비린내를 풍기는 지옥이 어쩌면 저렇게도 평화롭게 보일 수 있을까.

저 거대한 엔클로우저에 자그마치 17만 명 이상의 포로들이 수용돼 먹고 자고 고함을 지르고 흉기를 휘두르며 사생결단으로 광기를 부리고 있다니 덕근은 자신이 그런 일을 당하고도 도저히 믿어지지 않았다.

그는 다시 장승포에 있는 미 8군 포로관리 사령부 범죄조사국으로 호송돼 법무참모인 머피 중령과 마주 앉아 포로심문을 받았다. 머피 중령은 카투사의 통역을 통해 단순한 포로심문이라기보다 포로수용소 유혈사태의 발생 원인과 근본적인 해결책에 대해 집중적으로 질문했다. 그는 아직도 공산주의의 생리를 잘 모르고 있는 것 같았다.

"우리는 그동안 포로들에게 잘 먹이고 잘 입히고 가능한 한 자유를 주고 인도적으로 대우하는 등 제네바협정을 철저하게 지켜 왔다. 그런데 왜 이렇게 반미감정이 심화되고 같은 포로들끼리 유혈극까지 벌이는가?"

덕근은 66 컴파운드 소장인 코언 대위에게 말했던 것처럼 리기준 소좌의 피살 사건을 비롯한 그동안의 유혈사태에 대한 경위와 배경을 설명하고 앞으로 미군 관리 당국이 단호한 대책을 취하지 않으면 엄청난 화를 자초할지도 모른다고 경고했다. 그리고 그는 이렇게 말을 이었다.

"전쟁 초시(처음) 유엔군의 린천 상륙작전과 락동강 전선의 반격작전으로 투항자가 대량으로 발생하문서리 절대다수가 패잔병임을 자각하고 유엔군에 적극 협조했시다. 심지어 북한 공산군과 맞서 싸우겠다고 귀순하는 자도 크게 늘어났단 말입네다. 내레 기중 한 사람이외다. 긴데 유엔군은 공산군의 귀순을 받아주지 않았고 모조리 포로수용소로 보내 억류시켰단 말입네다. 그러문서리 공산주의자와 반공주의자를 구분하지 않고 남북한의 출신 지역별로 일괄수용하는 바람에 극단적인 이데올로기 투쟁에 불을 붙이는 결과를 초래하고 말았다, 이 말입네다."

"그것은 우리 유엔군의 실수였다. 처음부터 잘못된 점을 우리도 인정하고 있다. 우리가 좀 더 현명하게 공산주의를 분석하고 미리 대처하지 못한 것을 지금 후회하고 있다."

"유엔군 측은 포로들에 대한 자유 송환원칙을 세우지 않았습네까. 기렇다문 지금부터라도 단호한 조치를 취해야 한다고 생각합네다. 너무 늦었지만 말입네다."

"물론 전쟁포로에 대한 자유 송환은 우리 유엔군의 불변원칙이다. 그래서 공개심사를 열었고 귀환 희망자와 잔류 희망자의 현황을 공산군 측에 통보했으나 그 결과에 대해 공산군 측은 계속 전체 포로의 강제송환을 주장하며 거부하고 있다. 이 때문에 휴전회담에서 아직 아무런 진전이 없으나 우리는 이 원칙을 계속 고수할 것이다."

이때 배석했던 법무관 라이언 중위가 흥분한 어조로 말을 받았다.

"우리는 레드든, 화이트든 그런 사상적이나 정치적인 입장은 고려하지 않는다. 가겠으면 가고 남겠으면 조용히 남아달라는 것뿐이다. 솔직히 말해서 동류 간에 야만적인 학살사건을 저지르는 범죄집단에 진저리가 났다. 그 좋아하는 인민재판을 열어 생사람을 죽이든 살리든 하고 싶으면 여기서 하지 말고 돌아가서 하라는 뜻이다. 이러한 패너틱 프리즈너Fanatic Prisoner(광신적 포로)는 세상에 그 유래를 찾아볼 수 없다. 주는 대로 먹고 편안하게 지내다가 가면 얼마나 좋은가."

다소 과격하긴 했으나 막상 라이언 법무관의 주장을 듣고 보니 사실 덕근은 별로 할 말이 없었다. 사실 그대로니까. 하지만 덕근은 이것 하나만은 분명히 짚고 넘어가고 싶었다.

"친공이냐, 반공이냐 하는 단순 논리로 분류하다 보면 결국 둘 중 하나는 죽고 맙네다. 공산 포로들로 우글거리는 공개된 자리에서 '내 레 반공포로요' 하고 감히 누가 앞장서갔습네까. 기거이 당장 죽음과 직결되는 문제외다. 관리 당국에서 이 점을 고려해야 할 거외다."

잠시 침묵을 지키고 있던 머피 중령이 다시 말머리를 돌렸다.

"우리는 리기준의 피살 사건을 비롯한 공산 포로들의 범죄행위를 낱낱이 파헤쳐 기소할 방침이다. 앞으로 군사재판이 열리면 귀하가 증인으로 나서 줄 수 있겠는가?"

"물론입네다. 기꺼이 증언대에 서갔습네다."

덕근은 머피의 제의를 쾌히 수락했다. 그는 포로심문이 끝나고 다시 법무관 라이언 중위에게 인계되어 장승포의 트랜짓 컴파운드Transit Compound(중계수용소)로 옮겨졌다. 라이언 중위는 무슨 뜻인지 "곧 안전한 부산으로 가게 될 것"이라고 말해 주었다.

덕근은 한시바삐 거제도를 벗어나는 일이 한량없이 기뻤지만 무엇보다 경옥이와 경덕이 두 모자를 지옥에 남겨두고 홀로 빠져나간다는 것이 마음에 걸렸다. 몹쓸 짓을 하는 것 같아 안타깝고 죄스러운 생각을 지울 수 없었다.

중계수용소에는 66 컴파운드에서 탈출했다는 상급군관 포로가 10 여 명이 수용돼 있었으나 비교적 한산했다. 트랜짓 컴파운드도 외곽선만 이중철조망이 둘러쳐 있을 뿐 그 안으로는 마치 장기판처럼 구획을 정해 단선 철조망으로 경계를 이루고 각 구획마다 격리수용을 위한 텐트가 1~3개씩 설치돼 있었다. 이른바 시그리게이트Segregate(격리수용소)인 것이다.

비교적 시설이 좋아 포로들 사이에 '호텔'로 불린다고 했다. 이곳에 격리수용되는 포로들은 주덕근처럼 운 좋게 공산캠프를 탈출한 반공 포로들이 대부분이었으나 전범, 살인범, 폭동주모자 등 악질적인 공산 포로들도 일부 포함되어있는 것으로 알려졌다. 신분에 따라 단 한 사람이 독방에 격리되어 있는 경우도 있고 통상 5~10명, 20~50명씩 수용하는 등 천태만상이었다.

라이언 중위는 보안상 이유를 들어 덕근을 관리사무소 바로 옆에 있는 텐트에 격리수용하면서 이렇게 말했다.

"이 텐트에는 현재 딱 한 사람이 수용돼 있는데 반공 투사이니 안심해도 좋소. 귀하들은 수일 내로 부산으로 이동하게 돼 있으니 그때까지 둘이 사이좋게 지내기 바라오."

강렬한 햇볕 때문인지 환한 바깥에 있다가 갑자기 어두컴컴한 텐트 안으로 들어서자 눈앞이 잘 보이지 않았다. 그런데 그 어두운 곳에서 누군가 우렁우렁한 목소리로 외치는 거였다.

"웰컴(환영하오), 주덕근 형!"

어디선가 귀에 익은 듯한 목소리… 포로수용소에서 흔히 부르던 '동무'가 아닌 '형'이라는 소리를 오랜만에 들어보는 것 같았다.

소스라치며 가까이 다가가 보니 기구의 반공투사인 전 인민군 13사단 포병부연대장 김용환 중좌가 텁수룩한 구레나룻을 한쪽 손으로 쓰다듬으며 철 의자에 떡 버티고 앉아 있었다. 그야말로 신출귀몰한 인물이 아닌가.

"아니, 김용환 동무!" "동무는 뭐 말라 비틀어진 게 동무야. 평화주의자끼리 호형호제해야디. 아니 그렇소? 주 형! 하하."

"아하, 평화주의자… 김 형을 여기서 만나다니, 정말 동에 번쩍, 서에 번쩍, 신출귀몰하누만 그랴."

"내레, 주 형이 온다기에 기다리고 있었시다. 포로호텔 스위트 룸에 온 걸 환영하오. 여긴 우리 두 사람밖에 없시다."

"아니, 그나저나 대체 어케된 일이우? 반공유격대장께서 빨갱이 소굴을 한창 뒤엎고 있는 줄 알았는데…."

"기렇게 됐시다. 그러니까니 지난 8·15 때 우리 반공유격대가 65 컴파운드를 확, 뒤집었잖았수. 그때 빨갱이 세 놈이 죽고 15명이 부상했는데 그 후 사태가 심상치 않게 돌아가더라구. 놈들이 떼거리로 쇠창칼을 들구서리 날이면 날마다 날 죽이겠다구 습격해 오는데 이거 뭐, 감당을 못 하겠더라니까."

"…?"

"양코배기들은 우리 반공유격대에 전혀 도움도 안 주고 팔짱만 낀 채 수수방관하문서리 둘 중 하나가 죽기만 은근히 바라고 있지 않았갔어. 기래서라무네 또다시 충돌이 벌어져 피 칠갑을 하던 끝에 결국 65 컴파운드가 뒤집어지고 우리 반공유격대 150명은 철조망을 뛰어넘어 탈출을 감행했던 거라구."

"기림, 반공유격대 대원들은 모두 무사했갔구만."

"아, 저기 저 건너 텐트에서 '전우의 시체'를 부르고 있디 않아. 하하. 못 말리는 놈들이라니까."

그러고 보니 건너편 텐트에서 요란한 군가가 울려퍼지고 있었다.

"낙동강아 잘 있거라 우리는 전진한다~"

덕근이 바로 옆에 있는 철 의자를 끌어당겨 엉덩이를 붙이면서 말했다.

"기럼 김 형은 저치들과 함께 안 있구 왜서 여기 스위트 룸에 혼자 있단 말이우?"

"아, 빨갱이들이 반공유격대 두목을 잡겠다구 암살단을 계속 투입 하구 있단 말이외다. 기래서라무네 양코배기들이 특별 격리하구 있대 니까니. 주 형도 마찬가지디. 우린 몸값이 제법 나가는 특급포로인 게 야. 하하."

그나저나 여기서도 반공·친공이 서로 뒤섞여 있는 바람에 누가 하 얗고 누가 빨갛게 물들었는지 분간할 수 없었다. 다만 하나같이 즐겨 쓰는 모자를 보고 어느 정도 신분을 짐작할 수 있었다.

프랑스군 군모처럼 생긴 원통형의 모자를 쓴 자들은 인민군 출신 공 산포로, 개똥모자(레닌모)를 푹 눌러쓴 자들은 팔로군 출신, 흰 태양이 표시된 국부군 모자를 쓰고 있는 자들은 중공군 출신 반공포로 등 다 양한 모습을 스스로 드러내며 자신의 신분을 과시하고 있었다.

그러나 해가 지고 미군 경비요원들이 숙소로 돌아간 밤중에는 이곳 도 예외가 아니었다. 수십 명씩 격리 수용되어있는 공산 포로들의 텐 트에서 "나아가자 용감한 인민군대 전사들아~ 우리는 강철같은 조선 인민군~" 하고 인민군가가 울려퍼지면 반공포로들의 텐트에서 되받아 "원한의 피에 맺힌 적군을 무찌르고~ 꽃잎처럼 떨어져 간 전우야 잘 자거라~"라는 국군 군가가 울려퍼지게 마련이었다.

게다가 팔로군 군가에다 국부군 군가가 뒤섞이고 알루미늄 식기와 캔팅컵을 두드리는 소리가 화음을 이루어 귀청을 찢곤 했다. 모두 제 정신들이 아니었다. 라이언 중위의 말마따나 패너틱 프리즈너의 광기 를 못 벗어나고 있었다.

19. 양면의 거울

주덕근이 시그리 게이트에 입소한 지 사흘째 되던 날 64 컴파운드의 병원캠프 책임 의무군관인 장지혁 소좌가 구운 땅콩을 한 봉지 들고 미군 의무하사관과 함께 나타났다. 전혀 뜻밖이었다. 한 울타리 안에 있으면서도 그동안 얼굴 한 번 마주치기가 어려웠던 지혁을 느닷없이 엉뚱한 곳에서 만나게되다니 세상일이란 알고도 모를 일이었다.

　덕근은 지혁의 손을 덥썩 잡고 힘껏 흔들며 그렁그렁한 눈빛으로 반가워 하면서도 무슨 말부터 해야 할지 얼른 입이 떨어지지 않았다. 그 사이에 김용환이 불쑥 끼어들어 지혁과 악수를 했다.

　"아이고 의사 선생! 여긴 웬일이우?"

　"여기 미군이 관리하는 장승포 통합병원에 중환자를 후송하구서리 지나던 길에 두 분의 소식을 듣구 잠깐 들렀시다레."

　그제서야 정신을 가다듬은 덕근이 둘을 번갈아 보며 말했다.

　"두 분이 잘 아는 사인가?"

　"아, 알다마다. 병원캠프(캠프)가 65 수용소 바로 옆에 있디 않아. 그 덕분에 우리 부상당한 반공유격대원들이 장 선생 신세를 많이 졌었디. 하하."

　용환의 말에 지혁이 생각난 듯 맞장구를 쳤다.

　"아, 말두 마시라요. 내레 친공·반공 가릴 게 뭐가 있어. 환자를 우선적으로 치료하는 거이 히포크라테스 후예의 사명인데… 모두 피투성이가 돼 죽는다구 아우성인데 내레 어쩌다가 반공청년을 먼저 치료하문 공산캄프에서 반동으로 몰기 일쑤였대니까니. 나 원 참, 더러워서… 하하."

"아, 입은 비뚤어져도 말은 바른 대로 하랬다구 말이야. 장 선생이 반공을 우선적으로다 봐 주디 않았수? 하하."

"에잇, 여보슈! 누가 들으문 나를 진짜 반동으로 보갔네. 하하."

지혁은 무엇보다 덕근이 궁금해 하는 경옥이와 경덕이 소식부터 전했다.

"경옥 동무레 의지가 대단한 려성이야. 주 동무 탈출한 소식도 다 알구 있구. 아, 66 컴파운드가 발칵 뒤집혔는데 모를 리가 있나. 기래두 눈썹 하나 까딱 않구서리 침묵으로 일관하두만. 말 한마디 없이 혼자 살갔다구 달아난 주 동무를 생각하문 속이 부글부글 끓겠지만 말이야. 하하."

"그렇겠지."

"아니야. 그건 농담이구. 내레 경옥 동무를 만났더니 무슨 꿍꿍이속인지 몰라두 외려 잘 되었다구, 천만다행이라구 기러두만. 덩말이지 려장부야."

"기래, 장 동무도 알디 않아. 우린 미리 철석같이 약속해둔 거이 있시다. 경옥인 기걸 태산같이 믿구 있갔디. 어쨌든 장 동무가 잘 봐주시구레."

"아, 기러잖아두 경옥 동무레 경딕일 네리구서리 자수 병원 캄프에 들른다우."

"아니, 경덕이가 어디 많이 아파?"

덕근이 놀란 표정으로 말했다.

"하하. 놀라긴… 경덕이 아무 탈 없이 잘 자라구 있어. 내가 누구야, 아, 경덕이 모자의 주치의가 아니냐구."

"아, 기거야 내레 장 동무를 하늘같이 믿구 있디 않아. 하하."

"이제 막 걸음마두 배우고 아주 똘똘해. 미군 경비병이 마련해준 꼬마 군복에다 깡통으로 만든 훈장까지 주렁주렁 달구다닌다구. 아, 그 녀석은 려성수용소의 마스코트인 게야. 얼마나 굄받이(귀염둥이) 노릇을 하는지 녀석이 아니문 웃을 일이 없대니까니."

"환경이 그런걸 어카갔어."

그러자 장지혁이 갑자기 목소리를 낮추고 귀엣말로 속삭였다.

"경옥 동무랑 경덕이 문제는 나한테 맡겨두라우. 내레 곧 부산으로 이송할 기야. 인도적인 차원에서 말이야. 긴데 문제가 있어."

"무슨 문제…?"

"아, 경옥 동무레, 진작에 산후병으로 장기 가료가 필요하다구 여기 장승포 통합병원에 신고했거든. 긴데 경옥 동무가 석방을 거부한단 말씀이야. 나가문 빨갱이로 몰려 맞아 죽는다구 말이야."

"기건 나두 알아."

"어쩌문 둘이서 생각하는 거이 똑 같구면 기야. 미귀환 포로환자로 등록되어서리 조만간 부산 거제리의 본부병원으로 후송하게 될지두 몰라. 사실은 그것 땜에 오늘 여기 들른 거라구. 내레 비록 포로신세디만 미국 사람들도 닥터는 특별대우를 해주는 기야. 서로 말이 통하기 때문이디. 기래서라무네 내레 여길 떠날 때 경옥 동무랑, 경덕이를 함께 빼낼 생각이야. 어쨌든 차후의 일은 부산에 가서 궁리해두 늦디 않으니까니 내게 맡겨두라우."

"장 동무가 내 할 일을 다 하누만."

"아, 처자식 둔 가장이 도리를 못하문 남이라두 해 줘야디."

"고맙시다레. 긴데 장 동무는…?"

"뭘…?"

"북에 안가구 여기 남을 거디?"

하지만 지혁은 단호히 고개를 내저었다.

"가야디. 가야갔어. 내레 혼자 잘 살갔다구 여기 남을 수야 없디 않아? 아직 생사를 확인할 수 없디만 처자식을 버릴 수는 없다구."

"거긴 지옥인데…."

"지옥이라두 죽든 살든 처자식을 거느리는 거이 가장의 도리가 아니냐구. 그리구 그 지옥에서도 내레 할 일이 너무 많을 것 같아. 다치고 병든 환자들을 돌봐야 한다우. 여긴 좋은 의료시설에 미국의 원조물자가 넘쳐나디만 우리 공화국에선 광목천 한 쪼가리 구하기도 힘든다는데 나라두 가서 도와야 하디 않갔어?"

장지혁의 북행 결심은 요지부동이었다. 그는 사상을 초월해 가족을 먼저 생각하고 동포들의 건강을 걱정했다. 진정 이 삭막한 시대에 보기 드문 히포크라테스의 후예다운 모습이었다.

덕근은 인류애가 넘쳐나는 지혁의 그러한 모습에 감동하지 않을 수 없었다. 둘은 부산에서의 재회를 약속하며 헤어졌으나 덕근은 어딘지 모르게 착잡한 심정을 가누지 못했다.

10월 1일.

마오쩌둥이 대륙에서 장제스의 국부군을 몰아내고 중화인민공화국을 건국한 지 2년이 되는 중국 공산당 최대의 국경일. 중공군 포로 6000여 명을 수용하고 있는 86 컴파운드에서 한동안 조용하던 로우빠루老八路

(팔로군 출신 노병)들이 국경일을 자축하기 위해 캠프 앞에 오성홍기五星紅旗를 게양하고 국가주석 마오를 찬양하는 현수막을 내걸었다.

그러나 마침 개성에서 진행되던 휴전회담 연락장교 회의가 판문점으로 옮겨 본격적인 의제 설정에 들어가면서 대륙(중국본토)행이냐, 타이완(대만)행이냐를 두고 들썩이고 있던 참에 공산 포로들의 이 같은 행위가 반공포로들을 자극하고 말았다.

반공포로들이 일제히 들고 일어나 오성홍기를 내리고 플래카드를 찢어버리는 과정에서 난투극이 벌어졌으나 피 칠갑을 하며 얻어터지는 쪽은 대부분 늙은 공산 포로들이었다. 왜냐하면 악랄한 북한의 공산 포로들과는 달리 중공의 공산 포로들은 반공포로들과 비교하여 수적으로 절대 열세에 놓여 있었기 때문이다.

전체 2만여 명 중 자유중국 정부를 지지하는 반공포로는 1만5000여 명에 달하고 중공을 지지하는 공산포로는 5000여 명에 불과했다. 게다가 반공포로들의 대부분은 원래 장제스의 국부군 출신들로 국공내전 말기 마오의 인민해방군에 쫓기다가 투항한 후 강제로 중공군에 편입된 자들이었다.

그들은 6·25 전쟁 개전 초기 남침해오던 북괴군에 투항해 국군 신분에서 인민군대에 강제편입된 해방전사와 같은 신분이라 해도 과언이 아니다. 그래서 그들은 항미원조군抗美援朝軍사령관 펑더화이의 인해전술에 끌려나와 총알받이로 휩쓸릴 때부터 틈만 나면 유엔군에 자진 투항하기 일쑤였다. 중공군 포로 중 유독 반공포로가 많은 이유다.

수적으로 훨씬 우세한 반공포로들은 애초 부산에서부터 포로수용소의 주도권을 잡은 후 그들 캠프 앞 광장에 자유중국 국기인 청천백일만지홍青天白日滿地紅(붉은 바탕과 푸른 바탕에 흰 태양의 상징)을 버젓이 게양하고 공산 포로들을 전향시키기 위해 반공 일색으로 꿍줴工作(공작)를 벌여 왔었다.

"반공전사 여러분! 우리는 자유를 선택한 중화민국 국부군용사들이다. 항미원조抗美援朝라는 미명하에 우리들을 총알받이로 내몬 마오주毛朱(마오쩌둥 주석과 주더 인민해방군 총사령관의 약칭)는 중화민국 최대의 반역자이다. 저들은 우리 대륙의 만주 땅을 스탈린에게 공짜로 넘긴 대역적이다. 휴전회담이 성립되면 저들은 우리를 다시 공산 치하로 끌고 갈 것이다.

우리는 중국 공산당을 배격한다~! 소련공산당을 배척한다~! 마오주毛朱 역도는 물러가라~! 후이 타이완回臺灣(대만으로 돌아가자)!"

반공포로들의 배후에는 북한 공산집단의 박사현처럼 본토 수복을 노리는 자유중국의 꿍줴웬工作員(공작원)들이 침투해 암약하고 있는 것으로 알려졌다. 그래서 8000여 명을 수용하고 있는 반공캠프인 72 컴파운드에서 86 컴파운드의 로우빠루들이 중공 국경일 기념행사를 준비하고 있다는 정보를 입수하고 사전에 꿍줴웬들을 침투시켰다고 했다.

72 컴파운드 지도부는 반궁으쓰反共義士(반공의사) 500명을 선발, 특공대로 편성한 다음 사전에 공산포로로 가장하여 미군 관리 당국에 진정, 공산당 소굴인 86 컴파운드로 이동 배치했었다. 그들은 공산캠프인 86 컴파운드로 이동해 들어가자마자 국경일 기념행사로 들떠 있던 로우빠루 지도부를 습격, 난투극을 벌인 끝에 70여 명의 로우빠루들을 체포하고 공산캠프를 뒤집어 났다.

그로부터 열흘 후인 10월 10일. 이번에는 자유중국 건국기념일인 쌍십절雙十節이 다가왔다. 72 컴파운드의 반공포로들은 이날을 기념하기 위해 일출 시간에 맞춰 국민당 정부의 정통성을 자랑하는 청천백일기를 게양했다. 중국의 청천백일기와 오성홍기는 대한민국의 태극기와 북한 공산집단의 인공기를 연상케 하는 양극의 국가 상징이었다.

그리고 나서 그들은 현대 중국 건국의 아버지 쑨원孫文 및 장제스蔣 介石 자유중국 총통의 사진과 각종 플래카드를 내걸고 주한 자유중국 대사관에서 보내온 기름진 음식과 바이지우(배갈) 등 특식을 즐기며 폭 죽을 터뜨리고 축제 분위기에 휩싸이기 시작했다.

그러나 마오쩌둥을 지지하는 로우빠루와 홍훼이紅匪(공산포로 행동대) 들이 비록 열세이긴 하지만 이를 그대로 방관만 하고 있을 리 만무했 다. 살기등등해진 그들은 죽창을 들고 행사장에 뛰어들었으나 중과부 적으로 되레 쫓기는 신세가 되고 만다. 홍훼이들의 테러에 대비, 미리 대기하고 있던 국부군 출신 반궁으쓰들에게 복날 개 맞듯 매타작을 당 하고 물러날 수밖에 없었던 것이다.

장승포항에서 부산으로 가는 미 해군 정기수송선(LST)은 정확하게 아침 8시에 출항했다.

"뚜우!"

장승포 미군 병동에 수용되었던 포로환자들과 홀딩캠프의 대기 포 로들을 가득 태운 미 해군 수송선이 도크를 서서히 미끄러져 나가자 무거운 침묵 속에 잠겨있던 환자 전용 선실에서는 기다렸다는 듯이 갑 자기 누군가의 선창에 따라 적기가가 울려 퍼지기 시작했다. 사람들의 열기로 질식할 것 같은 선실은 이미 빨갱이 천지로 변해 있었다.

적기가를 부르는 공산 포로들은 대부분이 나이롱 환자들이었다. 그 들은 사대육신이 멀쩡했으나 중환자로 가장하여 부산으로 탈출, 부 산 시내 각 포로수용소에 분산 수용되면 내륙침공에 대비한 세포망 구축에 주도적 역할을 담당할 집단이었다. 이 역시 거제도 포로수용소를 장악하고 있는 여단부 정치지도원 박사현의 치밀한 공작에 의해 이루어지고 있는 제2전선 구축사업의 일환이었다.

그러나 불행하게도 어리석은 미군 정보기관은 이러한 공산 포로들의 공작을 전혀 눈치채지 못하고 있었다. 반공캠프의 입장에서 더욱 답답한 것은 미군 관리 당국이 북한에 억류 중인 미군 포로들의 북괴군에 의한 학대를 미연에 방지한다는 명목으로 이곳 공산 포로들에게 제네바협정을 들먹이며 지나치게 유화적인 제스처를 쓴다는 점이었다.

주덕근과 김용환은 수송선에 승선하자마자 아예 환자 전용 선실에 진을 치고 있는 공산 포로들을 피해 상갑판으로 올라가 모처럼 가슴을 펴고 아스라히 펼쳐진 수평선 저 너머에서 불어오는 시원한 해풍과 맑은 공기를 맘껏 들이마셨다. 바다도 푸르고 하늘도 푸르다. 그 푸른 바다에 떠 있는 해금강의 기암절벽이 전쟁의 상흔이라도 씻어주듯 고고한 풍광을 과시하고 있었다.

상갑판 뒤편의 난간 쪽에는 일단의 반공포로들이 잡담을 주고받으며 여유롭게 어울리고 있었다. 그러나 둘은 그들 반공 포로에게 별 관심을 두지 않았다. 이제부터 각자도생이니까 앞으로 어떻게 될지 그것이 걱정될 뿐이었다. 이윽고 김용환이 습관처럼 구레나룻을 한쪽 손으로 쓱 문지르며 말문을 열었다.

"평화주의자 주 형!"

"뭘?"

덕근은 건성으로 답하며 용환을 바라봤다.

"우린 앞으로 어케 되지?"

"아, 어케 되긴 이렇게 살아남았으니 운명에 맡겨야디. 아마 두 번 다시 지옥으론 떨어지진 않갔지. 내레 경계인이잖아. 남도 싫구 북도 싫구 어디 갈 데가 없으니까니."

이 말에 용환이 되받았다.

"경계인이라… 아, 주 형이 그렇다문 내레 어케야 좋갔수?"

"아, 김 형이레 철저한 반공주의자니까니 남을 선택해야디. 김 형은 반공유격대장 출신이 아니우. 하하."

"기러구 보니 기렇구만 기래. 하하."

용환은 한쪽 손으로 버릇처럼 예의 구레나룻을 쓰다듬으며 호탕하게 웃었다. 어느새 부산 적기 항이 시야에 들어오고 있었다.

적기 항에도 역시 트랜짓 컴파운드(중계수용소)가 있었다. 이곳에서 환자들만 일단 병원캠프로 이동하고 나머지는 중계수용소에서 대기하며 또다시 분리심사를 받은 후 미 관리당국에서 지정해준 포로수용소로 이동하게 된다고 했다.

적기 항에 내린 김용환과 주덕근은 다시 트랜짓 컴파운드로 옮겨 미군 G-2(정보처)에서 엄격한 심사를 거친 뒤 일주일 만에 군관 출신 반공포로 100여 명과 함께 대구 인근인 경북 영천의 반공포로수용소로 이송되었다.

용환이 거제도의 65 컴파운드를 장악하고 공산 포로들과 유혈극을 벌였던 반공유격대에는 2명의 중대장을 비롯한 대외정보원과 연락원, 경비원 등 하급군관(대위) 출신 심복 5명이 마치 투우사처럼 그를 항상 호위하고 있었다. 그들도 모두 영천으로 이송되었으나 반공유격대 소속 일반전사 150여 명은 대부분 시큐리티 컴파운드에 수용되었다. 영천에 있는 반공포로수용소는 정규 인민군 출신 군관들과 전쟁 중 북한에서 활동하다 유엔군에 귀순해온 민간인 반공 투사들만 수용했기 때문이다.

그들을 태운 열차가 부산진역을 떠나 북상할 무렵 인솔책임자인 듯한 국군 헌병 대위가 핸드마이크를 들고 나타나 반공포로들을 향해 외쳤다.

"여러분! 방금 들어온 뉴스입니다. 조용히 귀담아 들으시오. 에에 또… 아군은 동부전선에서 북괴군 1개 사단을 섬멸하고 투항해온 500여 명을 생포했습니다."

"와아~!"

박수치는 소리가 요란했다. 인솔 장교는 계속 승전보가 적힌 메모를 읽어 내려갔다.

"철의 삼각지대에서 고지 쟁탈전을 벌이고 있는 아군은 중공군 1개 군단을 공격하여 1000여 명을 생포했습니다."

"와아~!"

박수가 연거푸 터져 나왔다.

"그리고 또 동해에서는 미 해군 제7함대가 원산을 봉쇄하고 서해에서는 함포사격으로 진남포를 쑥대밭으로 만들었습니다. 에에 또, 판문점에서는 유엔군 측 대표들이 반공포로들의 강제송환을 저지하기 위해 자유송환 원칙을 고수하며 휴전회담 본회의를 속개하고 있다고 합니다."

"와아~ 옳소!"

그 당시 동부전선 '철외삼각지대'와 '빙커힐' '백마고지' '포크찹' '피의 능선' 등지에서는 한·미연합군과 북·중연합군 간에 한 뼘의 땅이라도 더 차지하기 위한 고지 쟁탈전이 치열하게 전개되고 있었다.

20. 반공포로의 오람

열차는 어느새 대구역에 도착했다. 열차가 영천으로 가기 위해 대구역 구내에서 선로를 바꾸는 동안 차창가에 기대앉은 김용환은 남다른 감회에 젖어 있었다.

"야아, 여기가 대구역이구만 기래. 내레 내릴 수만 있다문 대구역 광장을 한 번 구경하구 싶구만."

용환은 혼잣말처럼 구시렁거리며 출찰구 쪽을 바라봤다. 하지만 열차 안에서부터 국군 헌병들의 경비가 삼엄해 감히 밖으로 나갈 엄두가 나지 않았다.

"아니, 대구역 광장은 구경해서 뭘하게?"

옆에 앉아 있던 주덕근이 의아한 표정으로 한마디 던졌다.

"주 형은 몰라야. 그때 당시 서울에 있었으니까니."

"아아, 락동강전선 내기구만 기래."

"고럼, 내레 팔공산까지 쳐들어와 갯구서리 105밀리를 마구 쏴 댔는데 그 중 몇 발이 여기 대구역 광장에 떨어졌대누만."

"그때 김 형이 대구를 점령했더라문 1급 적기훈장에다 영웅칭호를 받았겠구먼. 하하."

"글쎄 말이외다. 하디만 지금은 반공유격대장이 되지 않았시까. 하하."

그는 1년 전까지만 해도 낙동강 전선에서 북괴군 13사단 포병 부연대장으로 팔공산 입구 가산산성에 포진지를 구축하고 대구를 향해

105밀리 박격포탄을 집중사격했다고 했다. 지금 거제도 포로수용소의 허수아비 대표로 있는 리학구가 그 당시 참모장으로 대구 공격을 독전하고 있었고 8사단은 영천에서 대구를 압박해가고 있던 시점이었다.

낙동강 대회전에 이어 영천 대회전까지. 그 당시 대구는 동서 방향에서 북괴군의 협공을 받아 한마디로 풍전등화에 놓여 있었다. 그러나 김용환의 말과는 달리 한국군과 미 8군은 대구를 사수했고 도도히 흐르는 낙동강은 모질게도 수만 명 북괴군 병사들의 피를 삼켰다. 누가 꿈 많은 20대 전후의 젊은 청년들을 낙동강 물귀신으로 만들었는가?

북괴군의 6·25 남침전쟁 중 최대의 격전을 치른 낙동강 유역의 모래펄과 들판, 능선 등 폐허로 변한 곳곳에는 지금도 부서진 T-34 탱크와 포차가 전쟁의 상흔처럼 나뒹굴고 기총소사에 찢긴 북괴군 병사들의 시신이 탁류에 휩쓸려가고 있다.

그 당시 북괴군 야전 구호처(이동외과병원) 책임 의무군관으로 있던 장지혁이 통곡하며 들려주던 낙동강 전선의 비극! 금오산 아래 야전 구호처에서 붕대 한 조각 구하지 못해 죽어가는 전사들을 끌어안고 목 놓아 울었다던 간호장 이경숙의 처절한 비명이 귓전을 스치는 것 같아 덕근은 울컥하는 감정을 주체할 수 없었다. 열차는 다시 금호강 유역을 끼고 동북 방향으로 달리기 시작했다.

저 멀리 아스라한 팔공산 병풍 줄기가 시야에 들어왔다. 열차가 영천으로 진입할 무렵에는 탱크전을 치열하게 전개했던 보현산도 나타났다. 그러니 지금은 잿더미로 변했던 영천시가지도 대부분 복구되고 전쟁 전의 평화스런 모습으로 되돌아가고 있었다. 철로가에 나와 있던 철부지 아이들이 멋모르고 손을 흔들며 열차에 타고 있는 포로들을 반겼다.

반공포로수용소는 영천역 건너편 개활지에 자리 잡고 있었다. 태극기와 성조기가 펄럭이고 미군 경비병과 국군 헌병대가 합동으로 경비를 맡고 있었으나 살벌한 여느 수용소와는 달리 비교적 평화롭고 자유로운 분위기가 배어나고 있었다.

김용환과 주덕근은 부산 일부를 제외하고 거제도에만 전쟁포로를 집단수용하고 있는 것으로 알았으나 영천 포로수용소처럼 미군과 국군이 합동으로 관리하는 중소규모의 포로수용소가 국내 곳곳에 설치돼 있다는 사실을 뒤늦게 알게 되었다. 부산만 하더라도 중계수용소인 적기 항은 경유지에 불과하다지만 서면과 거제리, 가야 등 기능을 달리하는 기존의 포로수용소에 1만여 명이 수용돼 있었다.

이밖에 광주 상무대와 논산 연무대에도 각각 1만여 명이 수용돼 있다고 했다. 여기에다 마산에 약 2800여 명, 부평에 1500여 명이 수용돼 있고 최남단 제주도에도 대륙송환을 기다리는 중공군 포로 6000여 명을 격리수용하고 있는 것으로 알려졌다. 거제도를 비롯해 전국에서 수용하고 있는 전쟁 포로수가 20만 명을 훨씬 넘는다는 이야기다. 6·25 남침전쟁 당시 북괴군 전투병 규모와 맞먹는 수치다.

신설된 영천지구 반공포로 임시수용소에는 주덕근 일행 100여 명이 입소하면서 전체 수용인원이 500명을 돌파했다. 조만간 부산에서 국군 낙오병을 비롯한 반공포로들이 대거 몰려올 것이라고 했다. 덕근은 지난해 이맘때 인천 소년형무소를 개조해 경인지구 임시포로수용소를 조성하던 기억이 떠올랐다. 이곳에도 수용 포로수에 비해 시설 규모가 협소한 편이라고 했다. 앞으로 수십 명, 수백 명씩 불어나 전체 수용인원이 적어도 수천 명에 이를 것이라는 전망도 나오고 있다.

거제도 66 컴파운드에 수용되어있는 군관포로 만도 2500명이나 된다. 물론 그럴 리야 없겠지만 그들 중 절반만 반공으로 돌아서 영천으로 온다면 잠깐 사이에 수천 명을 채우고도 남을 것이다. 덕근은 어쩌면 인천에서 겪었던 것처럼 공병 출신의 능란한 솜씨로 포로시설 증설에 앞장설지도 몰랐다.

미 8군 사령부는 애초 원활한 포로관리를 위해 거제도에 거대한 엔클로우저를 세우고 각 컴파운드 별로 줄잡아 17만 명에 달하는 포로들을 일괄수용한다고 밝혔으나 이 외에 전국적으로 중소규모의 임시 포로수용소가 설치돼 있다는 사실에 덕근은 충격을 받았다. 도무지 한국 정부와 유엔군 측의 포로관리 실태를 알 수 없으나 휴전을 앞두고 뭔가 이변이 일어날 것 같은 조짐을 피부로 느꼈다.

출신지 북한으로의 귀환을 거부하는 반공포로들은 일괄 중립국인 인도군의 관리하에 들어간다는 소문도 파다했다. 덕근은 차라리 인도군의 관리하에 들어간다면 중립국으로 빠질 길이 열릴 수 있을지도 모른다고 생각했다. 하지만 대부분 반공포로는 인도가 중립국이긴 하지만 친공 성향이 강해 자칫 북한으로 강제송환될지도 모른다는 일말의 불안감을 떨쳐버리지 못했다.

영천 포로수용소에도 탈색한 반공포로들의 모임인 이른바 '반공동지회'며 '정비대整備隊'도 설립돼 있었다. 자생조직인 반공동지회를 이끄는 강우집 소좌는 일제강점기에 중국 상해에서 일본은행을 털어 독립운동자금을 마련한 쇠익갱단 삼협농지회三協同志會 멤버로 활동했던 인물로 알려졌다. 그래서 그에게 붙여진 별명이 '상하이 강!'이었다.

그 당시 삼협갱단이 강도행각으로 마련한 자금은 대장정으로 어려움을 겪던 마오쩌둥에게 큰 힘이 되었고 이후 강우집은 팔로군에 투신하게 된다. 그런 그가 방호산의 조선인민군 6사단에 편입돼 남침전쟁의 선봉에 섰다고 했다. 지금은 완전히 반공으로 돌아서긴 했지만 말이다.

영천의 반공포로수용소에는 강우집과 같은 별종 외에도 소련군 출신인 김학 대좌를 비롯한 8·15 광복 전 소련과 중국에서 활동해온 이른바 난다 긴다는 30대 전후의 혈기왕성한 장정들이 30여 명이나 수용돼 사실상 이들이 지도부를 형성하고 있었다. 강우집은 거제도에서 반공투사로 용맹을 떨친 김용환이 나타나자 자신이 앞장서 용환을 무조건 대대장으로 추대했고 그동안 포로수용소 질서를 유지해 온 지도부가 만장일치로 승인했다.

영천 포로수용소는 무엇보다 제네바협정을 철저히 준수하는 자율적인 모범 캠프였다. 마침 남침전쟁 전 평양에서 10여 년간 중학교 영어 선생으로 교편을 잡았다는 박현찬 소좌가 영어 학습반을 만들어 포로들에게 상당한 인기를 끌고 있었다. 박현찬 외에도 민간인 포로 출신인 김덕수와 박홍섭이 제법 영어를 구사하는 인물로 꼽혀 영어 학습반은 그들 셋이서 꾸려갔다.

김덕수와 박홍섭은 일제강점기 때 보성전문학교(고려대학교의 전신) 동기동창이라고 했다. 하지만 8·15 광복 후 김덕수는 박헌영의 남로당에 입당해 좌·우익의 이념대결에 앞장서다가 전향하여 보도연맹에 가입하지만 6·25 남침전쟁이 발발하자 다시 좌익으로 돌아섰다고 했다. 이념 갈등의 대표적인 인물이라고 해도 과언이 아니다. 어쩌면 아직도 이념을 떠나 오로지 살아남기 위해 남북을 넘나들고 있는지도 몰랐다.

김덕수는 전쟁 중 청주·대전 등지의 인민위원회에서 활동하다가 공산주의에 환멸을 느껴 유엔군의 북진 때 수원에서 투항했다고 한다. 어찌 그들 둘뿐이겠는가. 평남 안주 출신인 박홍섭은 광복 후 고향으로 돌아갔다가 북로당에 가입, 당원 신분인 내무성 특무로 임명돼 일생을 공화국에 충성할 요량으로 서울에 내려와 사상투쟁에 나섰다가 후퇴할 당시 평양에서 백선엽 장군의 국군 1사단에 투항했다. 무엇도 모르고 맹목적으로 이데올로기에 휩쓸린 공산주의의 이상과 현실의 괴리를 실감했기 때문이라고 했다.

따지고 보면 레닌을 지도자로 내세워 러시아 혁명을 달성한 사상적 대중조직이 볼셰비키라면 김일성을 유일 장군이자 우상으로 받든 사상적 그룹이 북한 공산집단이 아닌가 말이다. 여기에 소련공산당의 정통성을 앞세워 레닌과 대적 관계에 있던 멘셰비키가 인간백정 스탈린에 의해 죽임을 당한 것처럼 남로당의 박헌영이 김일성에 맞서다가 미구에 숙청의 대상에 오른 것이나 그게 그거였다. 판에 박은 일인일당일국一人一黨一國주의를 주창하는 공산독재의 냉혹한 생리가 그랬다.

학창시절 김덕수나 박홍섭이 접한 마르크스 · 레닌의 이론은 마치 옥충색玉蟲色처럼 화려한 이상으로 포장되었지만, 그 내부를 파고들수록 허구와 강제와 공포로 스스로 옥죄고 있는 것이었다. 그나마도 살아남기 위해 그 이단의 세계에 적응하려고 무진 노력해 봤으나 서로의 불신과 암투와 감시로 자아비판과 상호비판으로 내몰리게 마련이었다. 그러다가 공산주의의 비인간적 비인도적 실상에 환멸을 느낄 때면 결국 반혁명분자로 내몰려 숙청이라는 이름으로 죽음의 나락에 떨어지는 길밖에 없었다.

둘은 공교롭게도 거제도 민간인 포로수용소인 62 컴파운드에서 우연히 만나 새삼 우정의 소중함을 깨닫고 인간답게 살아가자고 맹세했으나 그곳도 역시 붉은 물결이 넘치는 빨갱이 소굴이었다고 했다. 민족적 진보적 사상이 강한 남로당 출신이 태반인 데다 여단부 해방동맹의 공작지령에 따라 제2전선을 구축하기 위한 '용광로'라는 집단학살 조직으로 응집돼 있었기 때문이다. 그래서 자칫 잘못 처신하다간 인민재판에 회부되어 능지처참형을 당하기 마련이었다고 했다.

둘은 이런 참혹한 장면을 수없이 목격하다가 영어구사력이 뛰어난 덕분에 미군 경비병에게 도움을 요청해 극적으로 구출되었다는 것이다. 또, 한사람 민간포로 출신인 김지평은 억울한 반공포로로 알려져 있었다. 그는 신의주 학생의거에 가담했다가 옥고를 치른 애국청년이었다. 그는 1 · 4 후퇴 당시 피란길에 38선 인근 상공에서 미 공군 세이버 전폭기가 중공군의 대공포에 맞아 격추되면서 조종사가 낙하산으로 탈출하는 광경을 우연히 목격하게 된다. 미군 조종사의 이름은 밀러 대위였다.

그는 부상한 밀러 대위를 무조건 들쳐업고 추격해오는 중공군을 피해 소나무가 우거진 깊은 산속을 헤매다가 미군 헬기에 극적으로 구조되었다고 했다. 그러나 엉뚱하게도 미군 G-2(정보참모부)에서 합동 심문을 받던 중 난데없이 북한의 스파이로 몰려 심한 고문까지 당하고 부산의 시큐리티Security 컴파운드(보안수용소)로 후송되었다가 혐의가 풀려 영천으로 이송되었다고 했다. 기막힌 사연이 아닐 수 없다. 이후 그는 사람만 보면 두려움부터 앞선다고 했다. 일종의 대인기피증 트라우마에 걸린 것이다.

그런 그가 주덕근을 처음 만나는 순간부터 호감을 느끼기 시작했다. 덕근이 절대 자신을 해칠 사람이 아니라고 믿었기 때문이다. 그래서 그는 덕근과 한 침상을 사용하면서 지내던 어느 날 밤 자신의 지난 사연을 솔직히 털어놓으며 눈물이 그렁그렁했다.

"그때 밀러 대위를 그대로 내버려두었다문 죽었을지두 몰라요. 몸이 성하다구 해도 먹을 것도 없이 곱다시 굶어 죽게 되었는 걸⋯. 내레 그런 사람을 이틀 동안 산속에서 도토리며 솔잎이며 뜯어 먹여가며 살려준 대가가 스빠이로 내몰구서리 기거이 안 되니까니 전쟁포로라나, 이거이 말이 됩네까? 나 원, 생각할수록 어이가 없어서리⋯."

잠자코 듣고만 있던 덕근이 말했다.

"김 형은 신이 있다고 보오?"

"원래 신의주 학생의거 때부터 교회에 다녔댔시오."

"신의 가호가 언젠가 김 형의 오해를 풀어 줄 거외다."

말이 씨가 된다고 덕근이 지나는 소리로 한마디 위로해 준 것이 훗날 현실로 다가왔다.

마침내 반공포로로 석방된 그는 서울 YMCA를 통해 자신의 억울함을 호소한 끝에 한미 양국 정보당국의 실수가 만천하에 드러났고 워싱턴포스트지紙가 밀러 대위의 인터뷰 기사까지 대서특필했다. 그 당시 주한 미 제5공군사령관 앤더슨 중장은 김지평을 찾아 뒤늦게나마 정중하게 사과하고 감사장까지 전했다고 한다.

억울한 사람은 김지평 뿐만 아니었다. 같은 울타리지만 유명한 황해도의 반공유격대인 구월산부대 1개 중대 병력은 포로수용소 서쪽 가건물에 격리수용되어 있었다. 구월산부대 지휘관은 한국군 현역 육군대위였으나 ⎿들을 지원해온 미군 첩보부대장의 명령을 어겼다는 이유로 무장해제당하고 포로수용소에 억류되었다는 것이다.

모두가 입을 다물고 쉬쉬하는 바람에 그 연유를 알 수 없었지만 아마도 언어소통의 차이나 통수계통의 오해로 중대한 작전명령에 차질을 빚었다는 것만 어렴풋이 알려져 있었다. 아무런 전투경험도 없고 군사 지식도 없는 20세 전후의 청년·학생들이 자유를 짓밟히지 않으려는 의협심 하나로 뭉쳐 구월산을 근거지로 북한 공산집단에 타격을 입히는 게릴라전을 감행했고 그러다가 미군 첩보부대와 연결되어 그들의 작전을 도운 죄밖에 없었다.

그러나 결국 그들이 갈 곳은 대한민국의 품 안이 아닌 주한 미군이 관리하는 전쟁포로수용소였다. 어쨌든 그들은 넓은 연병장에서 농구며 배구도 즐기며 체력을 단련하고 신문과 주간·월간지도 반입되어 38선 전후방에서 치열하게 전개되고 있는 고지 쟁탈전과 휴전회담이며 국내 정치문제와 전시생활상 등 바깥세상의 소식도 접할 수 있었다.

게다가 바둑이며 장기, 마작으로 오락을 즐기고 거제도에서 미 문화원USIS이 실시했던 것처럼 민간 정보교육원CIE에서 전문가들을 보내 석방 후 등짐밖에 질 게 없는 포로들에게 자립대책으로 벼농사와 채소 농사를 비롯해 양돈·양계·양봉 등 영농에 관한 강의도 하고 가끔 시국 강연도 하며 하루해가 후딱 지나가곤 했다.

21. 적반하장

1951년 11월 23일.

세계의 이목이 집중한 가운데 판문점에서 지루하게 끌어오던 휴전회담 제35차 분과위원회의에서 유엔군 측이 제안한 대로 남북 군사분계선은 현 접촉선에서 각각 2킬로미터씩 후퇴하여 비무장지대로 하기로 최종 합의했다. 그리고 같은 달 27일에 열린 본회의에서는 양측 대표 사이에 군사 정전의 기본 조건인 남북 간에 폭 4킬로, 길이 230킬로(155마일)의 군사분계선(휴전선) 설정에 관한 정식 조인을 마쳤다.

그러나 갈 길은 멀고 험했다. 가장 골치 아픈 문제가 쌍방 간의 포로 교환이었다. 유엔군은 전쟁포로들의 개인 의사를 존중해 자유송환 원칙을 고수하고 있었으나 중국과 북한 등 공산진영은 제네바협정 제118조를 들먹이며 "모든 포로는 정전과 동시에 본국으로 귀환해야 한다."고 전체 포로의 강제송환을 고집했다.

제네바협정 제118조란 '모든 포로는 전쟁이 끝나 정전협정이 맺어지면 전체 포로는 자유의 몸이 되어 각자 소속국가로 송환한다'는 조항을 말한다. 1949년 이 협정이 체결된 동기는 2차 세계대전 이후 소련이 독일군 포로 200여만 명과 일본군 포로 70여만 명을 5~10년씩 장기억류하고 강제노동에 혹사한 데에 충격을 받은 유엔이 인도적 차원에서 성문화한 것이다. 하지만 소련은 이 협정에 서명을 거부했다.

얼핏 보아 공산 측이 주장하는 전체 대對 전체의 포로 교환은 제네바협정을 준수하는 것 같지만 사실은 철저한 공산주의자들의 기만전술에 불과했다. 현재 미군 관리 당국에 억류된 공산 포로 가운데 북한이나 중공으로 강제송환을 원하지 않고 남한 또는 자유중국으로 가겠다는 전향 포로가 자그마치 10만 명 이상인 것으로 잠정집계되고 있었다.

그런데 만일 공산 측이 주장하는 대로 전체 대 전체의 포로 교환이 이루어진다면 유엔군 측은 16만9000여 명을 보내고 공산 측은 달랑 260명만 보내면 된다는 계산이 나온다.

왜냐하면, 공산 측은 1950년 8월 15일 박헌영 외무상 명의로 제네바협정을 준수하겠다며 제1차로 국군포로 110명의 명단을 국제적십자사에 제출한 데 이어 같은 해 9월 12일 2차로 국군과 유엔군 포로 150명의 명단만 제출했기 때문이다. 이에 비해 최근 유엔군 측이 국제적십자사에 제출한 전체 공산 포로수는 총 16만9000여 명에 달했다.

한마디로 어불성설이 아닐 수 없다. 유엔군 측은 이 같은 공산 측의 기만전술을 지적하며 전체 포로의 강제송환을 반대하고 1 대 1로 교환하는 상호주의 원칙을 고수했다. 그리고 공산 측에 신빙성 있는 유엔군 포로 명단을 국제적십자사에 넘길 것과 억류 포로에 대한 인도적인 대우를 요구하고 조속한 시일 내에 상병傷病포로부터 교환하자고 제의한 것이다.

그러나 공산 측은 아예 국제적십자사 요원들의 현장 확인을 위한 북한 포로수용소 방문을 거부하고 상병 포로들의 우선적인 교환마저 회피한 채 전체 내 선제 교환만 반복해 고집하고 있었다. 유엔군 측의 추산으로는 중공군이 한국전에 개입한 이후만 따지더라도 한국군 및 미군을 포함한 유엔군 전체의 실종자가 9만9000여 명에 달했다. 그중 한국군 포로가 절반 이상인 5만4000여 명이나 된다. 모두 합쳐 거의

10만 명 수준이다. 이들이 모두 공산군의 포로가 되었다고 단정할 수는 없지만 적어도 6만~6만5000 명은 전쟁포로로 북한에 억류돼 있을 것이라는 추정이었다.

북한 공산집단이 전쟁 기간 중 공식적으로 전과를 발표할 때마다 밝힌 유엔군의 포로수를 모두 합쳐도 6만~7만 명 이상에 달한다. 그럼에도 북한이 국제적십자사에 명단을 제출한 포로가 겨우 260명이라니 참으로 황당하고 어이가 없었다.

분과위원회를 속개할 때마다 서로 양보 없는 설전을 벌이고 있는 가운데 미 8군 사령부 법무부장 제임스 헨리 대령이 기자회견에서 폭로한 유엔군 포로 학살사건이 엄청난 파장을 몰고 왔다. 이른바 〈헨리 보고서〉다. 헨리 보고서는 한국전쟁 발발 이래 북한 공산군과 중공군이 총 1만4600여 명의 유엔군 포로를 학살하는 등 제네바협정을 위반했다고 주장한 것이다. 국적별로는 한국군이 7000여 명, 미군 6270명, 기타 유엔군 130여 명, 그리고 미확인 피살자 1250명 등이었다.

충격적인 헨리 보고서가 전 세계에 알려져 공산권이 궁지에 몰리자 이를 계기로 양측에서 또다시 포로 명단을 교환한 결과 유엔군 측은 민간인 포로 4만3000여 명을 포함, 총 17만6000여 명의 명단을 보냈으나 공산 측이 제출한 포로 명단은 한국군 7142명, 미군 3198명, 영국군 919명, 터키군 234명 기타 66명 등 모두 1만1559명에 불과했다. 줄잡아 10만 명으로 추정하고 있는 유엔군 실종자의 10%에 불과하다니 이 명단도 도무지 신뢰할 수 없었다.

공산 측의 끊임없는 기만술책에 시달리던 유엔군 측 수석대표인 미해군 중장 조이 제독은 뒤늦게 민간인 포로를 제외한 13만3000여 명으로 포로 명단을 확정하고 공산측이 고의로 누락시킨 6만5000여 명의 포로 명단을 밝히라고 추궁했다. 이에 공산 측 수석대표 남일(북괴군 대장)은 이른바 해방전사들을 지목하며 "국방군 포로는 대부분 전선에서 석방했으나 자유의사에 따라 조선인민군에 자원입대한 것이지 강제 편입한 것이 아니다"며 "휴전회담에서 더 이상 거론하지 말라"고 생떼 작전으로 나왔다.

게다가 그는 유엔군 측이 수정한 포로 명단 중 민간인 4만3000명을 제외한 것은 불법이라며 비난하는 것도 서슴지 않았다. 아예 대화가 되지 않는 억지 주장이었다. 분과위원회에서도 유엔군 측 대표 리비 제독(미 해군소장)이 '헨리 보고서'까지 들이대며 유엔군 포로에 대한 비인도적 학살을 강경하게 추궁하자 공산 측 대표 이상조(북괴군 소장)는 "미군 포로들을 학살한 게 아니라 잘 먹지 않고 운동도 하지 않은 게으름뱅이들이어서 몸이 빨리 쇠약해 죽은 것이 원인이지 학살 운운은 사실무근"이라고 상투적인 궤변을 늘어놓기도 했다.

실로 교활하기 짝이 없었다. 게다가 그는 거제도 포로수용소에서 빈발하는 공산 포로들의 집단학살에 대해서도 눈 하나 깜짝하지 않고 빈정거리는 투로 말했다.

"미제는 원자폭탄으로 수십만, 수백만을 죽이고 조선 전쟁에서도 무고한 인민을 폭살하면서 포로들끼리 사상성의 문제로 창칼을 휘둘러 반동 몇 놈을 처단한 거이 뭐, 그리 대단한 문제란 말이외까? 수적 차이는 있을시 몰라노 미제나 우리나 학살 방법의 차이는 별로 없다고 보오."

이어 11월 30일 제45차 본회의에서 북한 공산 측 수석대표 남일은 성명을 통해 "미제는 지난 2개월 동안 제네바협정에 따른 정당한 포로 대우를 요구하는 우리 공화국군관·전사포로 542명을 살해했으며 1951년 7월 이후 총 3059명의 조선인민군 포로가 미제의 경비병들에게 학살당했다"고 유엔군 측에 항의했다. 터무니없는 거짓 선전 선동이었다.

이때만 해도 유엔군 측은 거물 정치공작원까지 밀파하여 거제도 포로수용소의 공산 포로들을 조종하는 남일의 교활하고 치밀한 협상 전략을 전혀 눈치채지 못하고 있었다. 그러나 12월 14일 이를 뒷받침하듯 거제도 남단 봉암도蜂岩島에 격리 수용돼 있던 악질적인 공산포로 9000여 명이 조직적으로 투석전을 벌이며 반미폭동을 일으키면서 북한 공산집단의 음흉한 정치공작이 탄로가 나고 만다. 그동안 베일 속에 가려져 있던 공산포로 우두머리(정치지도원) 박사현의 실체가 드러났기 때문이다.

폭동사태가 걷잡을 수 없이 확산하자 조지 밀러 중령이 지휘하는 미군 경비대대가 즉각 헬기를 띄워 신호탄과 가스탄을 터뜨리고 지상에서는 기관총까지 발사하는 등 강력한 무력진압에 나섰다. 이 과정에서 공산포로 87명이 사망하고 120명이 부상했다. 때문에, 미 관리당국의 입장에서는 과잉진압이라는 비난을 피하지 못했다.

이번에도 북한 공산 측 판문점 휴전회담 수석대표 남일이 거제도 포로수용소에서 폭동을 주도하고 있는 박사현으로부터 현지 상황을 단파무전으로 일일이 보고받았다. 그는 즉각 "미 관리당국의 야만적인 무력진압"을 규탄하는 항의서한을 유엔군 측에 전달했다. 이런 가운데 거제도 포로수용소에서 또다시 거대한 피바람이 불어닥쳤다.

유엔군 측 포로명단이 교환된 12월 18일 밤. 78 컴파운드에서 해방동맹의 지령으로 피의 숙청이 단행돼 북으로의 귀환을 거부하는 백색

포로 30여 명을 집단학살하는 사건이 벌어졌다. 78 컴파운드에는 북괴군 군관 출신 적색포로만 500여 명이나 하졸下卒(일반하전사) 행세를 하며 선전 선동에 앞장서고 있었다. 이른바 바람잡이 역할이었다. 그들은 모두 공산당원들이었다. 하지만 적색 포로도 자유를 동경하는 인간이었다.

그날 밤 적색포로 중 한 명이 반공 캠프로 탈출하려다 붙잡혀 날카로운 칼창에 찔려 죽은 사건도 발생했다. 사뭇 연쇄적이었다. 그 이튿날인 19일 아침 무장한 미군 경비대가 들어가 시신을 수습하고 강제송환을 거부하며 구원을 요청하는 적색포로 수십 명을 구출해 반공캠프에 수용했다. 하지만 암운은 쉽사리 걷히지 않았다.

1952년 1월 2일(미국 워싱턴 시각).

새해 새 아침이 밝아왔다. 트루먼 미 대통령은 신년사에서 한국전쟁의 휴전회담에 미합중국 정부는 본국으로 돌아가면 죽임을 당하든가 노예가 될 수 있는 포로들을 강제로 송환하는 따위의 협정은 절대로 맺지 않을 것이다. 거듭 강조하건대 강제송환을 원치 않는 포로는 절대로 공산 치하에 보내지 않을 방침이다. 그런 원칙을 관철하기까지 비록 전쟁이 계속되어 다수의 사상자가 발생해도 유엔군의 보호하에 있는 전쟁포로들을 절대로 강제송환하지 않을 것이다."

트루먼의 신년사는 명백했다. 강제송환을 거부하는 8만여 명의 공산포로들은 스스로 운명을 결단할 단계에까지 온 것이다. 그동안 적색을 가장하고 눈치를 살피며 한숨만 삼키던 반공성향의 포로들은 일제히 함성을 지르며 환영했다.

휴전회담 유엔군 측 수석대표 죠이 제독도 트루먼 대통령에 이어 공식성명을 발표했다.

"만일 자기 나라에 가는 것을 거부하는 전쟁포로들을 강제로 송환한다면 그것은 인류의 비극이며 유엔이 침략자를 저지하기 위해 개입한 도의적 기반을 스스로 부인하는 결과가 될 것이다."

여기에다 세계 각국의 자유진영 언론은 유엔군의 자유송환 원칙을 강력하게 지지하고 나섰다. 특히 시카고 헤럴드 트리뷴은 2차 세계대전 직후 오스트리아에서 억류 중이던 소련군 포로 3000여 명의 집단자살 사건을 상기시키며 한국전쟁 포로들의 강제송환은 또 다른 비극을 초래할지도 모른다는 논조를 폈다. 그 당시 소련군 포로들은 공산 독재자 스탈린 치하를 반대하며 소련으로의 귀환을 거부하다가 연합군이 강제송환을 결정하자 집단자살로 항거해 전후 세계를 충격에 빠뜨린 비극적인 사건이었다.

〈한국전에서도 자유를 위해 투항한 반공포로들을 다시 김일성이나 마오쩌둥의 독재정권 치하로 돌려보낸다면 그들의 생명을 어떻게 보장할 수 있겠는가? 우리는 그들이 자유를 누릴 수 있는 길을 열어줘야 한다. 따라서 자유송환 원칙은 절대적이며 강제송환의 비극을 잊어서는 안 될 것이다.〉 시카코 헤럴드 트리뷴지에 보도된 기사 내용의 일부다.

유엔군 측이 이 같은 세계의 여론을 업고 강경한 태도로 나오자 쌍방의 주장이 평행선을 이루며 마주 보고 달리는 기차처럼 포로교환 회담은 한때 위기상황으로 치닫기도 했다. 이후 양 진영의 휴전회담은 속개되었으나 그동안 합의된 조항은 하나도 없이 지지부진한 상태로 빠져들고 있었다.

1952년 2월 8일. 북한의 공식적인 조선인민군 창설 4주년이 되는 날이다. 그러나 소련은 6년 전인 1946년 8월 북한에서 군정을 실시할 무렵 김일성이 지휘했던 소련 극동군 산하 88국제정찰여단 소속 조선인 빨치산부대 300여 명을 주축으로 이른바 붉은군대의 사생아 격인 조선인민보안군을 탄생시켰다. 그것이 조선인민군의 모태가 된다.

하지만 김일성은 그로부터 2년여가 지난 1948년 2월 8일 중공의 동북항일연군 연대장 출신이자 소련 극동군 88국제정찰여단 부참모장 겸 정치위원을 지낸 빨치산 원로 최용건이 조직한 신의주항공대와 해안경비대를 보안군에 흡수시키고 이날을 정규군 창설기념일로 공식지정했다.

그런 조선인민군 창설기념일을 맞은 거제도 포로수용소에서는 남일의 밀사 박사현이 또다시 엄청난 음모를 꾸미고 있었다. 그는 억류된 신분인 공산 포로들에게 창군 기념일이 아무 의미가 없다는 이유로 남로당 조직책 박광춘이 장악하고 있는 민간포로수용소 62 컴파운드에서 '용광로' 주최로 기념행사를 하기로 결정했다.

따라서 저들은 명색이 포로대표로 내세우고 있는 리학구를 미군 관리 당국에 보내 "조촐한 기념행사를 갖겠다"고 정식으로 통보하는 한편 이날 하루 동안 각 공산캠프에 인공기를 게양하도록 내락까지 받았다. 하지만 명색이 조선인민군 창설기념일인데도 정규군 포로들은 코빼기도 보이지 않았고 자그마치 5000여 명의 민간인 포로들만 모여 이른 아침부터 캠프 잎 광장에 인공기를 게양하고 플래카드를 내거는 등 시위에 나서고 있었다.

각자 조잡하게 만든 수기手旗를 흔들며 목이 터지도록 붉은 구호를 외치고 적기가를 부르는 등 시위는 점차 격렬한 양상을 띠기 시작했다. 그들은 비록 민간인 신분의 포로이지만 남로당의 프락치나 자진 입산한 빨치산·보도연맹·용공분자들이 대부분이었다. 캠프장 겸 '용광로' 지도위원인 박광춘의 휘하에서 남로당에 뿌리를 두고 있는 그들은 자신들만이 진정한 볼셰비키라는 자부심을 버리지 않았다.

그래서 이날도 주도적으로 공산 혁명가를 부르면서 김일성보다 남로당 당수이자 공화국 부수상 겸 외무상인 박헌영의 존재감을 드러내기 위해 더욱 광분했다.

"민중의 기, 붉은 기는 전사의 시체를 두른다~ 그 시체 굳기 전에 뜨거운 피는 기를 적신다~ 높이 들어라 붉은 깃발을, 그 그늘에서 죽기를 맹세해~ 비겁한 자야 갈 테면 가라~ 우리들은 이 깃발을 지키리라~."

그들은 온종일 붉은 깃발에 파묻혀 광란의 향연을 베풀고 일몰이 되어도 미군 관리 당국과 약속한 인공기를 내리지 않았다. 미군 관리 당국은 이 행사를 주도한 것으로 신고된 리학구와 62 컴파운드 캠프장인 박광춘을 불러 엄중히 경고했다.

"왜 약속을 지키지 않는가? 일몰이 되었으니 하기식의 절차에 따라 인공기를 당장 내려라."

그러나 박광춘이 리학구를 제치고 앞에 나와 배를 째라는 식으로 몸을 내밀며 뻔뻔스럽게 말했다.

"우리 조선인민공화국의 국기 게양은 우리의 자유다. 앞으로도 필요하면 언제든지 게양할 것이다."

이는 인공기를 계속 게양하라는 박사현의 밀명 때문이었다. 전체 공산포로의 대표를 자처하는 리학구가 중재에 나선 결과 미군 관리 당국은 앞으로 사흘간 말미를 주고 그 이전에 자진해서 인공기를 내리도록 통고하는 것으로 사태를 수습했다.

그러나 광신적인 남로당 패거리들은 날이면 날마다 지칠 줄 모르고 광기를 부렸다. 마침내 인공기 하강 시한이 다가왔으나 박광춘은 일몰이 가깝도록 끝내 인공기를 내리지 않고 배짱으로 버텼다.

부산에서 지원 나온 미 제27연대 3대대가 마침내 5000여 명의 시빌리언(민간인)이 제풀에 지쳐 잠든 자정을 기해 진압 작전에 들어갔다. M-4 퍼싱 탱크를 앞세우고 62 컴파운드를 포위해 들어가 인공기며 플래카드 등 시위용품을 강제철거하기 시작했다.

퍼싱 탱크가 "우르렁…." 굉음을 울리며 민간캠프로 진입하자마자 인공기가 펄럭이는 게양대부터 쓰러뜨렸다. 이를 신호로 경비초소의 망루에서 서치라이트를 비추면서 62 컴파운드를 향해 대낮같이 불을 밝히자 미군 경비병들이 이를 신호로 일제히 실탄사격을 가하기 시작했다.

"탕, 타타탕, 따따따…."

마치 콩 볶는 듯한 총성과 함께 실탄이 우박처럼 쏟아지자 일순간에 아수라장으로 변해버린 공산캠프마다 처절한 비명이 울려 퍼지고 텐트 속에서 자고 있던 포로들이 벌 떼같이 몰려나와 우왕좌왕 갈피를 잡지 못한 채 허둥대고 있었다. 요란한 총성이 빗발치는 가운데 사방에서 어둠을 뚫고 자지러진 비명이 울려 퍼지는가 하면 총탄을 맞고 픽픽, 나동그라지는 공산 포로들의 처참한 모습도 보였다.

일부 공산 포로들은 칼과 망치, 숙창 등 평소 비축해 두었던 원시적인 무기를 들고 미군 진압부대에 대항했지만 아무 쓸모가 없었다. 미군이 마치 군사작전을 벌이듯 조금도 여유를 주지 않고 최루탄과 가스탄까지 발사하는 바람에 포로수용소 일대는 자욱한 초연으로 숨이 막힐 지경이었다. 한마디로 전쟁 상황이나 다름이 없었다.

62 컴파운드 전체가 화염에 휩싸이고 미처 피신하지 못한 포로들이 타오르는 불길 속에서 허우적대다 온몸에 불이 붙어 단말마적인 비명을 지르며 뛰쳐나오는가 하면 피투성이가 된 채 쓰러져 신음하는 포로들의 수도 적지 않았다. 마치 연옥을 방불케 하는 처참한 정경이었다. 미처 피신하지 못한 박광춘은 아비규환의 생지옥 속에서 죽창을 들고 길길이 날뛰기만 했다. 그는 결국 자신이 숨어 있던 텐트가 순식간에 불길에 휩싸이자 오도 가도 못 하고 허우적대다 그대로 너울너울 춤추는 화염 속에 갇혀 숨지고 말았다.

시간이 얼마나 흘렀을까. 그야말로 생사의 갈림길에서 혼비백산한 공산 포로들은 모두 두 손을 들고 미군 진압군에 투항하기 시작했다. 거제도 포로수용소 역사상 가장 치열했던 이 진압 작전에서 공산포로 80여 명이 사망하고 120여 명이 부상했다. 진압과정에서 미군도 1명이 사망하고 39명이 부상한 것으로 밝혀졌다.

그동안 빈발했던 거제도 포로수용소의 유혈사태 중 가장 큰 이 사건은 애초부터 휴전회담을 유리한 방향으로 돌리려는 공산 측 수석대표 남일이 밀사까지 침투시켜 포로들의 생명을 담보로 벌인 고도의 기만전술이었다. 어리석은 미군 관리 당국은 민간인 포로들을 앞세운 공산주의자들의 기만전술에 휘말려 톡톡히 망신을 당한 셈이 되고 말았다. 그것은 어쩌면 씻을 수 없는 미군 관리 당국의 수치일지도 모른다.

그러나 인민재판에 회부되어 개죽음을 당할 뻔했던 270여 명의 반공포로가 미군의 진압 작전으로 모두 구출되었다. 밧줄에 묶여 텐트 속에 갇혀 있던 그들은 한국군 경비대의 호송하에 안전한 중계수용소로 옮겨졌다. 하지만 얼굴 없는 정치지도원 박사현은 조금도 주저하지 않았다. 그가 지휘하는 여단부 해방동맹은 62 컴파운드에서 엄청난 화를 자초하고도 그 이튿날 또다시 인공기를 게양하는 뻔뻔스러움을 과시했다.

그리고 저들은 "젊은 혁명가의 가슴에 붉은 기를 덮어라~"며 구호를 외치고 혁명가를 합창했다. 불타버린 텐트 속에서 형체를 알아볼 수 없는 시신을 수습하던 일부 민간인 공산 포로들은 흐느끼며 울분을 삼키기도 했다.

박사현과 리학구 등 지도부는 이런 엄청난 비극을 자초하고도 시치미를 뚝 떼고 해방동맹 요원들을 각 캠프에 보내 격문을 돌렸다.

〈혁명의 전위에서 피 흘리며 순열한 애국전사들이여! 여러분이 이루고자 했던 혁명은 미제 침략자에 의해 좌절되었으나 반드시 성공하고 말 것이다. 미제 침략자들이 저지른 오늘의 이 만행은 우리 혁명렬사들에 대한 무자비한 학살이다. 이는 저들의 마지막 공격이 될 것이며 우리는 렬사들의 뒤를 이어 승리의 그날까지 계속 피 흘리며 싸우고 전진할 것이다.

우리가 이루고자 했던 밝은 새 세상, 지상락원을 보지 못하고 억울하게 죽어간 혁명렬사들이여! 고이고이 잠들라! 우리는 승리했다. 잔인무도한 폭도 들 앞에서 도덕적으로, 자비와 관용으로 승리했다.〉

저들이 주상하는 노녁과 자비와 관용이란 말은 무엇을 뜻하는가? 얼굴 없는 지도자 박사현은 도무지 이해할 수 없는 인물이었다. 공산 포로들은 그다음 날, 또 그다음 날에도 붉은기를 하늘 높이 띄웠다. 하지만 이번 사건으로 워낙 희생이 컸기 때문에 미군 경비대는 더 이상 강경한 진압을 자제하고 주변 경비에만 신경을 쏟았다.

"지독한 놈들!"

미군 경비대 병사들이 하나같이 혀를 내둘렀다. 도저히 이해할 수 없는 사나운 집단이었다. 하지만 이 사건은 결국 공산 측 수석대표 남일이 노린 대로 휴전회담 본회의장에서 유엔군 측을 규탄하는 구실로 삼게 된다. 남일은 사전에 작성한 성명을 발표하면서 "야만적인 포로탄압"이라고 맹렬히 비난했고 이로 인해 휴전회담은 또다시 교착상태에 빠지고 말았다.

유엔군 사령부는 휴전회담에 영향을 미칠 만큼 문제가 심각한 양상으로 확산되자 거제도 포로수용소 관리사령관의 격을 한 단계 높여 횟제럴드 대령을 면직하고 후임에 프란시스 도드 준장을 임명한다.

포로 관리사령관의 경질로 원만한 사태수습이 이루어질 줄 알았으나 불행하게도 사실은 그게 아니었다. 공산주의자들은 생리상 하나를 얻으면 둘을 요구하고 둘을 얻으면 셋을 요구하며 벼랑 끝까지 몰고 가 결국 굴복을 요구하는 특유의 전략 전술을 활용하기 때문이다.

22. 붉은기를 덮어라

62 컴파운드의 폭동사건 이후 불과 한 달 만인 3월 13일에는 한국
군 경비대가 반공캠프인 93 컴파운드의 북괴군 출신 반공포로들을 인
솔해 중계수용소로 이동하던 중 공산 포로들이 철조망 가로 우루루
몰려와 욕설로 규탄하기 시작했다.

　"야, 이 변절자, 전향자들아! 갈 테면 가라. 인민의 심판이 두렵지
도 않은가."

　"이 반동 간나새끼들! 리승만 졸도의 똥개들아! 피의 복수를 단단히
각오하라우."

　"간나새끼들 앞에는 죽음밖에 없시야. 인차(이제) 죽었다구 복창하라우."

　하지만 반공포로들도 기죽지 않고 거세게 맞섰다.

　"야, 빨갱이 새끼들아! 아직도 정신 못 차렸냐. 김일성의 똥개들아!"

　이어 철조망 너머로 돌멩이가 날아들고 마침내 투석전으로 번졌다.

　"죽여라! 죽여랏!"

　순식간에 수천 명이 떼거리로 몰려나와 함성을 지르며 지천으로 깔
린 몽돌을 주워 던졌고 피아간에 철조망을 사이에 두고 투석전이 벌어
지면서 새까만 몽돌이 허공을 뒤덮었다. 무차별로 날아드는 몽돌에 맞
아 이마며 머리에 피를 흘리며 비명을 지르는가 하면 철모를 쓴 국군
경비병들에게까지 날아들었다. 순간 화가 치민 경비병들은 경고사격도
없이 공산 포로들을 향해 그대로 발포해 버렸다. 이 때문에 12명의 공

산포로가 사망하고 26명이 부상하는 불상사가 발생하는 사태에 이르고 말았다.

하지만 공산 포로들의 광기는 그것으로 그치지 않았다. 〈국방군의 포로학살 규탄!〉 〈거제도 포로 전원을 북송하라!〉는 등의 플래카드와 피켓까지 들고 시위를 벌였다. 증오가 원한을 부르고 원한이 다시 증오를 부르는 뼈에 사무친 이념 갈등은 날로 가열돼 가기만 했고 거제도의 유혈극은 즉각 판문점의 공산 측 도마 위에 오르기 마련이었다.

공산 측 수석대표 남일은 공산당의 거물 공작원 박사현을 거제도 포로수용소에 침투시켜 무장투쟁을 획책하면서도 적반하장으로 유엔군 측에 그 책임을 씌우기 일쑤였다.

"장개석의 특무와 리승만의 밀정들이 포로수용소에 침투하여 온갖 공작을 꾸미며 우리 조선인민군 용사들과 중국 의용군 전사들을 탄압, 박해하고 죽음으로 몰아넣고 있다."

남일이 또다시 상투적인 비난의 화살을 퍼부었으나 유엔군 측은 그동안 공산 포로들에 의해 끊임없이 도발된 집단학살, 반미폭동 사건을 일일이 지적하며 "포로가 전투원으로 변신하는 것은 절대로 용납할 수 없다"고 일축했다.

미 8군 사령부 신임 포로관리 사령관인 도드 장군이 명목상의 공산 포로 대표 리학구를 불러 "공산 포로들이 반대자들을 무자비하게 처형하는 한 평화적인 포로 신분을 보장하는 것은 불가능하다"고 경고했다. 이에 리학구는 박사현의 지령에 따라 "관리 당국의 평화적 남북 분리작업을 수용할 수 있다"며 먼저 무장진압군을 철수시킬 것과 순수한 민간인들인 62 컴파운드의 포로들을 다른 컴파운드로 이동시키지 말 것 등을 강력하게 요구했다.

그러나 전쟁포로들끼리 반대자들을 집단학살하는 등 극악한 범죄행위를 막기 위해 진압군을 투입하거나 분리 수용하는 것은 제네바협정에도 명시된 관리 당국의 고유권한이었다.

1952년 4월 8일.

거제도 포로수용소에서 반공·친공포로 간에 매일같이 치열한 포로쟁탈전이 벌어지고 이를 제지하는 미군 관리 당국의 진압작전이 더욱 강경해지고 있는 가운데 마침내 포로교환에 따른 공개심사가 시작되었다.

이는 정전협정에 따른 포로교환에 대비한 북한 출신 공산군 정규군과 공산군에 강제징집되었던 한국 출신 의용군, 국군 출신의 공산군 이중포로(해방전사), 민간인 신분으로 전쟁에 참가한 남로당 당원 및 빨치산 등 공산프락치, 유엔군 작전지역에서 나포된 순수한 민간인(피란민 포함) 등 객관적이고 공정한 분류를 위해 취해진 조치였다.

포로 관리사령부는 이 가운데 피란민과 단순부역자들을 포함한 민간인 포로 5만여 명에 대해서는 일괄 조기 석방과 함께 귀향 조치하고 남로당 출신 빨치산을 포함한 공산 프락치들은 한국 정부에 인도할 방침이었다. 그리고 나머지 12만여 명에 대해서는 자유송환 원칙에 따라 재분류하기로 했다.

이에 따라 유엔군 측은 사전에 공정한 공개심사를 위해 7개 항의 질의 내용을 전체 포로들에게 알리고 소지품 일체를 가지고 심사장으로 입장토록 했다. 강제송환을 원하지 않는 포로는 원래의 캠프로 돌려보내지 않고 중계수용소로 보내 보복테러를 사전에 막기로 한 것이다.

하지만 심사는 공정하게 이루어지지 않았다. 심사관과 1 대 1로 마주 앉아 누구의 간섭도 받지 않고 단 한 차례만 실시하며 질의와 답변으로 심사하게 될 7개 항은 공정성이 없었고 출신국 별로 귀환할 것을 권고하는 등 공산 측에 유리하게 작성돼 있었기 때문이다.

공개심사에 따른 7개 항의 질의 내용은 다음과 같다.

1. 당신은 자신의 의사로 출신국으로 돌아갈 것을 희망하는가?
2. 당신은 출신국으로의 귀환을 끝까지 반대하는가?
3. 당신이 돌아가지 않으면 가족들에게 불안과 충격을 주게 된다는 사실을 충분히 고려했는가?
4. 당신은 귀환을 희망하는 자들이 고향으로 돌아가기 전 이 수용소에 오래도록 억류된다는 사실을 알고 있는가?
5. 당신은 유엔군이 당신이 희망하는 곳으로 보내준다고 약속할 수 없다는 사실을 알고 있는가?
6. 그런데도 돌아가고 싶지 않은가? 강제송환을 시키면 격렬하게 반대할 것인가?
7. 당신이 귀환을 거부해도 강제로 귀환을 시키면 어떻게 할 것인가?

공개심사를 앞두고 친공이든 반공이든 관계없이 각 캠프 분위기가 어수선하고 뒤숭숭했다. 상식적으로 인간 본성에 비춰볼 때 누구나 "고향의 가족 품으로 놀아가게 된다"는 사실을 기쁘게 받아들이지 않는 사람은 없을 것이다. 그러나 그들은 정신적, 사상적 갈등에서 벗어나지 못하고 있었다. 투항한 전죄前罪를 사면한다고는 하나 허구와 날조로 점철된 공산당의 선전선동에 속아온 그들은 김일성의 친서를 믿을 수 없었다. 자칫 반동으로 몰려 준열한 비판의 대상이 될 것이 뻔하기 때문이다.

그렇다고 귀환을 거부하고 대한민국에 남는다고 해도 한 번 뒤집어쓴 빨갱이의 때가 완전히 벗겨질 리 만무했다. 극렬한 반공주의자들의 눈 밖에 나 아무 연고도 없는 곳에 내동댕이쳐질지도 몰랐다. 그래서 모두 내남없이 단 한마디 '예스'와 '노'의 갈림길에서 전전긍긍했다.

이때를 놓칠세라 림인철을 비롯한 여단부 해방 동맹위원들이 들고 일어나 "남조선에 남을 반동이 하나도 없는데 심사는 무슨 심사냐"며 공개심사를 거부하기에 이른다. 심사를 거부한 캠프는 62·66·76·77·78·92·95 컴파운드 등 빨간색 일색인 7개 컴파운드 총 3만7000여 명에 달했다. 물론 이들 중에는 강제송환을 반대하는 공산 포로들도 더러 섞여 있었지만 겉으로는 신분이 전혀 드러나지 않았다. 그럴 수밖에 없는 것이 자칫 잘못하면 보복을 당할지도 몰랐기 때문이었다. 보복은 곧 끔찍한 죽음을 의미한다.

이 소동으로 질서를 유지하려는 한국군 경비대와 공산 포로들 간에 또다시 무력충돌이 벌어져 경비대원 4명과 공산포로 3명이 사망하고 쌍방 65명이 부상하는 유혈참극이 빚어졌다. 미군 관리 당국은 어쩔 수 없이 심사를 거부하는 이들 7개 컴파운드의 포로들을 전원 북으로의 귀환 희망자로 간주하고

그들을 제외한 나머지 포로들을 대상으로 공개심사를 하지 않을 수 없었다.

하지만 이와 달리 중공군 포로들은 자유중국으로 가겠다는 반공포로들이 압도적으로 많아 공개심사는 보다 순조롭게 진행되고 있었다. 5000~8000여 명이 수용된 컴파운드당 자유중국인 타이완을 선택한

포로가 85~90% 이상을 차지했다. 이에 비해 중공의 인민해방군이나 팔로군 출신 공산 포로들은 전원 중국본토로의 귀환을 희망했으나 그 수가 얼마 되지 않았다.

공개심사는 애초 예측과는 달리 전혀 뜻밖의 결과가 나와 유엔군 측을 당황하게 했다. 미군 관리 당국이 최종적으로 집계한 거제도 포로 수용소의 수용인원은 총 16만9938명이었고 이 가운데 북한의 정규 공산군 출신이 9만6542명, 의용군 출신 1만6304명, 민간인 포로 3만6292명, 중공군 포로 2만800명 등이었다.

이를 자유송환 원칙에 따라 공개 심사한 결과 북한 공산군 출신 6만2169명, 의용군 출신 4560명, 민간인 9954명, 중공군 출신 6388명 등 총 8만3071명이 북한과 중국으로의 귀환을 희망했다. 전체 포로의 절반에 조금 못 미치는 숫자였다. 그리고 나머지 포로들은 대한민국에 남기를 희망했고 특히 중공군 포로는 3분의 2 이상이 자유중국(대만)으로 가기를 희망하는 것으로 최종집계 되었다.

긴급보고를 접한 유엔군 총사령관 리지웨이 대장은 유엔군 측 수석대표 죠이 제독에게 이렇게 지시했다.

"실로 충격적이오. 공산군 측에서 이를 그대로 받아들이지 않고 또 생떼를 쓸지도 모르겠소. 그러므로 공산 측이 희망하면 중립국이나 국제적십자사의 입회하에 재심사를 해도 좋다고 생각하오. 이를 휴전회담 본회의의 다른 쟁점과 함께 포괄적인 의제로 제안토록 하시오."

교착상태에 빠져 있던 휴전회담 포로교환 분과위원회가 재개되자 유엔군 측은 자유송환 원칙을 최종적으로 재확인하고 공개심사를 통해 최종집계한 포로 명단을 공산군 측에 통고했다.

유엔군 측은 공개심사에서 최종집계한 귀환 희망자 8만3071명에 대해서는 전원 송환하겠다고 제의했으나 공산군 측은 여전히 자기들이 관리하는 유엔군 포로는 1만1551명뿐이며 한국군 포로 5만4000여 명에 대해서는 그들이 투항과 동시에 해방전사로 조선인민군에 편입되었기 때문에 포로교환의 대상이 아니라고 주장했다.

김일성은 1951년 6월 25일 이른바 조국해방전쟁 1주년을 맞아 "북한에 억류 중인 한국군 포로가 총 6만5000여 명이며 그중 5만3000여 명이 조선인민군에 편입되었다"고 밝혔으나 유엔군 측은 당시 이 같은 김일성의 주장에 대해 별 이의를 제기하지 않았다.

그럼에도 불구하고 북한 공산군 측은 국군포로 5만여 명을 빼돌린 채 "전체 포로를 출신국으로 송환하지 않는 한 휴전은 없다"고 최후통첩으로 공세를 취했다. 다시 말해 "1만여 명을 줄 테니 13만여 명을 내놔라"는 날강도 식의 이론에 불과했다. 유엔군 측이 만약 이를 받아들인다면 귀환을 거부하는 반공포로들을 죽음으로 내모는 결과를 초래하고 말 것이었다.

이 때문에 휴전회담은 유엔군 측의 자유송환 원칙과 공산군 측의 강제송환 원칙이 맞물려 평행선만 긋고 있었다. 이런 가운데 유엔군 측에 또다시 변수가 생겼다. 종합적인 보고를 접한 워싱턴의 합참의장 브래들리 원수는 "공개심사를 거부하는 7개 컴파운드의 공산 포로들에 대한 심사를 보다 정확하게 하라"는 훈령을 내렸기 때문이다.

유엔군 측이 휴전회담 본회의에서 포로교환 문제를 포괄적인 의제로 제안한 날인 4월 28일 미 8군 사령관 밴플리트 대장은 공개심사를 거부한 7개 공산 캠프에 대한 심사를 강행할 방침을 세웠다. 그리고 그는 즉각 거제도 포로수용소의 공산 포로들을 장악하고 있는 여단부 해방동맹의 방해 공작과 폭동을 막기 위한 대책 마련에 나섰다.

그는 우선 부산에 대기 중인 미 제38연대에 2개 대대를 증강하고 여기에 한국군 제20연대를 배속시키는 등 1개 사단 규모의 병력과 장비를 출동대기토록 했다. 그러나 공개심사 강행을 여러 면으로 검토한 결과 공산 포로들의 폭동은 필연적으로 발생할 것이고 진압과정에서 사상자가 속출하면 또다시 휴전회담의 공산군 측에 선전자료를 제공하게 될지도 몰랐다. 이는 상대적으로 북한에 억류된 유엔군 포로들에 대한 보복이 뒤따를 수 있는 문제이기도 했다.

밴플리트 장군은 광신적인 공산 포로들을 대상으로 공개심사를 해봐야 귀환을 거부하는 자가 소수에 불과할 것이고 자칫 공산군 측의 선전 선동 자료로 이용될 우려가 없지 않다고 판단했다. 그럴 경우 유엔군 포로들에 대한 보복과 함께 휴전회담이 유엔군 측에 불리하게 작용할지도 몰라 이의 중지를 리지웨이 유엔군 총사령관에게 건의하기에 이른다. 리지웨이 장군 역시 밴플리트의 건의에 전적으로 동감했다.

그런데 정작 당사자인 한국 대표는 자국의 전쟁포로 문제에 대해 말 한마디 제기할 수 없어 벙어리 냉가슴 앓듯 지켜보기만 했다. 한국전쟁의 당사국이면서도 전쟁 초기 작전지휘권을 유엔군에 넘겨주었기 때문에 휴전회담의 업저버 역할에 그칠 수밖에 없었다. 한국군 수뇌부는 공산 포로들에 대한 공개심사를 강행한다면 남한에 잔류를 희망하는 반공성향의 포로들을 적어도 3000명 이상 구출할 수 있었을 것으로 기대했다. 하지만 이마저 미군이 공개심사 중지 명령을 내리는 바람에 좌절되고 말았다.

유엔군 측은 순수한 민간인 포로 중 남한에 남기를 희망하는 2만 6338명을 휴전회담과 상관없이 우선으로 석방하겠다고 공산 측에 통보했다. 그리고 "출신국으로 돌아가기를 희망하는 민간인 포로는 단한 명도 남기지 않고 보낼 것이며 이와 반대로 돌아가지 않겠다고 하는 포로는 절대로 보내지 않을 방침"이라고 자유송환 원칙을 다시 한 번 상기시켰다.

주덕근은 애초 유엔군의 공개심사에서 분명히 북한으로의 귀환을 거부했다. 그는 솔직히 무국적자이지만 출신국을 엄격히 따진다면 중국일 수밖에 없었다. 북만주 헤이룽장성黑龍江省 무단장牧丹江이 그가 태어나고 자란 고향이기 때문이다. 게다가 원래 군적軍籍도 중공의 인민해방군 산하 동북조선의용군이었으나 김일성의 6·25 남침작전에 동원돼 조선인민군에 전시편제戰時編制된 게 아닌가? 그렇다고 그는 대한민국에 남기를 희망하는 것도 아니었다. 그래서 그는 애초부터 제3국인 중립국 행을 요구한 것이었다.

그의 결심은 요지부동이었다. 아내 임경옥과 수용소에서 태어난 아들 경덕이를 위해 이념을 초월한 좀 더 자유로운 땅으로 가고 싶었다. 평소 가슴 속에 묻어오던 간절한 소망이었다. 민간인 포로로 분류된 임경옥 역시 경덕이와 함께 우선 석방자 리스트에 올라 있으나 단호히 석방을 거부했다.

그녀는 솔직히 이제 곧 첫돌을 맞게 될 자신의 분신 경덕이만 생각하면 가슴이 미어지는 듯 아파 왔다. 당장이라도 밝은 세상에 나가 좀 더 자유롭게 아이를 키우고 싶은 마음 간절했으나 사실 그녀는 갈 곳이 없었다. 불타버린 집으로 돌아가 움막이라도 치고 살고 싶었지만, 자칫 극단적인 자치치안대에 목숨까지 앗기는 보복이 뒤따를지도 몰랐다. 게다가 이제 막 티 없이 맑은 눈으로 세상을 바라보기 시작하는 어린 것이 대물린 빨갱이 핏줄이라고 손가락질 받으며 냉대 속에서 자라는 꼴을 차마 볼 수가 없었다.

더구나 아무런 연고도 없는 북한으로 간다는 것은 더더욱 상상도 할 수 없는 일이었다. 부산에서 거제도로 건너올 때 덕근이와 약속했던 대로 어떠한 난관에 부닥치더라도 중립국을 선택하는 길밖에 달리 방도가 없지 않은가 말이다. 이럴 때 덕근을 만나 속 시원하게 마음을 터놓고 다시 한번 다짐이라도 받고 싶었지만 그는 회색분자로 낙인찍혀 매일같이 하급군관들로부터 자아비판과 명예심판을 받다가 탈출하여 현재 영천 반공포로수용소에 수용돼 있다는 소식만 접하고 있을 뿐이었다.

하여 그녀는 애초 덕근과 굳게 약속했던 대로 "남한도 싫고 북한도 싫다"며 중립국 행을 선택하기에 이른다. 그녀와 함께 중립국 행을 선택한 사람은 기십 명에 불과했다. 하지만 중립국 행 선택도 쉽게 받아들여지지 않았다. 정책적으로 결정된 것이 아무것도 없었고 휴전회담에서도 아직 쌍방 간의 합의가 이루어지지 않았기 때문이다.

어쨌든 임경옥 모자를 비롯한 중립국 행 희망자들은 포로수용소에 계속 남아 있어야 했다. 결과적으로 피 억류자가 석방을 거부하고 억류 연장을 원하는 셈이 되고 말았다. 한마디로 비현실적이고 해학적인 현상이 아닐 수 없다. 묶여 있는 사람이 풀려나기를 거부하고 계속 묶여 있겠다니 아이러니한 이야기가 아닌가.

대부분의 북한 출신 여성 포로들은 그나마도 포화와 살상이 난무하는 조국을 등지기 싫은 모양이었다. 경옥이와 함께 수용돼 있던 750여 명의 여성포로 중 100여 명 남짓한 남한 출신 단순부역자들을 제외하고는 모두 북한으로의 귀환을 희망했다. 일부 단순부역자들도 남로당 프락치들의 선전 선동에 넘어간 사람들이 더러 있었지만 인공 때나 수복 때 무자비한 보복살인을 목격했던 탓에 또다시 겪어야 할 보복이

두려웠다. 그래서 그들은 정신적인 갈등으로 망설이던 끝에 결국 붉은
물결에 휩쓸리고 말았다.

23. 장군을 납치하라

공산캠프 해방동맹은 여성 포로들 대부분이 북한으로의 귀환을 선택했다는 소식을 접하자 잔뜩 고무된 나머지 이를 선전 선동 자료로 삼아 "순국렬사의 정신을 이어받은 애국려성"으로 치켜세웠다. 그러나 반공캠프에선 "빨간 계집들"이라고 비하하는 등 여성 포로들에 대해서까지 민감한 반응을 나타내고 있었다.

일이 이렇게 돌아가자 자존심이 잔뜩 상한 20대 초반의 발랄한 여성 포로들은 반공캠프 쪽 철조망으로 몰려와 쩌렁쩌렁한 목소리로 차마 입에 담지 못할 욕설까지도 서슴없이 뱉어냈다. 한 번 설전이 벌어지면 피차에 메가폰까지 들이대며 조금도 물러서지 않았고 삿대질로 격렬하게 대치하기 일쑤였다.

"반동! 전향자! 리승만 졸도들아! 좆을 잘라 버리라우!"

"야, 빨간 암퇘지들아! 김일성 수퇘지들에 깔려 죽을 년들! 로스케의 갈보들! 어디서 그따위 주둥아리를 함부로 놀리냐."

"양갈보의 사생아! 반동 깡패새끼! 매춘부의 X에서 나온 종간나새끼!"

"이 발정한 계집년들! 주둥아리 함부로 놀리면 가랑이를 찢어 죽일 테다."

"너 같은 반동새끼레 태어날 때 탯줄을 목에 걸어 죽여버렸어야 했시야."

"야, 이 씨팔년들아! 결혼도 안 한 것들이 탯줄은 무슨 탯줄이야. 서방질하다 뒈질 년들!"

"야, 이 소도둑놈 새끼! 도끼로 까 죽이기 전에 입 다물지 못하간."

온갖 욕설이 난무하는 가운데 이를 바라보던 미군 경비병들은 여성 포로들을 향해 "타이거 우먼(암호랑이)"이라며 혀를 내두르곤 했다.

공산포로가 절대다수를 차지하고 있던 거제도 포로수용소에 민간인 포로들이 조기 석방된다는 소식이 전해지자 공산캠프가 발칵 뒤집히고 말았다. 특히 유엔군 측의 자유송환 원칙이 재확인되면서 또다시 친공·반공 간에 서로 편 가르기를 하며 이탈을 막기 위해 극렬한 유혈 투쟁이 불붙기 시작했다.

여단부 정치지도원 박사현의 입장에서는 지금까지 치열하게 투쟁해 온 보람도 없이 이미 확보해 둔 민간인 포로들마저 100여 명이나 빼앗기게 되자 충격에 빠지지 않을 수 없었다. 미군 관리 당국의 일방적인 석방조치로 그동안 친공 성향으로 묶어 뒀던 민간인 포로들마저 반공 캠프로 넘어가게 되었기 때문이다. 제2전선 구축과 내륙진출은커녕 당장 절체절명의 위기가 코앞에 다가오고 있었다.

"현재 거제도에 억류 중인 공산포로는 단 한 사람도 남김없이 모두 공화국으로 돌아와야 한다. 송환을 거부하는 변절자는 단호히 처단하라."

휴전회담 공산 측 수석대표 남일의 밀명을 떠올릴 때마다 박사현은 안절부절 어찌할 바를 몰랐다.

시간이 흐를수록 무력진압도 불사하겠다는 미군 관리 당국과 공산 포로들 사이에 적대감과 증오심만 팽배해지고 있었다. 한때 공개심사 거부소농으로 승리감에 도취 되었던 공산 캠프에선 미군 관리 당국이 일상적으로 내리는 노력 동원이나 위생시설 및 급식, 급수상태 점검 등 일반적인 행정명령조차 거부한 채 일촉즉발의 위기감만 조성했다. 다급해진 박사현이 남일의 밀명을 실행하기 위한 최후의 결전에 돌입하기로 마음을 다잡았기 때문이다.

1952년 5월 7일.

까만 몽돌이 지천으로 깔린 거제도에도 신록의 계절이 찾아왔다. 하지만 날갯짓을 반복하며 푸른 하늘을 자유롭게 날아오르는 갈매기 떼와는 달리 지상의 인간들은 핏발이 곤두선 채 살기등등한 투쟁 열기로 몸이 달아오르고 있었다.

그들은 걸핏하면 급식 때 음식물에 독극물이 섞여 식사를 마치고 나면 으레 배탈이 나서 설사하기 일쑤라든가, 한국군 경비병들이 공산포로들과 마주치면 무조건 폭행을 가한다는 등의 터무니없는 생트집을 잡고 농성을 벌이기 마련이었다. 그것은 새로운 투쟁을 위한 일종의 구실에 불과했다.

노동당 열성 당원 출신 군관들의 집결체인 해방동맹 대표 림인철은 명색이 포로대표 리학구를 제쳐놓고 미군 경비부대 헌병대장 레이번 중령을 통해 포로 관리 사령관 도드 장군과의 면담을 요청하게 된다. 레이번 중령으로부터 보고를 받은 도드 장군은 뜻밖에도 공산포로 대표자들을 사령관실로 불러 면담하던 종전의 원칙을 깨고 자신이 직접 포로대표부(여단부)로 찾아가겠다고 통보했다. 아무 생각도 없이 즉흥적으로 결정한 것이다.

그래서 그는 이날 오후 1시 30분 레이번 중령과 전속부관을 대동하고 지프에 오른다. 도드 장군 일행이 탄 지프가 공산포로 지휘부 여단부가 위치한 76 컴파운드 정문 앞에 도착하자 미리 연락을 받은 림인철 등 해방동맹 대표들이 나와 철조망을 사이에 두고 도드를 영접했다. 그들의 표정은 평소와는 달리 팽팽한 긴장감이 감돌았다.

"도드 장군! 오래전부터 우리 포로들에게 지급되는 식량이 정량보다 모자라는 데다 독극물이 섞여 포로들의 건강을 해치고 있습네다. 그래서라무네 우리 캠프에 장군을 모시구서리 진지하게 대책을 마련하고자 하외다."

림인철이 정중한 태도로 예를 갖추며 도드 장군에게 요청했다.

바로 이때 공산 포로들의 오물처리반이 오물통을 메고 밖으로 나가기 위해 정문으로 다가가자 미군 경비병이 무심코 철조망 문을 열어주었다. 이 같은 일련의 과정은 철저하게 계산된 공산 포로들의 술책이었다. 그러나 미군 경비병들은 전혀 눈치채지 못했다.

철조망 울타리 문이 열리는 순간 주위에 몰려 있던 20여 명의 해방동맹 소속 정치군관 포로들이 때를 놓칠세라 와락 달려들어 도드 장군과 레이번 중령을 에워쌌다. 극히 순간적으로 일어난 돌발사태였으나 그들은 이미 치밀한 계획아래 전광석화처럼 달려들어 도드 장군을 납치했다. 레이번 중령은 급히 뛰어든 미군 경비병들에 의해 위기를 모면했지만 도드 장군은 미처 손쓸 겨를도 없이 포로들에게 끌려가 여단부의 퀀시트에 감금되고 말았다.

미합중국 역사상 전대미문의 가장 수치스러운 사건이 발생한 시점이었다. 이날은 공교롭게도 유엔군 총사령관 리지웨이 대장이 나토(북대서양조약기구) 총사령관으로 전임되고 그 후임으로 마크 클라크 대장이 일본 도쿄로 막 부임하던 길에 일어난 사건이었다. 급보를 접한 미 8군 사령관 맨프리트 내상은 사태를 심각하게 판단하고 부산에 주둔 중인 제2 병참사령부 참모장 크레이그 대령을 거제도에 급파해 사태수습에 나서도록 긴급 지시했다.

그러고는 만일의 사태에 대비, 부산에 대기 중이던 진압부대 외에 기존의 미 육군 38연대와 해병대 특수진압부대 2개 대대, 1개 전차대대를 증원해 부산으로 집결시켰다. 헬기 편으로 거제도 포로수용소에 급파된 크레이그 대령은 우선 다급한 대로 공산포로 총대표로 알려진 리학구를 찾았으나 그는 사건 발생 5시간이 지나도록 도드 장군의 피랍 사실조차 모르고 있었다. 그럴 수밖에 없는 것이 이 사건은 전적으로 박사현의 은밀한 지령에 따라 해 해방동맹 림인철이 독자적으로 결행한 것이기 때문이었다. 허수아비에 불과한 리학구에게는 사전에 아무런 통보가 없었다고 했다.

미군 포로 관리사령부는 그동안 철저하게 신분을 감춰 온 박사현의 정체조차 파악하지 못한 채 막연하게나마 북괴군의 계급서열만 따져 리학구를 대화상대로 인정해 온 것이다. 뒤늦게 미군 경비대의 연락을 받고 사건의 전말을 알게 된 리학구는 "도드 장군 석방에 협조해 달라"는 크레이그 대령의 간곡한 요청에 으스대며 코웃음만 쳤다.

"거제도의 조선인민군 총좌 리학구는 도드 장군의 운명을 이 한 손에 쥐고 있다우."

그는 되레 자고자대自高自大하여 큰소리치며 거들먹거렸다. 이번 기회에 후배 군관들에게 당한 수모를 만회해 보겠다는 욕심이 동한 것도 사실이었다. 그러나 따지고 보면 그에게는 아무런 권한이 없었다.

그럼에도 그는 미군 지휘관들을 상대로 자신의 신분 상승을 꾀하고 김일성에게 반동으로 몰린 귀순 전력에 대한 면죄부를 받아야겠다는 심사가 동해 크레이그 대령에게 "도드 장군을 석방하는 조건으로 친공·반공을 아우르는 포로 연합대표단 구성을 승인해 달라"는 요구조건부터 내걸었다.

크레이그 대령은 리학구와 한참 실랑이를 벌인 끝에 포로연합대표단 구성문제는 도드 장군을 만나 결정하자는데 합의하고 리학구의 안내를 받아 76 컴파운드로 갔으나 도드 장군이 억류되어있는 퀀시트 입구에서부터 정치군관 출신 공산 포로들에게 제지당하고 만다. 크레이그 대령은 어쩔 수 없이 도드 장군을 석방시켜야 한다는 일념으로 리학구의 제의를 조건 없이 받아들이지 않을 수 없었다.

리학구는 일이 자신에게 유리한 방향으로 풀리게 되자 회심의 미소를 지으며 여단부 정치지도원 박사현을 찾아가 사전 승인을 받고 각 컴파운드 별로 반공포로를 제외한 포로대표자 1명씩 선발, 모두 16명을 모아 이른바 '포로연합대표단'이라는 유령단체를 만든다. 그리고 인공기와 오성홍기, 적기 등이 펄럭이는 가운데 76 컴파운드 연병장에서 포로 연합대표단 발대식을 열고 자신이 스스로 연합대표단장으로 취임한다. 하지만 리학구는 역시 허수아비에 불과했다. 그의 배후에는 여전히 박사현이 도사리고 있었기 때문이다.

크레이그는 도드 장군의 얼굴도 한 번 보지 못한 채 공산 포로들에게 이용만 당하고 물러날 수밖에 없었다. 이성을 잃은 공산 포로들의 횡포에 분노한 그는 결국 무력진압으로 도드 장군을 구출할 수밖에 없다는 결론을 내리고 저간의 상황을 미 8군 사령관 밴프리트 대장에게 보고하여 부산에서 대기중이던 무장병력의 거제도 출동을 명령하게 된다. 포로 관리사령부 내부 분위기는 긴장감이 팽팽하게 감돌고 있었다.

한편 공산 캠프에서는 도드 장군 피랍 이틀째부터 광목천에다 붉은 잉크로 '우리는 지금 도드와 담판하고 있다'라는 내용의 플래카드를 요소요소에 내걸었다. 세勢 과시에 나선 공산 포로들은 미군 관리 당국에 포로연합대표단 사무실용 텐트 설치 및 업무 연락용 전화 가설과 전용 지프 2대 등의 지원을 일방적으로 요청하는 등 기고만장한 태도로 나왔다.

인질로 억류된 상태에서 완강히 버티다 못한 도드는 포로연합대표단과의 협정을 인준할 권한이 없었지만 그들이 요구하는 텐트 설치 및 비품제공 등은 포로 관리사령관의 재량으로 동의하게 된다. 치욕적인 인질사태에서 벗어나기 위한 고육지책이었다. 그러나 밴플리트 미 8군 사령관은 도드 장군을 포로관리 사령관직에서 즉각 해임하고 그 후임에 미 제1군단 참모장 찰스 콜슨 준장을 임명한다.

크레이그 대령은 공산캠프에서 하나를 얻으면 둘을 요구하고 둘을 얻으면 셋을 요구하는 여단부의 틀에 박힌 전략 전술이 확연히 드러나자 단호한 조치를 강구하기 시작했다. 그는 전 포로 캠프가 잘 들을 수 있는 구내 방송을 통해 다음과 같이 엄중한 경고를 하고 나섰다.

"도드 장군은 이미 포로관리 사령관에서 해임돼 아무 권한이 없다. 이제부터 만일 도드 장군에게 계속 위해를 가한다면 공산포로 전체에 엄정한 책임을 물을 것이며 5월 9일 오전 8시까지 도드 장군을 석방하지 않으면 우리는 무력으로 그를 구출할 것이다."

그것은 어쩌면 엄중한 경고라기보다 앞으로 강경한 조치를 취하기 위한 미군 관리 당국의 최후통첩과 다름이 없었다.

신임 포로관리 사령관 콜슨 장군은 거제도 포로수용소 실태에 대해 생소한 인물이었다. 그는 다만 부산에 대기 중이던 진압부대의 신속한 이동을 명령하고 만일의 사태에 대비해 한국 해군에게 거제도 주변의 해안을 봉쇄토록 조치했다. 그것이 포로관리 사령관으로 부임한 즉시 그가 취할 수 있는 최선의 권한 행사였다.

하지만 아무 권한도 없이 일일이 박사현의 지령에 따라 움직이는 포로연합대표단장 리학구의 반응은 냉담했다. 그는 오히려 미군들과 한 바탕 붙어보겠다고 전의를 불태우며 공산 포로들을 동원, 목이 터지도록 "양키! 고 홈!"만 외쳤다.

밴플리트 미 8군 사령관은 공산 포로들에 의한 미군 장성의 굴욕적인 납치사건에 대해 강력한 분노를 삼켰다. 그는 애초 약간의 양보를 하는 한이 있어도 이 문제를 평화적으로 해결하고 싶었지만 공산 포로들의 상투적인 수법으로 봐 도저히 불가능하다고 판단한 것이다. 그는 애초 공산포로 측에 통고했던 것보다 하루 더 늦춘 "5월 10일 오전 10시까지 도드 장군을 석방하지 않으면 포로관리 사령부는 질서를 확립하기 위해 무력사용도 불사하겠다"고 다시 한번 경고방송을 내보낼 것을 콜슨 장군에게 지시했다.

이미 부산에서 출동한 진압부대가 거제도에 속속 상륙하고 모든 조치가 끝난 상황. 미 8군 사령부는 즉각 행동을 취할 한계점에 도달하고 있었다. 한국해군이 봉쇄작전에 돌입한 거제도 주변 해역에는 미 해군 전투함들도 거제도 해안에 집결했다. 마침내 운명의 날이 밝아오고 있었다.

5월 10일. 이른 아침부터 거제도 앞바다에는 자욱하게 깔린 해무海霧 속에 비극을 예고하듯 부슬비가 촉촉히 내리고 있었다.

미군 관리 당국은 이미 무장병력을 공산포로 대표부가 집결해 있는 76 컴파운드 주변에 배치해 놓고 전투대기 태세에 돌입했다. 그 무렵 긴장감이 팽팽히 감도는 미군 측의 움직임을 예의주시하고 있던 여단부 정치지도원 박사현은 한발 물러나 리학구에게 포로관리 사령관 콜슨 장군 앞으로 도드 장군 석방과 관련한 4개 항의 요구조건을 내걸도록 지시한다.

1. 무력에 의한 위협 · 감금 · 대량학살 · 독가스 등의 사용을 즉각 중지하고 제네바협정에 따른 포로들의 인권과 생명을 보장하라.
2. 포로들의 불법적 자유송환을 즉시 중지하라.
3. 포로들을 불법적으로 노예화 하기 위한 강제심사를 즉시 중단하라.
4. 포로연합대표단을 합법적인 단체로 인정하고 향후 포로관리에 대한 제반문제를 긴밀히 협조하라.

자칭 포로연합대표단장 리학구 명의로 작성된 요구조건에서 만족할 만한 회답을 받은 다음 도드 장군을 인도하겠다는 것이 박사현의 속셈이었다.

신임 포로관리사령관 콜슨 장군은 공산포로 측 제의를 즉각 거부했다. 제1항의 경우 제네바협정을 철저히 준수해온 유엔군 측이 공산 포로들의 터무니없는 주장을 인정한다면 국제적으로 정치문제가 발생해 휴전회담을 더 이상 속개할 수 없을 만큼 엄청난 파장을 몰고 올 것이기 때문이었다.

또 제2항은 전체 포로 중 절반 이상을 차지하는 귀환 거부 반공포로들을 죽음의 형장으로 내모는 것과 다름이 없었다. 그리고 제3항은 이미 트루먼 대통령이 신년사에서 천명한 유엔군의 포로교환 원칙에 배치될 뿐 아니라 콜슨 장군의 권한 밖인 정책적 문제였다. 다만 제4항 포로연합대표단을 합법적인 단체로 인정하는 문제에 대해서는 도드 장군을 석방한다면 포로관리사령관의 재량으로 인정할 용의가 있다는 뜻을 리학구에게 전했다.

하지만 리학구는 이를 즉각 받아들이지 않았다. 물론 배후에서 리학구를 조종하고 있는 박사현이 거부했기 때문이다. 긴장감 속에서 양측

간에 밀고 당기는 설전만 반복하며 시간을 끌게 되자 콜슨은 공산포로 측의 벼랑 끝 전술에 질리고 만다.

그는 피를 말리는 긴장감 속에서 생명의 위협에 놓인 도드 장군 구출에만 집착하던 나머지 마침내 이날 오후 리학구가 요구한 4개 항에 대한 답신을 보내게 된다.

1. 그동안 유혈 사건이 잇달았고 진압과정에서 많은 사람이 죽은 사실을 인정한다. 그러나 앞으로는 인도적 대우를 받을 수 있을 것이다.
2. 현재 휴전회담 의제로 토의 중인 자유송환 원칙은 유엔군의 정책적인 문제로 본관의 관할 사항이 아니다.
3. 포로들에 대한 강제심사는 도드 장군 석방과 동시에 중지할 것이다.
4. 포로연합대표단 구성에 동의한다.

그러나 이 같은 콜슨 장군의 독단적인 조치는 유엔군 측에 엄청난 파장을 몰고 왔다. 그동안 공산 포로들에 의해 계획적이고 상습적으로 반복돼 온 야만 행위가 미군 관리 당국의 비인도적인 처사에서 비롯된 것처럼 인정하고 그 책임을 떠안은 결과를 초래하고 말았기 때문이다.

특히 제3항의 강제심사에 대한 답신에서도 유엔군 측이 평화적인 분위기에서 개인 면담을 통해 실시해온 공명정대한 공개심사가 어떻게 강제심사였단 말인가? 게다가 공산 포로들에 대한 공개심사를 중지한다는 것도 콜슨 사령관의 재량권을 벗어난 월권행위였다.

24. 최후의 발악

공산 포로들의 결집체인 여단부는 결국 자신들의 요구조건을 고스란히 관철하고 도드 장군을 억류 80시간 만인 이날(5월 10일) 밤 9시 30분경에 미군 관리 당국에 인도했다. 하지만 단순히 도드 장군 석방에만 집착해 공산 포로들의 술책에 넘어간 콜슨의 일탈행위는 또 한 차례 휴전회담을 유엔군 측에 불리한 방향으로 돌리는 계기가 되고 말았다.

휴전회담 본회의 석상에서 공산군 측의 선전 선동으로 유리한 구실만 제공하게 되자 워싱턴의 국방성은 미합중국의 명예를 실추시키고 장군의 품위마저 실추시킨 콜슨과 도드 준장을 대령으로 강등시켜 본국 송환을 명령했다. 두 장군은 너무도 안이한 태도로 사태수습에 나섰다가 군인으로서 가장 치욕스런 불명예와 모멸감을 감수하지 않을 수 없는 운명에 처하고 말았다.

취임한 지 불과 사흘 만에 대령으로 강등되고 불명예스럽게 물러난 콜슨의 후임 포로관리사령관에는 미 육군 제2사단 부사단장이던 헤이든 보트너 준장이 임명되고 경비병력도 강력한 에어본(낙하산병)들로 구성된 187공정연대가 추가 배치되었다.

보트너 장군은 우선 포로수용소의 질서를 회복하기 위해 공산 포로들이 게양한 모든 깃발과 플래카드부터 철거하기로 결심하고 각 컴파운드의 포로대표들을 불러 24시간 이내에 자진 철거토록 통고했다. 전쟁에서 패전한 포로들이 나포자 앞에서 깃발을 나부낀다는 것은 도저히 용납될 수 없는 일이라고 판단했기 때문이다.

그러나 예측한 대로 24시간이 지나도 붉은 깃발은 그대로 펄럭이고 있었고 공산 포로들은 꿈쩍도 하지 않았다. 그들은 하루도 빠짐없이 날이면 날마다 인공기를 펄럭이며 정치캠페인과 군사훈련을 반복하고 있었다. 여기에다 각캠프별로 대장간까지 설치해 두고 쇠창이며 칼, 철퇴 등 무기를 대량으로 생산해내고 있었다. 그뿐만 아니라 일단 유사시 포로수용소를 탈출할 루트로 각 캠프를 연결하는 지하갱도를 파고 교통호를 거미줄처럼 연결해 놨다.

무장봉기를 일으켜 거제도 해방과 내륙진출을 위한 조직적인 교두보 확보전략이었다. 그런 교활한 수법으로 7만여 명의 공산 포로들을 무장시킨다면 실로 어마어마한 전투병력으로 탈바꿈할 수도 있는 문제였다. 미군 관리 당국은 무엇보다 공산 포로들의 조직적인 대규모 무장봉기가 두려웠다.

보트너는 부임하자마자 이 모든 적대행위를 분쇄하기 위해 소규모의 수용소를 설립, 분산하는 일이 시급하다는 결론을 내렸다. 그 무렵 공산 포로들의 결사적인 공개심사 반대에 고무된 여단부 해방동맹에서는 유엔군의 진압 작전이 착착 진행 중이라는 사실조차 전혀 눈치채지 못하고 있었다.

승리감에 도취 된 그들은 황당하게도 인공기를 비롯한 중공의 오성홍기, 소련의 적기까지 게양하고 김일성, 마오쩌둥, 스탈린의 초상화와 각종 반미구호가 적힌 플래카드를 내거는 등 본격적인 반미투쟁에 나서고 있었다. 그러고는 내륙의 공산 프락치들과 연합작전으로 거제도를 해방한다는 전의를 불태우고 있었다.

미군 관리 당국은 4만~5만 명 규모의 초대형 포로수용소인 엔클로우저 산하에 적게는 2000명, 많게는 6000명까지 수용하던 현재의 컴파운드를 500명 규모의 대대 단위로 분리하여 관리하기 위해 캠프 배치를 근본적으로 바꾸기로 했다. 그 시범케이스로 선정된 곳이 거제도가 아닌 부산의 제10 병원 컴파운드였다. 말이 병원캠프이지 실은 거제도에서 후송돼온 내륙진출의 전위대인 나이롱 환자만 3000여 명이 A · B · C 3개 병동에 수용돼 있었고 이 들도 분리심사를 결사적으로 반대하고 있었다.

도드가 풀려난 지 불과 이틀 만인 5월 12일. 포로관리사령관 보트너 준장은 제10 병원수용소장 폴스틱 중령에게 전체 포로들의 이동을 명령했다. 그동안 수시로 행해온 단순한 포로 이동이 아니라 이번에는 친공 · 반공을 명백하게 분리하겠다는 의도였다. 전쟁포로는 어떠한 명분이라도 나포자의 캠프 이동명령을 거부할 수 없었다. 제네바협정 위반이기 때문이다.

그러나 공산 포로들은 일제히 캠프이동에 반대하고 나섰다. 1, 2차 세계대전을 통해 줄잡아 4000만 명의 전쟁포로가 발생했었지만 캠프 이동을 실시하는 나포자의 명령에 거부한 일은 단 한 번도 없었다. 하지만 이곳 공산 포로들은 아예 각 캠프 앞에 모래주머니를 쌓아 바리케이트를 치고 적기가를 부르며 결사 항전을 외치고 있었다.

폴스틱 중령은 2개 대대 병력과 퍼싱 탱크를 대기시켜 놓고 "나포자의 명령을 거부하면 급식과 담배 등 정상적으로 지급되는 모든 보급이 일체 중단한다"고 경고하고 이동 명령에 따를 것을 촉구했다. 그러자 공산포로 대표부에서 "이동에 응하되 분리심사를 하지 않는다"는 조건에 합의해 줄것을 요구했다. 이탈자를 막기 위한 공산 포로들의 고육지책이었다.

폴스틱 중령은 거제도의 보트너 사령관에게 건의, 그들의 요구를 받아들이고 캠프이동을 했다. 공산 포로들의 요구를 받아들여 굳이 분리심사를 하지 않는다고 해도 북한으로의 귀환을 거부하는 포로는 이동대열에서 자연스럽게 빠져나와 미군 경비병에게 구원을 요청할 수 있을 것이기 때문이었다. 그래서 사실상 분리심사가 필요 없게 되고 유엔군 측은 이를 노린 것이다. 공산포로 측은 분개하겠지만 자유와 인권은 누구에게나 주어진 신성한 인간의 기본 권리가 아닌가.

유엔군 측은 가능한 한 유혈 충돌을 피하려고 한 명씩 순서대로 새로운 캠프로 이동시키되 "끝까지 이동을 거부하는 자는 포로교환 때 한국에 남는 것으로 간주하겠다"는 최후통첩을 하자 공산 포로들은 기겁하며 정신이 나간 듯 우루루 새 캠프로 이동해 갔다. 이 과정에서 북한으로의 귀환을 거부하며 한국에 남겠다고 미군 관리 당국에 구원을 요청한 반공포로가 200여 명이나 나왔다.

1952년 6월 10일.

도드 관리사령관이 공산 포로들에게 납치됐다 풀려난 지 한 달 만에 미 8군 사령부는 부산 제10 병원수용소 캠프이동의 성공을 계기로 마침내 거제도에도 대대적인 분리수용에 들어갔다.

관리 당국은 이를 위해 유혈 폭동을 조장하고 있는 이른바 포로연합대표단과 극렬 공산 포로들의 집결체인 76 컴파운드부터 해체키로 했다. 그다음으로 77 · 78 컴파운드를 해체하고 순차적으로 62 · 67 · 85 · 96 컴파운드 등 전체 3만5000 명 규모의 7개 컴파운드를 500명 기준으로 분산, 수용할 총 140개 컴퍼니(대대단위)를 조성할 계획이었다.

보트너 사령관은 먼저 리학구를 비롯한 포로연합대표단을 불러 신축한 컴퍼니(중대단위) 캠프를 보여주었다. 새 캠프에는 취사부가 따로 독립돼 있고 포로대표부 사무실도 마련돼 있는 등 벌 둥지 같은 종전의 컴파운드보다 훨씬 아담하고 편리해 보였다.

"어떤가, 이 정도면 종전의 컴파운드보다 편리하게 지낼 수 있지 않은가?"

"…."

리학구는 개인적으로 당장 옮기고 싶었지만 가타부타 답할 입장이 되지 못했다. 박사현이 그의 머리 위에 앉아 있었기 때문이다.

황소 같은 보트너의 뚝심으로 봐 극렬하게 반대한다고 호락호락 넘어갈 리 만무했다. 보트너는 부임하자마자 도드 납치사건에 대한 보복으로 이를 갈고 있던 터였다. 이 세상에 어떤 군대가 나포한 포로들에게 굴복하겠는가. 보트너도 공산 포로들의 힘을 분산시켜야 한다는 결심을 단단히 굳히고 있었다.

리학구는 생각할수록 앞길이 험난하기만 했다. 그는 그 정도의 예측을 충분히 하고도 남을 인물이었다. 그래서 그는 일단 전체 포로들의 의견을 들어 이동 여부를 결정하겠다는 말을 남기고 캠프로 돌아왔다. 그는 기다리고 있던 박사현에게 먼저 운을 뗐다.

"새로 지은 캠프가 아담하구 좋두만 기래. 내레 개인적인 생각으론 이동에 찬성하오."

그러자 박사현이 도끼눈을 치뜨며 버럭 화를 냈다.

"학구 동무! 동무는 지금 생각을 잘못하고 있소. 알갔소?"

"내레, 생각을 잘못한 거이 아니라 지난번 도드 납치 땐 우리가 아슬아슬하게 이겼디만 이번에는 황소 같은 놈이 보복하겠다구 벼르고 있시다. 자칫 잘못하다간 애먼 우리 군관·전사들만 죽음의 도살장으로 내몰릴지두 모른단 말이외다."

"아, 이 중차대한 시기에 구더기 무서워 장 못 담글까, 그깐 양코배기들한테 굽실거리며 질질 끌려다녀야 한단 말이외까? 여긴 조국해방전쟁 최후의 보루외다. 내륙진출을 위한 땅굴까지 파놨구 무기도 비축해 두지 않았소. 여기서 한 발짝도 물러날 수 없시다. 모두들 기결 명심하고 각성하기오."

박사현은 단호했다.

그가 워낙 거세게 나오자 림인철은 묵묵히 담배만 뻑뻑 빨고 앉아 머쓱해진 리학구를 넌지시 바라봤다.

"옳소! 동무들, 모두 나가 싸웁세다. 우리가 먼저 들고 일어납세다."

림인철을 비롯한 해방동맹과 포로연합대표단 고위급과 상급간부들이 박수치며 박사현의 주장을 전적으로 찬동하고 나섰다.

"학구 동무! 판문점의 남일 동지는 우리가 들고 일어나기를 학수고대하고 있소. 거기에 적극 부응해야 하오."

포로연합대표라는 허울뿐인 감투만 쓰고 있는 리학구는 비빌 언덕이 없어졌다. 도무지 사사건건 그의 말이 먹혀들지 않았기 때문이다.

'락동강전투 때 김일성은 사수만 외치며 10만 인민군대를 락동강에 수장시켰디 않았나. 기런데 이번에는 남일이 또 10만 포로들을 거제도의 물귀신으로 만들 작정인가?'

리학구는 긴 한숨을 삼켰다.

보트너에게 이동 여부를 통보해주기로 한 시간이 되자 림인철의 해방동맹과 66 군관포로수용소의 행동대가 살기등등해 쇠창칼을 들고 76 컴파운드 정문 쪽으로 몰려들었다. 그것이 공산 포로들이 보트너에게 행동으로 보여준 답변이었다.

66·76 컴파운드는 무고한 반공포로들과 강제송환을 거부하는 공산포로들을 가장 악랄하고 처참하게 집단학살한 악명높은 도살장이었다. 때문에 이들 컴파운드를 평정하지 않고서는 거제도 포로수용소 전체의 질서를 회복하기 어렵다는 것이 포로 관리사령부의 판단이었다.

그래서 사령관 보트너는 만반의 준비를 착착 진행하고 있었다. 진압작전명은 '브레이크 업 오프레이션break up operation(해산작전)' 이었다.

공산 포로들의 해산작전을 지휘할 보트너는 단호하고 엄격했다. 특히 이 작전에는 미 지상군뿐만 아니라 한국전에 참전한 영국군과 터키군, 그리스군 등 유엔군의 중대·대대급 규모의 병력도 참가했다. 유엔 차원의 국제적 명분을 살리고 공산 포로들이 주장하던 조국해방전쟁의 축소판인 이른바 제2의 한국전쟁 계획을 미리 분쇄하기 위한 조치였다.

그러나 도드 납치사건 이후 승리감에 도취한 76 컴파운드에서는 빈틈없이 전개되는 유엔군의 작전상황에도 아랑곳없이 연일 극렬한 행동대를 앞세워 적기가와 김일성 찬양가를 목이 터지도록 부르고 반미구호를 외치는 등 광기에 사로잡혀 있었다.

"미제 악당들! 강제잔류는 노예화의 음모이다. 분리심사 반대! 강제이동 반대! 이동은 우리가 아니라 양키들이다. 양키, 고 홈!"

이날 오후 5시 45분. 마침내 사방에서 진압군의 신호탄이 발사되었다. 이와 때를 같이해 보트너는 제1단계로 미 38연대에 출동명령을 내렸다. 2대의 퍼싱 탱크를 앞세운 미군 병사들은 85 컴파운드부터 진입해 62·67·96 컴파운드 순으로 각종 깃발과 플래카드, 김일성 초상화 등을 강제로 철거하고 인공기 게양대를 박살 내 버렸다.

이어 해방동맹 행동대가 포진하고 있는 군관 포로수용소인 66 컴파운드에 진입해 대좌·중좌급 고위군관 포로와 상급군관 포로 12명을 붙잡아 선동 혐의로 격리 수용했다. 이 과정에서 투항하며 구원을 요청하는 반공포로 170명이 극적으로 구출되었다.

2단계 작전으로는 이날 자정을 기해 공산 포로들의 총본산인 76·77·78 컴파운드 후면과 정문 쪽 좌우에 탱크 부대를 배치하고 미 제187공정연대와 유엔군 보병부대를 전면에 배치했다. 상황이 전개되자 방독 마스크를 쓴 병사들이 연막탄과 최루탄을 쏘고 화염방사기로 불을 내뿜으며 포위작전에 돌입했다. 진압부대는 포로연합대표단을 비롯한 공산포로 6500여 명이 수용된 76 컴파운드를 첫 번째 공격목표로 설정했다. 선두에 선 퍼싱 탱크가 정문을 부수고 들이닥쳤고 뒤따르던 공수부대원들이 인공기와 오성홍기, 적기 등을 갈기갈기 찢고 어지럽게 널려있는 각종 플래카드와 구호문이 쓰인 종이 등을 모조리 불태워 버렸다. 그러고는 개미 떼처럼 몰려와 극렬하게 저항하는 공산 포로들을 향해 무차별로 사격을 가했다.

요란한 총성이 사방에 울려 퍼지고 우박처럼 쏟아지는 총탄을 맞고 쓰러지는 포로들의 처절한 비명이 간단없이 울려 퍼졌다. 장갑차도 요란한 굉음을 울리며 지축을 뒤흔들었다. 장갑차는 수백 명씩 몰려다니는 공산 포로들을 한곳으로 몰아붙였다. 이 세쌍둥이 컴파운드를 진압하는 과성에서 유엔군은 550명의 반공포로를 구출했다.

95 컴파운드에서도 북한으로의 귀환을 거부하는 포로가 500여 명이나 빠져나와 중계수용소로 보내졌다. 극렬 공산포로 일색이던 66군관 포로수용소에서도 50여 명이 투항했다. 특히 남로당 출신 빨치산 포

로 5500여 명을 수용하고 있는 62 컴파운드에서는 1000여 명이 반공의 기치를 내걸고 투항해 왔다. 공산 포로들의 완전한 패배였다.

그러나 분리수용을 거부하는 저들의 저항은 끈질기게 계속되었다. 이에 맞선 유엔군의 진압도 만만치 않았다. 화염방사기의 공격을 받은 공산캠프에서는 검붉은 화염이 치솟고 연막탄과 최루탄이 터지면서 빨갛고 파란 초연이 안개처럼 자욱하게 퍼지는 가운데 "미제 타도! 리승만 괴뢰 타도! 김일성 수령 만세!"를 외치며 극렬하게 저항하던 포로들이 하나, 둘씩 쓰러지기 시작했다. 그야말로 아비규환의 생지옥이었다.

바로 그 무렵 미 공수부대 병사들이 진흙탕 속에 웅크리고 앉아 허탈감에 빠져 있던 남일의 밀사 박사현과 포로연합대표 리학구를 발견, 이들을 보트너 장군 앞으로 끌고 가 무릎을 꿇게 했다. 거제도를 불안과 공포의 도가니로 몰아넣은 공산 지휘체계가 위에서부터 무너져 내리는 순간이었다. 하지만 박사현이 리학구의 머리 위에 앉아 있다는 사실을 까맣게 모르는 보트너는 아예 박사현을 외면한 채 리학구의 머리카락부터 움켜잡고 마구 흔들며 온몸을 부들부들 떨었다.

"듀얼 트레이터!dual traitor(이중변절자!)"

그는 성난 목소리로 외쳤다. 이 와중에 신출귀몰한 해방동맹 림인철, 리철궁 등은 하늘로 솟았는지 땅으로 꺼졌는지 행방이 묘연했다.

박사현은 마침내 미군 CID의 조사과정에서 북한 공산군 측 휴전회담 수석대표 남일의 지령을 받고 침투한 거물 정치공작원임이 드러나 리학구와 함께 거제도 남단의 절해의 고도인 봉암도에 격리 수용되는 신세로 전락하고 말았다. 보트너는 이참에 포로연합대표단도 해체해버렸다. 한때 거제도 포로수용소의 상징적인 존재로 알려졌던 '6월의 폭풍' 주인공 리학구는 한낱 허수아비 놀음 끝에 거제도 포로수용소의 전설 속으로 사라지고 말았다.

유엔군의 진압과정에서 무모하게도 몽둥이와 쇠창, 칼 등 흉기를 들고 화염병을 던지며 항거하던 300여 명의 공산 포로들이 사살된 것으로 전해졌다. 그러나 미군 측에서 공식 발표한 사상자는 미군 사망자 1명, 부상자 14명, 공산포로 사망자 43명, 부상자 150명으로 집계되었다. 유엔군 진압부대가 노획한 공산 포로들의 장비는 쇠창 3000여 자루, 쇠칼 4500여 자루, 화염병이 1000여 개에 달했다.

미군 관리 당국은 이후 76·77·78 세쌍둥이 컴파운드를 해체하고 유혈 폭동을 일으킨 2만여 명의 공산 포로들을 모두 봉암도에 격리 수용했다. 하지만 저들은 절해의 고도 봉암도로 끌려가서도 하루도 쉬지 않고 군사훈련을 계속하고 인민군가를 부르며 "미제 타도!"를 외쳤다. 심지어 집단탈출을 시도하다가 적발되는 경우도 비일비재했다.

포로관리사령부에서는 봉암도 경비병 전원에게 무장을 강화하고 "관리 당국의 명령을 거역하거나 질서를 파괴하는 포로는 적으로 간주하고 무력으로 질서를 회복하라"는 엄중한 단속령을 내렸다. 이런 가운데 거제도 본도의 엔클로우저는 각 컴파운드에 수용 중인 포로들을 500명 단위의 소규모로 개편하여 질서를 완전히 확립하게 된다.

이로써 1952년 6월 25일을 D-day로 잡고 획책하던 박사현의 비밀작전계획 '6월의 폭풍 제2전선' 구축과 거제도 해방은 완전히 수포가 되고 말았다. 북한 공산집단의 6·25 남침전쟁사에서 휴전 성립을 1년여 남겨두고 거제도 포로수용소에서 벌어진 가장 비극적인 사건이었다.

보트너 장군을 비롯한 미군 지휘관들이 공산 포로들의 해방구를 완전히 평정한 뒤 악마의 소굴로 알려진 76·77·78 컴파운드를 둘러본 결과 도저히 정상적인 인간들이 살았다고 생각할 수 없을 정도로 참혹하고 끔찍했다. 갈기갈기 찢겨 효수梟首 당한 시신이 텐트 천장에 대롱 대롱 매달려 선혈을 뚝뚝 흘리는가 하면 곳곳에 파둔 토굴 속에는 수십 구, 수백 구의 시신이 파묻혀 있었다. 차마 눈 뜨고 볼 수 없는 처참한 장면이었다.

진압부대는 76 컴파운드 포로연합사무실에서 중요한 기밀문서도 발견했다. '전문일全文一'이라는 이름으로 작성된 공산 포로들의 〈내륙진출 북진통일 작전계획서〉였다. '전문일'은 판문점 남일의 밀사로 이곳에 침투해온 박사현의 본명임이 뒤늦게 밝혀졌다.

25. 반공포로 석방

부산 10 병원캠프에서는 결핵 병동을 흔히들 화이트 캠프라고 불렀다. 이른바 백색 포로 막사를 말한다. 저마다 흰 마스크로 얼굴을 가린 채 두 눈만 끔벅거리는 폐병 환자들로 가득했다.

화이트 캠프에는 조동식 중위를 비롯한 국군 낙오병 출신 반공포로들이 자치권을 장악하고 있었지만 이곳에도 공산 포로들이 상당수 섞여 있었다. 그들 역시 나이롱 환자들이었다. 하지만 반공포로들은 이제 공산 포로들에게 매타작으로 맞아 죽을 염려는 없었다. 병원캠프가 친공 · 반공으로 완전히 분리되었기 때문이다. 결핵 병동에는 여느 병동과는 달리 영양가 높은 급식이 자주 나왔다. 그 무렵 포로환자들은 자그마치 20온스가 넘는 스테이크며 쇠고기 통조림, 햄, 소시지 등 제법 맛깔나고 기름진 음식을 먹고 충분한 휴식을 취하고 있었다.

한상준 대위가 공산 포로들로 들끓는 전체 포로수용소의 헤게모니를 쥐고 있는 데다 조 중위는 결핵 병동을 장악하고 있어 자치제인 병원캠프의 문제는 이들에 의해 미군 관리 당국에 건의, 처리하게 마련이었다. 때문에 이곳에도 거제도처럼 자치 권력을 쟁취하기 위해 반공 · 친공 간에 끊임없는 충돌이 벌어지고 심지어는 힘의 우위를 과시할 목적으로 포로 쟁탈전까지 벌이고 있었지만 거제도와는 달리 공산 포로들이 반공포로들에게 밀려나게 마련이었다.

하지만 저들은 여전히 반공으로 돌아서기를 거부한 채 땅굴을 파고

집단탈출극을 벌이다가 사전에 반공 진영에 발각돼 미군 관리 당국에 넘겨지는 일도 비일비재했다. 여기에다 포로 교환에 따른 공개심사를 앞에 두고 SK냐, NK냐의 선택 문제로 갈등을 느끼던 포로들이 자의에 의한 캠프이동을 결행하다가 상대방의 보복으로 야전삽이나 곡괭이 자루로 맞아 죽는 타살사건까지 발생했다.

어디 그뿐인가. 타살로 희생된 포로들의 시신을 서로 상대방 캠프 쪽으로 내던져 유기하는 등 심지어 시신 떠넘기기 투쟁까지 극렬하게 벌이는 참극도 다반사로 발생했다. 그것은 이성을 가진 인간의 탈을 쓰고 저지른 만행이 아니라 차라리 정글에서 벌어지는 잔인한 포유동물들의 약육강식과 다름이 없었다.

그러나 한상준 대위와 조동식 중위를 비롯한 국군 낙오병 출신 반공 포로들은 1952년 7월 남한 출신 민간인 포로 석방과 함께 모두 풀려나 원대 복귀했다. 그들은 원대 복귀와 함께 포로수용소에서 반공 투쟁에 앞장선 혁혁한 공로를 인정받아 각각 1계급씩 특진했다는 소식도 들려왔다. 하지만 따지고 보면 특진이 아니라 억류된 동안 동기생들보다 진급이 늦었던 이유 때문이었다. 어쨌든 한상준 소령은 국군 제3사단장으로 있는 강문봉 장군의 부관으로 복귀하여 중부 전선에 투입되었고 조 대위는 제1사단으로 복귀해 정보장교로 근무하고 있다는 소식도 전해졌다.

1953년 3월 6일.

거제도의 피바람은 한시도 멈추지 않고 여전히 거세게 불고 있었지만 주덕근이 수용된 영천 반공포로수용소는 그럴 수 없이 평화롭기만 했다. 이날 오전 정보교육을 위해 포로 캠프 강의실을 찾은 미 CIE(민간정보교육국) 요원이 여느 때와는 달리 조간신문을 한 묶음 들고 들어왔다.

"무슨 좋은 뉴스라도 있습네까?"

궁금증이 동한 덕근이 먼저 운을 뗐다.

"아주 큰 낭보가 신문에 났소. 어제 스탈린이 죽었소!"

순간, 강의실 텐트에서 터져나갈 듯한 함성이 울렸다.

"와아~!"

이어 박수 소리가 터져 나왔다. 북한 공산집단 수괴 김일성을 앞장
세워 한반도를 폐허로 만든 소련 수상 이오시프 스탈린이 죽었다니,
그야말로 낭보 중의 낭보가 아닐 수 없다. 이른바 소비에트사회주의공
화국연방을 비롯한 유라시아와 동유럽 50여 개국을 위성국가로 지배
하고 세계 수십억 인구를 공산주의의 노예로 삼아 혹독한 암흑으로 몰
아넣었던 폭군이 어쩌다가 자신의 운명을 예측하지 못했을까?

탐욕이 극에 달했던 그는 아예 후계자도 키우지 않았다고 했다. 이
때문에 크렘린궁에서는 권력투쟁으로 엄청난 피바람이 몰려올 것이라
는 전망도 점쳐지고 있었다. 소련 비밀경찰 두목 라브렌티 파블로비치
베리아가 후계자로 자처하고 나섰다는 보도도 나왔다. 하지만 말렌코
프와 후르쇼프가 결코 물러서지 않을 것이라고 했다. 그래서 크렘린궁
의 피바람이 어디를 할퀼지 아무도 예측하지 못하고 있다는 것이었다.

그러나 분명한 것은 한국전쟁이 예상외로 빨리 끝날지도 모른다는
추측이었다. 그동안 스탈린의 눈치를 살피며 시간만 질질 끌던 유엔군
과 공산군의 휴전협정이 예상보다 빨리 체결될지도 모른다는 국제적
인 여론도 확산되고 있었다. 미국에서는 이와 때를 같이해 한국전쟁을
이끌었던 트루먼 대통령에 이어 2차 세계대전의 영웅 아이젠하워 원수
가 제34대 대통령에 취임했다. 그는 한국전쟁을 끝내겠다는 선거공약

으로 대통령에 당선되었으며 취임하기 전 한국전선을 직접 방문하기도 했다.

때문에, 그 어느 때보다 군사 정전협정이 가까이 다가오고 있다는 사실을 실감할 수 있었다. 아나나 다를까, 3월 28일에는 김일성과 펑더화이가 유엔군 총사령관 클라크 대장이 제의한 상병傷病포로 교환 제의를 수락했다는 소식이 전해졌다. 정전협정 이후 쌍방의 포로 관리를 위한 중립국 감시위원회도 구성되었다. 유엔군 측에서 스위스와 스웨덴을, 공산군 측에서 체코와 폴란드를 각각 중립국 감시위원국으로 선정하고 포로 관리를 주관하는 인도를 의장국으로 선출했다.

상병포로 교환 협정은 급속도로 진전되었다. 유엔군 측이 5800명의 상병포로를 송환하는 대신 공산군 측은 684명을 보내기로 합의했다. 그리고 4월 20일부터 판문점에서 상병포로 교환이 순조롭게 진행되었다. 그 순간에도 전선에서는 포성이 끊임없이 울리고 고지 쟁탈전이 치열하게 전개되고 있었다.

6월 8일. 쌍방 간에 밀고 당기며 지루하게 끌어오던 포로교환 협정이 마침내 체결되었다. 그러나 기본적으로 정전협정에 반대해 오던 대한민국 정부는 포로교환 협정조항에 충격을 받았다. 유엔군 측과 공산군 측은 전쟁 당사국인 한국정부의 입장을 배제한 채 포로교환 문제에 대해 다음과 같이 일방적으로 5개 항을 합의했기 때문이다.

1. 양측은 귀환을 원하는 모든 포로를 2개월 안에 송환한다.
2. 귀환을 거부하는 포로를 보호하기 위해 비무장지대 안에 중립국 감시위원단을 설치하고 위원단과 인도군 관리군이 포로를 수용,

관리한다.

3. 귀환 거부 포로에 대해서는 90일간 중립국 감시위원단의 중재로 본국 파견원이 설득하도록 한다.

4. 인도군 관리하에 들어간 귀환 거부 포로는 정치위원회에 넘겨지며 정치위원회에서 60일 이내에 처리하지 못할 경우 민간인으로 석방한다.

5. 다른 규정이 없는 한 국제적십자사는 석방된 자들에게 새로운 주거를 마련하기 위해 협조한다.

특히 유엔군 측은 그동안 줄기차게 고집해오던 '귀환을 거부하는 포로는 60일 이내에 처리하지 못할 경우 석방한다'는 조항을 사전에 한국 정부와 아무런 협의도 없이 일방적으로 철회하고 공산군 측에 설득할 수 있는 시간을 주는 유리한 방향으로 양보한 것이다. 이 같은 포로교환 합의사항이 한국 정부의 업서버로 판문점에 파견되었던 한국군 대표(최덕신 육군소장)에 의해 보고되자 이승만 대통령은 대로大怒했다.

이 대통령은 반공포로는 이미 지난해 7월 석방한 남한 출신 포로와 똑같이 석방하고 정전 감시도 새로운 국제위원회를 구성할 것이 아니라 언커크(유엔 한국부흥단)가 행할 것을 주장해 왔다. 하지만 이 대통령의 항의와 반대는 유엔군 측에 전혀 먹혀들지 않았다. 북한 출신 반공포로들은 모두 중립국 감시위원단과 인도군 수비대에 넘겨질 판이었다. 이 포로 교환협정에 우리 대표는 단호히 서명을 거부했다.

이승만 대통령은 포로 교환협정이 체결되기 전부터 이러한 결과가 나올 것으로 예견하고 점차 비장한 결심을 굳히게 된다. 이미 중대한 거사도 구상하고 있었다. 하여 그는 포로 교환협정이 체결되기 이틀

전인 6월 6일 헌병총사령관 원용덕 중장을 은밀히 경무대로 불러들였다. 주위 비서진을 모두 물리고 원 장군과 단둘이 앉아 거의 한 시간 이상 요담했다.

대통령과 헌병총사령관의 갑작스러운 회동은 아무에게도 알려지지 않았다. 비서진에 함구령이 내려져 있었기 때문이다. 이후 원 장군은 무시로 경무대를 드나들었고 그때마다 이 대통령과 밀담을 나누었다. 뭔가 중대한 결정이 임박해오고 있었으나 경무대 비서진에서는 막연히 짐작만 하고 있을 뿐 아무도 요담 내용을 알지 못했다. 그러나 그 비밀의 열쇠가 풀릴 날이 점차 눈앞의 현실로 다가오고 있었다.

헌병총사령관 원용덕 장군은 이 대통령으로부터 "무슨 수단과 방법을 동원해서라도 북한 출신 반공포로들을 전원 석방하라"는 대명大命을 받고 있던것이었다. 그야말로 극비사항이었다. 그는 직속 상관인 국방장관이나 육군참모총장에게도 보고하지 않았다. 국군통수권자인 대통령의 함구령 때문에 지휘계통마저 무시할 수밖에 없었다.

대통령의 지상명령이 사전에 누설되거나 거사가 실패하면 반공포로들의 운명과 대한민국의 자주권이 짓밟히고 마는 상황이 닥칠지도 모른다. 전시작전권마저 상실한 한국군의 입장에서는 한·미 양국국군 헌병대가 공동수비하고 있는 포로수용소를 유혈 충돌 없이 접수해야 할 긴박한 상황이었기 때문이다.

이승만 대통령이 이 중차대한 문제를 두고 왜 아이젠하워 미 대통령과 사전 협의도 없이 혼자서 결단했을까? 그 당시 이 대통령은 우리 자력으로 북진통일이 어렵다는 현실을 직시하고 또다시 강대국들에 의해 남북분단으로 돌아간다는 사실에 엄청난 충격을 받고 절망적인 상황으로 내몰리고 있었다. 더욱이 아이젠하워는 "한국전쟁 조기 종식"

을 공약으로 대통령에 당선된 사람이다. 그런 자에게 무엇을 기대할 수 있겠는가?

그래서 그는 차라리 그럴 바엔 무슨 수를 써서라도 휴전협상 자체를 깨버려야 한다고 결심하기에 이른다. 그 충격적인 요법이 미군 관리하에 있는 반공포로 석방이었다. 어느 누구와도 사전 논의가 없었다. 이 대통령의 독자적인 구상이었고 원 사령관은 다만 국군통수권자인 대통령의 명령에 절대복종할 따름이었다.

헌병 총사령부에서는 극비에 수뇌부 회의를 거듭하면서 가능한 한의 기술적인 문제와 방안을 모두 검토한 끝에 미군 헌병대가 모르게 은밀한 작전으로 포로수용소를 접수하고 즉시 반공포로들을 모두 석방하기로 결정한 것이다. 자칫 머뭇거리게 되면 한·미 양국군 간에 유혈 충돌이 발생할지도 몰랐기 때문이다.

현지 작전은 각 지구헌병대장의 재량에 맡기고 헌병대장은 극비리에 신뢰할 만한 대원들로 작전팀을 구성, 명령일하에 즉각 행동에 나설 만반의 준비를 착착 진행하고 있었다. 다행히도 지난 3년간 포로수용소에 파견된 한국군 헌병대와 제33 경비대는 사상적으로나 국가에 대한 충성심이 반공포로들과 내밀한 친화감으로 조성돼 있어 작전 수행에 큰 힘이 되었다.

일단 반공포로가 석방되면 그들의 안전은 전적으로 각 시·도지사와 현지 경찰이 맡기로 했다. 이를 위해 내무부는 전시반상회까지 열어 주민들의 적극적인 협조를 요청했다. 그야말로 거국적인 비상 작전이었다.

디-데이 에이치-아워D-Day H-hour는 6월 18일 자정.

이승만 대통령은 수심 어린 표정으로 경무대 창가에 서서 부슬비가 촉촉이 내리는 어둠 속을 바라보다가 지체 없이 일대 영단을 내린다.

미군 관리하에 있는 거제도를 제외한 전국의 7개 중소규모 포로수용소에 수용된 순수한 반공포로는 총 3만5457명. 이 가운데 영천 포로수용소를 비롯한 한·미 양 국군이 합동으로 관리하는 포로수용소에서 정확하게 2만6424명이 이날 밤 한국군 헌병대에 의해 감쪽같이 석방된 것이다. 그러나 불행하게도 1000여 명이 긴급출동한 미군 헌병대에 검거되고 2만5000여 명이 탈출에 성공한다. 이때 탈출한 반공포로들은 그토록 그리던 자유의 품에 안긴 것이다.

그러나 예상외로 파장은 컸다. 기습적으로 단행된 반공포로 석방은 이 대통령이 미국을 비롯한 유엔의 입장을 전혀 고려하지 않고 단독으로 영단을 내린 역사적인 사건이었다. 게다가 정당한 석방절차를 밟지 않고 한국 정부가 일방적으로 단행한 것이어서 미국의 충격은 이만저만이 아니었다. 포로관리 권한을 쥐고 있는 미군 당국이 힘없는 한국 대통령의 명령을 받아들일 리 만무했기 때문이다. 그래서 이 대통령은 한국군 헌병총사령부에 극비명령을 내렸고 반공포로 석방을 극비작전으로 전개한 것이었다.

각 포로수용소의 외곽경비를 맡고 있던 한국군 헌병들이 6월 15일부터 포로지도부와 은밀히 탈출작전을 계획하고 철조망 절단 작업도 헌병들이 앞장서 도왔기 때문에 따지고 보면 정상적인 반공포로 석방이 아닌 한국 정부 당국의 묵인하에 이루어진 집단탈출극이었다. 탈출을 결행하는 것은 어디까지나 반공포로들의 몫이었지만 만일 실패한다면 여지없이 판문점 중립지대로 끌려가 인도군 수비대에 넘겨져 북한으로 강제송환된다는 사실에 그들은 하나같이 전율했다.

"우리가 무엇 때문에 붉은 땅에 끌려가 개죽음을 당해야 하는가. 차라리 낙동강에 몸을 던지고 말겠다."

8000여 명이 수용돼 있던 부산 가야수용소에서는 이날 새벽 2시경 한국군 경비대헌병대장 서병숙 소령이 비밀을 지키기 위해 위관급 장교 5명으로 결사대를 조직하고 미군 경비병들 몰래 철조망을 해체했다. 그동안 포로지도부는 사전에 계획했던 대로 100명씩 조를 짜고 철조망으로 포복해 갔다. 그들의 땀에 배인 얼굴에는 생사를 초월한 굳은 결의로 가득 차 있었다. 마침내 철조망을 해체한 서 소령이 손전등으로 신호를 보내자 대기하고 있던 반공포로 전원이 일제히 탈출을 감행했다. 대성공이었다.

같은 시각. 충남 논산 연무대 수용소에서도 경비 중이던 한국군 헌병대가 공업용 펜치로 철조망을 끊어주고 거적을 뒤집어쓴 반공포로들이 노도와 같이 밀려 나왔다. 그로부터 20분 후 급보를 접한 미군이 장갑차로 출동했으나 이미 텅 빈 수용소는 썰렁한 냉기만 감돌고 있었다. 한국군 경비대는 최악의 경우 미군과 유혈 충돌이 벌어지는 한이 있어도 포로석방을 강행하겠다는 결의에 차 있었다. 철조망 밖에서는 사전에 마련해둔 계획에 따라 군·관·민이 합심하여 미군의 체포작전을 방해하는 한편 석방된 반공포로들은 논산 읍내 안전지대에 은신하게 하는 데 성공했다.

광주 상무대 포로수용소에선 총 1만2000여 명의 반공포로를 20여 개 캠프에 500여 명씩 분산 수용했기 때문에 애초부터 탈출작전이 순조롭지 못했다. 그러나 헌병총사령부는 이 같은 악조건을 극복하기 위해 사전에 탈출작전을 지휘할 작전 장교들을 침투시켜 주도면밀한 탈출 계획을 수립했다. 그런 와중에도 포로지도부는 미군 경비대를 안심시키기 위해 모든 포로에게 밤참까지 해 먹이는 여유도 보였다. 광주 상무대 역시 군·관·민이 일치단결해 반공포로들을 적극적으로 도운 덕에 탈출이 가능했다.

그러나 3500여 명이 수용된 마산수용소에서는 뒤에 가파른 산자락이 병풍처럼 둘러싸여 있고 산을 넘으면 바다가 가로막혀 탈출로를 확보하기 어려웠다. 이 같은 지형적 여건 때문에 사전에 치밀한 계획을 마련하지 못해 탈출 도중 700여 명이 기관총까지 쏘아 대는 미군의 체포 작전에 말려드는 비극을 초래하고 말았다. 이 과정에서 9명이 숨지고 16명이 부상을 당했다.

반공포로 탈출작전은 국군 헌병대뿐만 아니라 지역 각급 기관장, 경찰, 주민들까지 일치단결한 그야말로 민족적 대 결행이었다. 경찰은 안전지대로 인도된 반공포로들에게 미리 준비해 두었던 평복으로 갈아입히고 대한민국 국민임을 보장하는 도민증道民證까지 발급해 주는 등 전쟁포로의 색깔을 완전히 탈색해 주었다. 그러고는 한국 실정에 적응할 수 있도록 한동안 주민들과 한 가족처럼 지내게 배려했다.

"아아, 자유! 자유!"

반공포로들은 한없는 기쁨을 주체하지 못해 큰소리로 통곡하며 '자유'를 외쳤다. 실로 3년 동안 간단없는 생사의 기로를 헤매며 얼마나 자유를 갈망해 왔던가. 그야말로 극적인 순간이 아닐 수 없었다.

그러나 영천 포로수용소의 경우 4000여 명 전원이 철조망을 뚫지 못해 주저앉고 말았다. 사전에 정보가 새나가 미군 당국이 이날 새벽 대구에서 퍼싱 탱크 5대를 동원해 포로수용소를 완전히 포위하고 봉쇄작전에 들어갔기 때문이다. 거국적인 반공포로 석방이 자칫 실패로 돌아갈 위기에 처해 있었다. 하지만 그 이튿날인 6월 19일 자정을 기해 한국군 헌병대장 김규진 소령이 헌병 30명으로 반공포로 석방 결사대를 조직해 함께 경비를 서고 있던 미군 경비병들을 체포하기에 이른다. 그들은 함께 있던 미군 경비병들이 방심하는 틈을 타 전원 무장해제시키고 쇠고랑을 채우는 극단적인 방법까지 동원했다. 이어 한국군 헌병 결사대는 마치 특수공작을 벌이듯 포로수용소 주변을 경계하던 탱크로 다가가 해치를 열고 고추가루를 뿌려 미군들의 경비기능을 마비시키는데 성공한 것이다.

이렇게 하여 영천 포로수용소가 완전히 한국군 헌병대의 수중에 들어가자 헌병대장 김 소령은 전체 포로들을 연병장에 모아놓고 반공포로 석방에 관한 정부 당국의 입장 설명과 함께 석방 소식을 전했다. 그러자 숨을 죽이고 긴장해 있던 반공포로들이 일제히 환호하며 미친 듯이 "대한민국 만세!"를 외쳤다. 그들은 포로 인식 마크인 'PW'가 찍힌 미군 작업복이며 군화를 벗어 마구 허공으로 날렸다. 그들이 날려 보낸 작업복과 신발은 마치 갈가마귀 떼가 무리 지어 나는 듯 새까맣게 허공을 뒤덮었다.

그러나 주덕근은 이 자유의 대열에 의식적으로 휩쓸리지 않았다. 그와 평소 형제처럼 지내던 김용환은 일찌감치 철조망을 뚫고 자취를 감추었으나 그는 멍하니 용환의 뒷모습만 바라보고 있을 뿐이었다. 그가 가야할 곳은 대한민국이 아니라 미지의 땅 제3국(중립국)이기 때문이었다.

반공포로들이 썰물처럼 쓸려나간 영천 포로수용소는 을씨년스럽기 그지없었다. 동작이 굼떠 미처 탈출하지 못하고 미군 경비병들에게 붙잡힌 일부 반공포로들은 막막하고 답답해하던 나머지 무작정 땅굴을 파기 시작했다. 스스로 탈출구를 찾기 위한 몸부림이었다. 빈 텐트와 철조망이 가까운 곳을 찾아 40도 각도로 직경 60센티의 갱도를 파 들어갔다. 장비라곤 낡은 부삽과 양동이가 고작이었다.

아예 탈출을 포기한 주덕근은 갱도 굴착작업에 관심이 없었으나 사질토가 많은 땅을 무작정 파 들어가는 작업으로 봐 성공할 확률은 거의 없어 보였다. 미군 경비병들은 이를 비웃기라도 하듯 지나치다가 한 번씩 들러 지팡이처럼 생긴 철봉으로 땅바닥을 쿡쿡 찔러보고는 갱도 위에 덮은 흙더미가 와르르 무너지자 "또 올 테니까 열심히 파보라"고 야유하며 돌아서곤 했다.

일부 지역에서는 영천 포로수용소처럼 사전 감지한 미군 경비대와 대치상태에서 탈출의 기회를 놓치는 경우도 더러 있었다. 유엔군 측이 공식 발표한 반공포로 탈출자는 총 2만5952명. 이승만 대통령이 명령한 대세의 흐름은 아무도 막지 못했다. 이날 아침 이 대통령은 다음과 같은 반공포로 석방에 관한 특별 담화문을 발표했다.

"나는 대한민국 대통령으로서 국제공법인 제네바협정과 인권정신에 입각하여 반공 한국인 포로들에 대한 석방을 명령했다.

이는 한국민의 열화와 같은 민족정기에 부응한 조치로 유엔 당국과 이해 당사국에서도 원칙적인 동감을 가질 것으로 믿는 바이다. 이 사람들은 미국을 비롯한 국제관계에 얽혀 너무 오랫동안 억류되어왔다.

특히 유엔이 공산 측과 포로교환 문제를 협의하는 과정에서 자유송환 원식을 무시하고 우리 대한민국에 남기를 희망하는 반공포로들까지 공산 측이 요구하는 강제송환으로 귀결될 우려가 있어 이를 피하기 위해 과감히 반공포로를 석방토록 명령한 것이다.

유엔군 총사령관과 참전 16개국에 충분한 협의가 없이 결행한 이유는 더 이상 설명하지 않아도 다 알 것이다."

이 대통령의 담화문은 참전 16개국, 특히 미국에 엄청난 충격을 주었다. 격노한 아이젠하워 미 대통령은 즉각 비상사태를 검토했고 델레스 국무장관은 "한국의 반공포로 석방은 유엔군의 권한을 침범한 것"이라는 성명으로 이 대통령을 규탄했다.

피어슨 유엔총회 의장과 클라크 유엔군 총사령관도 이 대통령에게 항의서한을 보내왔다. 그러나 이미 돌이킬 수 없는 역사적 현실이었다. 심지어 "한국군을 무장해제하고 이승만 대통령을 체포하라"는 통신까지 날아들었고 브릭스 주한 미 대사는 경무대를 찾아가 이 대통령에게 항의하며 손바닥으로 탁자를 치는 결례를 범하기도 했다.

그러나 이 대통령은 단호했다. 은근히 아이젠하워 미 대통령를 위협하기 위해 노안老顔에 특유의 경련을 일으키며 브릭스를 자극하기까지 했다.

"공산 치하의 북한에 가지 않으려는 사람을 강제로 보낸다는 것은 정의에위배되는 일입네다. 나는 정의를 실천했을 뿐입네다. 이번에 석방된 반공포로들은 모두 우리 대한민국 국군에 편입될 것입네다. 이 자리에서 미국이 나를 체포해 간다면 내 뒤를 따르는 대한민국 국민이 수천만 명이나 된다는 사실을 기억해야 할 것입네다."

그동안 강대국에 눌려 약소민족의 설움을 삼켜야 했던 국민들은 대한민국 주권을 회복한 이 대통령의 결단에 하나같이 경의를 표했다.

반공포로 석방 소식은 국민들에게 사이에 신선한 충격을 주었다. 모처럼 속 시원한 만세소리가 전국 방방곡곡에서 울려 퍼지기 시작했다. 1953년 7월 27일의 치욕적인 정전협정을 불과 1개월여 앞두고 결행한 쾌거였기 때문이다.

이 대통령은 반공포로 석방 일주일 만인 6월 24일 유엔군 총사령관 클라크 대장에게 보낸 서한에서 반공포로 석방 전후 자신의 마음속에 새겼던 생각을 이렇게 피력했다.

〈귀하는 본인의 결정이 휴전협정을 위반했다고 생각할 것이나 전쟁 포로 문제는 귀하가 수행하는 전투 조치와는 직접 관련이 없습니다. 만약 본인이 사전에 귀하와 협의했다면 오히려 귀하를 곤혹스럽게 했을 것입니다. 반공포로를 그와 같이 석방하는 것이야말로 귀측이 데려오려는 친공적 외국 군대인 인도군과 한국 국민들 사이에 충돌이 생길 위험성을 제거하는 유일한 방도라는 사실을 알아야 할 것입니다.

미합중국은 세계 여러 곳에서 많은 사람을 도와주었으나 이상하게도 지방민들은 대개 끝에 가서 미국에 비우호적인 태도를 취하게 되었습니다. 이는 참으로 슬픈 일이며 우리는 이를 막기 위해 최선을 다해야 할 것입니다.〉

이후 클라크 대장은 휴전협정 조인을 앞두고 이승만 대통령을 설득하기 위해 경무대를 방문했으나 이 대통령의 태도는 요지부동이었다.

"가령 그것이 자살을 의미한다고 해도 대한민국의 국군은 그대로 싸움을 계속하겠소. 지휘는 대한민국 국군 총사령관인 내가 직접 할 터이요."

〈휴전협정 조인을 앞두고 가장 큰 곤란은 한국의 이승만 대통령에게서 나왔다. 공산 측에서 휴전에 동의할 진정한 가능성이 없는 동안 그

의 강경한 반대는 담담했다. 그러나 휴전협정이 박두하자 이 대통령은
미국제 무기로 이 협상을 하늘 높이 폭파해 버리겠다고 위협했다.〉(클
라크의 한국전쟁 비사秘史에서)

26. 이승만의 배포

이승만 대통령의 반공포로 석방조치에 분노한 미국 정부에서 한국 정부에 대한 항의의 표시와 함께 휴전반대 등 일련의 강경한 정책을 완화시키기 위해 로버트슨 국무차관보를 아이젠하워 대통령 특사로 한국에 파견했다.

로버트슨 특사 일행이 한국에 도착한 즉시 경무대를 방문해 먼저 반공포로 석방 문제를 꺼내자 이 대통령은 때마침 경무대 정원 숲을 날아다니는 창밖의 까치 한 쌍을 가리키며 이렇게 말했다.

"저 한국의 새를 보시오. 얼마나 평화롭고 자유스럽습네까. 나는 반공포로를 공산지역으로 보내느냐, 자유의 땅에 머무르게 하느냐의 문제를 두고 일주일이나 넘게 기도드린 끝에 소명감을 가지고 이번 조치를 취한 것입네다."

이 말에 로버트슨 특사는 더는 반공포로 석방 문제를 입 밖에 꺼낼 수 없었다. 게다가 그는 휴전회담을 반대하는 한국 국민의 데모가 전국적으로 요원의 불길처럼 번지고 있는 사실도 직접 목격했다.

그러나 이 대통령은 미국을 비롯한 유엔 참전국의 조속한 전쟁 종결 방침을 끝내 물리칠 수 없다는 현실을 냉정하게 직시하게 된다. 그래서 그는 로버트슨에게 정전협정에 동의하는 대신 조건을 달았다. 군사 정전협정이 체결된다고 해도 한반도에서 공산세력이 완전히 제거되지 않는 한 6 · 25와 같은 남침 도발이 언제 또 일어날지 모르기 때문이다.

이에 따라 그는 공산군의 재침을 막을 수 있도록 대처하기 위한 한·미 상호방위조약 체결을 선행조건으로 제시한 것이다. 즉, 한국이 또다시 침략을 받는다면 미국은 한·미 방위조약에 따라 자동으로 개입하며 휴전 후에도 강력한 미 육·해·공군은 한반도의 안전을 위해 계속 주둔한다는 등의 내용이었다. 지금까지 70여 년간 굳건히 지켜온 한·미 동맹의 모태다.

한국의 안전보장이 걸린 이 문제를 두고 2주일간에 걸친 끈질긴 외교절충을 벌인 끝에 한·미 양국은 이 대통령이 제시한 방위조약을 체결키로 최종 합의하기에 이른다. 아이젠하워 대통령도 휴전협정에 따른 이 대통령의 동의를 구하기 위해 이 제안을 받아들이지 않을 수 없었다. 그래서 그는 "미국은 한반도의 평화적 통일을 위해 계속 노력할 것이며 한·미 방위조약 체결로 한국의 안보를 굳건히 하며 가능한 한의 경제원조와 군사원조로 전후 한국 재건에 노력한다"는 메시지로 화답했다.

그로부터 보름 만인 7월 27일 유엔을 대표한 미국과 중공·북한의 수석대표 사이에 휴전협정이 조인된다. 그러나 수백만 명의 죽음과 전 국토의 파괴로 폐허만 남긴 채 승자도 패자도 없는 휴전협정 조인이었다. 이 때문에 국토분단과 뿌리 깊은 동족상잔의 비극은 여전히 계속되고 있는 것이다.

3년 1개월간에 걸친 전쟁에서 인명피해만 아군은 전사자가 유엔군을 포함해 18만2775명으로 공식집계되었고 적은 중공군 90만 명을 포함 총 1백42만 명으로 밝혀졌다. 부상은 아군이 95만8504명이 발생한 데 비해 적은 40만6000여 명으로 집계되었다. 그러나 한국군의 실종자 수가 13만3461명에 달했다. 이는 무엇을 의미하는가? 전쟁 초기 포로로 붙잡혀 북한에 억류되었거나 해방전사로 북괴군에 편입된 것으로 추정하고 있을 뿐이다.

전투병력이 아닌 순수한 민간인의 경우 남한만 사망자가 37만3599명, 부상자 22만9625명, 납북자·행방불명자·징발의용군 등 기타 78만7744명 등 총 139만968명으로 공식집계되었고 남북 이산가족만도 1천만 명에 달했다. 그리고 38선이 아닌 155마일 군사분계선이 또 다시 남북을 두 쪽으로 갈라놓고 말았다. 5000년 유구한 역사를 지켜온 한민족의 엄청난 수난사가 아닐 수 없다.

휴전협정 조인을 끝까지 반대했던 이승만 대통령은 휴전협정이 조인된 지 두 시간 만에 이를 기정사실로 받아들이면서 긴급담화문을 발표했다. 담화문을 읽어가는 이 대통령의 목소리는 사뭇 침통하고 비장감이 서려 있었다.

"나는 정전이라는 것이 결코 싸움을 적게 하는 것이 아니라 더 많게 하며 고난과 파괴를 가중시키고 전쟁과 파괴적 행동으로 북한 공산집단이 더욱 전진하는 서곡에 지나지 않을 것이라고 확신하였기 때문에 정전 조인을 반대해 왔던 것이네.

그러나 이제 정전이 조인되었음에 나는 정전의 결과에 대한 나의 그동안의 판단이 옳지 않았던 것이 되기를 바라는 바입니다. 대한민국의 해방과 통일문제를 평화적으로 해결하기 위해 일정한 기간 정치회담이 개최되고 있는 동안 우리는 정전을 방해하지 않을 것이네.

동포여! 희망을 버리지 마시오. 우리는 여러분을 잊지 않을 것이며 모르는 체도 하지 않을 것이네. 한국 민족의 기본 목표, 즉 북쪽에 있는 우리의 강토와 동포를 다시 찾고 구해내자는 목표는 계속 남아 있으며 결국 성취되고야 말 것입네다. 유엔은 이 목표를 위하여 적극적으로 협조하겠다는 확약을 한 것입니다…."

　휴전협정이 조인된 지 9일 만인 같은 해 8월 5일. 덜레스 미 국무장관이 한·미 방위조약에 가서명하기 위해 한국을 방문했다. 이때 이 대통령은 변영태 외무장관을 제쳐놓고 조약 내용의 세부사항까지 일일이 검토했다. 남북통일이 될 때까지 미 군사력을 한국에 묶어 둬야 북한 공산집단이 쳐내려오지 못한다고 판단했기 때문이다.

　이 대통령은 덜레스와의 회담을 통해 한국군 지상군을 20개 사단으로 증강하고 해·공군도 대폭 증강하며 전재戰災복구와 경제부흥을 위해 20억 달러 규모의 1차 원조 외에 10억 달러 상당의 특별원조도 약속받았다. 한·미 방위조약은 그로부터 2개월 후인 10월 1일 미국 워싱턴에서 양국 외무장관 사이에 정식조인됨으로써 그 효력이 발생했다.

　1953년 8월 22일.
　인도 국적 수송함 4척에 분승한 1개 여단 규모의 중립국 포로관리군 5500여 명이 마드라스Madras항을 떠나 인천항을 향해 순항하고 있다는 소식이 전해졌다. 공산 포로들은 휴전 조인 후 2개월 이내에 송환한다는 원칙에 따라 속속 판문점 중립지대로 이송되고 있었다.
　거제도와 봉암도 일대에 격리 수용돼 있던 공산포로 여단부를 비롯한 해방동맹, 용광로 등 극렬 공산분자들은 미군 관리 당국이 지급한 새 작업복으로 갈아입고 매일 2000~3000명씩 부산으로 이송된 후 다시 열차를 바꿔 타고 판문점 중립지대로 향하고 있었다. 제주도에 억류돼 있던 중공군 포로 6000여 명도 미 해군 수송함 LST에 승선해 인천을 경유 판문점 중립지대로 집결했다. 바야흐로 포로 교환이 시작된 것이다.

"나아가자 인민군대! 용감한 전사들아~."

"민중의 기, 붉은 기는 전사의 시체를 두른다~."

공산 포로들을 태운 열차가 경부선 철길을 달리며 북상할 때 인공기를 흔들며 끔찍한 인민군가와 적기가가 철도 연변으로 울려 퍼지고 "미제 타도!" "리승만 타도!" "김일성 수령 만세!" "조선인민군 만세!"를 외치는 목소리 또한 이름 모를 산하에 메아리쳤다.

지난 3년여 동안 무엇이 저들을 광풍에 휩쓸리게 했는가? 포로 교환장인 판문점 중립지대에는 남북에서 집결하는 쌍방의 포로들로 감격과 기쁨의 눈물이 교차하고 있었다. 그러나 바로 그때 잇달아 큰소리로 외치는 한 무리가 모습을 드러냈다.

"미제의 군복을 모두 벗어 버리라우!"

이 소리를 신호로 공산 포로들은 일제히 입고 있던 미군복을 훌훌 벗어던지고 새로 보급받은 군화까지 벗어 던졌다.

이 때문에 판문점 중립지대 남쪽에서 공산 포로들을 인수해 북상하려던 미군 GMC 트럭 행렬 주변에는 공산 포로들이 일제히 벗어던진 미군복과 군화가 산더미처럼 쌓이기 시작했다. 그들은 미제의 잔재를 없앤다며 아예 팬티 바람으로 공산군 측 인수단이 대기하고 있는 판문점 언덕으로 달려갔다.

게다가 일부 공산 포로들은 부끄러운 줄도 모르고 팬티까지 벗어 던지고 알몸으로 달려가는 바람에 이들에게 갈아입힐 인민군복을 미처 준비하지 못한 북한 인수단을 당황하게 했다. 어디 그뿐인가. 이른바 '타이거 우먼(암컷 호랑이)'라 불리는 여군 공산 포로들은 수치심도 잊고 차마 눈 뜨고 볼 수 없는 추태까지 부렸다.

그녀들은 대개 간호군관 또는 위생전사, 선전 선동원 출신들로 열차가 문산역을 지나 판문점이 가까운 장단역에 이를 즈음 하나같이 사전에 약속이나 한 듯이 예리한 면도날이나 가위로 자신들이 앉았던 시트를 북북 찢어버렸다. 거기까지는 그나마도 적개심으로 이해할 수 있었지만 장단역에서 내리기 직전에는 "미제에 복수한다"며 각 객차의 복도에다 희멀건 엉덩이를 까고 나란히 앉아 대소변까지 싸 제꼈다. 도저히 이해할 수 없는 야만적인 행위였다. 그러면서도 그녀들은 벌거벗은 알몸에 한 손으로 국부를 가리고 또 다른 한 손으로는 유방을 가린 채 북녘땅을 밟을 때 감격의 울음을 터뜨리기까지 했다.

8월 중순부터 9월 초순까지 판문점 중립지대에서 교환된 포로는 유엔군 측이 공산군 측에 넘겨준 포로가 북괴군 7만159명, 중공군 5640명 등 총 7만5799명으로 집계되었다. 그러나 공산군 측이 유엔군 측에 넘긴 포로는 국군 포로가 북괴군에 강제편입된 이른바 해방전사(5만여명)를 제외한 7848명, 미군 포로 3597명, 기타 유엔군 포로 1312명 등 총 1만2757명에 불과했다.

1953년 9월 7일.

인도 관리군사령관 도랏Thorat 소장 휘하의 칼라안Kalaan 중령이 지휘하는 제1파견대 5대대 병력을 태운 인도 수송함 잘라듀가Jaladurga 호가 인천항에 정박했다. 도랏 소장의 직속 상관인 디마야Thimaya 중장은 중립국 송환위원단(NNRC) 의장으로 이미 한국에 들어와 판문점 중립국 감시위원회에서 활동하고 있었다.

그러나 이승만 대통령은 국가안보를 이유로 인도관리군의 인천항상륙을 허가하지 않았다. 이 대통령은 처음부터 친공적인 중립국 인도의 중재안을 달갑게 여기지 않았던 터라 인도 말만 들어도 온몸에 닭살이 돋는다고 했다. 휴전협정이 유엔의 지지하에 조인된 마당에 중립국 관리군의 상륙을 불허한다는 것은 있을 수 없는 일이었다. 하지만 이 대통령의 고집을 아무도 꺾지 못했다.

유엔군 사령부는 어쩔 수 없이 인천 앞바다에 떠 있는 미 항공모함을 중계지로 헬기를 띄워 인도군을 판문점 중립지대로 이송하고 화물은 열차 편으로 수송하는 비상수단을 강구했다. 유엔군은 인도관리군이 주둔한 휴전선 판문점 남쪽 캠프를 '힌디나가르Hindinagar'라고 불렀다. 힌두Hindu는 인도 민족을 뜻하며 나가르는 마을을 뜻한다. 이른바 인도인 마을인 것이었다.

인도 관리군사령관 도랏 소장은 5개 파견대대 총병력 5500명 중 3000명은 포로관리군으로 배치하고 나머지 2500명은 경비군으로 배치해 본국 송환을 거부하는 포로 2만2600명을 500명씩 재편성하는 등 관리상 만반의 준비를 했다. 도랏 장군은 마드라스항을 떠나기 전까지만 해도 인도군이 관리할 포로수가 5만여 명이나 되는 것으로 알고 있었다. 그러나 유엔군이 관리하는 포로수는 언제나 유동적이었다. 휴전 조인 직전 이승만 한국 대통령이 북한 출신 반공포로 2만6000여 명을 일방적으로 석방해 버렸기 때문이다.

그러므로 인도관리군이 인수해야 할 포로는 북한 출신 반공포로 7900명과 타이완을 희망하는 중공군 포로 1만4700명 등 총 2만2600명이었다. 이밖에 휴전협정 조인 때까지 중공군 관리하에 있던 한국군 출신 335명(민간인 여성포로 5명 포함)과 미군 출신 23명, 영국군 출신 1명 등 본국으로의 송환을 거부하는 유엔군 포로 359명도 인도관리군이 인수했다.

중립국 포로송환위원단 의장인 디마야 중장은 인도관리군 치하에 들어간 포로들에게 각각 영어와 한국어, 중국어로 작성한 메시지를 보냈다.

〈나는 중립국 포로송환위원단 의장 겸 인도관리군을 대표하여 본국에 송환되기를 거부하는 여러분들을 수용할 것이다. 여러분이 앞으로 실시될 본국 요원들의 설득작업에서 송환되느냐, 안 되느냐는 문제는 전적으로 여러분 자신의 의사와 결정에 달려 있다. 여러분의 희망이 무엇이든 우리는 그것을 존중할 것이며 휴전협정에 따른 만반의 조치를 취하게 될 것이다.

진심으로 당부한다. 여러분이 우리 인도군의 관리하에 들어오면 참된 우정의 자세로 환영할 것이며 우리는 최선을 다해 여러분을 보호하고 관리할 것이다. 여러분을 공정하게 대우하며 육체적 정신적 폭력으로부터 철저하게 보호할 것을 약속한다.

우리는 여러분을 친구처럼 받아들여 질서 있고 우애감 넘치는 수용소 분위기를 조성코자 하니 잘 협조해주기 바라며 함께 있는 동안 좋은 전우처럼, 친구처럼 지내기 바란다.〉

인도관리군은 디마야 중장의 메시지에서 밝힌 대로 속속 중립지대에 도착하는 포로들을 억류자가 아닌 난민으로 내우하며 밝은 미소로 친절하게 맞아들였다.

9월 14일.

영천 포로수용소의 텅 빈 캠프에 남아 있던 주덕근은 결국 탈출 갱도 굴착에 실패한 북한 출신 반공포로들과 함께 판문점 중립지대로 이송된다. 휴전이 성립된 지 한 달 보름여 만이었다. 군관 170여 명과 일반전사 330여 명 등 한국 정부의 6·18 반공포로 석방조치 때 미처 탈출하지 못한 포로가 모두 500명에 달했다.

미군 관리 당국은 휴전협정이 조인된 이후 억류 중이던 포로들에게 우호적으로 대우했고 급식 사정도 전에 비해 훨씬 나아졌다. 중립지대로 이송되는 날에는 말끔하게 다림질한 새 군복과 군화에 치약, 치솔 등 세면도구까지 지급해 주었다. 그리고 세상 돌아가는 소식이나 접하라며 휴대용 라디오도 두 대나 주고 낱장으로 된 160일 치의 캘린더도 나눠 주며 석별의 정을 베풀었다.

그러나 석방된 포로들은 영천역에서 열차를 탈 때 다소 실망했다. 이송 도중 탈주를 방지한다는 이유로 차창마다 격자로 된 쇠창살을 붙여놨기 때문이다. 그 쇠창살 안에서 밖으로 손을 내밀어 태극기를 흔들고 군가를 부르자니 어쩐지 어색하기만 했다. 그런데도 일단 포로수용소를 벗어났다는 자유로움에서 모두 발을 구르며 군가를 소리높이 불렀다.

덕근은 열차가 수원역을 지날 때 문득 경옥이가 생각났다. 전쟁 초기 대전차 지뢰를 운반하던 기억도 떠올렸다.

'로사가 경덕이와 함께 무사히 중립지대에 가 있겠지.'

거제도에 억류 중이던 민간인 포로들은 이미 8월 22일에 떠났다고 했다. 경옥의 소식을 전혀 알 수 없었지만 덕근은 그렇게 믿고 싶었다. 귀환을 거부하는 민간인 포로들은 난민 대우를 하며 맨 먼저 중립지대로 보내졌다는 것이었다.

덕근은 북상하는 열차가 마침내 서울 영등포역을 지나 한강철교를 건너자 착잡한 심정을 가누지 못했다. 3년 전 T-34 탱크와 포차와 군마가 넘쳐나던 한강은 피비린내 풍기는 전쟁의 상흔을 말끔히 씻어버린 듯 유유히 흐르고 있었다. 한강 물이 유역을 적시는 백사장 너머 마포, 합정동도 먼빛으로 눈에 들어왔다. 사면초가가 돼 쫓기던 그 날밤 그는 귀순을 결심하고 오토바이를 몰아 김포 쪽으로 내달리지 않았던가.

북상하는 열차가 문산을 지나 임진강을 건널 때에는 폐허로 변한 구릉지와 평야 지대에 잡초만 무성할 뿐 도무지 인적을 찾아볼 수 없었다. 개전 초기 북괴군 1사단과 6사단이 백선엽 장군이 지휘하는 국방군 1사단을 협공해 한강 이남으로 밀어 넘긴 최대 격전지였다.

1951년 1·4 후퇴 때엔 중공군 양떠즈楊得志의 19병단과 양청우楊成武의 66군단이 국군1사단과 미군3사단, 영국군28여단에 인해전술로 치명적인 타격을 입혔던 곳이기도 했다. 그 당시 피아간에 시산혈하를 이루어 풀 한 포기, 돌 한 조각에도 비극적인 전흔이 배어나고 있었다.

열차는 마침내 역장이나 역무원도 없는 중립지대의 썰렁한 장단역으로 미끄러져 들어갔다. 마치 이국에 온 듯 역 구내 플랫폼에는 수척한 체격에 터번을 쓰고 움푹 팬 눈을 부릅뜬 까만 구레나룻의 회색빛 인도군들로 가득했다. 포로들을 인솔해온 미군은 장단역에서 인도관리군에 인계하자마자 즉시 문산으로 돌아갔다.

155마일 군사분계선이 가로 놓인 남쪽 좌우측 중립지대에는 거제도 포로수용소처럼 유엔군이 조성한 컴파운드가 들어서 있었다. 이른바 힌디나가르. 수백 동의 텐트가 질서정연하게 들어서 있는 가운데 삼색三色의 인도 국기가 펄럭이고 있었다.

삼색 바탕의 중간에 그려진 큰 수레바퀴는 무엇을 의미하는가? 힌두사상에 나오는 무시무종無始無終의 윤회전생輪廻轉生을 뜻한다고 했다. 즉 천계天界 · 지계地界 · 인계人界에서 인간이 지은 죄를 용서받는 삼사三赦를 뜻하는 힌두교의 신앙적 의미가 내포돼 있다고 했다.

주덕근이 기억을 더듬어 보니 전쟁 전 38도선 남방 한계선 부근에 있던 경기도 장단군 장단읍 송현리 들판인 것 같았다. 힌다나가르 주변에는 갈대와 억새 그리고 구미초, 차전초 등 잡초가 층층파상層層波狀으로 우거져 쓸쓸하기만 했다. 눈 씻고 찾아봐도 노루며 고라니며 멧돼지 등 야생동물 한 마리 구경할 수 없었다.

이곳에서 직북直北으로 10킬로 지점은 남북분단의 한을 심었던 38선이 통과하고 그 서북 5, 6킬로 지점에 판문점이 들어서 있었다. 판문점에서 개성까지는 15킬로 남짓, 지척의 거리다. 그리고 동남 4킬로 지점에는 임진강이 흐르고 있다.

주덕근 일행이 들어간 철조망 울타리는 제40 난민수용소. 그들은 앞으로 길게는 6개월 동안 머물게 될 이 수용소를 이승만 대통령의 호를 따 제법 그럴싸하게 '우남촌雩南村'이라고 불렀다. 대한민국에 대한 우호적인 감정을 은근히 과시하려는 뜻인지도 모른다. 이제 포로가 아닌 난민 대우를 받게 된 그들은 모두 15개 동의 텐트에 분산 수용되었다. 각 텐트별 소대 규모로 편성한 것이다.

덕근은 7소대에 배치되었고 영천에서 그와 함께 지냈던 박기천이 대대장을 맡았다. 이후에도 하루 1500~2000명의 반공포로가 계속 몰려들었고 그들 역시 500명 단위로 대대급 규모의 난민수용소에 배치되었다.

공산군 측의 설득 개시 날짜가 점차 다가오고 있었다. 중립국 송환위원단 의장인 디마야 중장은 휴전협정에 명시한 대로 앞으로 90일간

에 걸쳐 설득작업을 반복할 것이라고 했다. 그러나 절대다수 반공포로
는 중립국 송환위원단의 설득작업에 반대하고 있었다.

이 때문에 한 사람이라도 더 데려가려는 공산군 측은 설득에 불응하
는 포로는 강제집행을 해서라도 설득장소에 데리고 나와야 한다고 인
도관리군에 강압적으로 촉구했다.

27. 중립지대

1953년 10월 15일 휴전성립 후 3개월째.

마침내 중립국 송환위원단의 주도로 설득전이 시작되었다. 반공포로들의 본국 송환을 위한 설득전은 애초 9월 26일부터 실시키로 했으나 유엔군 측이 설치한 설득장소에 불만을 품은 공산군 측이 신경전을 벌이며 지지부진했기 때문이다.

설득전은 중립국 송환위원단이 입회한 가운데 관련 당사국 요원들이 본국 송환을 거부하는 포로들을 상대로 무제한 설득에 나서게 되지만 어떤 형태로든 강요하거나 압력 또는 위협을 가할 수 없게 돼 있었다. 친공이나 반공성향을 막론하고 귀환하고 싶은 곳을, 포로 당사자가 스스로 결정하도록 했다. 포로교환 협정에 명시된 조항이다.

설득 요원은 유엔군 측이 미군 장교가 75명, 한국군 및 자유중국군 장교 각각 50명이며 공산군 측은 포로 1000명당 7명씩 배치되었다. 그러니까 공산군 측 설득 요원은 중공군 장교가 100명, 북한 공산군 장교 55명 등 모두 155명이 되는 셈이다.

중립지대 난민촌에 수용된 모든 포로는 휴전조약에 명시된 대로 90일간의 개인 설득이나 단체설득을 받을 의무가 있고 경우에 따라 서면 설득도 받을 수 있으며 언제 어디서든 본국 송환을 요구할 권리가 있다. 공산군 측은 당초 개인별 설득뿐만 아니라 단체별 설득을 위해 포로수용소 주변에 대형 스피커를 설치하고 적기가며 인민군가 등을 틀어대고 선전 선동에 나서고 있었다.

그러나 지긋지긋한 김일성 찬양에 자극받은 반공포로들이 일제히 일어나 돌팔매질로 스피커를 부숴 버리기도 했다. 그러자 공산군 측이 이번에는 포로들이 설득을 받기 위해 대기하는 대기소 주변에 스피커를 설치하고 향수를 느끼게 하는 구슬픈 민요가락을 띄워 보내는 등 상투적인 선무공작에 발악하다시피 열을 올리곤 했다.

설득 대상자는 하루 평균 500명으로 각각 250명씩 두 그룹으로 나눠 대기토록 하고 순번에 맞춰 25명씩 설득장에 들어간다. 여기서 다시 2명의 인도 관리군이 호위하는 가운데 각각 1명씩 설득을 받고 '귀환' 또는 '귀환거부' 의사를 분명히 밝혀야 한다. 이때 귀환을 표명한 자는 오른쪽 문으로 나가서 신분 확인을 거친 다음 북한 공산군과 중공군에 인도되고 귀환을 거부한 자는 왼쪽 문으로 나가 중립국 난민수용소로 되돌아간다. 이 같은 일이 거의 매일같이 반복되고 설득장에 나가는 포로들은 하나같이 심신이 지치기 마련이었다.

첫날 설득에 지명된 곳은 중공군 반공포로 491명이 수용된 D-31 난민수용소. 수적으로 한국인 반공포로보다 많기도 했지만, 한국인들이 대부분 설득을 거부하는 상황이어서 중국인부터 먼저 설득전을 펴기로 한 것이다. 대형 텐트로 지은 설득장에는 중공군과 한국군 설득요원이 각각 2명씩 자리 잡고 앉았고 그 옆에 통역관이 앉았다. 그 뒤쪽으로는 중립국 송환위원단과 참관인들이 둘러앉아 있었다.

공산군 측은 마치 따위打魚(그물로 불고기잡이)하듯 이들을 한꺼번에 쓸어 갈 수 있을 것으로 기대했다. 하지만 그것은 어이없는 망상에 불과했다. 인도관리군 2명의 호위를 받으며 중공군 설득 군관이 앉아 있는 테이블 앞으로 다가온 사람은 흰색 태양이 표시된 국부군의 모자를 쓴 반공포로였다. 설득관은 잠시 일어서며 미소로 그를 맞이했다.

"퉁쯔(동지同志)! 당신은 원래 찐쿵(친공親共)이 아닌가. 따루(대륙大陸)로 돌아오라. 동지가 돌아오면 모든 정치적, 군사적 죄과와 과오는 사면된다."

그러나 반공포로는 그 자리서 당장 침을 퉷, 뱉었다. 그러고는 발을 동동 구르며 울분에 못 이겨 온몸을 부들부들 떨기까지 했다.

"쏴아황. 초우 꿍찬당!(거짓말 마라. 망할 공산당!) 어빤쿵(나는 반공이다)."

"우리는 머지않아 전 아시아를 지배할 것이다. 어리석은 짓 말고 부디 승리의 편으로 돌아오라."

"니 쩐슬 후쒀야(미친 소리 그만 하라)! 거짓말쟁이들…."

"동지가 대륙으로 돌아오면 여생을 평화롭고 즐겁게 보낼 수 있도록 보장하겠다. 마오毛 주석께서 동지들을 사랑하고 또 걱정하고 계신다."

"왕빠단(거북의 알) 같은 마오쩌둥에게 죽음이 있으라. 나의 부모님은 공산당이 대륙을 강점할 때 이미 처형당했다. 억울하게 부모님을 잃고 이제 와서 무슨 즐거움이 있단 말인가?"

"그러지 말고 대륙으로 돌아오라. 조국과 인민은 동지여러분을 필요로 하고 있다."

"우리는 비인도적인 중국 공산당의 압제에서 벗어나기 위해 투쟁해 왔고 마침내 자유를 얻었다. 이제 타이완으로 가면 장제스 총통과 자유중국에 충성을 바치며 멸공 전선의 선봉이 되겠다."

"뭐, 타이완이라고? 타이완에 가면 안 돼."

"어빤쿵캉아我反共抗俄(나는 공산주의를 반대하고 아라사蘇聯에 항거한다)! 이료밍 메이쿵훼이一條命 滅共匪(목숨 바쳐 공산 비적을 소탕할 것이다)! 이쿼신 어후이 타이완一誥心 我回臺灣(나는 일편단심 대만으로 돌아간다)! 장제스 완세이蔣介石 萬歲(장개석 만세)!"

"뿌싱! 뿌싱不行!(안 돼! 그러면 안 돼!)"

중국인에 대한 설득전은 처음부터 난관에 부딪혔다.

그다음에 나타난 사람은 팔로군 출신 반공포로라고 했다. 그는 자리에 앉자마자 마오쩌둥을 맹렬히 비난한 뒤 설득관이 설득에 나서면 미리 준비해온 솜을 양쪽 귀에 틀어막고 거기에다 다시 손가락까지 넣어 귀를 막았다. 아예 중공 측의 설득이 듣기 싫다는 투였다.

이날 D-31 난민수용소에 대한 설득전에서 전체 설득 대상자 491명 중 겨우 10명만 공산군 측의 설득에 넘어가 따루大陸행을 선택했을 뿐이다.

10월 16일.

이번에는 34 난민수용소의 북괴군 출신 반공포로 500명에 대한 설득작업에 들어갔으나 역시 공산군 측의 기대와는 달리 중국인에 대한 설득전과 마찬가지로 격렬한 거부반응이 나타났다. 북한 출신 반공포로들은 아예 태극 마크가 새겨진 하얀 머리띠를 질끈 동여매고 설득장에 나와 설득 반대 구호부터 외쳤다.

"김일성 력적도당을 타도하라!"

"모택동 공산당은 멸망하라!"

인도관리군이 양팔을 낚아채며 행동을 제지하자 부자유스러운 몸짓으로 신고 있던 슬리퍼를 공산군 설득관을 향해 차 던지기도 했다. 이때 공산군 측 중립국 송환위원인 폴란드 대표가 화난 얼굴로 벌떡 일어나 사회를 보고 있는 인도관리군에게 항의했다.

"설득을 거부하고 파괴 행동을 일삼는 자는 군법회의에 넘겨야 합니다."

그러나 사회자는 "폴란드 대표가 제기한 군법회의 문제는 중립국 송환위원회에서 별도로 토의하겠다"며 북괴군 측 설득관에게 빨리 설득에 나설 것을 종용했다.

잠시 머뭇거리고 있던 북괴군 설득관이 일어서며 어색한 미소로 말문을 열었다.

"동무! 진심으로 환영하오."

"뭘, 동무라구? 쌍! 내레 너 따위 빨갱이들의 동무가 아니야."

"동무! 우리 공화국은 동무를 진심으로 환영하며 반갑게 받아들일 거외다."

"내레 공산치하로 돌아갈 생각은 털끝만치도 없시다. 기렇게 알구서리 썩, 꺼지라우."

"기거이 동무의 오해외다. 지금 고향에서는 부모 형제들이 동무가 돌아오기를 애타게 기다리고 있소."

"그딴 거짓부렁이랑 당장 걷어치우라우. 나의 부모님은 이미 오래전에 재산을 몰수당하구서리 변방으로 쫓겨나 지금 고향에는 아무도 없다이."

"기래두 동무가 고국으로 돌아오문 전죄를 용서하구 땅과 집을 제공할 거이며 원하는 대로 직장이나 학교에 보내주갔수다."

"그따위 얼어붙은 땅에 무슨 자유가 있고 희망이 있단 말이가? 어전(이제) 내 조국은 대한민국이다. 너네가 떠받드는 김일성은 민족반역자다."

"우리 최고 존엄을 모독하지 말라우. 쌍!"

"만약 지금 이 순간 김일성이 내 눈앞에 나타난다면 당장 도끼로 까부수고 말 테다."

"우리 공화국은 위대한 수령님의 영명한 지도아래 미제에 의해 파괴된 전후 복구사업으로 새 사회, 새 나라를 건설할 거이며 남조선보다 몇 배나 앞선 선진조국이 될 거외다. 동무! 주저말고 돌아오라."

"김일성 집단은 헐벗고 굶주린 린민들이 무엇을 생각하고 무엇을 원하는지 모르는 반 린민 집단이다. 보라! 이 감격적인 설득장에 나의 어머니, 사랑하는 처자를 보내 설득한다문 얼마나 눈물겨운 감격의 재회가 되겠는가? 늙으신 어머니가 자식의 귀환을 호소하고 사랑하는 처자식이 돌아오라고 애소할 때 내레 마음이 어케 되겠는가. 너네는 린민의 눈을 가리고 입과 귀를 막고 거짓 선전선동으로 린민을 기만하지 않았는가?"

"동무! 기건 오해야. 우리 공화국은 위대한 김일성 수령님의 령도하에 모든 린민이 행복하게 잘 살고 있다."

"그런 거짓부렁 때문에 너희 공화국은 죽은 땅, 버린 땅, 암흑천지로 변했다. 누가 이렇게 만들었는가? 남침야욕과 일당독재를 위해 삼천리 금수강산을 폐허로 만든 김일성은 전쟁범죄자다. 김일성을 처단하라!"

처음부터 유치한 언어로 주고받는 쌍방의 입씨름은 한없이 반복되었다.

설득작업은 날이 가고 달이 바뀔수록 서로 감정적이고 전투적으로 변질되어 갈 뿐 좀처럼 진전이 없었다. 기본적인 질서는 파괴되고 규율도 문란해지고 휴전협정의 준수조항마저 무시되었다. 오직 입에 발린 선전선동과 이에 반발하며 악다구니를 치는 증오와 혐오와 저주만 존재할 뿐이었다.

하지만 피차에 인내에도 한계가 있었다. 설득관은 자제할 줄 모르고 도끼눈을 치뜨고 격노하며 옛 부하들을 윽박지르기 일쑤였다. 김일성을 증오하고 공산주의를 저주하는 반공포로들에게 모욕만 당하고 보니 수치심을 억제할 수 없었고 어느새 복수심으로 부글거렸다. 그래서 그들은 조국을 배반한 반동분자들을 어떻게 하면 모조리 북한으로 끌고 가 처형할 수 있을까 하는 궁리에 집착하게 된다.

그러나 3차례에 걸쳐 모두 1500명을 설득한 결과 귀환을 희망하는 난민포로는 20명에 불과했다. 그것도 각종 감언이설과 기만, 공산주의 특유의 선전선동에 넘어간 것이었다. 북한 공산집단의 설득전은 완전히 실패로 돌아가고 말았다. 더는 하나 마나였다.

휴전협정에 따른 설득 기간이 90일로 명시돼 있었지만 처음부터 엄청난 차질을 초래했다. 시간에 쫓겨 매일같이 더 많이, 더 빨리 설득에 나설수록 자신감과 승리감에 도취한 반공포로들의 조직적인 저항은 극단적인 사태로 치닫고 있었다. 이런 상황이라면 차라리 포기하는 게 낫지 않을까? 하지만 공산군 측은 꾸준히 설득하면 앞으로 더 많은 포로가 자국 귀환을 희망할 것이라는 환상에서 깨어나지 못해 설득전에 집요하게 매달렸다.

판문점의 설득전이 너무 소극적이라는 북한 상층부의 책임추궁도 잇달았다.

귀환을 거부하는 자들을 북으로 데려가도 아무 쓸모가 없는 귀순분자, 투항분자, 변절분자들이지만 그들을 모조리 끌고 가 조국을 배반한 말로가 어떤 것인가를 전 인민들 앞에 보여줘야 한다는 김일성의 교시가 내려졌기 때문이다. 그래서 판문점 중립지대에 내려온 북한 측 설득관은 등 뒤에 칼을 숨기고 수단과 방법을 가리지 않았다.

"학구 형은 어떻게 되었을까?"

요지부동 제3국(중립국)행을 선택한 주덕근은 아예 설득전에 나갈 필요가 없어졌지만 무엇보다 고향 선배 리학구의 소식이 궁금했다. 거제도 포로수용소의 공산 포로들이 모두 북으로 가기 위해 판문점으로 집결했으나 박사현을 비롯한 해방동맹의 거물급들은 소식이 묘연했기 때문이다. 그러나 리학구는 북한에 억류되었던 전 미 24사단장 윌리엄 딘 장군과 맞교환 형식으로 맨 먼저 풀려났다.

휴전협정 조인 직후 쌍방 포로교환이 시작될 무렵 거제도 포로수용소에서 공산 포로집단의 허수아비 대표를 맡고 있던 그가 판문점 중립지대에 풀죽은 모습을 드러낸 것이다. PW 스탬프가 찍힌 전쟁포로 군복이 아니라 3년 전 낙동강 전선에서 귀순할 때 입었던 조선인민군 총좌 복장 그대로였다. 그는 거제도에서 헬기로 긴급이송되었다고 했다. 그때까지만 해도 그는 거물급 대우를 받는 신분이었다.

판문점 북측 텐트 입구에서 선글라스에 검은 개똥모자(레닌모)를 푹, 눌러쓴 사내가 불쑥 나타나 부동자세를 취하며 그를 정중하게 맞아들였다. 순간 그는 소스라치며 고개를 들었다. 얼핏 거제도의 음흉스런 정치지도원 박사현인 줄 알고 얼어붙었으나 전혀 낯선 얼굴이었다. 선글라스 사내는 깍듯한 자세로 거수경례를 붙이고 리학구에게로 다가와 손을 내밀었다.

"학구 동지! 대단히 반갑습네다. 그동안 고생 많았수다."

사내는 리학구의 손을 잡고 힘껏 흔들었다. 사내를 마주 바라보는 그는 얼떨결에 악수했지만 불안함이 엄습해와 바짝 긴장되고 다리가 후들거렸다.

"내레 피양(평양) 정치보위부 호위군관 황동주 중좌라고 합네다."

"아, 황 동무!"

"내레 최고 존엄의 은밀한 교시를 받구서리 학구 동지를 뫼시려 왔습네다. 하하."

"뫼, 뫼시려…?"

"네, 그렇습네다. 그동안 최고 존엄께서 학구 동지의 안위를 많이 걱정했댔시요. 인차(이제) 안심하셔두 되갔습네다."

"아, 안심…?"

리학구는 자신이 생각하기엔 분명 대역죄인인데 도무지 어떻게 처신해야 할지 마음의 갈피를 잡을 수 없었다.

하지만 정치보위부 황동주가 내뱉은 말이 우선 겉보기엔 사실 그대로였다. 그는 많은 귀환 포로들이 지켜보는 가운데 김일성 최고사령관이 보낸 벤츠 승용차를 타고 북으로 넘어갔다. 그 장면을 지켜본 해방동맹위원장 림인철이 엄청난 충격에 빠지면서도 속으론 리학구를 부러워했다.

거제도 폭동사건의 공로를 생각한다면 림인철만큼 열성적인 혁명가도 없었다. 낙동강 전선에서 사단장 최용진 소장을 권총으로 쏘고 백기를 든 리학구가 김일성의 총애를 받았다고는 하나 따지고 보면 반역자가 아닌가. 반역도 보통 반역이 아니라 결사 항전을 강조하는 최용진에게 반발하며 권총까지 빼 들어 하극상을 일으키지 않았나.

그런 데다 김일성 최고사령관을 배반하고 적진으로 투항한 죄는 도저히 용서받을 수 없다는 것이 림인철의 견해였다. 전례에 비춰보더라도 그런 반역자는 직방 총살감이었다. 그러나 김일성 수령은 만인이 지켜보는 앞에서 리학구에게 친히 벤츠를 보내 환영의 뜻을 전했다. 무엇을 의미하는 것일까?

귀환 포로들은 모두 그렇게 의기양양한 모습으로 어깨에 힘을 주며 북으로 넘어가는 리학구의 뒷모습을 하나같이 부러운 눈빛으로 지켜봤다.

"뭐니뭐니 해두 력시 리학구야!"

일부 고위군관들은 금의환향하듯 멀리 북으로 사라지는 리학구의 뒷모습을 멍하니 바라보며 넋을 잃고 탄성을 질렀다.

김일성 수령에게 말 한마디 잘못해도 직방 총살을 당하는 엄혹한 상황에서 반역자에게 친히 벤즈 승용차까지 보내주다니 림인철의 입장에서 볼 때 부럽다기보다 억장이 무너질 것 같은 충격이 아닐 수 없었다. 그는 "뭔가 잘못되었다"며 포로교환장에서 눈에 불을 켜고 자신을 증명해 줄 박사현을 찾았으나 아무리 찾아봐도 그의 모습은 끝내 보이지 않았다.

그도 그럴 것이 평소 신출귀몰한 박사현은 전쟁포로가 아니라 북한 노동당 중앙정치위원 신분인 데다 거제도에 침투한 공작요원으로 아예 포로교환 대상에서 빠져 있었기 때문이다. 게다가 그는 1952년 6월 10일 '거제도 대폭동' 사건 당시 전문일全文一이라는 이름의 소련 국적을 가진 거물급 스파이로 밝혀져 줄곧 리학구와 함께 봉암도에 억류돼 있었다.

그는 리학구가 귀환포로 신분으로 헬기에 태워져 판문점 중립지대로 떠날 때 미군 정보당국에 의해 역시 헬기 편으로 어디론가 급히 이송되었다는 것이다. 그 사실을 직접 목격했다는 리학구의 증언이다. 그런 그가 봉암도를 떠난 지 일주일 만에 모스크바의 크렘린궁에 나타났다고 했다. 말 그대로 신출귀몰한 사나이가 아닐 수 없다.

그는 과연 남일의 밀사인가, 크렘린에서 특파한 거물급 정치공작원인가? 그 당시 그의 실체를 아는 사람은 아무도 없었다. 다만 휴전협정의 막후회담에서 소련이 억류 중이던 미국의 거물급 이중간첩과 맞교환했다는 설이 유력하게 나돌 뿐이었다.

28. 반역의 그림자

거제도 포로수용소 폭동의 주역으로 혁명투사를 자처하던 해방동맹 위원장 림인철은 판문점 중립지대 뒷전에 처져 멍하니 북쪽을 바라보며 연거푸 긴 한숨만 삼켰다. 막상 포로교환장에 당도하고 보니 자신을 알아보고 증명(보증)해 줄 사람이 아무도 없었다. 물론 의기양양하게 환대를 받으며 휴전선을 넘어간 리학구는 인민재판까지 열어 귀순죄·투항죄·반역죄를 추궁한 림인철에 대해 악감정을 품고 있을지도 몰랐다. 그는 그것이 은근히 두려웠다.

　그뿐만 아니라 그동안 혁명과업에 동참해온 홍철·신태봉·김정욱·강영모 등도 림인철의 전횡을 별로 달갑게 여기지 않았던 것이 사실이다. 단 한 사람, 리철궁이 자신의 심복이긴 했으나 그도 림인철이 물 위에 뜬 기름 신세가 되자 제 살길을 찾아 거리를 두고 주위의 눈치만 살피고 있었다.

　림인철은 무엇보다 김일성 수령이 보내준 벤즈를 타고 북으로 사라진 리학구의 뒷모습을 지울 수 없어 허탈감에서 좀체 벗어나지 못하고 허둥거렸다. 무엇보다 그를 증명해줄 박사현이 감쪽같이 사라진 것이 그럴 수 없이 안타까웠다. 그는 앞으로 리학구의 보복을 어떻게 당해야 할지 두려운 생각부터 앞서 안절부절못했다. 그러나 림인철 뿐만 아니라 고위군관들 모두 리학구가 김일성이 파놓은 함정으로 들어갔다는 사실을 감쪽같이 모르고 있었다. 공산주의의 생리가 원래 그런 것인데도 그걸 잊고 맹목적으로 추종해온 탓이었다.

평양으로 직행한 리학구는 주석궁에 불려 나가 김일성 앞에 무릎을 꿇고 자아비판으로 전죄를 용서받았다. 여기에다 뜻밖에도 정치보위부 산하 평양안전국 부국장으로 영전했다. 그런 리학구의 소식을 전해 들은 고위군관 포로들은 모두 부러워하면서 통 큰 김일성의 용인술을 우러러보지 않을 수 없었다. 하지만 그것은 하나같이 귀순·투항한 뒤 살아 돌아온 장령(장성)급이나 좌(영관)급 상급군관들의 동요를 막고 숙청의 빌미를 찾기 위해 시간을 벌겠다는 김일성의 음흉한 계략이었다.

그도 그럴 것이 판문점 중립지대에 집결하던 상급 이상 고위군관들은 대부분 숙청이 두려워 전전긍긍했으나 리학구가 벤츠를 타고 떠나는 것을 보고 모두 안도했기 때문이다. 그들은 그 자리에서 리학구를 보고 간접적으로나마 김일성의 포용력(?)을 똑똑히 확인할 수 있었던 것이다. 김일성이 언젠가 거제도 포로수용소에 조선인민군 최고사령관 명의로 친서까지 보내지 않았던가?

그때 신태봉 대좌가 낭독하던 구절이 뇌리를 스쳤다. 김일성은 그 친서에서 분명 "금싸라기 같은 조선인민군 군관·전사 동무들!"이라고 칭송했었다. "전죄를 말끔히 사면하고 군 공을 높이 치하하며 국기훈장이나 적성훈장을 달아주겠노라"며 "조국의 품으로 돌아오는 날에는 수령이 직접 나가 눈물로 맞이하겠다"고 했다.

김일성은 이번에 판문점에 모습을 드러내지 않았지만 "후과를 두려워하지 말고 부끄럽게 생각하지도 말라"는 격려의 당부 말을 실제 리학구를 통해 증명한 것이었다. 그러나 점차 돌아가는 양상을 지켜보니 그게 아니었다. 뭔가 알 수 없는 거대한 움직임을 피부로 느끼게 되었다.

양측 군악대의 행진곡이 요란하게 울려 퍼지는 가운데 포로교환의 첫 순위로 공산포로의 최고위급인 리학구가 남에서 북으로, 유엔군의 전 미 24사단장 윌리엄 딘 소장이 북에서 남으로 동시에 군사분계선을 넘었다. 이때 비무장지대의 포로교환장은 양측에서 구름처럼 몰려온 군 관계자들로 발 디딜 틈이 없었다. 하지만 짧은 환영 행사가 끝나자마자 두 주인공을 따라 모두 썰물처럼 쓸려나가 주변은 썰렁하게 냉기만 감돌았다. 극적인 쇼인 것이었다.

이후 한때 거제도 포로수용소를 쥐락펴락했던 홍철을 비롯한 신태봉 · 김정욱 · 림인철 · 리철궁 · 강영모 순으로 총좌 · 대좌 · 중좌 등 고위급 및 상급군관 포로들의 교환이 이루어졌다. 유엔군 측은 여전히 박수갈채가 이어진 환영 분위기였으나 북한 공산군과 중공군 측은 썰렁한 냉기만 감돌 뿐이었다. 열렬한 환영을 기대했던 공산 포로들은 한순간 좌절감에 빠져들고 말았다.

그들은 막상 북한 비무장지대로 넘어가 보니 정치보위부 평양안전국에서 나왔다는 상급군관(중좌)이 명색이 자신의 상관들을 보고도 거수경례는커녕 따뜻한 말 한마디 건네지 않았다. 계급의 존엄성마저 완전히 무시했다. 다만 평양에서 내려온 20여 명의 하급군관 · 전사들과 함께 묵묵히 박수로 맞이할 뿐이었다.

"3년 동안 죽음(목숨)을 걸고 미제와 싸워 왔는데 이거이 뭐인가. 그저 왔나 보다 하구서리 외면하다니 내레 참 섭섭하구만."

림인철이 긴 한숨을 삼키며 혼잣말처럼 내뱉었으나 누구 하나 맞장구를 쳐 주는 사람이 없었다. 모두 뭔가 일이 심상찮게 돌아가고 있다는 것을 의식하고 잔뜩 긴장했다.

정치보위부 평양안전국 상급군관의 안내를 받아 비무장지대를 지나 개성 쪽의 임시초대소라는 대기소에 들어가 보니 아니나 다를까, 기다리고 있던 위생 전사들이 "온몸에 밴 미제의 세균을 박멸한다"며 상하 구별 없이 발가벗겨 놓고 샤워를 하듯 물 소독약을 뿌렸다.

투항자로 미군 포로수용소에 입소할 당시 밀가루처럼 스프레이로 DDT를 뿌리던 것과 별반 차이가 없었다. 그들은 한마디로 버림받은 경계인에 불과했다. 물 소독이 끝나자 군관·전사 가리지 않고 낡아빠진 전투복을 한 벌씩 내주면서 입으라는 거였다. 중고품이라고 하지만 광목천으로 조잡하게 만든 전투복은 전쟁 전보다 질이 형편없이 떨어지고 해져서 너덜거렸다.

명색이 고위급이나 상급군관들에게까지 이런 대우를 하다니 기가 막혔다. 하지만 노골적인 불평불만을 제기하는 사람은 아무도 없었다. 그들은 이미 산전수전 다 겪으며 군사력을 무시하는 당의 권위를 누구보다 잘 알고 있었기 때문이다. 자칫 말 한마디 잘못 내뱉었다간 반동으로 몰리기 십상이었다. 그러잖아도 그들은 전쟁수행 중 적의 포로가 된 것을 치욕으로 여기고 있었다.

게다가 막상 귀환하고 보니 도매금으로 반동·반혁명분자 혐의까지 씌워지는 것 같은 냉랭한 분위기에 몹시 심란했다. 아무리 그래도 그렇지 포로수용소에 억류돼 3년 동안 투쟁해온 상급군관들에게 하질F質의 전투복까지 입히다니 이 기회에 완전히 기를 꺾어놓고 각성시키겠다는 상층부의 의도가 단단히 스며 있었는지도 모른다.

"귀환 군관·전사 여러분! 여기 판문점에는 환영 준비가 안 되어 있지만 개성으로 가문 여러분을 열렬히 환영할 것입네다. 날래날래 개성으로 가기요."

그들은 그때까지만 해도 확성기에서 반복해 외치는 그 소리를 철석같이 믿고 있었다.

그러나 2차 대전 때 쓰던 소련제 낡은 증기기관차가 끄는 군용열차를 타고 느릿느릿 개성으로 들어가는 철도 연변에는 환영 플래카드 한 점 걸려 있지 않았고 사람들의 그림자조차 구경할 수 없었다. 열차가 들어서는 개성역 구내에는 그들을 인수하기 위한 평양안전국의 군관·전사들만 도열 해 있을 뿐이었다. 군악대의 요란한 연주는커녕 찬바람만 일었다.

　"내레 초시(애초) 이럴 줄 알았시오. 변절자 리학구만 포로대표로 열렬한 환영을 받구서리 피양(평양)에서 륭숭한 대접을 받구 있갔구만 기래. 퉤!"

　림인철이 아니꼽다는 투로 불평불만을 토해냈지만 역시 동조하는 사람은 아무도 없었다. 누가 누굴 변절자라고 매도하는가 말이다.

　신태봉과 김정욱은 내내 말 한마디 없이 무거운 한숨만 삼켰다. 개성역에 내려 패잔병들처럼 맥빠진 행군으로 철도 연변을 따라 2킬로 정도 걸어가다 보니 급조한 수용시설이 나타났다. 그들을 안내한 안전국의 상급군관이 어색한 표정으로 외쳤다.

　"포로교환소에서 귀환 군관·전사들이 모두 집결할 때까지 예서(여기서) 한 2~3일 머물게 될 거외다. 에에 또, 이런 장소에서 여러분을 환영하는 거이 바람직하지 않구 해설라무네 인차(이제) 곧 피양(평양)에 가문 어버이 수령님께서 친히 환영장에 나와서리 귀환 군관·전사 여러분의 환영대회를 주관하실 겁네. 그때까지만 참구 기다려주시구레."

　그러나 그 말을 액면 그대로 받아들이는 사람은 별반 없었다. 거적때기를 깐 땅바닥에 흙먼지투성이인 담요를 덮고 지내는 신세지만 그들에게 제공되는 식사는 꽤 훌륭한 편이었다. 김일성이 항상 입버릇처럼 말했듯 이팝(쌀밥)에 쇠고기국이나 명태국으로 배불리 먹게 했다. 무슨 꿍꿍이속인지 알 수 없었다.

그야말로 이팝에 쇠고기국을 배불리 먹으면서도 임시수용시설에서 탈출자가 계속 늘어나고 있었다. 경비가 한층 강화되고 외부와의 연락이나 면회도 일체 금지되었지만 탈출자는 계속 늘어났고 그들은 주로 이곳 지리에 밝은 개성 인근 황해도 출신 하급군관들이나 전사들이라고 했다. 아마도 오랜만에 고향 가까이 와 있다 보니 불현듯 육친의 정이 그리워 일시적인 심경의 변화를 일으켰는지도 몰랐다. 하룻밤 사이기십 명씩 자취를 감추곤 했다. 그런 부류의 탈출자가 얼마나 되는지 귀환 포로가 너무 많아 일일이 인원 파악도 할 수 없었다.

개성 임시수용시설에서 머문 지 3일 만에 군관·전사 가릴 것 없이 400명 단위로 두루 섞여 평양행 열차에 탑승했다. 전방 2~3량은 안전국 소속 현역 군관·전사들이 타고 후방 6~7량은 귀환 포로들이 탔으나 귀환 포로들의 객차에는 앞뒤로 아카보총을 든 현역 전사들을 고정 배치해 감시의 눈초리를 번득이고 있었다. 이팝에 쇠고기국까지 먹여 놓고 감시하다니 미군 수송열차를 타고 판문점 중립지대로 올라올 때와 조금도 다름이 없었다.

전쟁통에 파괴된 철도가 제대로 복구되지 않아 가다 서다를 반복하면서 마침내 평양이 가까워지자 느닷없이 객차의 천장에 달린 스피커를 통해 평양방송이 울려왔다. 평양방송은 정규방송의 막간을 통해 "조국과 인민을 위하여 미제와 영웅적으로 투쟁하고 승리를 거둔 조선 인민군 군관·전사 여러분! 우리는 어버이 수령님이 령도하시는 지상 락원인 조국의 품으로 돌아온 여러분을 열렬히 환영합네다"라고 반복해 전했다.

귀환 포로들이 처음으로 들어보는 환영 방송이었다. 그러나 애초 판문점 중립지대에서부터의 씁쓸한 분위기며 3년 만에 만나는 선배들을 보고도 "반갑다"는 말 한마디 없이 감시의 눈초리만 번득이는 냉랭한 현역 군관·전사들의 모습을 볼 때 평양방송에서 흘러나오는 육성도 믿을 수 없는 허식虛飾(거짓)으로만 들릴 뿐이었다.

미상불 종착지 평양역에 도착하자 김일성 수령이 친히 나와 환영대회를 주관하기는커녕 당이나 내각 등 고위층에서도 누구 하나 모습을 드러내는 사람이 없었다. 아예 귀환포로 가족들이나 인민들의 접근조차 금지시킨 가운데 짐짝처럼 트럭에 태워 동평양의 낡은 창고에 집단 수용했다. 여러 동의 대형창고가 폭격을 맞아 거의 부서진 채 방치되어 있는 것으로 봐 아마도 미 공군의 폭격을 맞은 평양방직공장인 것 같았다.

귀환 포로들은 이곳에서 정치보위부 간부국에서 파견한 정치군관들로부터 일제히 개별심사를 받았다. 미군 관리 당국의 시도 때도 없는 포로 심사에서 벗어났는가 했더니 웬걸 문자 그대로 조국의 품 안에 돌아와서도 심사는 예외가 아니었다.

수백 명의 당성이 강한 정치 군관들은 상급군관조組, 하급군관조, 상하급전사조로 업무를 분담해 포로수용소에서 실시하던 심사는 저리 가라는 식의 가혹한 성분심사를 했다. 게다가 남로당·북로당 출신 등 민간당원들이나 상급군관들의 사상성을 심사하는 특별조는 계급과 당적의 존엄성을 무시하며 엄혹할 정도의 정밀심사를 벌였다.

적의 포로가 되기 전의 소속·계급·전선의 위치는 물론 원대原隊의 직속상관 이름과 지휘능력까지 소상하게 밝히고 자신의 전투능력과 포로가 된 과정(귀순·투항·생포), 포로수용소에서의 투쟁경력까지 광범위한 조사가 반복되었다. 이른바 자술서 형식의 자아비판서를 제출하고 이를 토대로 심문관의 똑같은 심문이 끊임없이 이어지고 이 과정에서 자칫 실수로 답변을 잘못했거나 앞선 심사내용과 다소라도 다를 경우에는 꼬투리가 잡혀 계속 추궁당하기 마련이었다.

어디 그뿐인가. 거제도 포로수용소의 같은 캠프에 있던 동료들에 대한 사상성이나 투쟁경력까지도 진술해야 했다. 그러다 보니 밀고와 무고가 횡행할 수밖에 없었고 친형제처럼 지내던 동료들 간에도 서로 불신하고 의심하기 일쑤였다. 공산주의 특유의 감시체계에 따른 성분조사 수법이었다. 때문에, 귀싸대기가 불이 나도록 얻어맞고 발로 걷어차이는 것은 예사였다.

심지어 고문 틀에 묶여 터무니없는 자백을 강요당하고 처절한 비명을 내지르며 초주검이 되는 경우도 허다했다. 과거 거제도 포로수용소의 공산캠프에서 횡행하던 밀고·무고와 조금도 다름이 없었다. 귀환포로 중 해방동맹이나 용광로에서 활동했던 군관·전사들과 76·77·78 컴파운드 등 세쌍둥이 캠프와 62 민간캠프, 66 군관캠프 출신들은 비교적 순탄하게 1차 성분조사를 통과했다.

그러나 혁혁한 투쟁경력에도 불구하고 억울하게 무고에 걸리거나 밀고로 신분상 불이익을 당한 자들은 반동·반혁명분자로 몰리곤 했다. 가장 억울한 사람이 해방동맹위원장 림인철과 리철궁이었다. 귀순·투항·변절에다 기회주의자였기 때문이다. 그래서 그들은 3차까지 심사과정을 거쳐야 했다. 보위부 간부국의 정치군관들은 아예 계급도 무시했다. 대좌, 중좌급 상급군관들을 죄인처럼 하대로 심문했다.

그들의 심사 목적은 이유 여하를 막론하고 귀순·투항·변절·반동·반혁명·반역분자나 인민의 적, 미제의 주구를 가려내는 일이었다. 이 과정에서 단 한 가지의 죄질이라도 반 공화국분자로 판정 날 경우 고위급·상급군관·하급군관·전사할 것 없이 모조리 머리부터 박박 깎아야 했다. 김일성과 펑더화이가 작년(52년) 4월 미군 관리 당국의 공개심사와 적백赤白 분리심사를 앞두고 전체 포로들에 대한 일제 사면령을 내렸다는 것은 날조된 기만술에 불과했다.

"미제와 용감무쌍하게 싸워 승리한 조선인민군 군관·전사 동무들! 금싸라기 같은 여러분이 돌아오는 날에는 한 사람, 한 사람, 개선 영웅으로 맞이할 것이외다. 여러분은 전죄가 모두 소멸되고 군 공에 따라 적기훈장이나 적성훈장을 달아주고 가족과 행복하게 살도록 증명(보장)할 거외다."

신태봉은 군관 포로들을 집합시켜 놓고 박사현으로부터 건네받은 김일성의 친서를 낭독한 사실을 새삼 떠올리며 쓴웃음을 지었다.

'치욕이 바로 이런 것인가.'

그는 전율하며 속 부끄러움을 느꼈다. 김일성이 피 묻은 칼을 등 뒤에 감추고 있었다는 사실을 비로소 깨달았기 때문이다.

1차 심사를 무사히 통과한 귀환 포로들은 모두 전직前職 계급을 그대로 달고 현역으로 원대 복귀하는 영예를 받았으나 2차 심사까지 거친 자들은 죄질에 따라 1계급, 또는 2계급씩 강등과 동시에 집단농장이나 전후戰後복구 건설대에 배치되었다. 전후복구건설대는 3개 여단으로 편성되었다. 집단농장이나 전후복구건설대에 배치된 귀환 포로들은 1년 동안 가족 면회는커녕 소식도 전하지 못한 채 중노동에 시달리다가 제대처분을 받고 각자 고향으로 돌아가게 된다.

그러나 그들은 앞으로 당에 복귀할 수 없었고 거주지가 바뀔 때마다 사회안전부에 신고해야 했다. 사회에 나가서도 감시의 눈초리를 피할 수 없었다. 아무리 공산당 이론에 밝고 충성맹세가 입에 발려 있어도 누구 하나 알아주지 않았다. 부모 형제 등 가족을 만날 때에만 그나마도 뜨거운 눈물을 흘리며 육친의 정을 나눌 수 있었지만 가까운 친인척들마저 아예 발을 끊었다. 미제의 물이 들었다는 이유 때문이었다.

3차 심사에서 죄질이 무거운 자들은 숙청대상자로 정치교화소(강제수용소)나 아오지탄광으로 끌려가 중노동에 자아비판으로 전죄를 씻어내야 했다. 리철궁과 강영모는 3차 심사까지 받고 사상개조 대상자로 정치교화소에 끌려갔다고 했다.

민족보위성 간부국은 최종심사 후에도 마치 키질로 알곡을 가려내고 쭉정이를 다 날려 보내듯 또다시 재심사에 들어가 숙청대상자를 가려내 재기용자再起用者를 선발했다. 2차 심사에서 투항자로 밝혀진 김동규 대좌는 전후복구 건설대 제1 건설여단장으로 재기용되었고 황동하 대좌는 제2 건설여단장, 림인철 대좌는 제3건설여단장으로 각각 재기용되었으나 결코 사면된 것은 아니었다.

일자 무식꾼인 홍철 총좌는 2차 심사에서 다행히 정상참작으로 풀려났으나 강제예편 당하고 집단농장의 지배인으로 배치되었다. 신태봉 · 김정욱 · 김학 등 소련군 출신 고위급 군관들도 2차 심사까지 받고 회색분자로 낙인찍혀 출신국인 우즈베키스탄이나 카자흐스탄으로 추방당했다.

29. 중립분자

거제도 포로수용소의 책임 의무군관이던 장지혁 소좌 역시 2차 심사에서 회색분자로 판정을 받았으나 의무군관이라는 특수성 때문에 민족보위성 야전 의학연구소 연구원으로 재 등용되었다. 그는 풀려나면서 날이면 날마다 틈만 나면 몽매에도 그리던 가족들을 찾아 헤맸으나 흔적도 찾을 수 없었다.

그의 아내와 아들이 1951년 10월 하순 평양이 유엔군에 함락될 때 미 공군 B-29기의 공습으로 폭사했다는 뜬소문을 듣긴 했으나 그는 그것을 곧이곧대로 받아들이지 않았다. 그러던 어느 날 밤, 야전 의학연구소에서 폭발사고가 발생했고 그는 이 사고로 폭사하고 말았다. 그러나 민족보위성 안전국의 조사 결과 그가 자살하기 위해 고의적으로 실험용 화학약품을 이용해 폭발사고를 일으킨 것으로 밝혀졌다.

주덕근의 생명의 은인으로 알려진 정치군관 방상철은 유일하게 현역으로 복귀하여 소좌에서 중좌로 진급하고 정치보위부 산하 평양안전국 리학구 부국장 밑에서 안전부 부부장으로 날개를 달았다. 그는 귀환 포로들의 재심사를 총괄하는 위치에 올라 림인철과 리철궁을 숙청하는 일에 주도적인 역할을 했다.

그러나 그로부터 1년 후엔 전후 대숙청작업을 추진하던 김일성의 수하가 되어 자신이 상전으로 충실히 받들던 리학구를 반혁명·변절분자로 걸어 숙청해 버린다. 그것이 김일성의 일국일당일인一國一黨一人체제를 굳히기 위한 스탈린식 공산 독재의 생리였다.

이승만 대통령의 6 · 18 조치로 풀려난 반공포로들은 이후 어떻게 되었을까? 한동안 각 지방에서 행정당국과 주민들의 보호를 받던 그들은 휴전이 성립되자 더러 당국의 주선으로 취업을 하기도 했지만 극소수에 불과했고 대부분 뿔뿔이 흩어져 날품을 팔거나 행상으로 호구지책을 이어갔다.

하지만 그들은 남한의 토착민들보다 삶에 대한 집념이 강했고 자유를 누리며 자영업으로 알뜰살뜰 열심히 살아가는 사람들도 많았다. 그들 중 특이한 인물은 거제도 85 컴파운드의 반공투사 김용환 중좌와 독불장군 강우집(일명 상하이 강) 소좌. 그들은 알래스카에 던져 놔도 즐겁게 살아갈 별종들이었다. 둘은 반공포로 석방 때 영천 포로수용소를 빠져나와 무작정 부산으로 갔다. 한동안 국제시장에서 지게를 지고 상인들의 등짐을 날라주며 입에 풀칠이나 하면서 아무데서나 지게를 침대 삼아 노숙 생활도 했으나 우연한 기회에 다 걷어치우고 건빵 행상에 나섰다.

그들은 포로생활 때부터 유달리 건빵을 좋아했다. 그 당시 제대로 끼니를 잇기 어려운 서민들 사이에 값싼 건빵은 끈기가 있어 간식뿐만 아니라 주식으로도 대단한 인기였다. 발품을 파는 만큼 수입도 쏠쏠했다. 1년 만에 국제시장 도매상가의 조그만 점포에 세를 들 정도로 생활도 제법 윤택해 졌다. 부산 시내 변두리 지역의 구멍가게에 건빵을 대주며 거래망을 트고 공급이 달리자 아예 건빵 제조기를 들여와 직접 건빵을 만들기 시작했다.

조잡하긴 했지만 상표도 새로 만들었다. 이름하여 '반공건빵!'. 대한민국 국민은 "반공!" 하면 밤에 자다가도 벌떡 일어날 만큼 반공정신이 투철하다는 데에 착안한 것이다. '반공건빵'은 밤을 새워가며 만들어도 주문이 밀릴 정도로 불티나게 팔려나갔다. 일손이 달려 눈코 뜰 새 없었다.

김용환은 수소문 끝에 과거 거제도 포로수용소에서 자신의 경호원과 행동대원으로 데리고 있던 반공청년들을 끌어들였다. 식구가 늘어나자 돈 버는 쏠쏠한 재미에 사업을 확장해보자는 욕심도 생겼다. 하여 머리를 싸매고 궁리하던 끝에 옛날 100 군관수용소가 자리 잡고 있던 동래 연산동 주변의 조그만 과자 공장을 인수했다. 일제강점기부터 운영해 왔다는 과자 공장은 규모가 영세하고 기계도 노후 돼 제대로 가동하기 어려웠다.

그는 아예 건빵만 전문적으로 만들어 팔기로 작심하고 새 기계를 들여놨다. 제법 그럴싸한 건빵공장이 제대로 굴러가자 이번에는 수요는 한정되고 공급이 늘어나 건빵가격이 하락하는 사태가 왔다. 하지만 김용환과 강우집이 어떤 위인인가. 우선 가까운 육군 군수기지사령부와 진해 해군통제부, 해병 기지사령부 신병훈련소의 주보酒保(영내 PX)를 통해 소규모로 납품하다가 군 관계자들의 줄을 타고 본격적인 군납에 뛰어들었다. 그 결과 그들이 만들어낸 건빵은 군납으로도 무진장 팔려나가 말 그대로 돈방석에 앉게 되었다.

북한 공산집단은 강제송환을 거부하는 반공포로들을 대상으로 설득전을 펼 때마다 거제도에서 그랬던 것처럼 개인별 세뇌 공작과 끊임없는 사상논쟁을 벌여 설득 대상자들을 지치도록 만들기 일쑤였다. 이는 북으로의 귀환을 완강하게 거부하는 반공포로들에게 극도의 피로

감에서 판단력을 흐리게 한 뒤 결국 공산군 측의 끈질긴 설득전에 넘어가도록 하는 고도의 심리전이기도 했다.

그래서 한 사람이 보통 늦어도 한 시간이면 끝나던 설득전을 서너 시간씩 질질 끌며 마치 범죄자를 문초하듯 설득하곤 하는 거였다. 그러다가 김일성을 비난하고 욕설을 퍼붓거나 행패를 부리는 반공포로에 대해선 즉각 인도 관리군에 연락하여 영창에 가둘 것을 촉구하기도 했다. 그들은 심지어 유엔군과 인도관리군 간에 이간질을 일삼고 한국군과 인도군, 인도군과 반공포로 간에 충돌을 조장하는 등 치밀한 정치공작도 병행했다.

이러한 공산군 측의 속내를 알게 된 반공포로들은 "공산주의자들의 설득은 언어상통相通에 있어서 심히 모욕적이고 폭력적인 부도덕한 방법으로 육체적 정신적 고통을 가하고 있다"며 마침내 설득전을 전면 거부하고 나섰다. 그러자 공산군 측은 중립국 송환위원단 의장국인 인도관리군 사령부에 엄중항의하기에 이른다.

"조선인 포로들은 모두 남조선에 인질로 잡혀 있는 조선인민공화국의 인민들이다. 그들은 조국에 돌아와야 할 의무가 있고 그러기 위해서는 반드시 설득을 받아야 한다. 그들을 조국의 품 안으로 돌려보내는 것이 중립국 송환위원단의 임무가 아닌가. 그럼에도 왜 자꾸 뒷걸음질만 치는가? 무력행사를 하더라도 그들을 당장 끌어내야 하며 반항하는 자는 사살해도 무방하다. 그들은 우리 공화국의 반역자들이다."

여기에 공산군 측 중립국 송환위원인 폴란드 대표도 가세하고 나섰다.

"적대감에 사로잡힌 포로들을 설득장으로 끌어내는데 다소 무리가 따르겠지만 인도관리군은 무력을 행사하는 한이 있더라도 공정한 임무를 집행하기 바란다."

그러나 중립국 송환위원단 의장인 디마야 중장을 비롯한 인도관리군 사령관 도랏 소장은 무엇보다 설득을 거부하는 반공포로들이 집단 탈출을 시도할지도 모른다는 우려를 씻을 수 없었다.

하여 도랏 소장은 "최악의 사태가 발생할 때에는 발포해도 좋다"는 디마야 중장의 허락을 받고 이른바 난민수용소 대표들을 모아 공산군 측의 설득에 응하도록 강압적으로 종용하기에 이른다. 만약 인도관리군의 중재를 거부하면 "무력행사도 주저하지 않겠다"고 위협했으나 이미 결심이 굳어진 대다수 반공포로는 요지부동이었다.

"우리는 북한 공산집단도 배격하지만 인도관리군도 반대한다. 인도군은 정전협정의 관리자로 왔지만 애초부터 우리 대한민국과는 아무 관련이 없다. 우리는 휴전을 바라지도 않았고 한반도의 영구분단을 반대하는 대한민국 대통령의 명령에만 복종할 것이다."

도랏 사령관의 우려가 현실로 다가오고 있었다. 강경책으로 돌아선 도랏 장군은 극렬하게 저항하는 35 · 48 난민수용소에 대한 포위 명령을 내렸다. 하지만 이런 돌발적인 조치는 되레 역효과를 불러일으키고 말았다. 이들 난민수용소 주변의 다른 10여 개 수용소에서도 일제히 들고 일어났다. 그들은 하나같이 담요를 찢어 양손에 감고 철조망을 타고 집단으로 탈출할 태세를 갖추고 있었다. 자그마치 5000여 명이 구름처럼 몰려들었다. 게다가 이웃의 중국인 난민수용소에서도 합세할 움직임이 나타났다.

일촉즉발의 위기상황! 무력을 행사한다고 해도 사태를 더욱 악화시킬 뿐 인도군의 관리능력으로선 중과부적이었다. 하지만 판문점 북쪽 북한 공산군 진영에서는 불붙는데 부채질하듯 비상령을 발동하고 군사분계선 비무장지대에까지 몰려나와 구호를 외치며 인도관리군을 자극하고 선동에 광분했다.

"인도군이여! 반동·반역자들을 쏴라! 리승만 졸도로 전락한 포로들을 모두 사살하라!"

하지만 인도관리군은 끝까지 자제했다.

자칫 잘못해 저항하는 포로들에게 발포할 경우 피바다를 이루며 사태는 걷잡을 수 없는 상황으로 치닫게 될 것이고 자멸을 초래할지도 몰랐다. 흥분한 수천명의 난민(포로)이 철조망을 뚫고 남으로 탈출할 것이며 인도관리군마저 피신하는 상황에 몰리게 될 위험성도 컸다. 게다가 인도관리군에게 쏟아질 국제사회의 여론도 의식하지 않을 수 없었다.

도랏 장군은 그런 상황을 심히 우려하며 마침내 결심하고 35·48 난민수용소에 대한 포위망을 풀었다. 그리고 통상적으로 해오던 관리군의 난민수용소 출입도 일체 중지시키는 한편 10월 20일을 기해 설득작업을 중단했다. 그러자 공산군 측에서 즉각 항의하고 나섰다.

"반동·반역분자들의 항복이 일보 직전에 와 있는데 인도군이 왜 물러나는가? 이 비겁한 자들아!"

그 무렵 서울에서도 비상사태에 돌입해 있었다. 국군 헌병총사령부와 특무(방첩)부대에서는 판문점 중립지대에 억류된 반공포로들의 구출작전까지 논의하고 있었다.

인도관리군을 가뜩이나 눈엣가시처럼 생각하고 있던 이승만 대통령은 긴급보고를 접하자 격노하며 중립국 송환위원단에 공식 항의문을 전달하기에 이른다.

〈만약 인도관리군이 난민수용소에 진입해 반공포로들을 강제로 끌어내 인간 도살장과 다름없는 설득장으로 데려간다면 대한민국 국군

은 중립지대로 쳐들어가 반공 애국청년들을 무력으로 구출할 것이다.〉

미국을 비롯한 유엔을 무시하고 반공포로 석방의 쾌거를 이루고 한·미 방위조약과 전후복구에 대한 미국의 경제원조까지 끌어낸 이 대통령은 국제적으로 고집불통의 노老정치인으로 정평이 나 있었다. 이 때문에 디마야 장군이나 도랏 장군은 한국으로 들어올 때부터 이 대통령을 두려워했다. 인천항에서도 정상적인 상륙이 금지되지 않았던가.

한국의 이승만 대통령이라면 휴전선 중립지대에 배치된 미군을 제쳐놓고 능히 제2의 6·18 반공포로 석방과 같은 그런 과감한 행동을 취할 수 있는 인물이라고 판단한 것이다. 만약 그런 사태가 또다시 온다면 인도관리군은 불명예스럽게 물러나는 상황으로 몰리게 될지도 모른다. 그래서 인도관리군 사령관 도랏 장군은 유엔군 총사령부의 브리안Bryan 소장을 만나 최악의 사태가 발생하지 않도록 협조를 요청한 것이다.

브리안 장군은 직접 힌다나가르를 방문, 각 수용소를 돌며 많은 난민(반공포로)을 격려하는 또 다른 방법으로 설득전을 폈다.

"지금 여러분에게 전 세계의 이목이 집중되어 있다. 여러분이 공산주의를 배격하며 자유를 위해 싸우는 모습은 하나같이 전 세계에 전해지고 있다. 나는 여러분이 승리했다고 본다. 공산주의자들은 전쟁에서도 지고 선전 무대에서도 지고 있다. 여러분! 용기를 잃지 마라. 당당하게 설득장에 나가서 설전으로 적을 굴복시켜야 한다. 승리는 여러분에게 있다."

그러나 중립국 송환위원회에서는 강제설득이냐, 인도적 설득이냐를 두고 설전이 계속되고 있었다. 영세중립국인 스위스 대표는 "질서유지를 위해 군대를 동원할 수 있으나 설득에 무력을 사용하는 것은 용납할 수 없다"며 "공산군 측이 계속 위협적인 태도로 강제설득에 나선다면 중립국 송환위원단에서 철수하겠다"고 주장했다. 이에 스웨덴 대표도 "비인간적인 강제설득을 반대한다"며 "만약 공산군 측에서 강권을 발동한다면 철수하겠다"고 스위스 대표의 주장에 동조했다.

하지만 공산군 측 폴란드, 체코 대표는 서로 약속이나 한 듯 "설득 의무화, 본국 귀환 의무화, 규칙 위반자 처벌, 설득장에서의 반항자 구금" 등 강경책을 들고 나왔다. 2대2 동수同數로 최종적인 결정권은 의장국인 인도의 디마야 중장에게 돌아갔다. 디마야는 국제적 이목이 집중된 이 문제에 대해 이미 본국으로부터 네루 수상의 훈령을 받고 있었다.

그는 단호히 의장국의 입장을 밝혔다.

"강제설득은 절대 안 되며 더욱이 유혈 설득은 있을 수 없다. 난민 대우를 받는 포로들에게 총부리를 들이대고 설득장에 끌고 가는 것은 비인도적 행위임으로 무력행사는 절대 안 된다. 만약 인도관리군이 무력을 사용해 사상자가 발생한다면 우리는 한국에 파병한 목적을 이루지 못할 것이며 우리 정부의 명예를 크게 훼손하게 될 것이다."

이어 그는 정부의 훈령에 따라 강제성과 폭력성을 배제한 인도적인 설득의 원칙을 밝히고 표결에 부쳤다.

그 결과 3대2로 인도적인 설득에 합의를 보게 된 것이다. 이 같은 소식을 전해들은 반공포로들은 비로소 인도관리군의 공정한 판단에 경의를 표하며 정정당당하게 설득장에 나가기로 결의했다.

10월 31일. 설득작업이 재개되었다. 강제설득 거부의 불씨가 되었던 35 난민수용소부터 설득장에 나갔다. 판에 박은 듯 장황하고 진저리가 나는 설득작업 결과 전체 459명 중 21명만 북한으로의 귀환을 희망해 곧바로 공산군 측에 인도되었다. 11월 3일에는 48 난민수용소 483명 중 겨우 19명이 북한행을 선택했다.

1953년 12월 23일 반공포로들에 대한 설득전은 마침내 중국인 250명에 대한 설득을 마지막으로 종료되었다. 그동안 한국인은 총 7900명 중 46명만 북한으로 돌아가고 중국인은 1만4700명 중 96명이 중국대륙을 선택했을 뿐이었다. 이제 모든 것이 끝났다.

또 한 사람, 남도 거부하고 북도 거부하고 제3국을 선택한 난민 임경옥은 이제 세 살이 된 아들 경덕이와 함께 중립국 송환위원단 대표들이 지켜보는 가운데 특별설득을 받았다.

"려성동무는 민간인 신분으로 남조선 리승만 력적패당의 살해 위협에 쫓겨서리 포로가 된 걸루 알구 있는데 왜서(왜) 우리 공화국을 싫어하오?"

"북한뿐만 아니라 남한도 내가 살 곳이 못 된다는 판단에서 중립국을 선택했습니다."

"동무는 혁명가의 가족이 앙이오? 아바지(아버지)와 오라버니, 남동생 모두 북남통일을 위해설라무네 혁명의 전위에 선 분들인데…."

"흥, 혁명가?"

"그렇소. 특히 동무의 아바지 림호걸 동지는 우리 공화국에 혁혁한 공훈을 세운 혁명리론가였소. 그래설라무네 위대한 김일성 수령님의 은혜를 입구서리 혁명렬사릉에 모셔져 있디 않소."

"그런 위대한 공산주의의 이론가가 어떻게 반혁명분자로 몰려 숙청당했습니까?"

"아, 기거이… 반혁명분자 조만식과 부화뢰동 해설라무네 우리 김일성 수령님을 배신한 죄과를 물었을 거외다. 기거이 엄격히 따지자문 숙청이 아이라 정치교화소에서 반성의 기회를 준 거인데 그만….”

공산 측 설득관은 대답이 몹시 궁한 나머지 더 말을 잇지 못하고 얼버무려 넘겼다.

“우리 아버지가 공산당에 투신한 바람에 집안은 풍비박산이 나고 나는 남에도 북에도 발붙일 데가 없게 되었어요. 남으로 가면 빨갱이! 북으로 가면 반역자! 그래서 조국을 버리고 제3국을 선택할 수밖에 없었어요.”

“그 아이레 거제도 포로수용소에서 낳다?”

“네, 그래요.”

“아이 아바지레 주덕근 동무라고 했소?”

“네, 그렇습니다.”

“주 동무도 리승만 졸도들의 꾐에 빠져 돌아서버렸두만.”

“꾐에 빠진 게 아니라 나와 이 어린 것의 장래를 생각해 중립국 행을 선택했을 뿐이에요. 우리 가족의 삶은 누가 선택해주는 것이 아니라 우리 스스로 개척해야 하기 때문이에요.”

“동무 같은 렬성분자가 지상락원인 공화국에 돌아오문 그 아이와 행복하게 살 수 있도록 집도 주고 땅도 주고 직장도 주고 무엇이든지 원하는 대로 다 해줄 텐데….”

“이제 빨갱이, 반동 소리가 지긋지긋할 뿐이에요. 제발 그런 소리 듣지 않고 자유롭게 살아갈 수 있는 곳이라면 어디든지 갈 생각이에요. 우리 가족은 그 미지의 세계에 희망의 끈을 부여잡고 있어요. 그것이 우리가 선택할 최후의 길이니까요.”

중립국을 선택한 민간인은 여자와 어린아이 6명을 포함해 20여 명에 불과했다. 그들은 특별난민으로 간단한 설득과정을 거쳐 중립국 난민수용소로 이송되었다. 그곳엔 철조망 울타리도 없고 10여 개 텐트만 을씨년스럽게 들어서 있을 뿐이었다. 그곳에 머물다가 마음이 바뀌면 남이든 북이든 가고 싶은 대로 제 발로 가라는 뜻이었는지도 모를 일이다.

1954년 1월 14일.

군사정전협정이 체결된 지 6개월째가 되었으나 주덕근은 일이 자꾸 꼬이기만 했다. 우여곡절 끝에 설득과정을 무사히 거쳤는가 했더니 대한민국 말고는 중립국 행을 선택할 여지가 없었다. 3년을 함께 지내온 박기천과 뜻을 함께하기로 했으나 이번에는 맹목적인 반공집단이 중립국 행을 가로막기 위해 감시의 눈을 번득이고 있었다.

6·18 반공포로 석방 때 영천 포로수용소에서 미처 탈출하지 못했던 반공유격대 요원들을 비롯 자칭 특공대며 경비대 등 극렬 반공주의자들이 중립국행을 희망하는 자들을 회색분자로 매도하며 방해 공작을 벌이고 있었기 때문이다. 심지어 그들의 말을 듣지 않고 공개적으로 중립국 행을 고집할 경우 린치를 당하기 십상이었다.

거제도에서 공산 포로들이 자행했던 것처럼 자칫하다간 매타작으로 뼈도 못 추릴 만큼 보복을 당하기도 했다. 포로가 같은 포로를 구금·체포·고문 등으로 보복하는 것은 명백한 제네바협정 위반이었다. 게다가 지금은 모두 전쟁포로가 아닌 난민 신분이 아닌가 말이다.

30. 영원한 디아스포라

평화로운 힌디나가르의 난민수용소에는 뜻밖에도 자유민주주의를 신봉한다는 반공포로들까지 극단적인 이데올로기에 빠져 공산 포로집단과 다름없는 룰을 정하고 고분고분 말을 듣지 않으면 폭력을 행사하기 일쑤였다.

　같은 반공끼리도 서로 불신하며 포로의 포로가 되다니 참으로 기가 막혔다. 자신들이 그토록 선망하던 자유민주주의 국가에서 헌법이 보장하는 개인의 이주와 이동을 가로막고 있었다. 개인의 자유의사를 무시하고 폭력으로 저지하다니 아직도 빨갱이의 속물근성을 벗지 못한 탓이었다. 때문에 중립국 행을 희망하는 난민들이 불안에 떨다 못해 하나, 둘씩 탈주극을 벌이기 시작했고 그럴 때마다 무서운 눈초리는 극단적인 보복으로 치달았다.

　주덕근이 수용된 난민캠프에서도 우려했던 대로 그런 사태가 벌어지고 말았다. 덕근과 함께 중립국을 선택하기로 철석같이 약속했던 박기천이 느닷없이 자신을 따르는 10여 명의 동지를 규합해 감쪽같이 철조망을 넘어 인도 관리군에 신변보호를 요청한 것이다.

　'설마 그럴 수가…'

　하지만 설마가 사람 잡는다고 하지 않나. 덕근은 자신에게 철석같이 약속해놓고 말 한마디 없이 결행한 박기천에게 일말의 배신감을 느꼈다. 아니나 다를까, 반공 캠프가 발칵 뒤집혔다. 엉뚱하게도 보복의 화살이 덕근에게로 날아왔다. 이른바 중립국 행 희망 용의자 색출에 나선 반공유격대에서 평소 박기천과 친하게 지내던 덕근을 지목했기 때문이다.

자정이 가까워 덕근이 잠자리에 든 텐트에 느닷없이 군화 발소리가 요란하게 울려왔다. 소스라치며 일어나는 순간 누군가 그의 어깨를 툭, 치는 거였다. 반공유격대원이었다.

"따라 왓!"

영천 포로수용소에서 김용환의 행동대원으로 활약했던 그는 인민군 상급전사 출신이었다. 나이도 덕근이보다 대여섯 살 아래였다.

물론 내남없이 반공으로 돌아서면서 인민군대 계급의 존엄성을 깡그리 무시했지만, 나이도 어린 것이 숫제 반말짓거리가 아닌가. 그렇다고 내몰리는 판국에 항의 한 번 못하고 따라갈 수밖에 없었다. 자칫 리기준처럼 몰매를 맞고 억울하게 죽임을 당할지도 몰랐기 때문이다.

반공유격대 텐트에 끌려가 보니 자칭 경비사령관, 치안대장, 정보부장, 사찰부장 등 제멋대로 호칭하는 괴한 10여 명이 칼 창과 각목을 들고 덕근을 에워싸는 거였다. 적의에 찬 그들의 도끼눈은 피에 굶주린 늑대의 눈망울처럼 충혈돼 있었다. 거제도 공산 포로들의 행태와 똑같았다. 필시 매타작이 가해질 모양이었다.

자칭 반공유격대장이 도끼눈을 부라리며 목청을 돋웠다.

"중립분자가 모두 몇 명인가? 똑똑히 대라우!"

"박기천이 혼자서 사람을 넣었다 뺐다 한 모양인데 내레 누가 누구인지 어케 알갔소?"

"몰라? 죽어야 바른말 하겠나 어엉!"

"내레 죽어도 모른다. 왜서 기런 걸 나한테 묻는 기야?"

"너두 중립분자 아닌가? 박기천은 도망갔어. 죽어도 같이 죽고 살아도 같이 살자던 박기천이 혼자 살갔다구 뺑소니쳤단 말이야. 기래두 안 불갔어?"

"모른다."

"기래? 붉은 물이 들었던 이따위 괴뢰 장교를 대한민국으로 끌고 가문 뭘 하갔어. 당장 없애버려!"

순간 어깻죽지며 등 짝에 심한 충격이 왔고 눈에 불이 번쩍였다. 피에 굶주린 승냥이(늑대)들의 매타작이 시작된 것이다. 덕근은 그대로 땅바닥에 나동그라지며 비명을 질렀다. 그러고는 의식을 잃고 말았다. 그로부터 시간이 얼마나 흘렀는지 모른다.

덕근은 한기가 들고 온 삭신이 욱신거리는 통증과 갈증을 느끼며 눈을 떴다. 사위는 캄캄한 어둠뿐이었다. 가까스로 몸을 추슬러 주위를 더듬어 보니 매타작을 당한 텐트 바닥이었다. 그러나 주위에는 인기척 하나 없었다. 모두 중립분자 사냥에 나선 모양이었다. 순간적으로 이런 생각이 미치자 그는 엉금엉금 기어서 밖으로 나왔다. 서쪽 하늘에 어스름한 달빛이 비치고 별들이 총총했다.

먼발치에 낯익은 철조망이 보였다. 철조망을 발견한 순간 그는 미친 듯이 포복으로 기어갔다. 양 무릎과 팔꿈치가 까져 견딜 수 없는 통증이 밀려왔으나 잠시도 지체할 수 없었다. 저 철조망을 넘어야만 광신적인 백색 테러리스트들의 소굴에서 벗어날 수 있기 때문이었다.

얼마나 그렇게 포복으로 기어갔는지 모른다. 이윽고 철조망이 눈앞에 다가오자 그는 슬리퍼도 벗어버리고 이를 악물고 몸을 일으켰다. 맨발로 뛰어가 철조망 기둥을 잡자마자 미친 듯이 사력을 다해 기어올랐다. 저 멀리 텐트 쪽에서 검은 그림자들이 으스름한 달빛에 어른거렸다. 그가 탈출한 사실을 뒤늦게 알아차린 모양이었다. 마치 원숭이처럼 철조망 울타리를 타고 오르는 그의 발바닥과 손바닥에서 선혈이 낭자했다. 어느새 백색 테러리스트들이 철조망을 향해 달려오고 있었다.

"저 빨갱이 새끼! 중립분자 잡아라!"

그와 동시에 철조망 안쪽에서 인도관리군의 병사 두 명이 달려왔다. 그들은 철조망으로 다가오는 괴한들을 향해 보총을 겨누며 외쳤다.

"접근하지 마라! 접근하면 쏜다!"

덕근은 철조망을 넘자마자 그대로 쓰러지고 말았다. 참으로 극적인 순간이었다. 인도관리군이 그를 부축해 일으켜 세우며 말했다.

"알 유 올 라잇Are you all right(괜찮소)?"

"예스 아이 엠 오케이Yes I am OK(예, 괜찮습니다)."

"아니야, 당신은 몹시 다쳤어. 손발에 피가 흐르고 있다니까. 저기 저 언덕 밑에 구급차가 있으니 빨리 병원으로 가자."

인도관리군이 빨리 떠날 것을 재촉했다. 덕근은 철조망 밖에서 닭 쫓던 개가 지붕 쳐다보듯 멍하니 서 있는 백색 테러리스트들을 향해 선혈이 낭자한 손을 흔들어 주었다.

"형제들이여 안녕히!"

울컥 설움이 북받쳐 올랐다. 결코, 그들을 증오하거나 저주할 생각은 추호도 없었다. 그들과 함께 있을 때에는 극단적인 이데올로기에 휘말려 충성경쟁을 하듯 서로 악다구니를 썼지만 그게 다 무슨 소용이란 말인가, 그저 헤어진다는 것이 슬플 따름이었다. 다시는 돌아오지 못할 이 땅에 피눈물을 뿌리며 떠나야 하기 때문이다. 이제 그들을 영원히 만날 수도 없고 만날 필요도 없었다.

주덕근은 인도군 병원에 입원하면서 비로소 '인도적'이라는 말이 가장 적절한 표현일 정도로 인간다운 대우를 받았다. 100% 미군이 보급하는 각종 의료기구와 의약품으로 치료한 덕분에 상처도 예상보다 빨리 아물었고 마음의 안정도 되찾을 수 있었다. 더운물에 샤워도 하고 영양가 높은 특식도 지급받았다.

잘못된 선입견에서 거부감을 느꼈던 인도관리군 군의관과 간호장교들은 예상외로 친절했고 그를 정성껏 치료해주었다. 덕분에 5일 만에 완쾌한 몸으로 퇴원해 옷이며 신발이며 개인용품 일체를 새것으로 지급받고 중립국 난민수용소로 옮겨졌다.

나지막한 언덕바지에 들어선 난민수용소는 듣던 대로 엉성한 단선 철조망으로 울타리를 쳤을 뿐 정문은 활짝 열려 있었고 보초도 없고 기관총이 거치된 망루도 없는 그야말로 자유의 땅이었다. 인도관리군의 모습도 보이지 않았다. 이곳에 머무르는 동안 언제든지 마음이 바뀌면 남으로 가든, 북으로 가든 알아서 가라는 무언의 뜻일지도 몰랐다.

덕근을 태운 지프가 중립국 난민수용소 정문을 그대로 통과해 캠프 앞에서 급브레이크를 밟았다. "찌이익~" 하는 소리와 함께 지프가 멎자 텐트에서 사람들이 우루루 몰려왔다. 박기천이 반색을 하며 달려와 손을 내밀었다.

"아, 주 동지! 무사하구만. 반가우이."

그러나 덕근은 박기천을 보는 순간 울컥 분노가 끓어올라 한 대 갈겨주고 싶은 생각이 간절했으나 가까스로 자제했다.

"응, 그래 죽어도 같이 죽고 살아도 같이 살자구 철석같이 약속해놓구서리 혼자 내뺀 박기천이 아닌가."

"야, 미안해. 놈들이 갑자기 나를 때려잡겠다고 달려드는 통에 그만 기렇게 된 기야. 어카갔어. 지난 악몽을 다 잊어버리자구. 어쨌든 미안해. 살아 돌아와 반가우이."

박기천은 겸연쩍은 표정을 감추지 못한 채 고개를 숙였다.

"그래, 어카갔어. 다 잊어버리자구. 자네 덕분에 5일 동안 병원 신세를 질 정도로 흠씬 얻어맞았지만 말이야. 하하."

덕근은 박기천에 대한 감정이 눈 녹듯 사라지며 웃음부터 터뜨렸다. 문득 박기천이 오죽했으면 똥줄이 빠지게 달아났겠나 싶은 생각이 들었기 때문이었다. 기천의 뒤에 몰려 있던 10여 명의 대원이 서로 경쟁하듯 반갑게 덕근을 에워싸며 손을 잡았다.

"성님! 용케 빠져나왔구료."

"오, 그래 리준하!"

"성님! 천운이외다."

"오, 류필선! 기래 모두 무사하구만."

반갑게 두루 인사를 나누고 보니 모두가 덕근이와 함께 40 난민수용소에 있던 후배들이었다.

"자자, 회포는 나중에 풀기로 하고 어이, 덕근이! 나하구 어디 잠깐 갈 데가 있어."

박기천이 덕근의 팔을 끌었다.

"아 참! 그렇지. 덕근 성! 기천이 성 따라가 보시라요."

류필선이 의미심장한 웃음을 흘렸다.

덕근은 아무 영문도 모르고 기천이 이끄는 대로 캠프 뒤편에 있는 조그만 허트Hut(오두막)로 들어가 보니 뜻밖에 몽매에도 잊지 못하던 경옥이와 경덕이 모자가 기다리고 있는 게 아닌가. 그곳에는 경옥이 모자 외에도 저마다 사연이 많은 여성 난민이 12명이나 머무르고 있었다.

"오, 여보 로사!"

덕근은 급히 다가가 경옥을 얼싸안았다. 눈물이 펑펑 쏟아졌다.

"로사! 로사!"

무슨 말부터 해야 할지 몰라 그저 로사 라고만 부르며 경옥을 얼싸안고 통곡했다.

"그동안 고생 많았지?"

"당신 소식은 수시로 듣고 있었어요. 고생 많으셨죠?"

"내레 뭐…."

울컥하고 순간적으로 주체할 수 없는 감정이 복받쳤으나 입술을 깨물며 억제했다. 그리고 그는 딴전을 피우듯 엄마 손을 잡고 눈을 멀뚱거리는 경덕이를 단번에 알아보고 얼른 안아 볼부터 비벼댔다.

"경덕아! 아바지다. 내레 너의 아빠라구. 아빠 알아보갔네?"

하지만 경덕이는 낯선 탓인지 덕근의 품속을 뿌리치며 울먹거리는 표정으로 경옥만 바라봤다. 경옥은 무안해하는 덕근이가 경덕이를 건네주자 얼른 받아 안으며 말했다.

"핏줄이 켕길 텐데… 아마 낯이 설어서 그런가 봐요."

"기래, 기럴 꺼야. 오오, 우리 경덕이! 핏덩이 때 보구 처음 보니까니."

덕근은 이렇게 내뱉으며 긴 한숨을 삼켰다.

1954년 1월 20일.

예정보다 하루 앞당겨 마침내 자유의 날이 밝아왔다. 휴전협정에 따른 90일간의 설득기간이 끝나고 중립국 행 희망자를 제외한 난민 포로 전원이 석방돼 스스로 선택한 고국으로 돌아가게 되었다. 전체 포로 중 공산 측의 설득에 넘어가 북한과 중국본토로 귀환한 자가 374명에 불과했다. 공산측이 설득전에서도 무참하게 패배한 것이었다.

이 소식을 전해 들은 덕근은 박기천을 비롯한 동료들과 함께 중립국 난민수용소의 정문을 빠져나와 캠프 앞 나지막한 언덕배기에서 저 멀리 바라보이는 판문점 중립지대 힌디나가르(인도마을)로 시선을 보냈다. 뭐, 대단한 구경거리도 아니지만 본능적으로 착잡한 심정을 가눌 수 없어 그들이 떠나는 모습이나마 보고 싶었기 때문이다.

먼저 힌디나가르 오른쪽에 자리 잡고 있던 중국인 난민수용소에서 모두 부산하게 떠날 채비를 서두르고 있었다. 1만4000여 명의 난민들은 자유중국 국기인 청천백일만지홍靑天白日滿地紅을 휘날리며 500~1000명 단위로 보무당당하게 남쪽으로 행진을 시작했다. 언제 준비해 두었는지 맨 선두에는 자유중국 장제스 총통의 대형 초상화를 앞세우고 북과 징을 치고 폭죽을 터뜨리며 목청을 돋웠다.

"중화민국 만세!"

"장제스 총통 만세!"

"삼민三民주의 만세! 만만세~!"

그들은 모두 인천으로 가 그곳에 정박 중인 자유중국 수송함 편으로 타이완을 향해 떠나게 돼 있다고 했다.

"따루大陸도 싫다, 타이완臺灣도 싫다"며 중립국 행을 선택한 중국인 난민 20여 명이 넋이 나간 표정으로 기쁨의 환성과 희망에 찬 행진을 바라보던 중 결국 또다시 마음을 바꿨다. 인간의 마음이란 조변석개朝變夕改라더니 그들은 "더는 못 참겠다"며 중립국 난민수용소를 뛰쳐나가 파도치는 행진대열에 휩쓸려갔다.

중국인 난민들이 모두 떠나가자 이번에는 한국인 난민(반공포로) 7800여 명이 자유대한의 품에 안기기 위해 태극기를 휘날리며 보무당

당한 행군에 들어갔다. 그중에는 주덕근을 린치했던 백색 테러단도 모두 포함돼 있었다. 두 손에 태극 수기手旗를 들고 흔드는가 하면 등짐에도, 양쪽 어깻죽지에도, 모자에도 조그만 종이 태극기가 꽂혀 있는 등 태극기의 물결이 넘쳐났다.

"전우의 시체를 넘고 넘어 앞으로, 앞으로~."

우렁차게 군가를 부르고 "대한민국 만세! 이승만 대통령 만세~"가 온 산하에 메아리쳤다. 이 감동적인 장면에 넋이 빠진 중립국 희망 난민 10여 명이 갑자기 태도를 바꿔 남행대열의 후미後尾를 이었다. 그러나 그중 한 사내는 100여 미터 정도 뒤따라가다가 다시 중립국 난민수용소로 되돌아왔다. 그러고는 잠시 불안한 표정으로 망설이다가 채 5분도 지나지 않아 중립국 행을 포기하고 또다시 대한민국으로 향하는 행군대열을 뒤쫓아 달려가는 거였다. 그만큼 정신적으로 방황하고 있었다.

그들이 행군해가는 임진강 교 남쪽에는 환영나온 대한민국 정부 인사들과 군중들로 발 디딜 틈이 없었다. 이승만 대통령은 이날을 기념해 '자유의 날'로 선포했다. 반공포로들이 남으로 내려온 임진강 교가 '자유의 다리'로 불려온 이유다. 대한민국의 품에 안긴 그들은 대부분 문산에 주둔 중이던 해병대 제1사단에 현역병으로 입대해 서부전선을 지키는 간성이 되었다. 그런 점에서 본다면 그들은 극렬반공주의자라기보다 진정한 애국청년들이었다.

주덕근과 박기천은 마지막 행렬이 임진강 '자유의 다리'를 지나 아스라이 사라질 때까지 넋을 놓고 멍하니 바라보고 있다가 맥빠진 발걸음을 옮겨 중립국 난민수용소로 돌아갔다. 그들은 하나같이 전율하며 우울한 표정을 감추지 못했다. 자유와 억압의 짐을 번갈아 짊어진 이

중 변절자? 그들은 비무장지대에 버려진 전쟁고아나 다름이 없었다. 아니 어쩌면 국제미아인지도 모른다. 웃음과 기쁨을 잃어버린 그들은 미지의 세계에 대한 실낱같은 희망의 끈을 잡고 있을 뿐이었다.

반공 애국청년들로 들끓었던 판문점 중립지대는 어느새 적막 속으로 잠기면서 폐허처럼 썰렁한 냉기만 감돌았다. 철조망 울타리는 텅 비어 있고 마치 유령탑처럼 서 있는 허전한 망루 사이로 흙바람만 불어왔다. 그 이튿날인 1월 21일은 애초 휴전협정에 명시된 대로 본국 송환을 거부하고 자유송환 원칙을 주장해온 잔류 난민(포로)들이 마지막으로 석방되는 날이었다.

아침 식사를 마치고 얼마 지나지 않아 어제 짐을 챙겨 남쪽으로 갔던 한국인 난민 4명이 인도관리군의 지프에 실려 다시 난민수용소로 되돌아오고 남아 있던 5명의 중국인이 "마오쩌둥 운운…." 하며 군사분계선을 넘어 북으로 떠났다. 그리고 또 10여 명의 중국인 난민은 "장제스 운운…." 하며 남쪽으로 가는 트럭에 올라탔다. 아직도 상당수가 몽유병자처럼 마음의 갈피를 잡지 못해 정신적 갈등과 방황을 반복하고 있었다.

1954년 2월 7일.

중립국 난민수용소장 시롭 소령이 중립국 행을 희망하는 난민들을 전원 연병장에 집결시켰다. 어린이 한 명(주경덕)을 포함한 민간인 난민 15명과 전쟁포로 출신 난민 105명 등 모두 120명이었다.

연단에 올라선 시롭 소령이 담담한 어조로 말했다.

"여러분! 우리 인도군이 관리하고 있던 난민 문제는 신의 도움으로 원만히 해결되었습니다. 중국으로 갈 사람, 대만으로 갈 사람, 남한으로 갈 사람, 북한으로 갈 사람 등등 모두 자유의사에 따라 송환되었습니다. 이제 남은 사람은 제3국을 선택한 여러분뿐입니다.

그러나 자유 진영의 스위스나 스웨덴 정부는 여러분들을 받아들일 수 없다고 통보해 왔습니다. 기타 중립국과는 협의 과정이 복잡하고 시간이 많이 필요한 만큼 1년이 걸릴지 2년이 걸릴지 모르겠지만 여러분은 일단 우리와 함께 인도로 가서 여러분의 정착지가 결정될 때까지 국제난민으로 인도에서 체류할 수밖에 없습니다."

"…"

"그동안 우리 인도 정부가 적극적으로 나서서 유엔 한국 문제위원회와 세계난민을 전담하는 고등판무관실과 충분한 협의를 거쳐 여러분의 문제를 해결하도록 노력하겠습니다. 거듭 말하지만 향후 여러분의 문제 해결에 시한이 없다는 것을 명심하기 바랍니다. 여러분의 장래는 심히 불투명하고 모험적이기 때문입니다.

그래서 우리는 여러분에게 다시 권고하고 싶습니다. 지금도 늦지 않았습니다. 남북 어디나 여러분이 원하는 대로 갈 수 있도록 문을 열어 놓고 길도 닦아 놨습니다. 이것이 머더랜드Mother Land(모국)에서 여러분이 선택할 수 있는 마지막 기회라는 사실을 명심하기 바랍니다.

여러분이 이 마지막 기회를 놓치면 철수하는 우리 인도군을 따라가는 수밖에 없습니다. 우리는 내일 인천항에서 출항할 예정입니다."

이미 결심을 굳힌 사람들은 시롭이 강조하는 말에 귀를 기울이지 않았다. 그들은 모두 짐을 꾸리기에 바빴다.

주덕근은 어쩌면 이 기회에 미지의 나라 인도에서 한·인韓印 두 나라 외교 관계에 가교역할을 하고 싶다는 엉뚱한 생각에 잠겨보기도 했다. 하지만 마음 약한 사람들은 또다시 진퇴양난에 빠져 마음의 갈등

에서 헤어나지 못했다. 그래서 결국 한국인 7명과 중국인 10명 등 17
명이 결심을 바꿔 각각 머더랜드(모국)로 떠났다. 남의 일 같지 않았다.

　이제 중립국 행을 선택한 사람은 중국인 12명과 주덕근 가족을 포
함한 한국인 91명 등 모두 103명에 달했다. 작별이란 언제나 슬픈 것.
그들은 그동안 쌓았던 전란 중의 희로애락을 아쉬워하며 머더랜드를
떠나는 작별의 슬픔을 주체하지 못해 소리 없이 눈물만 훔쳤다.

　2월 8일 오전 8시.

　국제난민으로 전락한 주덕근 일행은 괴나리봇짐을 등에 지고 손에
들고 삼삼오오 인도관리군의 관할인 장단역에 집결했다. 역 구내에는
한국인이라곤 눈 씻고 봐도 찾아볼 수 없었고 인도군 병사들만 분주
하게 오가고 있었다.

　수송책임관인 그레발 소령의 안내에 따라 막 열차에 오르려는데 어
디선가 낯선 한국인 두 명이 합류했다. 북한에 끌려갔다가 탈출해온
국군포로 출신이라고 했다. 포로교환 때 판문점 북측 중립지대에까지
왔으나 석방되지 못하고 계속 억류돼 있다가 막판에 극적으로 탈출했
다고 했다. 해방전사와는 거리가 먼 사람들이라고 했다. 그런데도 그
들은 한국으로 돌아가지 않고 중립국 행을 선택했다는 것이다.

　이로써 인도로 떠날 난민은 105명으로 최종 확정되었다. 이윽고 탑
승이 완료되자 열차가 서서히 미끄러지면서 판문점 중립지대를 벗어나
남쪽으로 달리기 시작했다. 열차는 임진강 철교를 건너 문산을 지나
서울을 향해 달리고 있었으나 눈앞에 보이는 것은 허허벌판뿐이었다.
서울역을 통과할 때에는 미군들의 경비가 삼엄했다. 한국군 경비대는
보이지 않았다.

인천역에 도착해서도 역무원 외에는 한국군이나 경찰, 정부 관리가 단 한 사람도 보이지 않았다. 지원 나온 미·영·캐나다군 등 참전연합군과 인도군 병사들로 북적거릴 뿐이었다. 인도라면 치를 떤다는 이승만 대통령의 눈치가 보였기 때문일까. 어쨌든 한국 정부는 인도군뿐만 아니라 제3국행을 선택한 중립 난민들에게도 냉랭하기만 했다. 아마도 조국을 배반한 반역자로 보고 있는지도 모른다.

미군 측에서 제공한 GMC 트럭으로 인천항 부두에 당도하고 보니 흰색깔의 거대한 수송선이 정박해 있었다. 인도 선적 '아우스트리아'호號였다. 이 수송선은 1930년대 영국에서 건조한 대형 군용수송선이라고 했다. 배수량 2만2000 톤. 주덕근이 그동안 몇 차례 탔던 미 해군 수송함 LST와 규모가 비슷했다. 인도관리군의 마지막 철수부대 1500명이 이미 승선해 있었다. 중립국 송환위원단 의장이던 디마야 중장과 인도관리군 사령관 도랏 소장 등 고위 막료들은 이미 김포공항에서 비행기 편으로 떠났다고 했다.

오후 3시. 마지막으로 국제난민 105명이 승선을 마치자 거대한 아우스트리아호가 귀청을 찢는 듯한 고동을 울리며 도크에서 서서히 미끄러져 선미船尾에 하얀 포말을 일으키며 인천 앞바다로 빠져나갔다.

주덕근은 미 군용담요로 포근하게 감싼 경덕이를 안고 경옥이와 함께 상갑판에 나와 있었다. 마지막으로 바라보는 조국 땅 인천항이 아스라이 멀어져가고 있었다. 손을 꼭 잡은 둘은 착잡한 심정을 가누지 못해 아무 말도 없이 먼 바다로 눈길을 돌렸다.

"끼우룩, 끼우룩~."

갈매기 떼가 작별인사를 고하듯 먼 뱃길을 떠나는 아우스트리아호의 선상을 맴돌다가 날갯짓을 반복하며 하늘 높이 날아올랐다.

덕근은 갈매기 떼가 날아오르는 북녘 하늘로 눈길을 보냈다. 갑자기 어머니의 모습이 떠올랐다. 순간적이었지만 하얀 명주 소복에 꽃 비녀로 머리를 곱게 단장한 어머니가 손을 흔들어 주는 것 같은 착각에 빠졌다. 저 머나먼 만주벌 무단장을 떠날 때 그 당시 그 모습으로… 늦어도 3주일 후에 꼭 돌아오겠다고 약속했으나 그 3주일이 8년이나 흘렀고 다시는 돌아가지 못할 영원한 이별이 되고 말았다.

'오마니! 이 불효자를 용서하시구레.'

주덕근 가족을 비롯한 중립국 행 국제난민을 태운 아우스트리아호는 인천항을 떠난 지 20일 만인 1954년 2월 27일 인도 마드라스항에 닻을 내렸다. 애초 인천항에서 아우스트리아호에 승선한 난민은 모두 105명이었으나 그중 심한 우울증에 시달리던 1명은 정신적 방황에서 헤어나지 못해 인도양에 몸을 던졌다. 그들의 이념 갈등은 인도에까지 이어져 또 10명이 향수병에 시달리다가 심경의 변화를 일으켜 뒤늦게 북한행을 선택했다.

그러나 그들은 북한 공산집단이 자랑하는 '지상의 낙원'에 도착한 직후 지옥으로 떨어지고 말았다고 했다. 정치교화소 이후 그들의 생사여부를 아는 사람은 아무도 없었다. 반역죄에다 국제스파이로 몰렸기 때문이라고 했다. 그들은 오래지 않아 아우스트리아호를 타고 함께 인도까지 온 난민들의 기억에서도 사라진 인물이 되고 말았다.

인도에 정착한 무국적 난민 94명 중 69명은 2년 만에 새로운 정착지를 찾아 브라질과 아르헨티나 등 남미로 이주하고 나머지 25명은 그대로 인도에 눌러앉았다. 처음 브라질로 이주한 주덕근의 일가족 3명과 박기천은 10여 년이 지난 후 다시 난민의 천국인 미국 LA에 정착했다. LA에는 이민 온 한국 교포들이 많이 살고 코리아타운도 조성돼 있어 전혀 낯설지 않았다. 그들은 마침내 실타래처럼 얽혀 있던 거미줄에서 벗어나 자유를 찾게 된 것이다.

〈끝〉

글을 마치며 執筆後記

오랜 산고産苦 끝에 어렵사리 전체 3권 분량의 대하 다큐멘터리를 펴
냈지만, 아쉬움이 한두 가지가 아니다. 방대한 자료와 실존 인물들의
증언을 통해 수많은 미스터리에 가려진 한국전쟁의 실상에 거의 접근
했으나 아직도 풀리지 않은 미스터리가 많이 남아 있기 때문이다.

그동안 시류時流에 매몰된 탓일까? 공산 종주국 소련(현 러시아) 수상
이오시프 스탈린이 한반도 적화통일에 왜 그토록 집착했으며 김일성의
남침작전 암호명 '6월의 폭풍'을 직접 명명한 것부터 미스터리가 아닐
수 없다. 그러나 피해 당사국인 한국은 이 전쟁을 가리켜 너무도 단순
하게 6월 25일에 발발한 내전 또는 동란이라 하여 그냥 "6·25 전쟁"
으로 부른다.

하지만 북·중·소 등 공산 3국 동맹이 불법 남침한 침략전쟁이었
고 이에 맞서 유엔 16개국이 참전해 3차 세계대전에 버금가는 국제전
으로 확산한 것은 분명하다. 그래서 유엔이 '한국전쟁'이라는 공식 명
칭을 부여하게 된 것이다. 한국전쟁은 한마디로 비좁은 한반도에서 벌
어진 공산·자유 양 진영의 3차 세계대전이라 해도 과언이 아니다. 2
차 대전 종전 무렵 연합국의 일원이던 미·소 강대국이 전리품을 챙기
는 과정에서 한반도에 대한 전후 처리 문제를 명확하게 규정하지 않아
벌어진 약육강식의 산물이기 때문이다.

하여 한반도는 1945년 8월 15일 2차 세계대전 종전과 더불어 연합

국의 도움으로 일제강점기에서 벗어나 해방을 맞았지만, 이념을 달리하는 미·소 양국이 38도선을 경계로 분할 점령하는 바람에 분단의 비극이 시작된 것이다. 소련은 일본이 공식적으로 항복하기 전에 해방군이라는 명분으로 북한에 먼저 진주해 한반도 적화통일의 야욕을 드러냈기 때문이다.

그러나 2차 세계대전 승전국으로 패전국 일본을 점령한 미국은 애초부터 한반도의 전략적 가치를 인정하지 않았다. 그래서 소련과 인접한 알루션 열도에서 일본을 거쳐 필리핀에 이르는 동북아 방위전략에서도 아예 한반도를 제외해 버렸다. 이것이 한국전쟁을 잉태한 근본 원인이었다. 왜 그랬을까? 지금은 한·미 동맹이 혈맹으로 굳어졌지만, 그 당시만 해도 미국은 한국을 일본의 오랜 식민지배를 받아온 변방의 초라한 국가 정도로 봤다.

때문에, 신생 대한민국은 애초부터 미국의 강력한 방위전략에서 제외된 고립무원의 처지에 놓일 수밖에 없었다. 역시 미스터리가 아닐 수 없다. 해방공간(1945~48)에 시행된 미군정 치하에서도 한국은 미국의 군사원조를 받지 못해 일본군이 남기고 간 기본화기로 무장해 국방경비대를 창설했다. 그 당시 미 군정청은 한국에 무기를 제공하면 북진한다는 오판으로 이미 파견한 군사고문단의 규모마저 절반으로 축소하려 했다.

여기엔 보이지 않는 미 행정부의 영향력이 미치고 있었다. 고도로 훈련된 소련의 정치공작원과 거물 간첩들이 암약하고 있었던 것이다. 한국전쟁을 스파이전쟁이라고 부르는 이유다. 이 전쟁은 한·미 양국 정부 고위층이 암암리에 깊숙이 개입한 것으로 알려졌지만, 실체는 아직도 미스터리에 가려져 있다. 그동안 그 실체가 부분적으로 드러나 충격을 주기도 했지만 명쾌하게 발본색원拔本塞源하지 못했다. 국가안보를 책임진 권력층과 군 고위층이 알게 모르게 관련돼 있었기 때문이다.

그중 뒤늦게 자신의 정체를 드러낸 자가 자진 월북한 최덕신 (1914~89)! 평북 의주 출신인 그는 국군 창군 멤버 중 한 명으로 6·25 당시 국군총사령관 겸 육군참모총장이던 채병덕(1914~50)과 막역한 고향 친구 사이였다. 그래서 둘에겐 알래스카(북한 출신)라는 별명도 붙었다. 그런 그가 지리산·덕유산 일대에 출몰한 공비 소탕을 명분으로 거창 양민학살 사건을 주도하고 1953년 7월 27일 휴전협정 때는 유엔군 대표들과 함께 한국군 대표로 참여하는 등 도무지 이해할 수 없는 행보를 나타냈다.

5·16 군사 정부 시절엔 이런 경력을 바탕으로 외교부 장관을 지내는 등 화려한 경력을 쌓고 육군 중장으로 퇴역한 후엔 천도교 교령을 지냈다. 1970년대 서독주재 대사를 지내던 중 이른바 동베를린 간첩단 사건에 연루돼 귀국길에 처벌이 두려워 미국을 거쳐 북한으로 망명한 것이다.

이후 김일성에게 여생을 의탁해 종교의 자유가 없는 북한에서 대외선전용인 조선인민공화국 천도교 중앙위원장을 지내다가 수많은 반역의 의혹을 간직한 채 여생을 마쳤다. 김일성은 그의 장례를 국장급으로 치러주고 혁명 열사 능에 안장했다. 그러나 제2, 제3의 최덕신은 아직도 모습을 드러내지 않았다. 추측만 무성할 뿐 모두 고인이 되었기 때문이다. 이 미스터리는 역사를 바로 세우고 자유민주주의를 수호하기 위해 반드시 풀어나가야 할 우리 민족의 숙제로 남아 있다.